HEYNE

Das Buch

Die hübsche Annie Hannigan wächst nach der Heirat ihrer Mutter Kate mit dem Arzt Rodney Prince in gut situierten Verhältnissen auf. Eines Tages lernt Annie Terence Macbane kennen und verliebt sich in ihn. Auch Terence, der in seinen Semesterferien bei Arbeiten auf dem Land der Princes hilft, hegt mehr als nur freundschaftliche Gefühle für Annie. Doch die beiden schaffen es nicht, sich ihre gegenseitigen Empfindungen einzugestehen. Das bemerkt auch Cathleen Davidson, Annies arglistige Freundin. Sie ist eine raffinierte Verführerin und der unerfahrene Terence ein leichtes Opfer.

In den darauf folgenden Semesterferien treffen sich Annie und Terence wieder. Dieses Mal scheint ihre Begegnung unter einem besseren Stern zu stehen. Aber der Schein trügt, denn Annie findet das Tagebuch von Terence und macht eine erschütternde Entdeckung …

Die Autorin

Catherine Cookson, 1906 in Nordengland geboren, wuchs als uneheliche Tochter in ärmlichen Verhältnissen auf. Schon im Alter von 16 begann sie Kurzgeschichten zu verfassen. Mit ihren 90 Romanen wurde sie eine der beliebtesten Autorinnen Großbritanniens, deren Werke mittlerweile weltweit in zahlreichen Sprachen veröffentlicht werden. Auf Grund ihres großen Erfolges wurde Catherine Cookson 1993 der Titel »Dame of the British Empire« verliehen. Im Wilhelm Heyne Verlag liegen die meisten ihrer Werke vor, unter anderem: *Die Straße der Hoffnung* (01/10520), *Eine eigenwillige Lady* (01/10572), *Der einsame Mann* (01/10633), *Im Herzen der Familie* (01/10634), *Der Mann am Fluß* (01/10766), *Heimkehr ins Herrenhaus* (01/10878), *Im Wandel der Liebe* (01/13018), *Das Band der Liebe* (01/13134), *Das Haus im Moor* (01/13241) und *Bühne des Lebens* (01/13299).

CATHERINE COOKSON

Kate Hannigans Tochter

Roman

Aus dem Englischen
von Elisabeth Parada Schönleitner

WILHELM HEYNE VERLAG
MÜNCHEN

HEYNE ALLGEMEINE REIHE
Nr. 01/13543

Titel der Originalausgabe
KATE HANNIGAN'S GIRL

Umwelthinweis:
Das Buch wurde auf
chlor- und säurefreiem Papier gedruckt.

Redaktion: Verlagsbüro Oliver Neumann, München

Deutsche Erstausgabe 06/2002

Printed in Norway 2002
Umschlagillustration: Kornelia Morgan/PWA/Len Thursten
Umschlaggestaltung: Nele Schütz Design, München
Satz: Pinkuin Satz und Datentechnik, Berlin
Druck und Bindung: AIT, Trondheim

ISBN 3-453-21105-7

http://www.heyne.de

1

Annie hielt den Lenker ihres Fahrrades fest umklammert und starrte den großen Jungen mit dem rotbraunen Haar, der sich lässig auf den Sattel seines Fahrrades stützte, mit weit aufgerissenen Augen an.

»Was hat dir Cathleen Davidson erzählt?«, fragte sie.

»Wenn ich dir das sage, gehst du mir an die Kehle.«

»Nein, das werde ich nicht tun.« Ohne den Blick von Brian abzuwenden, schüttelte sie den Kopf und warf ihre langen silberblonden Flechten über die Schultern zurück.

»Dein Haar ist wunderschön«, meinte er.

»Was hat Cathleen über mich gesagt?«, fragte Annie erneut, während ein nervöses Zittern über ihr Gesicht glitt.

»Versprichst du mir, dass du mit mir gehst, wenn ich es dir sage?«

»Mit dir gehen? Oh, das kann ich nicht.« Annie sah ihn bestürzt an. »Du bist fast sechzehn. Und … und da ist noch Cathleen.«

»Wie du willst.« Er zuckte die Achseln und fuhr sich mit der Hand durch das wellige Haar.

»Okay, Brian, ich werde es tun«, stieß sie hastig hervor.

»Tja …« Sein Blick glitt über ihr Gesicht, von dem Pony über die großen grünen Augen bis zu dem breiten, geschwungenen Mund. Er genoss die Wirkung, die seine Worte auf Annie erzeugen würden, schon im Voraus. »Sie hat gesagt, dass deine Mutter und dein Stiefvater nicht wirklich verheiratet sind.«

»Was!« Das hatte Annie nicht erwartet – es war etwas Neues.

»Das hat sie gesagt.«

»Dieses gemeine Ding. Natürlich sind sie verheiratet. Ich war sogar dabei, als sie geheiratet haben. Das war einen Tag nach Neujahr, vor fast vier Monaten.«

»Bist du wirklich dabei gewesen?«

»Ja, ich bin dabei gewesen!«, erwiderte Annie heftig.

»Werd nicht gleich wütend, du wolltest doch, dass ich es dir erzähle. Sie hat gesagt, dass es keine echte Ehe ist, weil ihr Katholiken seid und weil sie nur auf dem Standesamt waren. Und der Pfarrer meint angeblich, dass sie in den Augen Gottes und aller Katholiken in Sünde leben. Das hat Cathleen gesagt.«

»Oh, sie ist so gemein! Sie sind wirklich verheiratet. Was hat sie noch gesagt?«, forschte Annie mit weit aufgerissenen Augen nach.

»Sie hat gesagt … Ach, aber das ist nicht wichtig.«

»Doch, es ist wichtig! Was hat sie gesagt?« Der drängende Ton ihrer Stimme verriet, wie sehr sie sich quälte. Sie wusste genau, was Cathleen gesagt hatte, aber sie musste es laut hören.

»Es ist mir wirklich völlig egal, das musst du mir glauben, aber sie hat gesagt, dass du keinen Vater hast. Sie hat behauptet, dass Kate – deine Mutter – nie verheiratet war.«

Annie war in ihrem Leben noch nie so schnell gefahren. Als sie das Tor zum Wald erreichte, lief ihr der Schweiß über das Gesicht. Brian hatte versucht, mit ihr zu fahren, aber sie hatte ihn so heftig weggestoßen, dass er abspringen musste, um einen Sturz zu verhindern. Dann war sie in die Pedale getreten, als wäre der Teufel hinter ihr her gewesen.

Sobald sie das Tor hinter sich gelassen hatte und von der Straße aus nicht mehr zu sehen war, stieß sie das Fahrrad ins Gras und rannte weinend über den Pfad durch den Wald … Oh, Cathleen Davidson, du gemeines Biest! Wie konntest du so etwas zu Brian sagen! Jetzt begriff sie auch, warum ihr die anderen Mädchen in der Klosterschule aus dem Weg gegangen waren. Alle wussten es jetzt. Die Nonnen wussten es ... Schwester Ann ... auch Schwester Ann wusste es jetzt. Oh, Cathleen Davidson, ich hasse dich! Es ist mir egal, dass es eine Sünde ist, ich *hasse* sie. Und *natürlich* ist Mama verheiratet ... Warum mag Rodney Cathleen bloß? Er kann sie nicht mögen, sie ist so gemein. Ach, wenn Mama und Rodney bloß in einer katholischen Kirche geheiratet hätten, wenn Mama nur wieder zum katholischen Glauben zurückkehren würde! O heilige Jungfrau, mach, dass sie wieder katholisch wird und dass sie in einer katholischen Kirche heiraten, damit niemand je wieder so etwas behaupten kann!

All der kürzlich erlittene Schmerz kehrte zurück; das Wissen, keinen Vater zu haben, lastete wieder schwer auf Annie. Jahrelang hatte sie darum gebetet, einen Vater wie Rodney zu haben. Jetzt, nachdem er Kate geheiratet hatte, war er tatsächlich ihr Vater, aber irgendwie schien es nichts daran zu ändern, dass sie keinen richtigen Vater hatte. Niemand in dieser Gegend wusste, dass Kate noch nie verheiratet gewesen war. In Jarrow, sechs Kilometer entfernt, da wussten sie es. Dies hier war eine andere Welt, eine Welt mit hübschen Häusern und wundervollen Möbeln, üppigen Mahlzeiten und neuen Kleidern, und ... der Klosterschule. Doch jetzt war alles zerstört.

Annie rannte blindlings weiter, während ihr die Tränen über die Wangen liefen. »Oh, Cathleen Davidson, ich wünschte, du wärst tot. Ja, das wünsche ich mir. Und es ist mir egal, dass das eine Sünde ist ... Sie ist gemein, und sie hat alles kaputtgemacht.«

Seit Rodneys Hochzeit mit Kate war Cathleen abscheulich gewesen. Sie hatte behauptet, Annie habe ihr den Onkel weggenommen. Rodney war jedoch nicht Cathleens Onkel, er war bloß ein Freund ihres Vaters. Vielleicht hatte sie zu diesem letzten Schlag ausgeholt, weil ihr Vater Rodney aufgefordert hatte, ihr nicht mehr so teure Geschenke zu kaufen. Er hatte gesagt, dass sie zu sehr verwöhnt worden war und derartige Geschenke erwarte, als hätte sie ein Recht darauf. Annie hatte die Ohren gespitzt, als Kate und Rodney darüber diskutiert hatten. Sie war gleichzeitig glücklich und traurig gewesen, denn Cathleens Bruder Michael würde derselben Einschränkung unterliegen, und Michael war ein netter Junge.

Wie wünschte sie sich, wieder in Jarrow zu sein, wo sie aufgewachsen war, im vertrauten Viertel der fünfzehn Straßen, in denen Trostlosigkeit und Armut herrschten. Dort schien es nicht so wichtig zu sein, wer wessen Vater war. Man war seinen Nachbarn so nah, dass man ihre Auseinandersetzungen und ihr Lachen durch die Wände hören konnte. Dort war es unmöglich, Geheimnisse zu haben. Hier hingegen, wo die Anwesen so weitläufig waren, dass man nicht einmal das Haus seines nächsten Nachbarn sehen konnte, schien es unabdingbar, den Makel ihrer Geburt geheim zu halten. Bis vor vier Monaten hatte sie Shields nur als Gegend gekannt, in der reiche Menschen wohnten, und nun schien Shields wieder in weite Ferne gerückt zu sein. Und Jarrow … ach, Jarrow lag ebenfalls eine ganze Welt entfernt. Dennoch sehnte sie sich in diesem Augenblick in jene vertrauten Straßen zurück.

Geblendet von ihren Tränen, taumelte sie weiter. In ihrer Benommenheit wusste sie, dass sie einen Ort finden musste, an dem sie sich verbergen konnte, bis sie sich ausgeweint hatte, denn so konnte sie nicht ins Haus zurückkehren. Ihre Mutter würde zu viele Fragen stellen.

Sie verließ den Pfad und lief im Zickzack durch den Wald hinter dem Haus. Wenn sie die Richtung beibehielt, würde sie die Lichtung umgehen, die Rodney für seine Kinderklinik hatte schlagen lassen. Mr. Macbane könnte dort sein, und sie fürchtete sich vor Mr. Macbane. Er wohnte in dem Cottage am Waldrand und half in seiner Freizeit auf dem Anwesen aus. Jeden Morgen fuhr er mit dem Fahrrad auf dem Weg ins Bergwerk am Haus vorüber. Rodney mochte Mr. Macbane. Er sagte, dass er ein rechtschaffener Mann sei, auch wenn er gut verstehen könne, wie sehr er dem früheren Eigentümer durch seinen Starrsinn zu schaffen gemacht habe. Annie wusste jedoch, dass sie ihn nie mögen würde.

Plötzlich schienen sich ihre verworrenen Gedanken und Seelenqualen auf ihren Körper zu übertragen – ihr wurde regelrecht der Boden unter den Füßen weggerissen. »Pass auf!«, rief eine Stimme. Doch sie wirbelte bereits in einem Salto durch die Luft, ehe sie hart auf der Erde aufschlug.

Als sie die Augen öffnete, tanzten die Bäume vor ihrem verschwommenen Blick, und nachdem sie wieder zur Ruhe gekommen waren, blickte sie in das wütende Gesicht eines jungen Mannes.

»Ich … ich bin gestolpert«, murmelte sie.

»Du solltest aufpassen, wohin du trittst«, sagte er scharf. »Läufst wie verrückt durch den Wald! Bist du verletzt?«, fragte er etwas freundlicher.

»Nein, ich glaube nicht.« Sie stand langsam auf und fegte die trockenen Blätter von ihrer Kleidung. »Ich bin über irgendetwas gestolpert.«

Wortlos drehte er sich um und straffte ein Seil, das von einem Eisenstab im Boden bis zu einem Baum in einiger Entfernung gespannt war. Annie beobachtete den jungen Mann benommen und fragte sich, ob er ihre Tränen bemerkt und gesehen hatte, dass ihr Gesicht ganz nass war. Vermutlich war es ihm nicht aufgefallen. Sie hatte ihn noch nie zuvor gesehen, wusste jedoch, wer er war: der Sohn von Mr. Macbane, über den Kate und Rodney am Abend zuvor gesprochen hatten. Sie hatten von ihm erst erfahren, als Mr. Macbane erklärte: »Mein Junge kommt heim. Können Sie ihn nicht vielleicht stundenweise einstellen, damit er mir hilft, den Wald zu roden?« Die Macbanes schienen immer zu arbeiten: Mr. Macbane arbeitete im Bergwerk, schlug zwischen den Schichten Bäume und fand noch genug Zeit, sich um seinen Gemüsegarten zu kümmern – Blumen gab es dort keine. Mrs. Macbane ging jeden Tag in das Dorf, um zu arbeiten, und nun war auch dieser mysteriöse Sohn zur Arbeit gezwungen worden.

Sie bemerkte, dass er sehr dünn war, dass ihm das glatte schwarze Haar in die Stirn fiel, wenn er sich bückte, und dass er trotz seines schmalen Gesichts einen großen Kopf hatte …

Erstaunt sah sie, wie der Kopf anschwoll, bis er den Himmel über ihr verbarg. Als Nächstes bemerkte sie, dass seine Hand auf ihrem Kopf lag, der zwischen die Knie gepresst war.

»Tief einatmen«, sagte er, während er sie wieder hochzog.

Sie versuchte es, doch es war unmöglich.

»Komm schon«, rief er verärgert aus, »reiß dich zusammen!«

Er ist genauso aufbrausend wie sein Vater, dachte sie. Dann fiel sie, abwärts in die Erde, während sie aus der Ferne seine flehende Stimme vernahm. »Gütiger Gott! Nicht ohnmächtig werden! Reiß dich zusammen!«

Als sie wieder zu sich kam, wurde sie getragen. Langsam blinzelte sie dem Gesicht zu, das dicht vor ihrem schwebte. Er ist zu dünn, er kann mich nicht tragen, dachte sie in Panik, sobald sie fühlte, dass seine Arme zitterten.

Er zog sie enger an sich, und sie schloss die Augen. Wieder drohte die Dunkelheit sie einzuschließen.

Sie hatten den Wald hinter sich gelassen und überquerten nun die kleine Holzbrücke über den Fluss. Das erkannte sie an dem undeutlichen Klappern der losen Planken. Sie hätte sich gern übergeben und überlegte, ob sie ihn bitten sollte anzuhalten, damit sie sich über das Geländer der Brücke erleichtern konnte.

Annie erinnerte sich nicht, den Obstgarten oder den Tannengürtel durchquert zu haben. Doch sie hatten bereits die Gewächshäuser unterhalb der Zypressenhecke erreicht, die den Rasen neben dem Haus begrenzte, als sie Steves erschreckte Stimme hörte. »Allmächtiger! Was ist passiert?«

Erleichtert fühlte sie, wie seine kräftigen Arme sie umfassten und ihr Kopf gegen seine breite Brust sank. Sie mochte Steve: Er war groß und strahlte Sicherheit aus. Er erlaubte ihr auch, neben ihm im Wagen zu sitzen und die Hände auf das Lenkrad zu legen, so als ob sie den Wagen steuerte. Nun wurde sie schnell und vorsichtig ins Haus getragen.

Rund um sie ertönten Stimmen. »Ist sie tot? Ach, das arme Kind!«, rief Summy. Die Köchin war eine freundliche Frau und machte herrliche glasierte Biskuitkuchen mit Nüssen darauf … »Was in aller Welt ist geschehen?«, rief ein Mann. Das war die Stimme ihres geliebten Rodney! Was für ein wundervolles Wort, ›geliebt‹. Sie hatte es erst in den letzten Monaten gelernt … Geliebt, mein Liebling, Liebste, alles wundervolle Worte. Das Haus schien von ihnen erfüllt zu sein. Immer wieder rief Rodney: »Wo bist du, mein Liebling?«, und Kate antwortete dann: »Hier, Liebster.« Nun fühlte sie Kates Hände, die sich rasch und zärtlich bewegten. Wie tröstlich es war, in der Nähe von Mutter zu sein – die ihr eines ihrer zauberhaften Nachthemden anzog. Nun hörte sie wieder Rodney: »Mach dir keine Sorgen, es ist nur eine leichte Konkussion.« Benommen fragte sie sich, was eine ›Konkussion‹ war, doch was immer es auch war, Rodney würde es heilen, denn er war Arzt.

Das Bett war warm und weich, und sie schien darin zu schweben. Undeutlich war sich Annie bewusst, dass Kate und Rodney auf sie herabsahen. Sie standen bestimmt nah beieinander, und er hatte seinen gesunden Arm um sie gelegt. Er hatte zwar zwei Arme, aber den einen konnte er nicht mehr für allzu viel verwenden, seit er 1917 in Frankreich verwundet worden war. Dasselbe galt für seine Beine: Auch davon hatte er zwei, von denen eines nicht mehr richtig zu gebrauchen war. Tatsächlich fehlte daran der Fuß. Als Annie das Bein ohne Fuß zum ersten Mal gesehen hatte, war ihr übel geworden. Eines Tages war sie in ihr Schlafzimmer gelaufen, als Kate ihm eben half, den steifen Stiefel an das Bein zu schnallen, das in einem Stumpf über dem Knöchel endete. Wortlos war sie hinausgerannt, und es hatte lange gedauert, ehe sie das Hosenbein wieder ansehen konnte, ohne daran zu denken, was es verbarg.

Rodneys Stimme drang an ihr Ohr: »Ich werde Peter anrufen. Es gibt zwar keinen Grund zur Sorge, aber es wäre mir lieber, wenn er sie sich trotzdem ansieht.«

Einen Augenblick lang rief ihr der Name von Cathleens Vater den Grund wieder in Erinnerung, weshalb sie so gerannt war. Sie war jedoch plötzlich viel zu müde, um Cathleen zu hassen. Während sie ins Vergessen sank, wünschte sie sich, dass Rodney nach dem Krieg nicht ein Jahr lang bei den Davidsons gelebt hätte, denn dann könnte Cathleen nicht solche Ansprüche auf ihn erheben.

Annie wusste nicht, wie lange sie geschlafen hatte, doch als sie aufwachte, war es bereits Nacht. Sie öffnete langsam die Augen und sah im abgedunkelten Schein der Nachttischlampe, dass Kate bei ihr saß. Sie hatte das Gesicht halb abgewandt, und ihre Augen waren abwärts gerichtet; sie las. Da Annie noch immer zu müde war, um zu sprechen, beobachtete sie ihre Mutter vom Bett aus. Kate trug ihren rosafarbenen Schlafmantel, der im Glanz ihres braunen Haars zu schimmern schien. Die Haut ihrer Wange wirkte warm und weich. Selbst in der abgetragenen Kleidung war Kate Annie immer wunderhübsch erschienen, doch in den Kleidern, mit denen Rodney sie nun überschüttete, hatte sie eine Schönheit entwickelt, die Annie nie für möglich gehalten hätte. Manchmal ertappte sie sich dabei, dass sie Kate wie eine Fremde betrachtete, denn die Kleider verliehen ihr eine unbekannte Aura. Dann drängte es sie danach, Kates Arme um sich zu spüren, ihre Stimme zu hören und in ihre freundlichen Augen zu sehen, um sicherzustellen, dass diese schönen Kleider sie nicht verändert hatten. Als Kate vor einigen Jahren im Haus der Familie Tomaches gearbeitet hatte, bekam sie jedes Jahr zu Weihnachten neue Kleider. Sie waren jedoch nicht mit diesen zu vergleichen, die sie jetzt trug. In ihnen sah sie aus wie … nun … ach, sie wusste nicht, wie sie es beschreiben sollte, und außerdem war sie viel zu müde, um sich darüber Gedanken zu machen.

Als sich neben ihr leise die Tür öffnete, schloss Annie die

Augen. Sie wollte weder sprechen, noch etwas trinken. Sie sehnte sich nur danach, wieder einzuschlafen.

»Komm, meine Liebe, du brauchst nicht länger hier zu sitzen«, sagte Rodney. »Es geht ihr gut, und sie wird bis zum Morgen schlafen.«

»Ich habe mich den ganzen Tag darauf vorbereitet, es ihr zu sagen, und nun musste das geschehen«, sagte Kate. Diese Antwort verwirrte Annie.

Dann hörte sie das flüchtige Geräusch eines Kusses und lächelte schwach. Es machte sie keineswegs verlegen zu wissen, dass ihre Mama und Rodney einander küssten. Ganz im Gegenteil, sie freute sich für Kate, denn sie erinnerte sich noch gut an die langen Jahre, nachdem Kate das Haus der Familie Tolmaches hatte verlassen müssen, um ihre kranke Mutter zu pflegen. Jahre, in denen jeder Tag mit Arbeit, Wäsche waschen und Angst vor Kates Furcht erregendem Vater erfüllt waren. Der Gedanke an ihren Großvater, der nun schon seit mehr als zwei Jahren tot war, ließ Annie nach wie vor erschauern.

Sie war eben im Begriff einzuschlafen, als weitere geflüsterte Worte von Rodney sie zurückholten und sie mit brennender Eifersucht und tiefem Groll erfüllten. Während sie zuhörte, erstarrte sie. Nun waren ihr die Worte ihrer Mutter kein Rätsel mehr. Jetzt glichen sie Pfeilen, die ihren Geist durchbohrten: Mama bekam ein Baby. Sie fragten sich, ob Annie das gefallen und wie sie die Nachricht aufnehmen würde.

»Sobald sie es weiß, wird sie das Kindchen lieben. Je früher wir es ihr sagen, desto besser«, meinte Rodney.

Würde sie das Baby lieben? Wie sollte sie? Immerhin würde es Rodney als echten Vater haben! Ach, warum hatte Kate Rodney nicht schon vor Jahren geheiratet, vor ihrer Geburt, dann hätte sie sich nicht all die Jahre schamerfüllt vor den Worten »Annie Hannigan hat keinen Vater!« fürchten müssen.

Am fünften Tag fühlte sich Annie gut genug, um aufzustehen, doch Rodney bestand darauf, dass sie eine ganze Woche im Bett blieb. Die ersten beiden Tage war es angenehm gewesen, in einem seltsamen, sorgenfreien Zustand regungslos im Bett zu liegen, während Cathleen nicht wirklicher erschien als eine Hexe in einem Märchen. Was das Baby betraf, stellte Annie bereits am Morgen, nachdem sie von seiner Existenz erfahren hatte, erstaunt fest, dass ihr der Gedanke gefiel. Allmählich kehrte jedoch der Schmerz zurück, den ihr Cathleens Verrat zugefügt hatte. Vielleicht brannte er nicht mehr so heftig wie am Anfang, er war jedoch noch immer deutlich zu fühlen.

»Vor wem bist du davongelaufen, als du gestürzt bist, mein Liebling?«, fragte Kate leise, die am Fenster saß. »Wir haben dein Fahrrad gleich hinter dem Tor zum Wald gefunden.« Die Worte ihrer Mutter ließen den Schmerz erneut aufflammen.

»Ich bin vor niemandem davongelaufen, Mama«, antwortete Annie zögernd.

»Aber du hast geweint. Dein Gesicht war ganz verquollen.«

Durch die Stangen des Fußendes ihres Bettes beobachtete Annie die Flammen im Kamin, die fröhlich tanzten. Während sie noch ins Feuer starrte, setzte sich Kate zu ihr und nahm ihre Hand. »War es wegen Brian Stannard?«

»Nein. Nein, wirklich nicht.«

»Was war es dann? Wegen Cathleen? War es wegen Cathleen Davidson? Hat sie irgendetwas zu dir gesagt?«

Annie sah zu ihrer Mutter auf. »Woher weißt du das, Mama? Warum fragst du?«

Kate lächelte sie still an. »Weil Cathleen weder dich noch mich mag, mein Liebes. Schon seit langem warte ich auf so etwas.«

Annie fühlte, dass sie erleichtert einige Zentimeter tiefer in die Matratze sank. Es war wie am tiefen Ende eines Schwimmbeckens mit einem guten Schwimmer an der Seite.

»Was hat sie gesagt? Sobald du es mir erzählt hast, wird es nicht mehr halb so viel schmerzen. Ist es etwas über mich gewesen?«

Mama machte alles so einfach. Sie schien alle Probleme lösen zu können. Nun stand Annie Cathleen nicht mehr allein gegenüber. Sie wusste jedoch, dass sie ihrer Mutter nur einen

Teil dessen anvertrauen konnte, was Cathleen gesagt hatte. »Cathleen … hat jemandem erzählt, dass du … na ja, sie hat gesagt, dass du und Rodney nicht wirklich verheiratet seid, weil ihr euch nicht in einer katholischen Kirche vermählt habt.«

Annie sah deutlich, dass Kate – ebenso wie sie – etwas anderes zu hören erwartet hatte, denn sie starrte sie einen Augenblick lang nur überrascht an. »Ist das alles gewesen?«, fragte sie schließlich.

Nein, das war es nicht. Annie würde jedoch nie im Stande sein, über das Thema zu sprechen, das in ihrem Geist die Form eines Dreiecks besaß, mit Kate in einer Ecke, einem gesichtslosen Mann in einer zweiten und einer formlosen Masse namens ›Schande‹ in der dritten.

Dieses Dreieck war vor mehreren Jahren am Morgen nach Heiligabend entstanden. Als Annie damals erkannte, dass sie keinen Vater hatte, beschloss sie, sich selbst einen zuzulegen und wählte den Arzt für diese Position.

Sie erzählte es ihrer besten Freundin Rosie Mullen, Rosie erzählte es Cissy Luck, diese erzählte es ihrer Mutter, und Mrs. Luck verspottete Kate damit auf offener Straße. Es war ein grauenvolles Weihnachtsfest! Nein, darüber konnte sie nie wieder mit Kate sprechen.

»Wie du weißt, mag Cathleen Rodney sehr, und sie beschuldigt uns, dass wir ihn ihr weggenommen haben«, erklärte Kate. »Du musst versuchen, keine Notiz von den Dingen zu nehmen, die sie sagt, denn Rodney würde sich grämen, wenn er das Gefühl hätte, dass ihr euch nicht vertragt. Verstehst du?«

»Ja, Mama.«

»Immerhin gehört Rodney jetzt zu uns, richtig?«

»O ja, ja!« Annie schmiegte sich tiefer in das Bett. Ja, Rodney gehörte zu ihnen. Jetzt und für alle Zeit. Er war nicht mehr bloß ›der Doktor‹, er war ein Teil von ihnen. Kate war Mrs. Prince, was Cathleen auch immer sagen mochte. Ach, wenn sie doch bloß Annie Prince statt Annie Hannigan heißen würde! Aber sie würde immer Annie Hannigan bleiben. Nichts konnte daran etwas ändern. Nur wenn sie heiratete, würde sich ihr Name ändern, oder? Ja, selbstverständlich, wenn sie heiratete. Wie schnell konnte sie heiraten, und wen? Ach nein, nicht Brian; sie wollte nicht einmal sein Mädchen sein, auch wenn sie es versprochen hatte …

»Alles wieder gut«, sagte Kate, beugte sich über sie und küsste sie. »Mach dir keine Sorgen. Denk einfach an die herrlichen langen Osterferien, die vor dir liegen. Und vergiss nicht, Cathleen wird schon bald die Klosterschule verlassen, um auf eine Kunstschule zu gehen. Dann wird sie dich nicht mehr belästigen. Und wenn sie später mit ihrer Familie kommt, behandle sie so, als wäre nichts geschehen. Wirst du das tun?«

»Ja, Mama.«

»Und Rodney werden wir nichts davon erzählen. Einverstanden? Ich meine, diese Geschichte mit unserer Hochzeit und der katholischen Kirche. Das würde ihn nur kränken.«

Kate verließ das Zimmer, stieg jedoch nicht sofort die Treppe hinab, sondern ging in ihr Zimmer am anderen Ende des Flurs. Während sie ans Fenster trat, biss sie sich auf die Lippen. Dieses kleine Biest! Wie konnte sie nur so etwas sagen! Kate hatte geglaubt, Annie würde ihr erzählen, dass Cathleen sie verspottet hatte, weil sie keinen Vater hatte; das würde zu ihr passen. Aber zu behaupten, dass sie und Rodney nicht verheiratet waren, weil die Zeremonie nicht in einer katholischen Kirche stattgefunden hatte, war absurd. Würde der Streit darüber nie enden?

Wieder hörte sie die alten Argumente und Peggy Davidsons Stimme: »Aber Rodney, du kannst von Kate nicht verlangen, nur in einem Standesamt zu heiraten, sie ist doch Katholikin.«

Sie hatte versucht, Peggy und Peter zu erklären, dass sie ihre Ansichten geändert hatte.

»Du bist aber zu keiner anderen Kirche übergetreten, oder?« hatte Peggy gefragt.

»Nein.«

»Dann bist du immer noch katholisch. Du weißt, dass du in deinem Herzen noch immer katholisch bist, Kate, das weißt du!«

Nichts hatte Peggy davon überzeugen können, dass sich Kate in ihrem Herzen nicht mehr als Katholikin fühlte. Im Gegenteil, ihr Herz sagte ihr, dass sie nicht mehr katholisch war. In ihrem Glück hatte sich Kate dennoch überreden lassen und um eine Dispens des Bischofs ersucht, da Rodney nicht katholisch war und eine Mischehe nur mit Einwilligung des Bischofs in der Kirche geschlossen werden durfte.

Als Kate jedoch sah, welcher Aufruhr in Rodney tobte, nachdem er begriffen hatte, dass er auf die geistige Freiheit aller dieser Ehe entstammenden Kinder verzichten müsste, um die Dispens zu erhalten, wusste sie, dass sie ihn nicht darum bitten durfte. Sie selbst war ebenfalls nicht bereit, diese Bedingung zu akzeptieren. Daher wurde ihre Ehe in einem Standesamt geschlossen.

Pater Bailey kämpfte bis zum Schluss, um sie zur Vernunft zu bringen, wie er sagte. Vor allem verwunderte ihn ihre unerbittliche Haltung gegenüber der Kirche, obwohl sie ihm gleichzeitig versprach, keinen Einspruch dagegen zu erheben, dass Annie katholisch blieb. Als sie Annies Wunsch nachgab, in die Klosterschule einzutreten, kratzte er sich nur in völliger Verwirrung am Kopf.

»Auch wenn es für mich die falsche Religion ist, scheint es für Annie die richtige zu sein«, erklärte Kate. »Wir sind nicht alle gleich: Wir sind Individuen. Sie ist glücklich in der katholischen Kirche, was ich nie war. Im Gegensatz zu mir liebt sie den Prunk und das Gefühl, einer großen Familie anzugehören. Von frühester Jugend an habe ich mich dagegen aufgelehnt. Ich kann in mir keine Liebe und Zuneigung dafür finden. Was mich betrifft, müssen all meine Gefühle einer Sache oder einer Person gelten oder eben gar nichts. Ich muss direkt an die Quelle gehen, um es so auszudrücken. Jede Art von Vermittlung löst in mir Verzweiflung aus. Und die Kirche ist voll von Vermittlern. Annie scheint hingegen Trost und Frieden aus ihr zu beziehen, und ich werde nie etwas unternehmen, das diese Gefühle zerstören würde. Das verspreche ich. Als Kind habe ich sie in eine protestantische Schule geschickt, aber sie nie davon abgehalten, in die katholische Kirche zu gehen. Und jetzt, wo es ihr Herzenswunsch ist, in die Klosterschule einzutreten, werde ich ihr ebenfalls keine Steine in den Weg legen.«

Während sie an das Gespräch mit Pater Bailey zurückdachte, stieg in Kate erneut ein ungutes Gefühl auf. Warum durfte man sein Heil nicht selbst suchen? Das Leben war Gott weiß hart genug, auch ohne die alten Kämpfe immer wieder ausfechten zu müssen. Wenn sie den falschen Pfad gewählt hatte, würde sie allein dafür büßen, denn mit ihrer Entscheidung hatte sie Annie in keiner Weise beeinflusst.

Während sie nun die Treppe hinabstieg, hörte sie von draußen das dreifache Tuten einer Autohupe. Unbewusst straffte sie den Rücken und hob das Kinn. Mrs. Summers war bereits an der Tür, und die erste Person, die Kate sah, war Cathleen. Sie war ihrer Mutter und Michael vorausgerannt.

»Hallo. Wo ist Onkel Rodney?«, fragte sie, während sie Kate einen Blick zuwarf, den man als unverschämt bezeichnen hätte können.

Noch ehe Kate antworten konnte, stürmte Cathleen bereits an ihr vorüber in das Arbeitszimmer. Als Kate den Weg hinunterging, um Peggy Davidson zu grüßen, erkannte sie, dass es sie jede Menge Selbstbeherrschung kosten würde, Cathleen nicht wissen zu lassen, wie sehr sie sich über sie ärgerte.

2

Die Ostergeschenke waren verteilt worden, und nun saßen alle um Annies Bett. Allerdings fand Cathleen, dass es keine richtigen Geschenke gewesen waren. Sie saß auf Rodneys Bein und hatte einen Arm um seinen Nacken gelegt. Das war ihre Lieblingshaltung, wenn sie beabsichtigte, ihn zu necken. Von Zeit zu Zeit wandte sie sich ihm zu und sagte: »Na, mein Schatzi? Kennst du mich?« Dann wartete sie, bis er ihr zuzwinkerte und etwas sagte wie »Du süßes Biest!« oder »Du kleiner Teufel!« Da sie wusste, dass Annie sie beobachtete, wendete sie alle Tricks an, die sie kannte. Außerdem hatte sie auf der Kommode zwei große Schachteln entdeckt, die nur flüchtig mit Seidenpapier zugedeckt waren. Vermutlich waren das die Geschenke, die Onkel Rodney für Annie gekauft hatte. Sie fragte sich, warum er so lange damit wartete, ihr seine Geschenke zu geben. Er hatte Kate ein wunderschönes, modernes Radio gekauft, während sie zu Hause noch immer eines mit diesem dummen, alten Kopfhörer hatten. Alles zu Hause war schäbig. Kein Vergleich zu dem Haus, das Onkel Rodney gekauft hatte. Zwölf Zimmer mit prächtigen Möbeln, alle Böden mit dicken roten Teppichen belegt, und die Wände in Weiß und zartem Blaugrau gehalten. Und diese Kate hatte ein Zimmer ganz für sich, einen Damensalon. Pah! Ein Damensalon, wo sie doch ihr ganzes Leben in Jarrow zugebracht hatte. Und wie sie da stand, schon wieder in einem neuen Kleid, einem gelben aus einer Fülle fließenden Stoffes.

Cathleen warf den Kopf zurück, so dass das kurze schwarze Haar ihr Gesicht in attraktiver Unordnung einrahmte, und ließ ihre dunklen, glänzenden Augen von einem im Raum zum anderen schweifen.

Ihren Bruder, der Annie schmachtend ansah, strafte sie mit einem verächtlichen Blick, während sie ihre Mutter auf die Folter spannte, indem sie sie raten ließ, was sie als Nächstes tun würde. Mit Annie, diesem ängstlichen Kaninchen, wusste sie fertig zu werden. Zufrieden lächelnd, dachte sie daran, dass sie sie schon in mehreren Runden geschlagen hatte. Ihr Blick kehrte zu Kate zurück, und ihr Gefühl verleitete sie zu dem Wunsch, diese Frau zu ärgern, der nun Rodneys ganze Aufmerksamkeit galt. Sie wandte sich zu Rodney um, zog seinen Kopf zu sich und flüsterte ihm etwas ins Ohr.

»Na komm! Sei kein törichtes Mädchen«, sagte er etwas ungehalten, nachdem sie geendet hatte.

»Cathleen, benimm dich!«, schaltete sich Peggy ein. Ihre Mahnung erfolgte mit solcher Schärfe, als hätte sie darauf gewartet, ihre Tochter zu schelten. Sie fühlte sich eindeutig unbehaglich. »Glaubst du, dass Steve den Wagen für mich wenden würde, Kate?«, fragte sie dann. »Ich bin hoffnungslos verloren, wenn ich auf einer schmalen Straße wenden soll, und wir müssen zurück.«

»Natürlich, Peggy. Ich werde hinuntergehen und es ihm sagen«, meinte Kate, als das Geräusch eines Kusses alle herumfahren und zu Rodney und Cathleen hinübersehen ließ.

Cathleen hatte die Arme fest um Rodneys Nacken gelegt und küsste ihn mitten auf die Lippen. Als er, verlegen lachend, ihre Arme zu lösen versuchte, schmiegte sie sich noch enger an ihn.

»Benimm dich, Mädchen!«, fuhr Peggy ihre Tochter wütend an, während sie sie hochzog. Als Antwort stieß Cathleen nur ein tiefes, schalkhaftes Lachen aus.

Eine unangenehme Spannung legte sich über den Raum. Mit einem zornigen Blick auf Cathleen stand Michael auf. »Warum unternimmst du nichts, Mutter?«, rief er entrüstet aus.

Seine Mutter blickte verwirrt und hilflos vom einen zum anderen. »Ich weiß nicht, was die Zukunft noch bringen wird«, sagte sie nur, an niemand Bestimmtes gerichtet.

Kate spürte, dass sie den Raum augenblicklich verlassen musste, und war froh über den Vorwand, Steve zu suchen. Das Gefühl in ihrem Inneren glich nicht dem Ärger auf ein vierzehnjähriges Mädchen. Ihr war, als kämpfte sie gegen eine erwachsene Frau. Plötzlich dachte sie, dass Cathleen auf seltsame Weise ihrer aller Glück bedrohte.

Als sie Steve nicht in der Garage fand, fragte sie Mrs. Summers, wo er sein könnte.

»Ich glaube, er ist in seinem Zimmer, Madam. Aber wenn Sie zu ihm hinuntergehen, sollten Sie lieber Ihren Mantel nehmen. Der Wind schneidet Sie sonst mittendurch.« Kate legte sich den Mantel über die Schultern und rannte durch den Garten zum Sommerhaus, das in eine Einzimmerwohnung für den Chauffeur umgewandelt worden war.

Sie klopfte, und die Tür wurde geöffnet. »Steve«, sagte sie, »würde es Ihnen etwas ausmachen, Mrs. Davidsons Wagen zu wenden? Es tut mir Leid, Sie damit zu belästigen, aber selbst nach Ihrem ausgezeichneten Unterricht glaube ich nicht, dass ich dazu schon im Stande bin.«

»Selbstverständlich. Ich komme gleich mit.« Er warf das Buch, das er eben gelesen hatte, auf den Tisch hinter sich, schloss die Tür und knöpfte den Mantel zu, während er neben ihr den Garten hinaufging.

»Es tut mir wirklich Leid, dass ich Sie gestört habe, Steve, wo Sie gerade ein wenig Zeit für sich hatten«, wiederholte sie. »Wir scheinen Sie immer zu den seltsamsten Zeiten zu benötigen. Wenn es nicht der Generator ist, dann ist es der Boiler, und wenn es nicht der ist, dann ist es ...« Eine kräftige Windböe wehte ihr den Mantel über den Kopf und verschluckte ihre restlichen Worte.

Unbeholfen kam ihr Steve mit seinen großen Händen zu Hilfe. »Dafür bin ich hier, Madam«, sagte er. »Es freut mich, wenn ich nützlich sein kann. Ich glaube, Sie sollten den Mantel besser anziehen, ansonsten reißt ihn der Wind noch fort.« Er hielt den Mantel auf, während sie sich bemühte, in die Ärmel zu finden. Dann gingen sie weiter den Pfad hinauf.

Sie hatten beinahe das Fenster von Rodneys Arbeitszimmer erreicht, als Kate bemerkte, dass Cathleen dahinter stand. Sie starrte die beiden mit ihren tiefen, dunklen Augen an, ohne zu blinzeln, und ihr Blick war von unverhüllter Neugier erfüllt. Ihre Augen hatten etwas an sich, das Kate nicht in Worte zu fassen wusste. Sie gleicht einer Hexe, dachte sie, einer sehr alten Hexe in einem jungen Körper. Mit erstaunlicher Sicherheit wusste sie, dass sie dieses Mädchen würde bekämpfen müssen. Sie musste sie für sich selbst und für Annie bekämpfen, und sie musste vorsichtig vorgehen, wenn sie Erfolg haben wollte.

Sie verabschiedete sich knapp von Steve und ging direkt auf das französische Fenster des Arbeitszimmers zu, öffnete es und trat in den Raum. Dann schloss sie das Fenster bewusst langsam. Während sie den Mantel ablegte, lächelte sie auf Cathleen hinab, die nun neben dem Fenster stand, ohne den Blick von ihr genommen zu haben. »Es ist schrecklich windig«, bemerkte Kate mit einer Ruhe, die sie keineswegs fühlte, denn sie sehnte sich nach nichts mehr, als diesen Blick mit einem Schlag von dem dunklen, hübschen Gesicht zu fegen.

Statt etwas zu erwidern, fuhr Cathleen lediglich fort, Kate unverfroren anzustarren. Kates vorgeschützte Ruhe drohte angesichts dieses Schweigens und des unverwandten Blickes zu zerbrechen, doch in diesem Augenblick öffnete sich die Tür, und Rodney kam herein. »Ach, da bist du, mein Liebling. Wird sich Steve um den Wagen kümmern?«

»Ja, Schatz. Er wendet ihn bereits.«

Rodney wandte sich Cathleen zu. »Da bist du also, du kleiner Kobold. Deine Mutter will, dass du dich von Annie verabschiedest. Sie sind schon fertig zum Gehen.«

Cathleens Benehmen hatte sich verändert, sobald sich die Tür geöffnet hatte. »In Ordnung, Onkel Rodney, ich komme schon«, erklärte sie mit Kleinmädchenstimme. Einen Augenblick lang lächelte sie gewinnend zu ihm empor, ehe sie aus dem Zimmer lief.

Rodney trat an Kate heran und nahm ihre Hand liebevoll in seine. »Sie ist ein kleiner Schlingel. Hast du je eine Vorstellung wie die von vorhin gesehen? Ich glaube, das hat sie wegen Annie gemacht, glaubst du nicht auch? In Wirklichkeit ist sie harmlos. Auf ihre Art ist sie ein attraktives kleines Ding. Man kann gar nicht anders, als sie gern zu haben, nicht?« Ohne eine Antwort abzuwarten, fuhr er fort: »Sie gleicht aber weder Peggy noch Peter. Hast du das schon bemerkt? Ich frage mich, wem sie nachgerät.«

Das wüsste ich auch gern, dachte Kate. »Ich muss gehen und mich verabschieden«, sagte sie stattdessen laut.

»Komm her.« Er zog sie an sich. »Was ist los, mein Liebling? Bist du wütend? Hat sie dich geärgert?«

»Nein, natürlich nicht.«

»Bist du sicher?« Er betrachtete sie besorgt.

»Ja.«

»Dann ist es in Ordnung. Einen Augenblick hast du ausgesehen, als ob ... Ach, komm her.« Er presste das Gesicht in ihr Haar. »Liebling, du bist wunderschön. In diesem Kleid siehst du wie die Verkörperung des Frühlings aus. Es ist schon seltsam«, flüsterte er, »so gern ich auch Besuch bekomme, sehne ich mich danach, dass er wieder geht, damit ich dich ganz für mich allein habe. Du wirst von Tag zu Tag schöner.«

»Sie werden jeden Augenblick hier sein.«

»Nur noch einen Kuss.«

»Liebling, die Tür ist offen!«

»Wie stehen meine Chancen?« Mit seinem gesunden Arm hielt er sie fest an sich gedrückt. »Liebst du mich?«

»Mhm ...«

»Wie sehr?«

»Das werde ich dir später sagen.« Lachend löste sie sich aus seinem Arm und ging rasch in den Gang hinaus, wo sie abrupt stehen blieb, denn sie sah gerade noch, wie Cathleen hastig die Treppe hinauflief. Da wusste sie, dass Cathleen sie die ganze Zeit über durch den Spalt zwischen Tür und Türstock belauscht und beobachtet hatte.

Während sie langsam hinter Cathleen die Treppe hochstieg, überkam sie ein Gefühl der Erschöpfung, welches das Glücksgefühl, das sie eben noch empfunden hatte, völlig auslöschte. Warum war es notwendig, gegen dieses Kind – oder irgendjemand anderen – zu kämpfen? Ihr ganzes Leben lang hatte sie gegen das eine oder andere gekämpft: gegen Armut, Schande, Angst, Trunksucht und vieles, das sich nicht in Worte fassen ließ. Als sie und Rodney einander schließlich gefunden hatten, hatte sie geglaubt, dass die Tage des Kämpfens vorüber wären. Nun schien dieses Mädchen einen Schatten auf ihr Leben und das ihrer Tochter zu werfen. Vielleicht war es auch nur eine psychologische Folge ihrer Schwangerschaft, dass sie Cathleens Handlungen so viel Bedeutung zumaß und sie nicht als Zeichen kleinlicher Eifersucht betrachtete, sondern als Taten einer dunklen Macht. Ja, vielleicht war es bloß das.

Sie folgte Cathleen in das Schlafzimmer und fand sogar die Kraft, sie mit größerer Gelassenheit als zuvor anzulächeln. Das verwirrte Cathleen zutiefst, verringerte jedoch in keiner Weise die Wut, die in ihr tobte: Sie fuhren nach Hause, obwohl sie nichts bekommen hatte! Nicht das geringste Geschenk – denn ein rotes Osterei konnte man doch wirklich nicht als Geschenk bezeichnen. Und dass Onkel Rodney diese Kate so hatte küssen müssen! Und der Chauffeur, der seine Arme um sie gelegt hatte. Es war schon richtig vorzugeben, dass es windig war; das hatte sie selbst auch getan, wenn sie wollte, dass ein Junge sie berührte. Sie würde den Mann beobachten, wann immer sie konnte.

Sie würde *beide* beobachten.

3

Zum vierten Mal schon ging Annie in den Wald hinunter, um den jungen Mann zu suchen und ihm dafür zu danken, dass er sie nach Hause getragen hatte. Sie wusste, dass er stundenweise auf dem Anwesen beschäftigt war, und stieß auch immer wieder auf frische Arbeitsspuren. Bisher hatte sie ihn jedoch noch nicht gesehen. Heute aber war er da und rodete das Unterholz.

Sobald sie ihn erblickte, begann sie zu laufen, bremste sich aber rasch wieder ein; sie wollte nicht wieder stürzen – sonst glaubte er noch, dass sie es absichtlich tat. Als sie »Hallo!« rief, richtete er sich auf und sah ihr entgegen, während sie näher kam.

»Ich suche dich schon seit drei Tagen«, begann sie. »Ich wollte dir danken, dass du mich nach Hause« – sie wollte nicht das Wort ›tragen‹ verwenden, und so schloss sie – »dass du mich nach Hause gebracht hast.«

»Geht es dir jetzt besser?« Seine Stimme klang kuhl.

»O ja, danke.«

»Dann ist es in Ordnung.«

Während er sich wieder dem Unterholz zuwandte, beobachtete sie ihn mit hinter dem Rücken verschränkten Händen. Sie bewegte die Spitze des Schuhs und zog in dem dunklen Laubboden kleine Furchen. »Wie heißt du?«, fragte sie schließlich zaghaft.

»Terence«, antwortete er nach kurzem Zögern.

»Terence … das ist ein hübscher Name. Ich heiße Annie«,

sagte sie. »Was für ein Glück, dass die Ferien schon zwei Tage nach meinem Sturz begonnen haben. Es hätte mir gar nicht gefallen, im Unterricht zu fehlen. Ich gehe in eine Klosterschule.« Sie fragte sich, warum sie ihm all das erzählte. Er musste sie für albern halten. Wie ernst er war. Er sah aus, als würde er nie lächeln. Annie versuchte sich vorzustellen, wie er wohl aussah, wenn er doch lächelte. Er war gewiss schon alt, sehr alt, vielleicht achtzehn oder zwanzig.

Während sie ihn beobachtete, erkannte sie, dass er ihr Leid tat; er musste arbeiten, obwohl er offenbar Ferien hatte. Und er war so dünn. Möglicherweise bekam er nicht genug zu essen. Das musste es sein – der arme Kerl bekam nicht genug zu essen, weil seine Mutter zur Arbeit ging. Sie würde taktvoll vorgehen wie Kate und behaupten, im Wald Tee zu trinken. Dann würde sie sagen, dass er sich ihr anschließen könne. »Hast du jetzt Ferien?«, fragte sie als Einleitung.

»Ja«, erwiderte er schlicht, nachdem er einen kleinen Seufzer ausgestoßen hatte.

»Wo arbeitest du?«

Er gab keine Antwort.

»Hast du keinen Job?«

»Doch.«

»Wo denn?«

Er hielt inne und zog die Schultern hoch. »Ich werde in Oxford arbeiten«, sagte er schließlich.

»Oh.« Das war etwas anderes als Newcastle oder Whitley Bay oder einer der anderen Orte, die sie kannte. »Ich habe Hunger«, erklärte sie gut gelaunt. »Ich werde ins Haus gehen und meinen Tee hierher bringen … Soll ich für dich auch etwas mitbringen?«

»Nein, danke.«

»Bist du denn nicht hungrig?«

»Nein.«

»Hättest du nicht auch gern … eine Tasse Tee und ein Stück Kuchen?«

»Nein!« Das Wort hatte etwas Endgültiges an sich.

»Aber deine Mutter arbeitet doch auswärts, und es gibt niemanden, der dir etwas zu essen macht.«

Als er sich zu ihr umwandte und sie anstarrte, hob sie die Finger an die Lippen. Seine Augen waren grau und kalt und glichen denen von Mr. Macbane.

»Du schwitzt doch, und es würde dir gut tun«, stammelte sie weiter.

»Danke. Ich will keinen Tee.«

»Aber es wäre überhaupt keine Mühe …«

»Ich will nicht! Ich habe dir gesagt, dass ich keinen Tee will … Und nun sieh zu, dass du fortkommst!«

»Es gibt keinen Grund, mich anzubrüllen.« Annies Lippen bebten, und ihre Augen begannen zu brennen. Zur Flucht bereit, verharrte sie regungslos.

»Auf ruhige Worte hörst du ja nicht.«

»Ich habe nur geglaubt, dass … dass es dir gut tun würde.«

»Ich brauche nichts, was mir gut tut … Gütiger Gott«, brach er ab, »fang doch nicht zu weinen an! Was ist denn jetzt mit dir los?«

Sie ließ den Kopf hängen, während ihr die Tränen über das Gesicht liefen. Ohne das geringste Geräusch von sich zu geben, stand sie bebend vor ihm. Er starrte sie mit einer Mischung aus Erstaunen und Entsetzen an. »Nicht! Was hast du denn für einen Grund zu weinen? Gütiger Gott!« wiederholte er, während er die Hacke mit einer verzweifelten Bewegung auf die Erde schleuderte.

Sie konnte ihm nicht sagen, dass sie weinte, weil er ihr Leid tat; er war so dünn, und er ließ es nicht zu, dass sie etwas für ihn tat. Sie wollte davonfliegen, schien jedoch dazu verdammt zu sein, regungslos vor ihm stehen zu bleiben.

»Nicht! Hör auf damit! Hör jetzt auf!«, befahl er ihr, während er einen Schritt auf sie zu machte. »Du hast doch keinen Grund zu weinen. Ein großes Mädchen wie du, das weint!«

Als sie zu ihm aufsah, glitzerten die Tränen auf ihrem Gesicht wie Regentropfen: »Du bist so … so abweisend«, schluchzte sie.

Er starrte sie verdutzt an.

»Ich ... ich wollte dir doch nur einen Tee anbieten.« Sie suchte nach ihrem Taschentuch, konnte es jedoch nicht finden. »Jetzt habe ich auch noch mein Taschentuch verloren«, schloss sie, während sie die Tränen mit der Zungenspitze aufsammelte.

Allmählich wurden seine Züge weicher, und der Anflug eines Lachens lag in seiner Stimme und seinen Augen, als er sagte: »Hier, nimm das.« Er zog ein außergewöhnlich weißes Taschentuch aus der hinteren Hosentasche und gab es ihr. »Ich werde eine Tasse Tee trinken«, sagte er ruhig, während sie sich die Augen trocknete.

Als sie nun zu ihm aufsah, lächelte sie durch ihre Tränen hindurch. »Wirklich? In Ordnung, dann hole ich den Tee.«

»Aber erst, wenn du deinen Tee im Haus getrunken hast«, fügte er hinzu. »Es ist zu kalt, um hier draußen zu sitzen.«

»Ja. In Ordnung.« Sie warf ihm das Taschentuch zu und stürmte mit weiten Sätzen zwischen den Bäumen davon. Ach, wie glücklich sie war, dass er ihr aufgetragen hatte, ihren Tee im Haus zu trinken, denn wenn sie nun darüber nachdachte, hätte es ihre Mutter vielleicht nicht erlaubt, ihn im Freien zu trinken, denn es war tatsächlich noch sehr kalt. Und jetzt brauchte sie nur um einen Tee für ihn zu bitten.

Zwanzig Minuten später schritt sie vorsichtig mit einem Korb, der eine Kanne enthielt, durch den Wald. Es war nicht so einfach gewesen, den Tee zu bekommen, wie sie geglaubt hatte. »Es hat keinen Sinn, ihm Tee zu bringen«, hatte Summy eingewendet. »Steve hat ihm schon vor Tagen Tee angeboten, und er wollte nicht.«

»Und Rodney hat ihm gesagt, dass er zum Abendessen heraufkommen kann, und er hat abgelehnt«, hatte Kate hinzugefügt.

Annie hatte nicht erzählt, zu welcher Szene es gekommen war, ehe er ihr Angebot schließlich angenommen hatte. »Nun, ich habe ihn gefragt, und er hat Ja gesagt«, wiederholte sie stattdessen nur.

Sie stellte den Korb auf einen Baumstamm inmitten der gerodeten Lichtung. »Ich habe den Tee gebracht«, rief sie in das Dickicht.

Dann ordnete sie das Teegeschirr erst auf eine und dann auf eine andere Weise an. »Hier ist er!«, sagte sie schließlich wie eine Zauberin, als der Junge neben ihr auftauchte. »Und da ist auch noch ein hart gekochtes Ei und Brot und Butter und ein Stück Kuchen und ein Krembiskuit mit Nüssen darauf. Das Biskuit wird dir sicher schmecken … ich liebe es.«

Er starrte die sorgsam angeordneten Speisen schweigend an und wandte sich dann halb zu ihr, als wollte er etwas sagen. Stattdessen blickte er nur wortlos in ihr lächelndes Gesicht, setzte sich abrupt neben dem Baumstamm auf die Erde und begann zu essen.

Als sie sich auf einen Stamm in der Nähe setzte und ihn schweigend betrachtete, fuhr er sich rasch mit der Hand über das Gesicht, als wollte er einen Ausdruck wegfegen. Annie glaubte, dass er gleich zu lachen beginnen würde, aber sein Gesicht blieb unbewegt.

Er aß gerade das letzte Stück des Obstkuchens, als sein Vater auf die Lichtung trat. Verlegen erhob er sich und wischte die Hände ab. Die ergrauten Brauen zusammenziehend, betrachtete Mr. Macbane erstaunt die Überreste des Mahls. »Wirst nicht *dafür* bezahlt«, sagte er.

»Sie haben es heruntergeschickt«, anwortete sein Sohn ruhig.

»Du hättest ablehnen sollen.«

»Das habe ich.«

»Dann sieh jetzt zu, dass du die verlorene Zeit nachholst.«

»Was ist mit dem Krembiskuit?«, rief Annie. »Es ist einfach herrlich und …«

»Das wirst du selbst essen«, erklärte Mr. Macbane keineswegs unfreundlich, »der Junge muss arbeiten.«

»Aber ich bekomme davon, so viel ich will, Mr. Macbane.«

»Glaubst du vielleicht, dass er verhungert?« Mr. Macbanes

Augenbrauen schienen sich über der Nasenwurzel zu vereinen. »Seine Mutter is' eine gute Köchin!«

»Ich … ich habe nicht gemeint …«, begann Annie.

»Immer mit der Ruhe«, sagte der junge Mann gelassen zu seinem Vater. Dann packte er das Geschirr in den Korb und reichte ihn Annie. »Ich habe es sehr genossen … Danke … und danke auch deiner Mutter.«

Während sie davonging, hörte sie den jungen Mann sagen: »Im nächsten Augenblick hätte sie zu weinen begonnen. Ihr kommen rasch die Tränen. Ich musste die Einladung annehmen, damit sie nicht weint.«

Das ist nicht wahr, dachte sie entrüstet. Mir kommen nicht rasch die Tränen! Das ist unfair. Damals habe ich geweint, weil Cathleen etwas so Hässliches gesagt hat, und du hast mich zum Weinen gebracht, weil du mich so grob angefahren hast. Und außerdem hast du mir Leid getan, weil du so dünn bist. Das werde ich dir morgen auch sagen. Ja, das werde ich!

Am nächsten Morgen zeigte sich, dass der junge Mann seine Arbeit bereits beendet hatte, noch ehe sich Annie die Gelegenheit bot, in den Wald hinunterzugehen. Die Reste eines vor kurzem angezündeten Feuers glühten noch in der Lichtung. Sie war enttäuscht, denn sie wollte eindeutig klarstellen, dass sie nicht sofort zu weinen begann.

Ihre Enttäuschung war jedoch rasch wieder vergessen, als Kate ihr einen Auftrag erteilte. »Würdest du für mich zu den Mullens gehen, Liebes?« Das bedeutete eine Reise nach Jarrow, und sie freute sich darauf, einen Korb voll köstlicher Speisen zu den Mullens zu bringen und Rosie zu treffen, sofern sie schon von der Arbeit nach Hause gekommen war.

Annie half Kate eben in der Küche, den Korb zu packen, als Rodney vom Garten hereinkam. Es war offensichtlich, dass er aufgeregt war. »Du wirst es nicht glauben, Liebling. Weißt du, was ich soeben erfahren habe?«, sagte er.

»Was denn?« Kate lächelte ihm über den Tisch freundlich zu.

»Ich kann es selbst nicht glauben«, fuhr er fort, »aber Steve hat mir erzählt, dass Macbanes Sohn nach Oxford geht.«

Kate hielt im Packen inne. »Oxford? Du meinst doch wohl nicht auf ein College?«

»Doch, nach St. Joseph.«

»Das ist wundervoll! Einfach wundervoll!«

»Stell dir nur vor, der alte Mann hat kein Wort davon gesagt; Steve hat ihn gestern Abend im Pub unten im Dorf reden gehört. Offenbar hat der Junge ein Stipendium bekommen. Wie es scheint, ist er in allen Fächern gut, aber wahrlich brillant in Mathematik. Er beginnt im Oktober.«

»Oxford!«, wiederholte Kate. Plötzlich dachte sie an Bernard Tolmache; er war Dozent in Oxford gewesen. Der liebe, gute Mr. Bernard, der ihr eine neue Art von Leben gezeigt hatte. Er war in die Küche gekommen und hatte gesagt: »Hör auf, das Silber zu polieren, Kate, und polier stattdessen deinen Geist, damit er strahlender erglänzt als das Silber.«

Ohne jeden Zweifel hatte er mit den Gesprächen und den Büchern, die er ihr geliehen hatte, ihren Geist aufpoliert. Auch wenn sie nicht in Oxford gewesen war, hatte sie durch ihn doch einen kleinen Einblick in den Zauber dieses Ortes erhalten. Und nun würde der Junge aus dem kleinen Cottage dort unten tatsächlich nach Oxford gehen. »Das ist also der Grund, warum sie so hart arbeiten«, sagte sie zu Rodney.

»Ach, meine Liebe, was sie mit ihrer Arbeit verdienen, wird kaum reichen, um seine Kleidung und seine Kost zu bezahlen. Er muss neben dem Stipendium einen Zuschuss bekommen. Einfach unglaublich, dass der finstere alte Teufel nicht ein einziges Wort davon gesagt hat!«

»Oxford«, wiederholte Kate erneut. »Das ist wie ein Märchen. Ich freue mich sehr für ihn. Wie schwer sie gekämpft haben müssen, um ihn so weit zu bringen.«

»Ich bewundere den alten Knaben«, sagte Rodney.

»Und den Jungen«, fügte Kate hinzu.

»Ja, auch den Jungen.«

»Und vergiss nicht die Mutter. Sie muss sich jahrelang abgeracktert haben mit diesem Ziel vor Augen. Was für eine Ehre für sie! Aber warum haben wir ihn nie gesehen, wenn er noch zur Schule geht?«

»Offenbar wohnt er bei einer Tante in Newcastle, um nah bei der Schule zu sein«, erklärte Rodney.

Annie sah von einem zum anderen. Ja, dachte sie, er hat gesagt, dass er nach Oxford gehen würde, um zu arbeiten. In ihrem Kopf war Oxford untrennbar mit einem anderen Namen verbunden: Cambridge. Diese beiden Namen erschienen ihr nicht wie die von Städten, sondern wie die Namen weit entfernter Inseln, wo Menschen, die anders waren als sie, hingingen und lernten, prahlerisch zu reden. ... Würde auch er prahlerisch zu reden beginnen? Das tat er doch jetzt nicht. Aber er sprach auch nicht wie sein Vater. Und er war so dünn, und seine Kleidung wirkte abgenutzt. Vielleicht trug er die alte Kleidung bloß, wenn er arbeitete. Er ist also in Mathematik besonders gut. Ach, und sie hatte zu ihm gesagt, dass er abweisend sei!

Annie blieb in der Küche zurück, während Kate und Rodney, noch immer in ihr Gespräch vertieft, hinausgingen. War er ein Gentleman, weil er nach Oxford ging? Konnte er ein Gentleman sein, wenn sein Vater unten im Bergwerk arbeitete? Und gab es tatsächlich Gentlemen, die Wälder rodeten? Rodney arbeitete im Gewächshaus, und er war gewiss ein Gentleman. Sie war enttäuscht darüber, dass Terence nach Oxford ging. Irgendwie war es ihr dadurch nicht mehr möglich, dass er ihr Leid tat. Sie konnte ihm nun auch keinen Tee mehr anbieten.

»Summy, kennst du Mr. Macbanes Sohn?«, fragte sie Mrs. Summers, die eben in die Küche geeilt kam. »Er wird nach Oxford gehen.«

»Oxford? Du musst dich verhört haben, Kleines ... Dieser Junge!«

»Doch, das wird er. Steve hat es Rod ... dem Doktor erzählt.«

»Er sieht aber nicht aus, als hätte er den Grips dazu.«

»Er ist sehr klug und hat viele Prüfungen bestanden.«

»Hört, hört! Und seine Mutter ist Reinemachefrau bei Mrs. Tawnley im Dorf. Ach!« Mrs. Summers hielt im Beladen des Tabletts inne. »Dann ist das wohl der Grund, warum er es abgelehnt hat, heraufzukommen und hier Tee zu trinken, als Steve ihn eingeladen hat. Ist anscheinend zu groß geworden für seine Stiefel. Weißt du, was man sagt, Kleines? ›Man muss den Teufel nur auf ein Pferd setzen, und schon reitet er …‹ Na, er reitet irgendwo hin und wird sich dabei vermutlich den Hals brechen. So wie Emporkömmlinge seiner Art es im Allgemeinen tun«, schloss sie.

Annie verließ die Straßenbahn in Westoe Fountain und nahm eine andere nach Tyne Dock. Die Fahrt glich dem Übergang von einer Welt in eine andere. Alles, was dort grün war, wirkte hier dunkler; selbst die Frühlingsblumen und Bäume im Park schienen von einer dunklen Schicht überzogen zu sein. Sie sahen nicht so frisch aus wie in der Umgebung ihres neuen Heims. Während sie sich Tyne Dock näherte, wurden die Häuser niedriger und säumten enge Nebenstraßen, die von der Hauptstraße abzweigten. Die Straßenbahn folgte dem Ufer, und als sie an der katholischen Kirche vorbeifuhr, neigte Annie ehrfurchtsvoll den Kopf. Es wäre schön gewesen, dort einen Besuch abzustatten, aber der Korb war zu schwer, als dass sie ihn weit hätte tragen können. Die Straßenbahn verließ die Haltestelle und ratterte durch Tyne Dock, vorüber an der Bede Street und Bobs Pfandhaus, dessen dunkles Inneres sich in der Straße widerzuspiegeln schien. Die glänzenden Messingkugeln zogen ihre Aufmerksamkeit auf sich, und Annie erinnerte sich daran, dass sie einmal dorthin hatte gehen müssen, als Kate an einer heftigen Verkühlung gelitten und ihre Großmutter in der Dachkammer im Sterben gelegen hatte. Sie war zu jung, um etwas in die Pfandleihe geben zu dürfen, und so hatte sie einer Frau drei Pence bezahlt, damit sie es für sie tat. Bob war ein freundlicher Mann. Deshalb schämte sie sich jedoch kein bisschen weniger, und so war sie zur

Hintertür hinausgeschlichen und in die Straße gelangt, in der die Hafenarbeiter am Zaun auf der anderen Straßenseite lehnten und jeden beobachteten, der kam oder ging. Sie erinnerte sich, dass sie, während sie an ihnen vorüber dem Hafentor zustrebte, dachte, dass dies der Grund war, warum Kate lieber in das Pfandhaus nach Shields ging, statt sich den unverschämten Blicken dieser Männer auszusetzen. Jetzt würden jedoch weder Kate noch sie je wieder eine Pfandleihe wie die von Bob betreten müssen … nie wieder.

Die Straßenbahn fuhr am Hafen entlang, an den Pubs und Geschäften vorbei und hielt gegenüber der hohen Steinmauer mit den eisernen Bolzen, die hell klirrten, wenn sich die Hafenpferde bewegten, die an der anderen Seite der Mauer festgemacht waren.

Während sie ausstieg, sah sie die Straßenbahn nach Jarrow hinter dem ersten Torbogen verschwinden. Sie ging bis zur Ecke gegenüber dem Hafentor und stellte den Korb in der Nähe des Zauns ab. Dann beobachtete sie die Menschen verschiedenster Nationalitäten, die durch das Tor ein und aus gingen. Eine seltsame Erregung stieg in ihr auf. Es war lange her, seit sie das letzte Mal am Hafentor gestanden war. Nun fuhr sie üblicherweise in Rodneys Wagen schnell vorüber … Das gefiel ihr, aber auch was sie jetzt erlebte, war interessant. Es glich einer Rückkehr zu etwas, das zu ihr gehörte.

In der Nähe stand ein kleiner Junge, der sich mit den Händen hinter dem Rücken an dem Eisenzaun festhielt, der die Hafengebäude umgab. Er ließ sich nach vorn fallen und zog sich dann in einer schwingenden Bewegung wieder hoch. Als er sie anlächelte, lächelte Annie zurück. Sie fragte sich, wo sie ihn schon einmal gesehen hatte. Sein Haar, das den Kopf in weichen Ringellöckchen umspielte, war glänzend schwarz wie Ebenholz und seine Haut hell und klar. Er hatte große blaue Augen, in denen ein trauriger Blick lag. »Wartest du auf die Straßenbahn?«, fragte sie ihn.

»Nein, auf meine Mama. Sie ist da drüben.« Er deutete mit dem Kopf auf die Pubs und Geschäfte auf der gegenüberliegenden Straßenseite. »Ich habe einen Penny.« Er öffnete die Hand und zeigte ihr den Penny, den der Eisenzaun tief in seine Handfläche gepresst hatte.

»Oh, du bist ja reich«, gab sie zurück. »Da ist noch einer. Was wirst du jetzt damit kaufen?«

»Schweinefleisch mit Soße oder Pastete mit Bohnen«, antwortete er.

»Kluge Entscheidung, sorg nur gut für deinen Bauch, mein Sohn«, meinte ein Mann, der mit einem Rennhund an der Leine in der Nähe wartete. »Earl hat auch was übrig für einen guten Happen und einen guten Schluck.« Dabei bückte er sich und tätschelte den Hund. »Sieh nur«, sagte er, zog eine Flasche aus der Tasche und goss dem Hund ein wenig Alkohol in die Kehle. Der Hund schüttelte sich, sodass man die Knochen unter dem Fell tanzen sah.

Der Junge lachte, während Annie ausdruckslos zusah. Sie mochte diese Hunde nicht, denn sie konnte sich noch gut an den Samstagnachmittag erinnern, als sie mit Rosie zu der Hunderennbahn in East Jarrow gegangen war. Dort hatte man arme kleine Hasen in Käfigen gehalten und sie schließlich freigelassen, damit die Hunde hinter ihnen herjagten. Als die Startpistole abgefeuert wurde, war sie rücklings von der Sitzbank gefallen und in einen gefüllten Wassergraben gestürzt. Später war ihr übel geworden, und sie war nicht wieder hingegangen.

»Da ist meine Mama!«, rief der kleine Junge, ließ den Zaun los und stürmte auf zwei Frauen und einen Mann zu, die eben die Straße querten. Eine der Frauen, die selbst aus der Entfernung unendlich fett aussah, gab dem Jungen eine Ohrfeige und schrie ihn an, worauf er sich umwandte und wieder auf den Bürgersteig zurücklief.

Annie starrte die Frau an, die sich ihr näherte, und ihre Augen weiteten sich vor Überraschung. Es war ihre Cousine Connie – eigentlich Kates Cousine, Connie aus Jarrow, die immer einen besonderen Geruch an sich hatte, einen unangenehmen Geruch. Sie hatte sie seit Jahren nicht mehr gesehen. Als sie noch hier wohnten, hatte Connie sie oft besucht. Doch nachdem sie Pat Fawcett geheiratet hatte, war sie nicht mehr gekommen … Warum, das hatte Annie nie herausgefunden. Sie wusste nur, dass es etwas mit Pat zu tun hatte, denn Kate hätte Pat heiraten sollen. Pat war im Krieg in Frankreich gefallen, und nun war Connie Witwe und unendlich fett. Konnte sie tatsächlich die Mutter dieses Jungen sein? Annie betrachtete das Kind. Jetzt wusste sie, warum sie geglaubt hatte, ihn schon gesehen zu haben. Er sah genau wie Pat aus, nur dass sein Gesicht nicht gerötet war.

Der Mann stand mit den beiden Frauen am Randstein, und es war ihnen deutlich anzumerken, dass sie betrunken waren. Er beugte sich zu Connie und unterstrich jedes seiner Worte mit einem Klaps auf ihre ernormen Brüste. Connie warf den Kopf in den Nacken und lachte schallend. Annie starrte gebannt auf die gewaltige graue, feuchte Höhle hinter den schwarzen Zähnen. Dann schob sie sich hinter den Mann mit dem Rennhund, denn sie wollte nicht, dass Connie sie sah; sie schämte sich dafür, dass sie betrunken war. Wenn Connie nicht betrunken gewesen wäre, hätte Annie mit ihr gesprochen, denn sie mochte den kleinen Jungen. Jetzt zog er am Rock seiner Mutter. »Zum Teufel mit dir!«, hörte sie Connie fluchen. »Was ist das, he? Wer hat dir den Penny gegeben?«

Der Junge deutete hinter sich. In diesem Augenblick trat der Mann mit dem Rennhund einen Schritt zur Seite, um mit zwei kräftigen Männern zu sprechen, die eben aus dem Hafen gekommen waren, sodass Annie plötzlich in Connies blutunterlaufene Augen starrte. Angst erfasste sie, und sie fühlte ein Flattern im Bauch; er war federleicht, als wäre er von Flügeln erfüllt. Ihre Beine wollten unter ihr nachgeben, und selbst ohne den schweren Korb hätte sie sich nicht umwenden und davonlaufen können.

»He! Bei Gott, wenn das nicht die Tochter der Gräfin ist!« Connie kniff die Augen zu rot funkelnden Schlitzen zusammen, während sie Annie von oben bis unten musterte. »Sieh einer an! Das wird also aus einer, wenn sie einen reichen Mann heiratet. Nelly! Sieh nur« – sie stieß die andere Frau an – »das ist Kate Hannigans Bastard, du weißt schon, die, von der ich dir erzählt habe. Das ist sie. Hat sie hübsch nach oben gebracht, was? Wohnen jetzt bei den Lackaffen. Wollen alle bloß Geld, Nellie … Kannst mit allem davonkommen, wenn du dir einen mit Geld suchst. Warum hast du kein Geld, Jake?« Sie versetzte dem Mann einen Stoß in die Rippen, dass er um die eigene Achse wirbelte. Die drei lachten, doch in Connies Lachen lag keine Heiterkeit, als sie sich erneut an Annie wandte.

Am Hafentor standen mehrere Gruppen von Männern, und an der Haltestelle warteten Menschen zu zweit und zu dritt auf die Straßenbahn nach Jarrow. Annie schien es, als hätten alle zu sprechen aufgehört, um die entsetzlichen Dinge zu hören, die Connie Fawcett von sich gab. Annies Gesicht brannte vor Scham, und ihr war heiß und übel. Warum musste sie sich für so vieles schämen? Immer gab es etwas, für das sie sich schämen musste: für ihren gemeinen, bösartigen Großvater, dafür, das sie keinen Vater hatte, für die Pfandleihe, weil Kate nicht katholisch war, und nun für Connie Fawcett.

»He, Pat«, rief Connie den Jungen, »das ist deine Cousine. Schau sie dir gut an … Ist sie nicht hübsch? Wenn ich Verstand hätte, würde ich dich auch fein rausputzen. Alles, was du brauchst, ist ein wenig Bildung. Dann macht sich das Nuttengeschäft bezahlt.«

»Hab gar nicht gewusst, dass es darauf ankommt, Connie«, prustete der Mann, während seine Hand erneut auf ihrer Brust landete. »Das ist mir neu. Bei Gott! Ist das nicht komisch, Nellie? Bildung für eine Nutte! Du kannst deine Bildung behalten, Connie, solange du mir nur das gibst …«

»Ich glaube, jetzt ist es genug«, rief eine Frau, die in der Nähe stand. »Sie sollten sich schämen … immerhin sind Kinder hier.«

Annie wurde von Schwindel erfasst. Sie senkte den Blick auf den Bürgersteig und umklammerte den Zaun hinter sich. Lieber, barmherziger Gott, mach, dass sie aufhört. Heilige Muttergottes, mach, dass sie weggeht. Bitte. Bitte.

»Kümmern Sie sich um Ihren eigenen Kram; das ist eine Familienangelegenheit«, brüllte Connie zurück.

»Ich werde die Polizisten von dort drüben rufen«, drohte die Frau, während sie wütend auf das Gebäude der Hafenpolizei deutete.

Annies Kopf sank tiefer: Heiliger Antonius, führe mich. Führe mich weg von ihr. Lieber, barmherziger Gott, hilf mir.

Unter ihren halb geschossenen Lidern sah sie zwei Füße, die eilig auf sie zukamen und vor ihr anhielten. Eine Hand hob den Korb, und eine andere griff nach ihrer Hand. Ich danke dir, heiliger Antonius, dachte sie, ehe sie aufsah. Doch dann hätte sie beinahe laut aufgeschrien: Warum hast du mir gerade *ihn* schicken müssen? Alle, nur nicht ihn! Oh, welche Schande! Er muss alles gehört haben, was Connie gesagt hat. Heiliger Antonius, warum hast du nicht jemand anderen geschickt? Ich werde ihm nie wieder in die Augen sehen können.

Sie ließ sich von ihm durch die verstreuten Menschengruppen führen. Dann überquerten sie die Straße und gingen durch den Torbogen. Sie hielt noch immer den Kopf gesenkt und war nicht im Stande, einen klaren Gedanken zu fassen. Nur eines wusste sie: dass dies eine weitere Schande war, die sie den vielen anderen hinzufügen konnte, und dass es eine wahre Gemeinheit des heiligen Antonius war, dass er ihr Terence Macbane geschickt hatte. Denn sie würde gleich zu weinen beginnen, ohne etwas dagegen tun zu können.

»Ich würde mir keine Sorgen machen«, sagte er freundlich.

Sie antwortete nicht, und so gingen sie schweigend weiter, während er noch immer ihre Hand hielt.

»Ich habe auch so eine Tante«, begann er, nachdem sie die fünf Torbögen hinter sich gelassen hatten. »Um ehrlich zu sein, sie ist schlimmer als deine Tante.« Annie sah ihn mit glänzenden, brennenden Augen an. »Sie ist einfach furchtbar«, fuhr er fort. »Jeder in … in Glasgow kennt sie. Wir schämen uns entsetzlich wegen ihr, daher weiß ich, wie du dich fühlst. Diese Frau da … na, sie kann sich nicht mit meiner

Tante messen.« Er lächelte innerlich über die von seiner Fantasie erschaffene Gestalt. »Es gibt keinen Grund, weshalb du dich schämen müsstest ... gar keinen«, fügte er tröstend hinzu. »Jeder hat Verwandte wie sie.«

Annies Augen, die eben noch trocken geglänzt hatten, wurden feucht. Der Schmerz, der ihre Brust umklammert gehalten hatte, stieg in ihre Kehle und schien sich in lautem Schluchzen entladen zu wollen. Sie drehte sich zu ihm, schlug die Hände vor das Gesicht und lehnte sich gegen seine Brust. Einen Augenblick lang verharrte Terence angespannt und starrte nur über ihren Kopf hinweg. Annie hatte ihren Hut vom Kopf gestreift, und er lag nun auf dem schmutzigen Bürgersteig. Schließlich stellte Terence den Korb ab und legte vorsichtig die Arme um sie. Sie standen in der verlassenen Straße, die zur Sägemühle führte und menschenleer vor ihnen lag. Er beugte das Gesicht über die silbrig glänzende Fülle ihres Haares, und einen Moment lang schwebten seine Lippen über ihrem Haar. Dann ließ er die Arme sinken und verharrte stocksteif.

Gedanken rasten durch seinen Kopf, taumelten und bekämpften einander ... So begann es zwischen Jungen und Mädchen. Nun, das würde ihm nicht passieren, nicht heute und nicht in Zukunft. Sie war noch ein Kind, aber warum musste sie so aussehen? Wenn sie ihn anschaute, fühlte er sich so ... Zum Teufel, er musste fort von hier! Ich habe meine Arbeit, an die ich denken muss, sagte er sich eindringlich. Und nichts darf daran etwas ändern! Aber ich habe noch nie zuvor so gefühlt. Alles hat in dieser verdammten Nacht vor einem Monat begonnen, als ich sie am Fenster gesehen habe ... Aber wie war das möglich? Sie ist doch noch ein Kind. Einerlei, denn es wird nicht beginnen.

Noch immer schniefend, lächelte Annie ihn entschuldigend an, während sie ihren Hut aufhob. Er ist nett, dachte sie. Und es ist mir gleichgültig, was Summy sagt. Er ist keiner von denen, die ... die du-weißt-schon-wohin reiten würden, wenn man sie auf ein Pferd setzt.

4

Mr. Macbane erhob sich vom Tisch und ging zum Kamin. Er nahm einen Holzspan aus dem Figurenkrug, der auf dem Kaminsims stand, zog eine Tonpfeife aus der Tasche seiner ärmellosen Weste und setzte sich in den hölzernen Lehnstuhl neben dem Feuer. Während er sich die Pfeife anzündete, seufzte er. Seine Frau und sein Sohn sahen einander über den Tisch hinweg lächelnd an.

»War ein gutes Abendessen, Frau. Ich sag immer, dass die Reste besser schmecken als der frische Braten. Ist schon was ganz Besonderes, das Essen am zweiten Weihnachtstag ... Was meinst du, Junge?«

»Jedes Essen von Mutter ist besonders.« Terence stand auf und ließ sich in dem Lehnstuhl auf der anderen Seite des Kamins nieder. Er legte die Füße in den Hausschuhen auf den Kaminschutz und zündete sich eine Zigarette an.

»Ich nehme an, dass du dort oben auch nichts Besseres bekommen hast«, fuhr sein Vater fort.

Wie so oft in den vergangenen vier Jahren versicherte ihm Terence, dass er wirklich nirgendwo besser gegessen hatte.

»Ich hab dir wohl noch gar nicht erzählt, dass mich Jimmy Toonsend und Bill Swain wegen dir ausgehorcht haben, oder?«

»Nein«, sagte Terence.

»›Dein Junge ist doch fast fertig mit diesem Oxford‹, hat Jimmy Toonsend gesagt. ›Was wird er jetzt machen? Premierminister werden?‹

›Nein‹, habe ich darauf gesagt. ›Er wird etwas machen, für das man Grips braucht.‹ Du hättest sie sehen sollen, wie sie die Augen verdreht haben, als der Verwalter zu mir gekommen ist. ›Ich habe gehört, dass dein Sohn bestanden hat‹, hat er gesagt. ›Ja, und mit 'ner Eins‹, hab ich gesagt. Hättest die beiden Hohlköpfe sehen sollen; die haben nicht gewusst, was 'ne Eins ist. ›Ja, und er studiert einfache und angewandte Mathematik‹, hab ich gesagt.«

Terence warf den Kopf in den Nacken und lachte. Es war sehr komisch, wenn sein Vater über einfache und angewandte Mathematik und Einsen sprach ... Nein, es war nicht komisch; es war Mitleid erregend. Es war Mitleid erregend, dass sich Männer wie sein Vater nur im Widerschein der Ausbildung ihrer Kinder sonnen konnten. Sie mussten den ganzen Tag in der Erde schürfen, während eine Stimme tief in ihrem Inneren nach einer anderen Art von Leben rief, nach einem Wissen, das nur die Jungen erreichen konnten. Wenn die Jugend vorüber war, war auch die Zeit vorüber, um jene Basis zu legen, auf der sich das Gebäude des Wissens erheben konnte, ganz egal, welche Möglichkeiten das Leben später auch bot. »Was hast du noch gesagt, Vater?«, fragte er mit ruhiger Stimme.

»Na, ich hab gesagt: ›Er wird jetzt 'nen Kurs machen, um Lehrer zu werden.‹ ›So, so!‹, hat der Verwalter gesagt, ›er muss 'nen klugen Kopf auf den Schultern haben.‹ ›Ja, den hat er‹, hab ich gesagt. ›Und 'ne Menge Ideen. Er wird Jungen unterrichten, wie er selbst einer war, mein Sohn. Wird ihnen zeigen, dass es auch in der Arbeiterklasse Leute mit Grips gibt. Mehr als unter den Reichen. Er wird den Jungen schon Beine machen.‹ ›Dann wünsche ich ihm viel Glück‹, hat der Verwalter gesagt. ›Macht dir wirklich Ehre, dein Junge.‹ Ach, Terry. Hättest sie sehen sollen, Toonsend und Swain! Das hat ihnen das Maul gestopft.«

Mrs. Macbane trug einen Stuhl vom Tisch herüber und setzte sich zwischen die beiden Männer.

»Setz dich doch in den Lehnstuhl«, forderte Terence seine

Mutter auf, doch sie drückte ihn nieder, als er sich erheben wollte.

»Bleib, wo du bist, Junge. Ich sitze auch hier gut.«

»Ja, ruh dich aus, solange du zu Hause bist«, sagte sein Vater.

Ausruhen! Terence betrachtete seine Mutter – das graue Haar, die faltige Haut, die knotigen Hände. Sie hat sich nie ausruhen dürfen, dachte er. Vater hat weder ihr noch sich selbst je Ruhe gegönnt. Solange ich mich erinnern kann, hat sie von morgens bis abends gearbeitet. Er hat auch mich immer angetrieben. Aber jetzt, wo ich den ganzen Tag nichts tue, sagt er mir, dass ich mich ausruhen soll. Wer hat, dem soll gegeben werden …

»Willst du nicht mit uns zu den Plums hinuntergehen?«, fragte ihn seine Mutter. »Sie würden sich so freuen, dich zu sehen. Komm, nur auf eine Tasse Tee.«

Er schüttelte den Kopf. »Geht allein; du weißt doch, dass mir die Plum-Frauen Angst machen.«

Während sein Vater schallend lachte, beugte sich seine Mutter zu ihm. »Willst du dann vielleicht ins Haus hinübergehen?«, fragte sie flüsternd. »Sie haben dich eingeladen. Miss Annie gibt heute ein Fest für ihre Freunde.«

»Wirst du endlich aufhören, sie Miss Annie zu nennen, als ob sie was Besseres wäre!« Mr. Macbane warf seiner Frau einen finsteren Blick zu. »Das macht mich wirklich wütend. Ihr behandelt sie, als wären sie blaublütig, nur weil sie Geld haben.«

»Das ist nicht wahr«, entgegnete seine Frau. »Du kannst es halten, wie du willst, aber ich mag sie; sie sind immer freundlich zu mir gewesen.«

»Gönnerhaft!«

»Nein, das sind sie nicht. Bloß freundlich.«

»Das kann jeder, der Geld hat.«

»Aber nicht jeder ist es. Ich sollte es wissen, denn ich habe auch schon für andere gearbeitet … Denk nur an all das Geld, das der Doktor für diese Klinik ausgibt. Und das Haus für die

Schwestern. Er hätte auch uns auffordern können, Platz für sie zu machen. Vergiss das nicht.«

»Ha, das hätte ich gern gesehen.«

»Du hättest nichts dagegen tun können.«

»Hätte ich nicht? Ich hätte ihm schon das eine oder andere erzählt … Und ihm ins Gesicht gesagt, dass er ein Dummkopf ist, weil er das Mädchen aufzieht, als wär's 'ne Herzogin. Schwimmbecken! Tennisplatz!«

»Es hat ihr nicht geschadet; sie ist so ein nettes Mädchen geworden. Terence, du musst sie schon ein Jahr nicht gesehen haben.«

»Ja, ungefähr«, meinte Terence.

»Sie war im Sommer auf Urlaub, als du von deiner Wanderung zurückgekommen bist.« Sie nickte bekräftigend. »Willst du nicht doch hinübergehen, Junge? Ich will dich nicht allein zurücklassen.«

»Mach dir um mich keine Sorgen, ich habe jede Menge zu tun.«

»Ja. Und wem verdankt er sein Geld?«, begann Macbane erneut. »Dem Schweiß armer Stahlarbeiter während des Kriegs. Es heißt, dass ihm jetzt schon die Hälfte des verdammten Stahlwerks gehört.«

»So wie die Dinge liegen, bringt ihm das jetzt wenig ein«, sagte Terence.

»Immerhin tut er Gutes mit seinem Geld. Das ist schon etwas«, fiel Mrs. Macbane ein.

»Du nennst es Gutes tun, wenn er halb blöde Kinder verhätschelt? Warum verwendet er sein Geld nicht für welche, aus denen auch was wird? Jeden Tag plagen er und seine Schwestern sich stundenlang, um 'nem Siebenjährigen Ballspielen beizubringen. Und der Junge starrt nur vor sich hin, als würd' er träumen.«

»Du beobachtest sie also?«, erkundigte sich Terence mit schlauem Lächeln.

»Ich? Nein. Ich seh' sie nur, wenn ich vorbeikomme.«

Seine Frau lachte laut auf. »Ob er sie beobachtet? Er beobachtet sie die ganze Zeit ... Haben sie nicht letztes Jahr drei Kindern das Gehen beigebracht?«, fragte sie, während sie sich zu ihrem Mann beugte. »Und fast zehn vom Stottern geheilt?«

»Ich werde dir gleich eine hinter die Ohren geben«, knurrte er.

Mrs. Macbane erhob sich lachend. »Ja, er weiß nicht, was dort vorgeht. Kümmert sich nur um seine eigenen Angelegenheiten. Nun, dann werde ich jetzt aufräumen«, fügte sie hinzu.

Terence stand ebenfalls auf. »Ich helfe dir.«

»Nein, Junge«, wehrte seine Mutter ab. »Setz dich wieder.«

»Ja, setz dich«, knurrte sein Vater. »Was willst du denn als Nächstes tun? Abwaschen?«

Ohne auf die Einwände zu achten, begann Terence, das Geschirr vom Tisch abzuräumen.

»Hört doch!«, rief Mr. Macbane plötzlich. »Habt ihr das gehört?«

Einen Augenblick lang verharrten sie schweigend und lauschten. Aus der Ferne drangen Rufe und Lachen zu ihnen. »Sie sind schon wieder dabei! Schneeballschlacht! Haben nichts anderes im Kopf. Verrückte Bande, allesamt, von ihm abwärts!«

Mutter und Sohn lachten lautlos in der kleinen Spülküche. »Schon lustig, wochenlang redet er kein Wort, aber zu Weihnachten, oder wenn er ein Glas getrunken hat, kommt alles heraus«, meinte sie. »Aber so ist er nun einmal. Und in Wirklichkeit hält er viel vom Doktor, was immer er auch über ihn sagt«, fügte sie hinzu und warf ihrem Sohn einen raschen Seitenblick zu. »Hör nicht auf das, was er über dich sagt, Junge, er ist ein seltsamer Kauz, aber er ist stolz auf dich.«

»Das weiß ich«, gab Terence zurück.

»Du wirkst traurig, Junge. Was ist los?«

»Nichts.«

»Irgendetwas ist mit dir ... ich weiß es doch.«

»Na ja«, begann Terence schließlich seufzend, »es ist bloß dieses unterschiedliche Leben, das die Menschen führen müssen. Wenn er spricht, schmerzt es irgendwie. Mein Inneres gerät in Aufruhr, und ich will alles in Oxford hinwerfen, was ich lieben gelernt habe. Und ich will diejenigen niederschlagen, die es für selbstverständlich halten … Dort ist alles so anders, Mutter; du kannst das nicht verstehen, du kennst es nicht.«

»Aber ich versuche es, mein Junge … Gräm dich nicht deswegen. Dass du dort studierst, hat Farbe und Freude in unser Leben gebracht. Und er, ach, er lebt deinetwegen in einer Art Seligkeit. Komm schon, Junge, mach wieder ein fröhliches Gesicht. Erzähl mir, was in letzter Zeit geschehen ist. Triffst du dich noch zu Gesprächen mit dem Lord und dem hinkenden Chinesen? Haben diese Frauen dich wieder eingeladen? Erzähl es mir. Seit du nach Hause gekommen bist, haben wir nicht ein einziges Mal Gelegenheit gehabt zu reden. Ich bin fast jeden Tag außer Haus, und du streifst immer über die Straßen.«

So erzählte er ihr, während er die Teller abtrocknete, von Lord John Dane Dee, der Geld im Überfluss hatte und es im Überfluss ausgab; von dem Chinesen namens Larry; von Dane Dees beachtlichen Leistungen als Querfeldeinläufer; und von Larrys Liebe zu Büchern und der stillen Schlichtheit der wahren Gelehrten. Er lachte, als er über die Ladys sprach, die die Mitglieder der Cricket-Mannschaft der Universität mit Einladungen bedrängten.

»Und gehen einige der Jungen tatsächlich zu diesen Festen?«, erkundigte sich seine Mutter.

»O ja; und sie verstehen es zu feiern.«

»Schon ziemlich unverschämt, auf diese Weise Jungen für ihre Mädchen einzufangen.«

»Du musst dich nicht um die Jungen sorgen. Sie wissen, was sie tun.«

»Hast du je Lust gehabt, zu so einem herrschaftlichen Fest zu gehen?«

»Manchmal schon, bloß um zu sehen, wie es ist. Aus reiner Neugier.« Er sagte nicht, dass er Angst hatte, eines dieser Feste zu besuchen; Angst, dass sich deutlich zeigen würde, wie anders er war. Die Männer akzeptierten ihn im Allgemeinen. Bei den Frauen hingegen genügte ein Blick, um den Unterschied festzustellen. Sie mussten ihn nicht erst auf die Probe stellen. Sie wussten sogleich, ob er eine Privatschule oder eine öffentliche Grundschule besucht hatte; sie wussten, ob ihn seine Familie mit einer großzügigen finanziellen Zuwendung unterstützen würde, oder ob ihn eine uninteressante Welt erwartete, in der er auf Arbeitssuche gehen musste. Und wenn sie es nicht wussten, so redete ihm seine Unsicherheit ein, dass sie es wussten. Er stellte sich vor, dass sie ihn nur ansehen mussten, um zu erkennen, dass er aus einem schlichten Cottage mit nur drei Räumen stammte; dass sich sein Vater in einer Blechwanne vor dem Kamin wusch und danach seine Kleidung aus dem Ofen nahm, wohin seine Mutter sie zum Nachtrocknen gelegt hatte; dass seine Mutter mit 45 Jahren bereits eine alte Frau war, die sich nur setzte, wenn sie ein Kleidungsstück ausbessern musste, und die in der durchdringenden Kälte eines dunklen Wintermorgens aufstand, um Wäsche zu waschen, ehe sie zur Arbeit ging. Allzu oft war es seine Wäsche, die ihm dann in einem Paket an die Adresse des Zeitungshändlers nach Oxford geschickt wurde. Alles in ihm sträubte sich gegen diese Regelung, aber die Collegediener hatten scharfe Augen und konnten durch geschlossene Pakete hindurchsehen.

Sein Diener hieß Benny und sprach ihn mit »Sir« an. Es hatte einige Zeit gedauert, bis er sich an diese Anrede gewöhnt hatte. Er dachte an alles, was er sich vorenthalten hatte, um Benny und dem Portier zu Semesterschluss ein Trinkgeld geben zu können. Und er dachte an die Pfundnote, die er Benny an dem Tag gegeben hatte, als er sein Diplom erhielt und ihm Benny der Tradition entsprechend die Mütze richtete. Sie hatte ihm geholfen, auf dem Weg zum Podium den Kopf hoch und die Augen geradeaus zu halten. Niemand hatte ihm mit glühenden Augen entgegengesehen – sein Vater war im Bergwerk, und seine Mutter putzte das Haus anderer Leute. In diesem Augenblick hatte er sie jedoch klarer vor Augen als in jedem anderen Moment seines Lebens.

»Wir freuen uns, dass du noch ein Jahr bleibst, um die Prüfung als Lehrer zu machen«, sagte seine Mutter.

Er presste seine Lippen zu einer dünnen Linie zusammen. »Ich bin schon viel zu lange geblieben. Ich hätte mich nicht dafür einschreiben sollen. Auch ohne diese Ausbildung hätte ich einen Arbeitsplatz bekommen. Ach, ich wünschte, ich wäre schon fertig!«

»Aber warum, Junge?«, fragte sie erstaunt. »Worüber ärgerst du dich? Was ist los? Ich habe geglaubt, es gefällt dir dort.«

»Ich sollte arbeiten!«, sagte er. »Gütiger Gott, es ist höchste Zeit. Fast fünf Jahre, und ich habe nicht einen Penny verdient.«

»Ach Junge, sei nicht albern.«

»Wirst du deine Arbeit aufgeben, wenn ich hier in der Nähe eine Stellung bekomme?«, fragte er ernst.

»Uns bleibt noch genug Zeit, um darüber zu sprechen«, wehrte sie ab. »Du wirst auch ein wenig Geld für dich haben wollen. Jahrelang hast du sparen und jeden Penny zusammenhalten müssen ...«

»*Ich* habe sparen müssen?«, rief er erstaunt aus.

»Bei uns ist es etwas anderes, Junge; wir brauchen nicht viel.«

»Und ihr bekommt auch nicht viel! Du wirst zu arbeiten aufhören, sobald ich nach Hause komme«, erklärte er entschlossen, während er die Teller klirrend in das Regal schob.

»Wir werden sehen, Junge«, gab sie lachend zurück. »Du wirst auf jeden Fall heiraten ...«

»Was?« Er wandte sich ruckartig um.

»Wirf mich nicht gleich um, Junge. Ich habe gesagt, dass du heiraten wirst ... Die Leute tun das nämlich, weißt du.«

»Wofür hältst du mich?«, fragte er. »Das ist das Letzte, das mir einfällt.«

»Na, das sollte es aber nicht sein. Das ist nicht natürlich.

Du bist jetzt zweiundzwanzig und hast noch nie ein Mädchen gehabt ... Selbstverständlich will ich nicht, dass du gleich heiratest. Aber, Junge« – sie lächelte ihn liebevoll an – »ich will, dass du glücklich bist, dass du ein wenig Freude im Leben hast. Bisher hast du nur gearbeitet. Manchmal wundere ich mich, dass du dabei nicht verrückt geworden bist. Es ist nicht normal, sich nicht auch etwas Freude zu gönnen.«

Terence starrte seine Mutter fassungslos an. Ihre Selbstlosigkeit schmerzte ihn, und er fühlte sich schäbig und klein angesichts ihrer Großzügigkeit. Er zog sie an sich und schloss sie sanft in seine Arme.

»Nicht doch, Junge! Ich habe doch noch den Abwaschlappen in der Hand. Ich werde dich ganz nass machen.« Sie lachte unsicher und verlegen, ehe sie die Wange gegen seine Brust lehnte. »Ach, mein Terence ... mein Junge«, flüsterte sie.

Das Licht schwand bereits, als Mrs. Macbane zwanzig Meter hinter ihrem Mann die Straße hinunterstapfte. Sie war noch einmal stehen geblieben, um Terence etwas zu sagen, und Mr. Macbane war durch den Schnee davonmarschiert und überließ es ihr, sich, so gut sie konnte, durchzuschlagen. Vom Haus drangen noch immer Rufe und Lachen herüber, und als sie sich dem Tor näherte, stürmte ihr ein kleiner Junge entgegen. »Nein! Nein!«, rief er. »Noch nicht. Nein, Annie!«

»Master David, was haben Sie denn jetzt vor?«, fragte Mrs. Macbane.

»Ich soll hineingehen und baden, aber ich will nicht! Ach, Mrs. Macbane!« protestierte er und verbarg sich hinter ihrem Rock, als Annie durch das Tor gelaufen kam.

»Hallo, Mrs. Macbane!«, rief Annie. »Haben Sie ein schönes Weihnachtsfest gehabt?«

»Ja, danke, Miss Annie. Es war sehr schön. Und Sie?«

»Oh, es war wundervoll!«

Mrs. Macbane strich David, der sich gegen ihre Beine presste, liebevoll über den Kopf. »Wird ... wird Terence zu meinem Fest kommen?«, fragte Annie zögernd.

»Nun, mein Kind … Miss Annie, Sie müssen wissen, er geht nicht oft auf Feste.«

»Ach!« Für einen Augenblick verschwand das strahlende Lachen von Annies Gesicht. »Er ist nie heruntergekommen, nicht ein einziges Mal«, sagte sie. »Warum nicht?«

»Er ist schüchtern.«

»Schüchtern?«

Mrs. Macbane blickte Annie fest an, ehe sie tief Atem holte, als wollte sie im Wasser untertauchen. »Warum gehen Sie nicht hinauf und fragen ihn selbst? Er muss nur ein wenig überredet werden. Gehen Sie, und fragen Sie ihn.« Mit einem Blick über die Schulter eilte sie davon. »Gute Nacht, Master David. Er wird gewiss kommen, wenn Sie sich aufraffen können, ihn zu fragen«, fügte sie lächelnd hinzu.

»Wirklich?«, rief Annie ihr nach.

Ohne sich noch einmal umzudrehen, nickte Mrs. Macbane, während sie ihren Schritt beschleunigte, als fürchtete sie sich vor ihrer eigenen Kühnheit. Mit einer unerwarteten Drehung bekam Annie ihren kleinen Halbbruder zu fassen. Ich werde hinaufgehen, ja, das werde ich, dachte sie, während sie den um sich schlagenden Jungen die Auffahrt hochtrug. Ich werde hinaufgehen und ihn fragen. Warum auch nicht?

Das Haus schien von glücklichen, lachenden Menschen erfüllt zu sein. Kate und Peggy Davidson kämpften im Badezimmer mit dem über alle Maßen aufgeregten David; Rodney und Peter hatten sich zu einer kleinen Erholungspause vor dem Tee in das Arbeitszimmer zurückgezogen; und im Salon nahm ein kompliziertes Kartenspiel nahezu die gesamte verfügbare Fläche am Fußboden in Beschlag. An ihm nahmen Michael und Cathleen Davidson, Rosie Mullen, Brian Stannard mit seinen beiden Cousinen und ein Junge mit Engelsgesicht teil, der den Tadel der anderen schweigend hinnahm und auf die Anschuldigungen, dass er ein Falschspieler, ein hinterhältiger Dieb und ein schmutziger, betrügerischer Lump sei, nur mit engelsgleichem Lächeln antwortete.

»Holt Annie!«, rief Michael Davidson. »Sie wird ihn von

der Erdoberfläche hinwegfegen. Tim Bailey, du bist ein Schwindler! Du *musst* einfach falsch spielen. Niemand hat so viel Glück.«

»Annie! Annie!«, riefen alle.

»Ich komme in einer Sekunde«, gab sie aus der Halle zurück, ehe sie in die Küche stürmte. »O Summy, der Tisch sieht prachtvoll aus. Vielen Dank. Und auch dir, Alice.«

Alice lächelte, während Mrs. Summers sagte: »Na ja, Mädchen, du wirst nicht alle Tage achtzehn!«

»Achtzehn und zwei Tage, Summy … Oh, das Telefon läutet!« Sie lief in die Halle zurück. »Hallo, hier spricht Annie … Ach, das tut mir Leid, Mrs. Beaney. Wie schade! Richten Sie ihm bitte aus, ich hoffe, dass es ihm bald wieder besser geht … Ja, unser Weihnachtsfest war einfach herrlich … Auf Wiedersehen.«

»Der arme John Beaney hat eine Erkältung und kann nicht kommen«, sagte sie, während sie in den Salon trat. »Seine Mutter hat eben angerufen.«

Die jungen Leute hielten in ihrem Spiel inne und sahen sie an.

»Der Schwächling legt sich aber auch wegen jedem Schnupfen ins Bett«, sagte Brian.

»Jetzt haben wir einen Jungen zu wenig«, rief Cathleen.

»Zwei, wenn der Oxforddozent nicht auftaucht«, warf Brian ein.

»Warum laden wir nicht Steve ein, Annie?«, meinte Cathleen.

Annie sah überrascht auf sie hinunter. »Steve? Ich glaube nicht, dass er kommen wird … zumindest nicht zu einem Fest.«

»Warum nicht? Er ist in Ordnung! Fragen wir ihn doch einfach …« Ihre dunklen Augen funkelten vor Aufregung, als sie sich auf die Knie erhob. »Ich werde gehen und ihn fragen.«

»Na ja …« Annie zögerte. »In Ordnung. Ich hätte ihn gern auf meinem Fest, aber es wäre besser, wenn du zuerst Mama fragst.«

»Wo ist sie? Oben?«

»Ja, sie badet David.« Annie sah Cathleen nach, die aus dem Zimmer stürmte. Was war in letzter Zeit mit Cathleen los? Sie hatte sich vollkommen verändert. Sie hatte aufgehört, bei jeder Gelegenheit Streit zu säen, und war in den letzten Monaten geradezu … ja, »bezaubernd« war wohl das richtige Wort. Alle sprachen davon, wie nett sie plötzlich war, und Tante Peggy und Onkel Peter wirkten glücklicher als je zuvor, seit Cathleen die Klosterschule verlassen hatte und an die Kunsthochschule gewechselt war. Selbst Annie hatte nichts dagegen, wenn sie manchmal über das Wochenende blieb. Es war sehr aufmerksam von ihr, an Steve zu denken. Aber würde er kommen? In letzter Zeit benahm er sich etwas seltsam. Aber wenn sie ihn überreden konnte zu kommen, würde das Verhältnis wieder stimmen. Selbstverständlich nur, wenn auch Terence kam. Sollte sie losgehen und ihn fragen?

Sie entschuldigte sich bei der übrigen Gesellschaft, ging wieder in die Halle hinaus und blieb einen Augenblick unentschlossen stehen, während sie die chinesischen Laternen betrachtete, die von der Decke hingen. Sollte sie zu ihm gehen? Sie wusste es einfach nicht. Eines stand jedoch fest. Wenn sie *nicht* ging, würde er auf keinen Fall kommen. Bei diesem Gedanken legte sich ein Schatten über ihre Vorfreude auf die Party. Irgendwie hatte sie gehofft, dass er kommen und damit die Barriere zwischen ihnen niederreißen würde, die er errichtet hatte. Warum war er so albern? Er musste einfach kommen. Auch seine Mutter wollte, dass er kam. Dann sollte sie also tatsächlich zu ihm gehen? Ach, ich werde Mama fragen, dachte sie. Die weiß immer, was zu tun ist.

»Hinaus, Annie!«, rief Kate, als ihre Tochter in das Badezimmer stürmte. »Du weißt doch, wie er ist, wenn du dabei bist … Nein, David«, erklärte sie ihrem sich wehrenden Sohn, »es hat keinen Sinn, du wirst jetzt gebadet. Ach … und Cathleen«, fügte sie entschuldigend hinzu, »es tut mir Leid, dass ich dir nicht geantwortet habe … Ja, natürlich, geh nur und frage Steve.«

Sobald die beiden Mädchen das Badezimmer verlassen hatten, wandte sich Kate an Peggy: »Ich hoffe, dass Steve kommt. Während der Weihnachtstage war er kaum im Haus, wo er üblicherweise doch den Großteil der Feiertage mit uns verbringt. Rodney sorgt sich in letzter Zeit ein wenig um ihn. Er hat sich irgendwie verändert. Ich verstehe es selbst nicht. Er war immer wie ein Familienmitglied, und wir haben ihn sehr geschätzt – was wir noch immer tun. Aber plötzlich scheint er sich gänzlich zurückzuziehen und gegen uns abzuschließen.«

»Vielleicht ist eine Frau im Spiel«, meinte Peggy lachend.

»Daran habe ich auch schon gedacht, aber es hat nie auch nur das geringste Anzeichen in dieser Richtung gegeben. Ich wünschte, es wäre eine Frau. Ich hätte gern, dass er heiratet. Er ist zu nett, um allein zu sein, und er wird älter.«

»Wie alt ist er?«

»Einundvierzig, glaube ich.«

»Steve bringt mir das Schmitzen bei, Tante Peggy. Nicht wahr, Mami?«

»Das *Schnitzen*, mein Liebling.«

»Und er ist gar nicht alt, er spielt mit mir. Wird er auch noch mit mir spielen, wenn er verheiratet ist, Mami?«

»Ach du liebe Güte!«, stöhnte Kate, während sie David mühsam in seinen Bademantel steckte. »Das lerne ich wohl nie … Komm, Schatz«, sagte sie schließlich. »Alice hat das Abendessen für dich vorbereitet. Und wenn du fertig bist, kannst du hinunterkommen und allen Gute Nacht sagen.«

»Das ist das schönste Weihnachtsfest, das ich seit Jahren erlebt habe«, sagte Peggy leise, nachdem sie David mit Alice im Kinderzimmer zurückgelassen hatten und mit Kate die Treppe hinunterstieg.

»Für mich auch«, stimmte Kate zu. »Es hat etwas ganz Besonderes.«

»Es war wundervoll, die letzten drei Tage bei euch zu verbringen. Ich fühle mich, als hätte ich monatelang Urlaub gemacht.«

»Das freut mich«, sagte Kate. »Du hast dringend etwas Abwechslung gebraucht.«

»Das ist wahr.« Der glückliche Ausdruck schwand von Peggys Gesicht, und sie wurde ernst. »Ich habe geglaubt, wenn die Kinder größer sind, wird das Leben einfacher und angenehmer. Aber genau das Gegenteil scheint der Fall zu sein. Ach«, seufzte sie, während sie sich zu Kate wandte, »wenn sie nur immer so klein bleiben würden wie David. Manchmal werde ich ganz krank vor Sorge, wenn ich daran denke, was aus ihnen wird. Dabei geht es weniger um Michael als um Cathleen.«

Kate antwortete nicht sogleich. »Ja, man lebt wirklich in ständiger Angst um sie«, sagte sie schließlich, vor allem, um Peggy zu trösten, weniger als Ausdruck ihrer eigenen Gefühle, denn sie hatte wegen Annie keinerlei Bedenken.

Als sie das untere Ende der Treppe erreichten, rief Annie: »Mama! Nur einen Augenblick.«

Während Peggy in den Salon ging, zog Annie ihre Mutter hinter die Tür zum Esszimmer. »Mama«, flüsterte sie, »Mrs. Macbane sagt, dass Terence schüchtern ist und möglicherweise nicht kommen wird. Aber sie glaubt, wenn ich zu ihm gehe und ihn persönlich einlade, würde er kommen ... Glaubst du, dass ich es tun soll? Ist es nicht etwas seltsam, wenn ein Mädchen einen Jungen bittet zu kommen? Und noch dazu wenn er kein Junge ist, sondern ein Mann ...?«, fragte sie lachend. »Meinst du, ich sollte es wagen? Irgendwie glaube ich, dass er tatsächlich schüchtern ist, aber andererseits habe ich auch ein wenig Angst«, schloss sie atemlos.

»Mrs. Macbane hat gesagt, dass du zu ihm gehen sollst?«, fragte Kate überrascht. »Wann?«

»Vorhin, als sie am Tor vorübergegangen ist; sie ist mit Mr. Macbane ausgegangen.«

Kate dachte einen Augenblick lang nach. »Nun ... Ja, ich glaube, es wäre in Ordnung, wenn du ihn persönlich einlädst. Er wirkt tatsächlich schüchtern. Vielleicht wird ihm das Fest gut tun. Ja, geh nur.«

Sie lächelten einander an, und Kate hob die Hand und strich voller Zärtlichkeit über Annies Wange. »Zieh dich warm an«, sagte sie, während sie ihrer Tochter in die Halle folgte.

Sie half Annie in einen dunkelgrünen Kapuzenmantel aus dickem Wollstoff und sah ihr zu, wie sie die Stulpenstiefel anzog. Dann entließ sie sie hinaus in den Schnee. »Ist deine Fackel in Ordnung?«, rief sie ihr nach, während sie beobachtete, wie der Schein der Fackel auf der Straße auf und ab hüpfte. Warum hielt sich Terence von ihnen fern?, fragte sie sich dann. Sie hatten wirklich alles versucht. Vielleicht fühlte er sich nicht wohl in den beiden Welten, in denen er lebte, weil er wusste, dass er in keiner einen Platz hatte. Dieses Gefühl kannte sie nur allzu gut.

Kate schloss die Tür und wandte sich wieder der schimmernden Wärme des Hauses zu. Plötzlich fiel ihr ein, dass Annie Terence Macbane schon immer gemocht hatte. Hoffentlich war er so nett, wie sie sich ihn vorstellte. Wenn sie Freundschaft schlossen, kühlte sich vielleicht die Beziehung zu Brian etwas ab. Denn ihn konnte Annie wirklich nicht mögen. Das war einfach unmöglich! Und doch war er immer hier. Warum war er nicht in London geblieben? Die zwei Studienjahre hatten vielleicht seinen Geschäftssinn geschärft, was Kauf und Verkauf von Eisen und Stahl betraf, ihn selbst hatten sie jedoch nicht gebessert. Er bestand nur aus Prahlerei und Muskeln, wie Rodney immer sagte, und schien alle anderen von Annie fern zu halten. Ja, es wäre nett, wenn sie und Terence Freunde werden würden. Der Gedanke erfüllte sie mit Wärme, und sie kehrte lächelnd in den Salon zurück.

Als Cathleen das Haus durch die Hintertür verließ, blieb sie eine Weile stehen und betrachtete den Nachthimmel. Venus starrte unverwandt zu ihr hinab, und Cathleen flüsterte in die Nacht: »Ich könnte dich erreichen, wenn ich wollte. Ja, das könnte ich. Ich kann alles, was ich will. … Ach, es ist ja so einfach. Was sind sie nur für Dummköpfe, leichtgläubige Dummköpfe!«

Schnell lief sie durch den Garten zum Sommerhaus, das inmitten des weißen Schnees wie ein riesiger dunkler Klecks wirkte. Während sie rannte, wirbelte sie mit den Stiefeln den trockenen Schnee auf, sodass er vor ihr emporstob, und summte vor sich hin. Als sie die Tür erreichte, hielt sie einen Moment inne. Dann stieß sie sie, ohne anzuklopfen, mit einer abrupten Bewegung auf und trat ein.

»Was zum …!« Steve, der sich eben das Unterhemd über den Kopf zog, starrte sie quer durch den kleinen Raum verärgert an. »Was willst du?«, fragte er. »Warum kannst du nicht anklopfen?« Er zog die Ärmel über die Handgelenke und griff nach einem Hemd, ehe er fortfuhr: »Ich habe dir doch gesagt, dass du nie wieder hierher kommen sollst.«

Wortlos trat sie nah an ihn heran und beobachtete ihn, während er das Hemd anzog und den Saum in die Hose steckte. Dann griff sie mit einer schnellen Bewegung nach ihm, presste ihr Gesicht in den Hemdausschnitt und fing einige seiner schwarzen Brusthaare zwischen ihren Zähnen ein.

»Zum Teufel!«, rief er aus. »Du kleine …!« Er fasste sie an den Schultern und hielt sie von sich. Sie starrten einander an. Schließlich begannen sie zu lachen. »Eines Tages bekommst du noch, was du verdienst«, sagte er.

Cathleen lachte tief und kehlig, wirbelte dann davon und drehte sich in dem engen Raum zwischen Steves Bett und dem kleinen Sofa neben dem Kamin, ehe sie erneut vor ihm anhielt. Mit ungelenken Fingern schloss Steve das Hemd. Nun lag wieder ein abweisender Ausdruck auf seinem Gesicht, und er bewegte sich unruhig hin und her.

»Wir haben das doch alles schon besprochen. Ich habe dir gesagt, dass du nie wieder herkommen sollst. Verstehst du denn nicht? Was ist, wenn sie etwas erfahren …«

»Oh, die ganze heilige Familie wäre schockiert!« Sie lachte.

»Lass das Lästern. Ich habe dir auch gesagt, dass es nicht weitergehen kann. Wenn sie es herausfinden, kann ich ihnen nie wieder in die Augen schauen … Ich kann es schon jetzt kaum. Sieh doch, Cathy«, flehte er sie an, als wäre sie eine höhere Macht. »Sei vernünftig. Es führt doch zu nichts. Ich bin alt genug, um dein Vater zu sein. Schau dich unter den jungen Kerlen um …«

»Das tue ich. Aber junge Männer langweilen mich, das habe ich dir schon einmal gesagt. Ich mag alte lieber – nicht zu alte natürlich. Ältere Männer, die etwa einen Meter fünfundachtzig groß und breitschultrig sind, Haare auf der Brust und braune Hundeaugen haben …«

»Sieh doch …«, begann er erneut.

»Hör auf mit deinem ›Sieh doch‹.«

»Na gut.« Sein Ton wurde wieder streng. »Ich mag diesen Job, und ich will ihn nicht aufgeben. Wenn du aber nicht damit aufhörst, werde ich es tun. Dann werde ich gehen … Mir bleibt keine Wahl.«

»Warum magst du diesen Job?«, fragte sie ruhig. »Als Diener und Kindermädchen für diese Bande! Du bist doch geschickt mit deinen Händen; du könntest schon morgen eine bessere Stelle haben.«

»Möglich. Aber es gefällt mir hier. Abgesehen davon ist es nicht so einfach, einen Job zu finden, wie du es dir vorstellst. Tausende sind arbeitslos.«

»Es gibt hier doch nichts Besonderes, was dich hält, oder?«

»Hör auf damit! Wir wollen das nicht noch mal durchkauen«, entgegnete er scharf. »Mir gefällt der Job, und es ist angenehm, für den Doktor zu arbeiten.«

»Ach ja! Es ist einfach wundervoll, für den Doktor zu arbeiten«, ahmte sie ihn nach. »Und wie steht es mit Kate?«

»Sie ist eine gute Herrin, das habe ich dir schon gesagt«, erklärte er hilflos.

»Ha, ha! Das ist wirklich lustig. Eine ›gute Herrin‹!«

Sein Gesicht rötete sich vor Wut. »Cathy! Hör auf damit! Ich habe dir erklärt, dass es verschiedene Arten gibt, eine Frau zu mögen. Deine Fantasie gleicht einer Jauchegrube.«

»Wirklich?« Sie starrte ihn kühl an.

»Tut mir Leid … aber du verdrehst die Dinge. Also, warum bist du gekommen? Wenn sie erfahren, dass du hier bist ...«

»Liebling, sie haben mich doch geschickt. Was hältst du davon? Sie wollen wissen, ob du zur Party kommst. Einer der Jungen ist nicht erschienen, und da habe ich der Jungfrau Annie arglos deinen Namen genannt.«

Er starrte sie wegen der Anspielung auf Annie missbilligend an. »Ich gehe aus«, erklärte er schließlich.

»Aber Schatz, es ist ein Befehl ... Und außerdem hätte ich es gern, dass du kommst.« Sie hob den Arm und berührte das graue Haar an seiner Schläfe. »Ich will mit dir ›Der Postbote klopft‹ spielen und dich in der Halle küssen. Ich will dich beobachten und denken: Ich weiß Dinge über ihn, bei denen ihnen die Haare zu Berge stehen würden.«

»Du kleiner Teufel!«

Sie trat näher an ihn heran. »Liebst du mich?«

Er schüttelte den Kopf mit derselben hilflosen Bewegung wie zuvor. »Das habe ich dir schon gesagt.«

»Es ist seltsam«, erklärte sie mit leisem Lachen, »aber das befriedigt mich mehr als ein Ja. Du bist nicht klug, Steve. Weißt du, wie du mich loswerden könntest, mein Schatz? Du bräuchtest nur verrückt nach mir zu sein. Ich finde nur die Dinge anziehend, die mir zu entkommen versuchen.«

Sie lehnte sich an ihn, schlang die Arme um seine Taille und legte den Kopf unter sein Kinn. »Sei lieb zu mir, mein Schatz, ich mache gerade eine abscheuliche Zeit durch. Seit Wochen bin ich nett zu allen, nur um hier in deiner Nähe zu sein. Meine Eltern lehnen sich entspannt zurück und schnurren zufrieden wie Katzen; mein Bruder lächelt mich an und nennt mich liebe Schwester. Ich bin sogar zur Jungfrau freundlich; und alle sagen: ›Oh, sie bessert sich. Überwindet die Pubertät. Vielleicht haben wir sie falsch eingeschätzt ...‹ Selbst Gräfin Kate hat ihre Abwehr aufgegeben. Die Einzige, die sich nicht entspannt, ist dieser singende Strohsack Miss Rosie Mullen; sie ist klüger, als ich gedacht habe ... Aber Steve, ich ertrage diese Täuschung nicht länger. Ich hasse es, auch nur so zu tun, als wäre ich nett. Ich bin in Versuchung gewesen, mit Tim Bailey zu flirten, als du mir eingefallen bist. Oh, Steve!« Sie kicherte. »Stell dir nur ihre Reaktionen vor, wenn ich mich wirklich für Tim entschieden hätte – er ist Priesterseminarist. Meine Mutter hätte seinen Onkel aufgefordert, mir den Teufel auszutreiben.«

Steve zog ihr kleines, dreieckiges Gesicht zurück und blickte in ihre strahlenden, dunklen Augen hinunter, die zur Hälfte unter dichten, gebogenenen Wimpern verborgen lagen. Langsam schüttelte er den Kopf. Was an ihr brachte sein Blut so in Aufruhr? Warum hatte er sich darauf eingelassen? Zuvor war sein Leben einfach und angenehm gewesen. Woher hatte sie diese Meinung über ihn und die Herrin? Gütiger Gott! Ihre Worte riefen Panik in ihm hervor. Einige von ihnen stimmten. Woher wusste sie? Aber es stimmte nicht, dass er Ka… die Herrin liebte. Nun, zumindest nicht auf die Weise, wie sie es andeutete. Er dachte an Kate als eigenständiges Wesen. Natürlich gehörte sie zum Doktor, das stand fest. Cathleen hatte jedoch diese Gefühle in seinem Inneren aufgerissen und auf erstaunliche Weise ans Licht gebracht. Das erschreckte ihn. Sie war ihm unheimlich.

Laut sagte er: »Es ist verblüffend, wie viel du weißt. Woher weißt du das alles?«

Ihre Lider verbargen den Ausdruck ihrer Augen, während sie sich enger an ihn schmiegte.

»Du bist eine Hexe«, erklärte er. »Und es würde mich nicht wundern, wenn du schon einmal verbrannt worden wärst.«

Sie lachte. Ihr Lachen klang wie der tiefe, breite Ton einer Glocke und stand in seltsamem Kontrast zu ihrem zierlichen Körper. »Glaubst du das wirklich? Das ist interessant, denn ich bin zu derselben Schlussfolgerung gelangt. Du bist der Einzige, der sich die Mühe macht, über mein wahres Wesen nachzudenken. Die anderen sind wie Kinder, und sie fürchten mich … Ja, das tun sie. Manchmal fühle ich mich alt, unendlich alt. Weißt du, dass ich in jeder Situation vorhersagen kann, wie die anderen reagieren werden? Mir gefällt es, eine bestimmte Situation zu schaffen, nur um mir zu beweisen, dass ich Recht habe.« Sie folgte mit dem Finger sanft der Kontur seiner Lippen. »Ich weiß, dass ich dich dazu bringen könnte, mich zu begehren. Ich weiß genau, was geschehen wird, wenn ich damit beginne. Erinnerst du dich noch an das erste Mal, als ich hierher gekommen bin? Du hast beinahe einen Herzanfall bekommen.«

Er stieß sie grob von sich. »Ich weiß, was ich damals hätte tun sollen«, sagte er, während er den Kragen umlegte und zurechtzog, bis er auf den Kragenknopf passte. »Jetzt sage ich dir etwas, das *ich* weiß«, erklärte er und wandte ihr den Rücken zu. »Wenn du nicht aufhörst, endet das für uns beide noch in einer Katastrophe. Du hast etwas begonnen, um jemandem weh zu tun. Aber du hast dich geirrt. Am Ende wirst *du* verletzt werden, das steht fest ... Und du wirst *mich* verletzen, und mehr als das. Wenn es nicht aufhört, wird etwas Schreckliches geschehen.«

Als sie nicht antwortete, drehte er sich um. Sie stand an der Tür und hatte bereits die Hand auf die Klinke gelegt. In diesem Augenblick wirkte sie so zart wie der Faden eines dunklen Spinnennetzes. Ihre Stimme klang dünn und brüchig, als sie sprach: »Dann wirst du also herüberkommen?«

Er ging zwei Schritte auf sie zu und nahm ihre Hand von der Klinke. »Du verstehst es doch, Cathy, nicht wahr?«

Ihre Finger schlossen sich um seine, und seine Muskeln spannten sich unter ihrer Berührung. »Cathy, ich will dir nicht wehtun ... Ich habe bloß Angst davor, dass ... dass es weitergeht ... dass irgendetwas Schreckliches passiert. Verstehst du das denn nicht?«

Sie hob die Hand und schaltete das Licht aus, ohne ihren Blick von ihm abzuwenden. Sie standen voneinander getrennt, und sie nahm ihn als große schwarze Gestalt wahr, die vom Schein des Kaminfeuers umgeben wurde. Cathleen bewegte sich nicht, sondern wartete. Dann wurde sie vom Boden emporgehoben. Sein Mund suchte blind nach ihrem, seine Hände glitten über sie und pressten sie gegen seinen

Körper. Sie fühlte das harte Holz der Tür an ihren Schulterblättern und seine gespannten Muskeln an ihren Hüften, und aus den verborgenen Höhlen ihres Wesens stieg ein tiefes Lachen auf.

Terence hatte sich in dem Stuhl zurückgelehnt, die Füße auf den Kamineinsatz gestützt, und sah zu der niedrigen Decke empor.

Die Schilfrohrpfeifen am Fluss, geschaffen für die Musik des Wassers,
Spielen die Melodie der Wellen, die die Halme umspülen …

Wie weiter? An der Decke sah er den Fluss, der durch Norfolk strömte. Die hohen Binsen schwanken sanft in der Brise, und die sterbende Sonne nimmt das Rot aus dem Fluss mit sich … Wieder betrachtete er den Mond, der sich unbemerkt von einem Winkel des Himmels heraufstahl, und fühlte die Ruhe und den Frieden, die sich unerwartet über einen Fluss legen und jeden berühren konnte, der stillhielt. Er schrieb weiter:

Ausgelöst vom Teichhuhn, das langsam vorüberzieht,
Während die Nachtfalter herabsteigen und über das Wasser wandern.
Schilfrohr am Fluss spielt sanft im Rhythmus des Windes
Wiegt eure schlanken Gestalten im Tanz,
Neigt eure Häupter elegant vor dem Mond
Und versetzt die Flusslandschaft in Trance.

Die Worte drückten nicht genau das aus, was er in jener Nacht allein am Fluss empfunden hatte. War es überhaupt möglich auszudrücken, was man wirklich fühlte? Nein. Nur der Schatten der Erinnerung ließ sich auf Papier bannen, denn der Gedanke selbst verlor den Großteil seines Gehalts im Zuge der Übertragung.

Immer wieder wandte sich sein Geist von den nackten Tatsachen der Mathematik, wie Eddingtons Interpretation der Relativitätstheorie von Einstein, ab, und wurde von dem Verlangen erfüllt, etwas auszudrücken, das keines Beweises bedurfte, das nur im Gefühl erklärbar war. Von dem Verlangen, einen Gedanken durch ein Wort zum Ausdruck zu bringen, wie unzulänglich es auch sein mochte, und ihm ein weiteres und noch eines hinzuzufügen. Daraus ergab sich dann ein Bild, das wirklich war und für alle Zeiten den Schatten des Gedankens festhielt, der ansonsten für immer verloren gewesen wäre. Wohin entschwanden Gedanken, wenn man sie davongleiten ließ? Schwebten sie im Äther der Aura eines Menschen und kreisten so lange, bis man sie wieder aufgriff? Das würde Larrys Idee gleichkommen, der behauptete, dass sich die Gedanken zu einer Matratze verflochten, auf der der Leib nach dem Tod in das nächste Stadium der Reise hinüberglitt. Wenn die Gedanken größtenteils gut gewesen waren, hielt die Matratze; waren sie hingegen vorwiegend schlecht, würde der Leib durch sie hindurchbrechen, in derselben Welt wieder geboren werden und nochmals eine Lehrzeit durchlaufen.

John Dane Dee und Larry – starker Tee und Toast mit Anchovispaste, Debatten bis spät in die Nacht, die von der Mentalität eines Wurmes bis zur illusorischen Souveränität von Prinzen reichten. Bald schon würden auch sie für immer verschwunden sein, nichts als eine weitere Erinnerung, die im Äther schwebte.

Als er das Klopfen vernahm, sah er erstaunt auf. Es war ungewöhnlich, dass jemand nach Einbruch der Dunkelheit zum Cottage kam. Er legte das Buch, in dem er gelesen hatte, unter das Kissen des Stuhls und ging zur Tür.

»Hallo, Terence«, sagte Annie scheu.

Statt auf ihren Gruß zu antworten, starrte er sie bloß an. Auch wenn sie die letzten Tage nur wenige Meter von ihm entfernt verbracht hatte, war er so überrascht, als käme sie aus einer anderen Welt. Sie stand vor ihm im Schnee, eine grüne Gestalt mit goldenem Kopf. Die Kapuze war auf ihre Schultern geglitten und ihr Haar, das an helles, flüssiges Gold erinnerte, umrahmte ihr Gesicht. Wieder dachte er, was er vor Jahren gedacht hatte: Warum musste sie so schön sein? »Hallo. Willst du nicht reinkommen?«, sagte er zögernd.

Sie stieg die beiden Stufen hinauf und trat in den erleuchteten Raum. Noch immer starrte er sie unverwandt an. Nun, da sie auf derselben Ebene standen, bemerkte er, dass sie im letzten Jahr beträchtlich gewachsen war. Sie war so groß wie das Schilfrohr am Fluss, über das er eben geschrieben hatte, und ebenso geschmeidig. Allerdings hatte sie keine üppige Figur; sie war eher flach wie ein Junge, noch immer nicht voll ausgereift. Wie alt war sie jetzt? Siebzehn? Achtzehn? Doch ihr Ausdruck war der des Kindes geblieben, das er einst gekannt hatte: vertrauensvoll, offen, ohne zu verbergen, was sie fühlte.

»Willst du dich nicht setzen?«, forderte er sie schließlich auf. »Meine Eltern sind ausgegangen.«

»Ja, ich weiß«, antwortete sie. »Ich habe sie fortgehen gesehen.«

»Oh!« Er zog leicht die Augenbrauen hoch.

»Terence … Kommst du zu meiner Party?«

Er wandte sich von ihr ab, nahm eine Zigarette aus einem grünen Päckchen, das auf dem Kaminsims lag, und tippte sie auf den Handrücken. »Es war sehr freundlich von dir, mir eine Einladung zu schicken, und es war vermutlich sehr unfreundlich von mir, dass ich nicht darauf geantwortet habe. Aber … na ja, ich bin auf Partys nicht von großem Nutzen. Ich gehöre zu denen, die sich in einer Ecke verkriechen und dort bleiben.« Er zündete die Zigarette an und nahm zwei hastige Züge, wobei er ihr noch immer den Rücken zuwandte. Anscheinend wartete er darauf, dass sie etwas sagte. Als sie schwieg, drehte er sich zu ihr um. »Wahrscheinlich werde ich bloß die allgemeine Festfreude dämpfen. Ich weiß nie, was ich sagen soll, und bin nicht das, was man einen Partylöwen nennt.«

»Das macht nichts; wir würden uns freuen, wenn du kommst. Und du kommst doch, oder?« Ihre Augen waren nun weich und ein wenig verschleiert, und er ertappte sich dabei, wie er fasziniert die Bewegung ihrer Lippen beobachtete, während sie die Worte formten. Ein junges, freies Lachen blitzte auf ihrer roten Fülle auf. Seine Mutter hatte gesagt, dass sie zu einem ›hübschen Mädchen‹ herangewachsen sei. Allmächtiger, was für ein unzulängliches Wort, um sie zu beschreiben ... ›hübsch!‹ Dane Dee könnte sie in Worte fassen, was ihm nie gelingen würde ... Aber er würde nicht auf die Party gehen ... er würde nichts beginnen. O nein!

»Deine Mutter hat gesagt, dass ich herkommen soll«, sagte Annie, während sich ihr Lächeln verbreiterte.

»Meine Mutter!«, rief er erstaunt aus.

»Ja. Sie meinte, dass du vielleicht kommen würdest, wenn ich dich selbst einlade.«

»So, so!« gab er lachend zurück.

»Ach Terence, komm doch!« Sie machte mit den Händen eine kleine, bittende Bewegung. »Hier sitzt du doch nur allein herum ... Das heißt, wenn du nicht irgendwo anders hingehst.«

Er stand im Begriff, ihr zu sagen, dass es ihm Leid tue, weil er tatsächlich noch ausgehe, als sie impulsiv die Hand hob und seine ergriff. »Komm doch, Terence. Bitte. Es ist meine Geburtstagsparty. Ich bin achtzehn – und zwei Tage«, fügte sie lachend hinzu.

Während sie weitersprach, sah er auf ihre Hand hinunter, die noch immer auf seiner lag. Sie besaß nach wie vor die Spontanität des Kindes, das seinen Kopf an seiner Brust geborgen und geweint hatte. Gütiger Gott, wie sehr hatte er sich an diesem Tag gefürchtet! Und hatte er sich seitdem nicht alle Mühe gegeben, ihr aus dem Weg zu gehen? Es war ein Kampf gegen zwei Personen gewesen, gegen sich selbst und gegen sie. Seltsam, aber ihretwegen hatte er seine Leidenschaft für das Wandern entdeckt ... All die Kilometer, die er in den Ferien zurückgelegt hatte, die vielen Orte, die er kennen gelernt hatte. In Wirklichkeit stand er tief in ihrer Schuld ... Seit jenem Tag auf der Straße in Jarrow war er ihr nie wieder so nah gewesen.

»Ich habe nie eine Geburtstagsfeier gehabt«, sagte sie. »Anscheinend hat niemand daran gedacht, weil mein Geburtstag mit dem Weihnachtsabend zusammenfällt. Selbst ich habe immer vergessen, dass ich Geburtstag habe. Aber jetzt gibt Mama immer am zweiten Weihnachtsfeiertag ein Fest für mich ... Wirst du kommen?« Ihr Gesicht wurde ernst. »Ich ... ich verspreche dir auch, dass ich dich nicht wieder nass weinen werde.«

Der Raum erfüllte sich mit Lachen, und sie beobachtete begeistert, wie er den Kopf in den Nacken warf. Wie anders er aussah, wenn er lachte. Und ihr war noch nie aufgefallen, dass er so groß war. Ach, er war wirklich nett. Sie hatte immer gewusst, dass er nett war.

»Ich habe eben auch an diesen Tag gedacht«, sagte er.

»Ich auch. Hast du tatsächlich eine Tante, die trinkt?«

»Nein. Ich fürchte, meine einzige Tante ist eine überzeugte Methodistin.«

»Wie lustig. Du hast großartig gelogen. Ich habe damals furchtbar viel geweint, nicht wahr? Wenn ich zurückblicke, sehe ich mich in verschiedenen Phasen: Da hat es eine Zeit gegeben, als ich ständig hingefallen bin und große Löcher in die Knie meiner Strümpfe gerissen habe; und dann die Zeit der Tränen. Irgendwie scheinst du größtenteils in dieser Zeit aufzutauchen.«

»Tja, allem Anschein nach bist du immer gerade am Weinen gewesen, wenn ich dich getroffen habe.«

Du bist nicht lange genug geblieben, um mich kennen zu lernen, wenn ich nicht geweint habe, dachte sie, während sie ihn unverwandt anlächelte. Du bist mir aus dem Weg gegangen ... Warum? Weil wir Geld haben und schöne Dinge? Ach, das wäre wirklich töricht. Aber was war es dann? ... Ist doch einerlei, schalt sie sich, solange er nur zur Party kommt. Er muss kommen, er *muss* einfach. »Du wirst doch kommen?«, fragte sie erneut mit flehendem Blick.

»In Ordnung, ich werde kommen«, hörte er sich sagen. »Aber du wirst es auf deine Kappe nehmen müssen, wenn deine Party langweilig wird … Ich bin in einer Viertelstunde da.«

»Ach, nein, ich werde auf dich warten«, erklärte sie eifrig. Als er ihr zuzwinkerte, brachen sie erneut in Lachen aus. »Na ja, ich habe Angst, dass du deine Meinung änderst.«

Wie kindlich sie doch war! Waren alle Mädchen so unverblümt und offen? Vermutlich nicht. Selbstverständlich kannte er nicht viele, und doch war er überzeugt, dass sie anders war. Mit achtzehn Jahren umgaben sich Mädchen üblicherweise mit dem Flair von Erwachsenen, sie neigten dazu, sich in Kultiviertheit und Raffinesse zu flüchten. An ihr war jedoch etwas gänzlich anderes … etwas … was war es nur? »In Ordnung«, gab er lächelnd zurück. »Setz dich. Ich brauche nur ein paar Minuten.«

Sie beobachtete ihn, während er die steile Stiege mit dem Seil als Geländer hinaufstieg, die von der Ecke des Zimmers an der Wand entlangführte, und durch ein Loch in der Decke verschwand. Dann sah sie sich um. Alles war sehr sauber und ordentlich, und der kleine Raum wirkte warm und gemütlich. Kräuterbündel hingen von einem Balken, und Stechpalmenzweige zogen sich über die Bilder und den Kaminsims. Ein helles Feuer brannte im Kamin, sie saß in Terence' Küche, und er würde zu ihrer Party kommen … Glücklich verschränkte sie die Arme. Von jetzt an würde alles wundervoll sein … das Eis war gebrochen. Warum hatte sie das nicht schon vor einem oder zwei Jahren gemacht? Lachend gestand sie sich ein, dass es ihr nicht im Traum eingefallen wäre, zu ihm zu gehen, wenn Mrs. Macbane sie nicht dazu aufgefordert hätte.

Als er wieder herunterkam, trug er einen dunklen Nadelstreifenanzug, der ihn größer und dünner erscheinen ließ als je zuvor. Der einzige Teil seines Körpers, der in den letzten Jahren breiter geworden zu sein schien, waren seine Schultern.

»Wollen wir gehen?«, fragte er, als er vor ihr stand und die Knöpfe seines Sakkos schloss.

»Ziehst du keinen Mantel an?«, erkundigte sie sich, während sie sich erhob.

»Nein. Ich trage nur sehr selten einen Mantel.«

»Aber der Schnee … Es ist sehr kalt.«

»Kälte macht mir nichts aus.«

Sorge lag auf ihrem Gesicht. »Aber du bist so …« Sie brach ab.

Er lächelte. Es war ein kleines, schiefes, amüsiertes Lächeln. »Ja, ich bin dünn … Schau.« Er ging zur Eingangstür und nahm einen Überzieher von einem Haken. »Ich besitze einen Mantel … Aber ich fühle die Kälte wirklich nicht; ich bin einfach daran gewöhnt. Glaubst du mir jetzt?«

»Es tut mir Leid.«

Er lachte, als sie den Kopf senkte. »Ich erinnere mich daran, dass du einmal versucht hast, mich zu mästen, weil du geglaubt hast, dass ich hungrig bin«, sagte er mit gespieltem Ernst. »Du solltest jetzt einfach akzeptieren, dass ich weder hungrig bin noch friere.«

Heiße Röte überzog ihr Gesicht und ihren Nacken, und sie ließ den Kopf so tief sinken wie als Kind. »Ich bin sehr taktlos«, murmelte sie.

»Das bist du nicht«, sagte er lachend. »Es sollte bloß ein Scherz sein. Siehst du jetzt, worauf du dich eingelassen hast? Bestimmt sage ich auch auf der Party immer nur das Falsche … Soll ich wirklich mitkommen?«

Ruckartig hob sie den Kopf. »Aber natürlich!«

»In Ordnung. Dann lass uns gehen.«

Während sie im Freien wartete, bis er die Tür versperrt und den Schlüssel unter einen losen Ziegel der Stufe gelegt hatte, wurde sie von einem Wirbel freudiger Erregung erfasst, der sie wie ein Schauer durchlief. Sie atmete in tiefen Zügen ein, um dieses Gefühl zu nähren. Früher schon hatte sie diese leichte, zitternde Freude empfunden, doch nie zuvor so intensiv wie in diesem Augenblick. Sie glich einem Signal, sich in Bewegung zu setzen, mit fliegenden Füßen und weit ausgebreiteten Armen über die Erde zu stürmen und sich in ihrem Überschwang in den Himmel emporzuheben.

Verwundert sah Terence ihr nach, als sie von seiner Seite

auf die Straße hinauseilte und sich ihre dunkle Gestalt in weiten Sprüngen vom Schnee abhob. Als er das Tor erreichte, kam sie ihm entgegengerannt, und ein weicher Schneeball traf seine Schulter. Mit einem kleinen Freudenschrei eilte sie wieder davon.

Er zögerte einen Augenblick, doch dann warf er die gewohnte Zurückhaltung ab wie ein Gefangener seine Ketten und stürmte ihr nach. Ihm blieb nicht einmal die Zeit, sich zu sagen: Das darf nicht beginnen. Stattdessen ließ er sich von seinen Gefühlen leiten … um sie zu fangen, sie zu berühren, diese strahlende Freude zu erforschen und die Jugend festzuhalten, die von ihr ausging.

Er erreichte sie, noch ehe sie weit gekommen war. Während er sie mit einer Hand festhielt, griff er mit der anderen in den Schnee. »Nein, nein, nicht einreiben!«, rief sie und versuchte, sich ihm zu entwinden. Als sie sich zusammenkrümmte, um ihr Gesicht zu verbergen, beugte er sich in spielerischem Kampf wortlos über sie. Die schneebedeckte Böschung, die die Straße säumte, bremste sie, sodass sie gemeinsam in der Dunkelheit schwankten. Rasch richteten sie sich auf. Seine Arme hielten sie umfangen, während sie das Gesicht in den Händen barg. Regungslos standen sie dicht beieinander. Im einen Augenblick lagen seine Arme noch um sie, und sie stellte erstaunt fest, wie kräftig und hart sie waren, und im nächsten war sie schon wieder allein und hörte ihn mit leiser Stimme sagen: »In Ordnung, dieses eine Mal gebe ich dich frei.«

Eine Weile gingen sie schweigend und etwas verlegen die Straße entlang. Wenn sie im zerfurchten Schnee aneinander stießen, lachten sie kurz auf, und vergrößerten den Abstand zwischen sich.

Als Annie schließlich sprach, klang ihre Stimme selbst in ihren Ohren übertrieben hoch: »Wir haben heute eine wundervolle Schneeballschlacht gehabt. Willst du morgen vielleicht auch kommen?«

»In der Nacht wird es wohl stark tauen. Da bleibt vermutlich nicht viel Schnee übrig.«

»Ach, sag das nicht.« Sie wirkte niedergeschlagen.

Sie gingen nun wieder näher beieinander. »Ich habe die Schule verlassen, Terence«, sagte sie plötzlich. »Jetzt gehe ich aufs College, um auch Lehrer zu werden.«

»Dann gehst du nicht mehr in die Klosterschule?«

»Natürlich nicht.« Sie klang, als gehörte die Klosterschule einer längst vergangenen Epoche an. »Ich bin doch schon achtzehn.«

Als er laut auflachte, protestierte sie: »Du gibst mir das Gefühl, als wäre ich erst acht.«

»Das bist du auch.«

»Oh, Terence! Das ist nicht fair. Ich bin schon sehr erwachsen … Das nächste Mal werde ich mir das Haar hochstecken.«

»O nein, tu das nicht.« Er richtete sich einen Augenblick lang auf und blickte sie durch die Dunkelheit an. »Sobald es einmal oben ist …«

Als er abbrach, vollendete sie den Satz. »Ja. Das sagt meine Mutter auch immer: Sobald es einmal oben ist, bleibt es oben.«

»Lass es … lass es offen«, sagte er zögernd und mit tiefer, weicher Stimme.

In seltsam gespanntem Schweigen gingen sie weiter. Es war, als hätte Annies Haar sie eng miteinander verbunden.

5

Als sie sich dem Tor näherten, klang ihnen vom Haus her Gesang entgegen. »Was für eine wundervolle Stimme!«, sagte Terence. »Ist das eine Grammofonaufnahme?«

»Nein«, antwortete Annie lachend. »Das ist Rosie, eine Freundin von mir. Sie ist sehr nett«, fügte sie hinzu. »Du hast sie schon einmal gesehen, unten im Wald.«

Er schüttelte den Kopf. Als sie den Weg hinaufgingen, erblickte er durch das Fenster des Salons eine kleine, gedrungene Gestalt neben dem Klavier. »O ja«, stimmte er zu. »Jetzt erinnere ich mich an sie. Sie hat eine bezaubernde Stimme.«

»Sie wird einmal eine großartige Sängerin.«

»Ich glaube, das ist sie schon jetzt.«

»Ja, aber ich meine, dass sie eines Tages berühmt sein wird. Dessen bin ich mir sicher. Sie hat diesen Winter schon bei einigen großen Konzerten gesungen und wird bald zu einem Vorsingen nach London reisen.«

»Tatsächlich? Das klingt sehr romantisch. Wer ist der Junge, der sie begleitet?«

»Das ist Michael. Michael Davidson. Er spielt großartig. Er will Konzertpianist werden, aber Onkel Peter, sein Vater, lässt es nicht zu … Michael ist sehr nett«, fügte sie hinzu.

Alle waren ›nett‹. Wie naiv sie doch war. »Und wer ist der Riese?«, fragte er, während sie anhielten, um zu lauschen.

»Das ist Brian. Er ist vor kurzem aus London zurückgekehrt. Wir sind einige Zeit gemeinsam zur Schule gegangen.«

»Oh! Ich erinnere mich. Das ist der Kerl, der sich deinetwegen immer im Wald herumgetrieben hat. Ich habe mich neben ihm immer wie ein Wurm gefühlt.«

»Aber Terence! Du kannst dich doch unmöglich wie ein Wurm gefühlt haben.«

»Jetzt tust du es schon wieder«, erwiderte er lachend. »Du lässt nicht einmal zu, dass ich mich wie ein Wurm fühle ... Wenn ich mich wie ein Wurm fühlen will, dann ...«

»Ach, lass den Unsinn!« Es war, als wären sie seit Jahren enge Freunde. Annie griff nach seiner Hand und rannte los, während sie ihn hinter sich herzog. Als sie das Haus betraten, schwenkte seine Aufmerksamkeit von ihr zu ihrem alltäglichen Umfeld. Es war das erste Mal, dass er das Haus von innen sah, und er war beeindruckt von der Behaglichkeit, die es ausstrahlte. Hier gab es keine zurechtgeschnittenen Stücke Bodenbelag, sondern dicke, rote, türkische Teppiche bedeckten den Boden bis in jeden Winkel der Halle und lagen auf der breiten, sanft ansteigenden Treppe. Ein mannshoher Spiegel hing über einer antiken Kommode, und große bronzefarbene und weiße Chrysanthemen standen in hohen Vasen in den Ecken der Halle und auf einer geschnitzten Eichentruhe.

Die altbekannten gemischten Gefühle kehrten zurück; Ablehnung und Zurückhaltung kämpften gegen den Wunsch an, all das ihm Dargebotene zu akzeptieren. Diese alten Gefühle begleiteten ihn nun schon so lange, dass sie sich nicht leicht vertreiben lassen würden.

Verlegen half er ihr aus dem Mantel. Er wollte sie nun auf keinen Fall berühren. Warum zum Teufel war er gekommen?, fragte er sich. Das Mädchen sang noch immer: *»One love for ever, one love alone.«*

»Wir warten, bis sie fertig ist«, flüsterte Annie. Er betrachtete sie, wie sie an der Tür zum Salon stand. Das taubengraue Wollkleid ließ ihr Haar heller erscheinen als je zuvor. Es hing in zwei langen Flechten über den Rücken hinunter und wurde im Nacken von einer grünen Moiréschleife zusammengehalten. Sie trug noch immer einen Pony, wie sie es bereits als Kind getan hatte.

Sobald sie seinen Blick fühlte, wandte sie sich ihm zu und lächelte ihn offen an. Ungeachtet seiner Empfindungen lächelte er zurück … Er konnte nicht anders, denn sie war einfach wunderschön. War sie immer so schön gewesen?

Plötzlich öffnete sich die Hintertür, die zum Garten hinausführte, und Cathleen trat mit Steve ein. »Hallo, Steve«, flüsterte Annie.

Steve nickte ihr zu und blieb an der Tür stehen. Ein gespannter, fast zerknirschter Ausdruck lag auf seinem Gesicht.

Er wirkt hier ebenso fehl am Platz wie ich, dachte Terence. Dann bemerkte er das Mädchen. Sie ging auf Annie zu, sah ihn jedoch unverwandt an. Sein erster Eindruck eines zierlichen, dunkelhaarigen Mädchens von vierzehn Jahren wurde augenblicklich von dem einer Frau von zwanzig oder fünfundzwanzig Jahren abgelöst. Oder jedes anderen Alters. Er konnte sie einfach nicht einordnen. Seltsam, dachte er. Diese Mädchen! Warum konnten sie nicht so alt aussehen, wie sie waren?

Er erwiderte ihren Blick eine Sekunde lang und fühlte dann, wie ihm die Röte ins Gesicht stieg, denn sie betrachtete nicht nur sein Gesicht, sondern auch seinen Körper. Ihre Augen wanderten rasch über seine Schultern, hinab über die Hüften bis zu den Füßen und wieder empor. Er erschauerte, als wäre er nackt. Sie stand seitlich von ihm und flüsterte Annie etwas zu, und er war sich der Kurven ihres zierlichen Körpers, der so anders war als Annies jungenhafte Gestalt, deutlich bewusst.

Als der Gesang endete, öffnete sich die Tür zum Salon. Während noch Applaus zu hören war, kam Kate gefolgt von Rodney in die Halle. »Hallo, Steve. Es freut mich, dass Cathleen Sie überreden konnte zu kommen.«

Steve lächelte Kate an und nickte, gab jedoch keine Antwort. Dann wandte sie sich Terence zu, der eben Rodney die Hand schüttelte. »Nun, Terence, zu guter Letzt bist du doch noch gekommen! Dieser Besuch war längst überfällig. Wie geht es dir?«

Terence gab eine passende Antwort, während er zum ersten Mal das Gesicht jener Frau aus der Nähe betrachtete, die Annies Mutter war. Er fand keine Ähnlichkeit zwischen den beiden, doch auch sie war schön, und ihre Augen blickten glücklich und gelassen. Er fühlte, dass er sie mögen könnte. Dann bemerkte er, dass sie schwanger war, und dachte, dass dieser Umstand auf seltsame Weise ihre Schönheit verstärkte.

»Wir sollten so bald wie möglich miteinander reden«, meinte Rodney. »Es gibt eine ganze Menge Dinge, die ich dich fragen möchte. Du musst wissen, dass ich nie wieder nach Oxford zurückgekehrt bin, seit ich hierher gekommen bin. Jedes Jahr habe ich es mir vorgenommen, aber immer ist irgendetwas dazwischengekommen.«

Alles war so einfach, dass sich Terence' Anspannung allmählich löste. Es war, als wäre er schon unzählige Male hier gewesen. Unvermittelt fand er sich im Salon wieder, wo er einem nach dem anderen die Hand gab. Er musste lachen, als er bemerkte, dass er nun selbst Annies Beschreibung verwendete: Sie waren wirklich nett. Mit einer einzigen Ausnahme traf das auf alle zu, und diese zeigte sich, als er Brian die Hand reichte und seine Finger in einem unnatürlich starken Händedruck gequetscht wurden. Ihm entging nicht, dass sich Brian zu seiner vollen Größe aufrichtete. Da Brian trotz allem kleiner war als er, fühlte Terence vorübergehend so etwas wie Befriedigung, wenn er auch angesichts von Brians mächtiger Gestalt wie ein Fahnenmast neben einem Baumriesen aussehen musste.

Auf Brians breitem, fleischfarbenem Gesicht lag ein gutmütiges Grinsen, seine runden, scharfen Augen jedoch betrachteten Terence abschätzend; in diesem Moment wusste Terence, dass er diesen Jungen nicht ausstehen konnte.

Beim Tee wurde Terence zwischen Rosie und Annie gesetzt, während Brian an Annies anderer Seite Platz nahm. Da Rosie vor allem mit Michael sprach, der ebenfalls neben ihr saß, und Brian Annie in Beschlag nahm, ertappte sich Terence immer wieder dabei, dass er quer über den Tisch in die Augen jenes Mädchens blickte, dessen Namen Cathleen war. Sie waren einander nicht vorgestellt worden, und er nahm an, dass Mrs. Prince davon ausgegangen war, dass Annie diese Aufgabe bereits in der Halle erfüllt hatte. Zerstreut fragte er sich, wer das Mädchen war. Gewiss gehörte sie nicht zu den anderen Anwesenden; sie wirkte fremdartig, als wäre sie Teil einer gänzlich anderen Gesellschaft. Welche das sein könnte, wusste er jedoch nicht. Ihr Haar war nach der Mode von Eton geschnitten, und obwohl ihm Mädchen mit kurzem Haar nicht gefielen, musste er sich eingestehen, dass dieser Stil zu ihr passte. Sein dunkler Schimmer erinnerte an das schwarze Federkleid eines Vogels.

Die Party, die Annie anfangs mit ekstatischer Freude erfüllt hatte, verlor allmählich ihren Glanz. Wann sie es zu bemerken begann, konnte sie nicht sagen. War es, als sie sah, dass Cathleen neben Terence saß und ihn zum Lachen brachte? Aber sie brachte auch alle anderen zum Lachen, indem sie Steve neckte. Oder war es, als Terence sie nicht als Partnerin bei jenen Spielen wählte, bei denen er einen Kuss von ihr erwarten konnte? Ja, gestand sie sich offen ein, in diesem Augenblick hatte das Fest begonnen, seinen Reiz zu verlieren. Sie beobachtete, wie er die anderen Mädchen hastig auf die Wange küsste, und fragte sich, ob er es absichtlich vermied, auch sie zu küssen. Nach einer Weile gelangte sie zu der Überzeugung, dass er genau das tat, und sie wurde von der wilden, verrückten Sehnsucht erfüllt, von ihm geküsst zu werden. Diese Sehnsucht brannte in ihr und wandelte sich in Qual um, die sich in ihren Augen zeigte, wann immer sie ihn ansah. Manchmal lächelte er ihr quer durch den Raum zu. Dann dachte sie, dass er die hübschesten grauen Augen der Welt hatte. Wie freundlich sie blicken konnten! Warum war er dann nicht auch freundlich zu ihr?

Es war ihre Pflicht, dafür zu sorgen, dass sich ihre Gäste gut unterhielten, und sie kam ihr gewissenhaft nach. Das half ihr, ihre sinkende Stimmung zu verbergen, hielt sie jedoch nicht vom Denken ab: Warum ist er so kühl zu mir? Anfangs war er doch so nett. Das ist keine Schüchternheit. Aber was ist es dann? Jetzt behandelt er mich, wie er es all die Jahre getan hat. Er geht mir aus dem Weg ... Aber warum? Warum? Die Frage schmerzte sie. Sein Verhalten stand in krassem Gegensatz zu dem, was sie nach seinem freundschaftlichen Verhalten im Cottage und dann auf der Straße erwartet hatte ... Ach, auf der Straße ... Wenn da nicht dieser eine Augenblick gewesen wäre ...

Während des Spiels ›Der Postbote klopft‹ dachte sie gar nicht daran, dass Terence absichtlich oder zufällig ihre Nummer rufen könnte. Als er es doch tat, war sie zu verblüfft, um sich bewegen zu können. Schließlich stieß Rosie sie lachend durch die Tür in die Halle, während ihr die anderen »Träumerin!« nachriefen. Terence wartete im gedämpften Licht auf sie. Sobald sich die Tür schloss und sie allein waren, fühlte sie, dass sie zitterte und sich ihre Beine weigerten, die wenigen Schritte zu gehen, die sie von ihm trennten. Ohne vernünftigen Grund wollte sie nun vor ihm davonlaufen. Sie standen regungslos und betrachteten einander. Es war, als wären sie lange Zeit getrennt gewesen. Mit ihren Blicken erforschten sie das Gesicht des anderen, bis Annie ihre Augen von ihm abwandte.

Er hob die Hand und zog sie zu sich. »Hallo, Annie Hannigan«, sagte er leise und ein wenig neckend.

Sie zog hastig die Luft ein, ehe sie flüsterte: »Hallo, Terence Macbane.« Dann wartete sie atemlos, den Blick auf ihn gerichtet. Aber er küsste sie nicht. Stattdessen hob er ihre Hand, neigte den Kopf und berührte mit seinen Lippen ihre Handfläche.

Einen Augenblick lang war sie versucht, das glatte schwarze Haar zu küssen, das ihr plötzlich so nah war, doch er richtete sich schon wieder auf und sah sie an. Er hielt noch immer ihre Hand, und ohne die Augen von ihr zu nehmen, hob er sie und presste sie an seine Wange.

Als er sich entfernte, konnte sie nicht glauben, dass sie richtig gehört hatte. Hatte er wirklich »Wie schön du bist, Annie« geflüstert? Seine Stimme war so leise und tief gewesen. Sie schloss die Augen. Oh, das war viel schöner, als nur geküsst zu werden; er hatte es zu etwas Wunderbarem gemacht. Sie schienen einander so nah zu sein wie … Nun, sie konnte es nicht erklären, denn sie hatte nie zuvor etwas Ähnliches erlebt.

Vor Freude war ihr beinahe schwindlig, und sie nannte wahllos eine Zahl in der Hoffnung, dass sie nicht zu Brian gehörte. Doch es war Brians Nummer.

Er kam mit großen Schritten in die Halle und knöpfte sich das Jackett zu, als wollte er sich zum Kampf bereit machen. »Du bist wirklich gut mit Zahlen!«, erklärte er, während er ein tiefes Lachen ausstieß. Als er sie in die Arme nahm, stemmte sie die Hände fest gegen seine Brust und wandte ihm die Wange zu. »O nein! Nichts da. Spiel das Spiel, wie es sich gehört.« Sie fühlte, wie seine Brust vor Lachen bebte.

»Hör auf damit, Brian!«, flüsterte sie wütend. »Hör auf mit diesen Dummheiten!«

»Hör auf mit diesen Dummheiten«, ahmte er sie nach. »Wie du weißt, sind wir jetzt nicht mehr in der Schule. Schau mal, Annihan …«

»Nenn mich nicht so, Brian.«

»In Ordnung, ich werde es nicht mehr tun. Aber schau, du hast dich den ganzen Tag von deinem alten Brian fern gehalten. Ach, komm schon!« Sein Mund suchte ihren; warm und weich glitten seine Lippen über ihr Gesicht, während sie sich krümmte und wand. Plötzlich ließ sie sich fallen, drehte sich um ihre Achse und glitt unter seinen Armen hervor. Mit zerzaustem Haar und gerötetem Gesicht flüchtete sie von ihm fort und die Treppe hinauf. Während er ihr mit geschürzten Lippen nachsah, zuckte er die breiten Schultern. Einen Augenblick lang nahm sein Gesicht einen hässlichen Ausdruck an, und er nickte, als wollte er sich etwas bestätigen. Doch als er in den Salon hineinrief, war er wieder ganz der alte, lachende Brian. »Ich habe die letzte Sendung abgeliefert und habe nun ein Paket für die Nummer acht!«

Verborgen hinter dicken Vorhängen, saß Annie auf dem breiten Fenstersims. Das letzte Spiel der Party war im Gange. Sie spielten Verstecken, und sie hatte dieses leere Zimmer ausgewählt, weil man sie hier vermutlich als Letztes vermuten würde. Es lag direkt neben Davids Kinderzimmer, und sie hatten sich bemüht, die Spiele von diesem Teil des Hauses fern zu halten, um ihn nicht zu wecken. Gewiss verschaffte es ihr einen unfairen Vorteil, sich hier zu verstecken, aber sie wusste, dass Tim mit jedem Nachteil fertig wurde, auf faire oder unfaire Weise.

Sie fühlte sich in Sicherheit, während sie wartete und auf die Rufe aus der Ferne lauschte: »Komm heraus!« »Ich kann dich sehen, Rosie!« »Und Sie auch, Doc!« Wo Terence wohl war?

Bevor sie nach oben gelaufen war, hatte sie zu ihm hinübergeblickt in der Hoffnung, dass er vielleicht mit ihr kommen würde. Aber Cathleen hatte mit ihm geplaudert. Seit Steve gegangen war, war Cathleen beständig in Terence' Nähe geblieben. Seltsamerweise störte Annie das nicht, denn sie hatte das Gefühl, dass Terence nun zu ihr gehörte. Die kleine Episode in der Halle hatte in gewisser Weise die Gestalt eines Versprechens angenommen, oder eher einer Besiegelung, denn bis auf die geflüsterten Worte hatten sie nicht miteinander gesprochen. Sie presste die Handfläche an den Mund … Oh, es gab keinen anderen wie ihn! Alle Jungen, die sie kannte, wirkten neben ihm unreif und töricht. Das waren sie schon immer gewesen. Terence hatte eine Kultiviertheit an sich, die sie im Vergleich zu ihm sehr jung erscheinen ließ. Vermutlich hatte sie all die Jahre nur auf ihn gewartet …

Ihnen blieben noch beinahe zwei Wochen Ferien. Jetzt würde er nicht mehr mit einem knappen Nicken am Tor vorübergehen oder das obere Feld überqueren, was er, wie sie wusste, mitunter tat, um zur Hauptstraße zu gelangen. O Terence, Terence.

Sie hörte das Knarren der Tür und weiche Schritte auf dem Teppich. Irgendjemand kam herein. Da sie annahm, dass sich

Tim auf seiner Suche näherte, verharrte sie regungslos und hielt die Finger gegen die Lippen gepresst. Dann vernahm sie ein leises, unverständliches Flüstern, das ihr sagte, dass sich zwei Personen im Raum befanden. Sie stand eben im Begriff, die Vorhänge zurückzuschlagen und eine Warnung zu flüstern, als sie die Federn des Bettes quietschen hörte. Das Geräusch rief in ihr für einen Moment eine Mischung aus Angst und Verlegenheit hervor. Sie hielt mitten in der Bewegung inne und erstarrte. Ein Lachen ertönte, tief und weich, das sie erkannte. Dann quietschte das Bett erneut, als hätte sich noch jemand gesetzt. Leise gemurmelte, vertrauliche Laute drangen zu ihr, dann ein anderes, halb ersticktes Lachen, gefolgt von weiterem Quietschen der Bettfedern. Und dann hörte sie Cathleens Stimme, leise aber deutlich: »Jetzt werden wir einander richtig vorgestellt, Terence.«

»Etwas spät, nicht wahr?«, antwortete Terence ebenso leise.

Was Cathleen darauf antwortete, hörte Annie nicht mehr. Mit blinden Augen starrte sie in ihre Handfläche und grub die Zähne in die Unterlippe. Wieder vernahm sie Gemurmel, und das, was es bedeutete, machte sie krank. Sie stieß die Finger in die Ohren, während das Gefühl von Scham und Demütigung wie eine riesige Welle über sie hereinbrach. Sie hatte geglaubt, dass dieses Gefühl für immer verschwunden war, dass sie es so tief in ihrer Kindheit vergraben hatte, dass es in diesem Leben nicht wieder erweckt werden konnte. Diese Scham wirkte auf sie wie ein Verrat. Sie besaß eine quälende, verletzende Macht, die jeglichen vergangenen Schmerz im Vergleich lächerlich erscheinen ließ. Worte des Gebetes jagten durch ihren Kopf, in denen sie um Kraft flehte: »Heilige Jungfrau, mach, dass ich erst weine, wenn ich im Bett bin … O gütiger Gott, lehre mich, meine Gefühle vor ihm zu verbergen. Und mach, dass Cathleen Davidson nicht sieht, was sie mir angetan hat.«

Sie brach ihre Gebete ab und schrie in ihrem Inneren stumm auf: Sie hat sich kein bisschen verändert! Sie ist gemein, und ich hasse sie! … Und ihn? Ja, auch ihn, fügte sie hinzu.

6

Die Märzwinde wurden ihrem Ruf gerecht. Die Bäume, die noch gestern erste Knospen in zartem Grün versprochen hatten, schwankten so heftig hin und her, dass nichts außer ihren nackten, verdrehten Zweigen zu erkennen war. Der Wagen war vor der Tür vorgefahren, und Kate stand, zum Ausgehen gekleidet, mit Rodney und Mrs. Summers in der Halle. Mit geduldiger Verzweiflung blickte sie von einem zum anderen. »Ihr wisst, dass ich nie im Wagen bis in das Viertel der fünfzehn Straßen fahre. Und der Korb ist auch nicht so schwer. Eure Sorge ist wirklich albern.«

»Du kannst sagen, was du willst«, erklärte Rodney, »aber du trägst ihn erst, wenn Steve dich bis vor die Tür gefahren hat. Warum musst du ihn überhaupt selbst abliefern? Steve kann ihn doch auch zu einem anderen Zeitpunkt vorbeibringen.«

Kate seufzte. »Du weißt, dass ich das nie könnte, Liebling. Das würde aussehen, als ob … In Ordnung. Steve kann mich fahren.« Sie streifte die Handschuhe über.

»War auch Zeit, Doc«, meinte Mrs. Summers, »Zeit, dass Sie energisch werden. Sie sieht aus wie eine Kreidepuppe und geht an so einem Tag aus! Was für ein Vorschlag, den Korb von den Docks bis hinauf zu tragen!« Mit einem verärgerten Blick auf den Korb stolzierte sie aus der Halle.

»Sie hat Recht«, stimmte Rodney ihr zu. »Es ist Wahnsinn, bei diesem Wetter auszugehen. Und du siehst wirklich nicht gut aus … Bleib hier, Liebling. Oder warte zumindest, bis ich meine Nachmittagsvisite gemacht habe, dann kann ich dich begleiten.«

Kate trat nah an ihn heran. »Sorge dich nicht, Liebster. Es geht mir gut. Bitte vertraue darauf, dass ich nichts Törichtes tun werde.« Sie küsste ihn zart auf die Lippen. »Du weißt doch, dass es nicht nur um den Korb geht. Ich möchte dort sein, wenn Rosie zurückkommt, um von ihr die Nachricht zu hören.«

»Sie hätte anrufen sollen«, meinte Rodney ein wenig steif. »Sie kennt das Ergebnis schon seit gestern Abend. Ich finde, es ist sehr nachlässig von ihr, dass sie es nicht getan hat.«

»Irgendetwas muss sie davon abgehalten haben. Ich weiß, dass Rosie angerufen hätte, wenn es ihr möglich gewesen wäre.«

»Ja, vermutlich hätte sie das«, lenkte er ein. »Wirst du Annie dort treffen?«

»Ja, sie kommt direkt nach Jarrow. Wenn der Zug pünktlich ist, trifft sie Rosie vielleicht schon in Newcastle. Es wird wundervoll, sie über das Wochenende hier zu haben, nicht wahr? Ich kann mich nicht daran gewöhnen, dass sie nicht jeden Abend nach Hause kommt.«

Als Steve in die Halle trat, wandte sich Rodney an ihn. »Was auch immer Mrs. Prince sagt, Sie werden sie direkt vor die Tür der Mullens fahren, Steve. Haben Sie verstanden?«

Steve nickte. »Ja, Sir«, sagte er leise.

Nachdem Kate eingestiegen war, schloss Rodney die Tür des Wagens, und als er anfuhr, winkte sie ihm.

Sie lehnte sich in die weiche Polsterung zurück und entspannte sich. Nun gestand sie sich ein, dass sie sich tatsächlich ein wenig erschöpft fühlte. Im siebenten Monat machte sich das Gewicht des Kindes bereits bemerkbar. Ach, wie sie den Gedanken hasste, in diesem luxuriösen Wagen in die Schäbigkeit und Armut des Viertels der fünfzehn Straßen zu fahren. Sie achtete stets darauf, ihre einfachsten Kleider zu tragen, wenn sie ihre ehemalige Nachbarschaft aufsuchte, doch auch diese zeigten deutlich, dass sie Geld hatte. Vor Jahren, als sie noch dort gewohnt hatte, war sie stolz gewesen, die Kleider zu tragen, die Mrs. Tolmache ihr gekauft hatte. Doch nun, wo ihr so viel Geld zur Verfügung stand, unternahm sie alles, um ihren Reichtum vor den Bewohnern jener Straßen zu verbergen, denen ihr Glück wie ein Wunder vorkam.

Angesichts der herrschenden Zustände in diesem Stadtviertel war es nur allzu verständlich, dass Kate es ablehnte, mit dem Wagen vorzufahren, und sie wusste, dass Rodney nur deshalb darauf bestand, weil er sich um ihre Gesundheit sorgte. Der Korb mit Lebensmitteln war für Mrs. Mullen ein Geschenk des Himmels, da Mr. Mullen nur Kurzarbeit hatte, der einzige Junge im erwerbsfähigen Alter arbeitslos war und noch drei weitere kleine Kinder zu versorgen waren. Wie in den meisten Häusern am Tyne war auch in ihrem das Geld knapp.

Während der letzten drei Jahre, die Rosie Gesangsunterricht erhalten hatte, hatte Mrs. Mullen von Kate wöchentlich acht Shilling angenommen anstelle des Lohns, den Rosie bekommen hätte, wenn sie sich weiterhin als Dienstmädchen verdingt hätte. Es hatte einiger Überredungskunst bedurft, ehe sie zugestimmt hatte, dass Rosie Geld erhielt, als würde sie immer noch arbeiten, denn, wie sie es ausdrückte, war das, als würde das Brot auf beiden Seiten gebuttert werden.

»Wie wäre es, wenn ich den Wagen ein Stück entfernt auf der Hauptstraße parke und den Korb trage?«, fragte Steve, ohne sich umzuwenden, als könnte er Kates Gedanken lesen.

Einen Augenblick lang erwiderte Kate nichts. Sie war noch immer empfindlich, was die Bemerkungen der Frauen betraf, und sie konnte sie bereits hören: »Ja, bringt ihren Diener mit, damit er ihr den Korb trägt.« Es war jedoch das geringere Übel. »Danke, Steve«, sagte sie. »Es wäre wohl besser, als bis vor das Haus zu fahren. Ja, so werden wir es machen. Danke, dass Sie es vorgeschlagen haben. Und es ist ja auch keine wirkliche Übertretung der Anweisungen des Doktors«, schloss sie mit einem kurzen Lachen.

Er drehte sich nicht um, um ihr in seiner ruhigen Art zu-

zulächeln, wie er es noch vor wenigen Monaten getan hätte. Was war mit ihm?, dachte sie. Was war mit ihm geschehen? Wie Rodney sagte, schien ihn etwas zu quälen.

Als sie nur noch wenige Gehminuten vom Viertel der fünfzehn Straßen entfernt waren, half Steve ihr aus dem Wagen. In gespanntem Schweigen machten sie sich auf den Weg. Da es erst kurz nach drei Uhr nachmittags war, lag die Straße praktisch verlassen vor ihnen. Sie zog sich etwa eine Viertelmeile geradlinig dahin, während links das Viertel der fünfzehn Straßen abzweigte und rechts eine nackte Steinmauer den Bürgersteig begrenzte. Außer ihnen war nur ein junges Paar zu sehen, das ihnen, gegen den Wind eng zusammengedrängt, entgegengeschlendert kam. Kate kamen die beiden irgendwie vertraut vor, sie ließ ihren Blick jedoch über sie hinweg zu der Straßenbahn schweifen, die eben heranfuhr. Dann wurde ihre Aufmerksamkeit auf den Korb gelenkt, den Steve trug. Als er ihn in die andere Hand wechselte, fragte sie, ob er sehr schwer sei.

»Nein«, murmelte er. Verwundert folgte sie seinem starr nach vorn gerichteten Blick und stellte erstaunt fest, dass es sich bei dem Paar um Cathleen und Terence handelte.

Seltsam, dachte sie, ich wusste gar nicht, dass er zu Hause ist. Und sie – sie sollte doch auf der Kunstakademie sein.

Als sich die Entfernung verringerte, bemerkte sie, dass die Überraschung beiderseits war. Terence blickte unsicher drein, während sich Cathleen Kates Überraschung zu Nutze machte. Plötzlich fühlte sie sich unter dem unverwandten Blick von Cathleen aus keinem erkennbaren Grund im Nachteil.

Cathleen sprach als Erste, und ihr Tonfall vermittelte deutlich, was ihre Augen ausdrückten. »Nun!«, sagte sie gedehnt. »Man weiß nie, was auf einen zukommt, nicht wahr?« Sie warf Steve einen kurzen Blick zu, ehe sie wieder Kate ansah. »Ein kleiner Spaziergang? Damit der Wagen auch einmal etwas Erholung bekommt?«

Kate fühlte, wie die Hitze in ihr hochstieg, und dachte: Wie konnte ich nur glauben, dass sie sich gebessert hat? Was meint sie damit? Das war es, was Annie seit dem Tag ihrer Party quälte: Sie konnte es nicht ertragen, dass Cathleen mit Terence befreundet war.

Es machte sie wütend, dass sie ihre und Steves Anwesenheit hier erklärte, gleichzeitig konnte sie nicht anders, als hilflos zu sagen: »Ich wollte nicht, dass Steve bis in das Viertel der fünfzehn Straßen fährt, und der Korb ist sehr schwer.«

Ihre Verärgerung steigerte sich noch, als sie bemerkte, dass Steve ohne ein Wort oder einen Blick weitergegangen war. Warum hatte er das getan? »Ich habe gar nicht gewusst, dass du zu Hause bist, Terence«, sagte sie.

Er wirkte angespannt, fühlte sich sichtlich unbehaglich und schien die ruhige Selbstsicherheit verloren zu haben, die sie zu Weihnachten an ihm bewundert hatte. »Ich bin gestern Abend gekommen«, antwortete er.

»Und er hat mich verleitet, heute die Schule zu schwänzen. Was sagst du dazu?«

Mit zusammengezogenen Brauen wandte sich Terence ruckartig Cathleen zu. Er schien im Begriff zu stehen, etwas zu sagen, schüttelte stattdessen aber lediglich verwirrt den Kopf.

»Du wirst es doch nicht verraten, Kate?«, fuhr Cathleen fort. »Du wirst es nicht Mutter und Vater sagen, oder?« Sie blinzelte Kate verschwörerisch zu. »Dann sage ich Onkel Rodney auch nichts.«

Kate wollte ihren Ohren nicht trauen. Die ausgesprochene Verdächtigung war so kühn, so unverhüllt – und obendrein noch in Gegenwart von Terence Macbane.

»Cathleen! Wie kannst du es wagen!«, rief sie mit vor Wut weit aufgerissenen Augen. »Wie kannst du es wagen, so etwas zu sagen!«

»Oh, ich habe bloß einen Scherz gemacht. Du weißt doch, dass ich nur gescherzt habe.« Cathleen wirkte reumütig. »Sei nicht böse auf mich. Es tut mir Leid.« Dabei lächelte sie Kate flehentlich an.

Das Mädchen war unmöglich. Sie konnte die unverschämtesten Dinge sagen oder tun und sich immer wieder herausreden und mit einem Lächeln retten. Was in aller Welt hatte Kate zu dem Gedanken verleitet, dass sie sich gebessert hätte? Sie war bösartiger als je zuvor!

»In Zukunft solltest du es unterlassen, derartige Scherze mit mir zu treiben, Cathleen. Auf Wiedersehen. Auf Wiedersehen, Terence.«

Steif und entrüstet ging Kate davon. Wie konnte sie es wagen! Verdächtigungen wie diese sprach man nicht spontan aus. Warum hatte sie es getan? Was versuchte sie, damit zu erreichen? Wie konnte sie es nur wagen, so etwas anzudeuten! Oh, das war einfach unverzeihlich. Angenommen, sie würde so etwas vor Rodney sagen. Kate erschauerte. Rodney hatte keinen Grund, eifersüchtig zu sein, Gott war ihr Zeuge, aber seine Liebe zu ihr war besitzergreifend und geprägt von Eifersucht. Sie musste ihm immer wieder auf hundertfache Art beweisen, dass er ihr Leben war, denn seine Körperbehinderung hatte ihm seine natürliche Sicherheit genommen und ihn – in nicht unbeträchtlichem Maß – seines Selbstvertrauens beraubt. Nur angenommen, er würde glauben, dass … Oh, dieses Mädchen!

Das war nicht das erste Mal, dass sie Kates Name mit dem von Steve verknüpft hatte. Bislang hatte es jedoch nicht danach ausgesehen, als beinhalteten diese Bemerkungen eine geheime Bedeutung oder gar eine Bedrohung. Und dann war da noch die Sache mit Terence Macbane. Ganz offensichtlich hatte sie bei ihm Fortschritte gemacht. Warum bekämpfte Annie sie nicht? Ihr standen doch alle Waffen zur Verfügung … Aber nein, Annie war keine Kämpferin, gestand sich Kate traurig ein.

Kate war so aufgewühlt, dass sie beinahe grußlos an Pater Bailey vorübergegangen wäre, der an der Ecke der Whitley Street stand. Er sprach ernsthaft auf einen Mann in Arbeitskleidung ein. Als er sie erblickte, wandte er sich jedoch um und rief ihr entgegen: »Ach, Sie sind es, Kate. Gehen Sie zu Mrs. Mullen? Dann werde ich gleich bei Ihnen sein. Ich wollte Sie schon seit langem besuchen.« Dann drehte er sich wieder hastig zu dem Mann um, der aussah, als wollte er seinen mahnenden Worten entkommen, und Kate hörte ihn sagen: »Du weißt, Jack, dass du ein größerer Lügner bist als Tom Pepper; du hast mir eine ganz andere Geschichte erzählt als deine Frau.«

Ungeachtet ihrer Verärgerung musste Kate lächeln. Der gute Pater Bailey. Er war noch immer darum bemüht, anderen durchs Leben zu helfen, ob sie wollten oder nicht.

Steve wartete vor der Tür der Mullens auf sie. »Bitte holen Sie mich um fünf Uhr hier wieder ab, Steve«, sagte Kate, ohne ihn anzusehen.

Er nickte knapp, berührte grüßend seine Kappe und ging davon. In der Art, wie er die Schultern hängen ließ, spiegelte sich eine Niedergeschlagenheit wider, die Kate mit plötzlich aufflammendem Mitgefühl und Unsicherheit erfüllte ... War es möglich, dass Cathleen irgendetwas zu ihm gesagt hatte? Hatte sie ihm gegenüber etwas angedeutet? Natürlich nicht, das war Unsinn.

»O Kate, was für ein Tag, um hierher zu kommen!«, rief Mrs. Mullen aus, als sie die Tür öffnete.

»Was für ein Tag, um zu waschen«, gab Kate zurück, während sie ihr in die Küche folgte, in der überall nasse Wäschestücke umherlagen. »Und dabei erwartest du Rosie zurück!«

»Das ist doch der Grund dafür. Ich konnte einfach nicht stillsitzen, ich musste etwas tun. Und alles wäre in Ordnung gewesen, wenn nicht diese Hexe Mary Overton begonnen hätte, Kohle zu schaufeln«, stieß sie wütend hervor. »Das hat sie nur getan, um mich zu ärgern. Schon seltsam, was die Leute tun, wenn sie glauben, dass die Kinder eines anderen vorankommen. Du musst wissen, wir sprechen nicht miteinander.« Plötzlich lachte sie, und ihre Augen blitzten unter den verrunzelten Lidern auf. »Was für ein Leben! Wenn du auf etwas Gutes wartest, kannst du nicht still sitzen und das Warten genießen. Wie geht es dir, Mädchen? Allmächtiger!«, rief sie, als sie den Korb sah. »Den hast du doch nicht ganz allein hierher getragen?«

»Nein, Steve hat ihn getragen«, gab Kate zurück.

»Dann ist es in Ordnung. Mädchen, habe ich dir nicht immer wieder gesagt, dass du das nicht tun solltest? Aber mit dir zu reden hat keinen Sinn.«

»Da hast du Recht. Ich bin genauso starrköpfig wie du.«

Mrs. Mullen legte die nasse Wäsche in eine Zinkwanne und stellte sie unter den Tisch. »Ich werde sie am Abend aufhängen, wenn ich die Kinder ins Bett gebracht habe. Wie wäre es jetzt mit einer Tasse Tee?«

»Es wäre besser, wenn du gleich drei Tassen aufgießt, denn Pater Bailey ist auf dem Weg hierher«, sagte Kate.

»Wirklich?«, rief Mrs. Mullen aus. »Na, wenn es bei uns regnet, gießt es gleich in Strömen. In letzter Zeit sehen wir ihn häufig. Aber ich habe nichts gegen Pater Bailey ... Erinnerst du dich noch an Pater O'Malley, Kate? Das war ein alter Teufel. Hast du gewusst, dass er aufhören wird?«

»Nein, das habe ich nicht gewusst«, meinte Kate.

»Ja. Sein Rheuma zwingt ihn, in den Ruhestand zu treten. Da werden einige erleichtert aufseufzen, wenn er geht, das kannst du mir glauben. Vermutlich wird Pater Bailey die Gemeinde übernehmen, meinst du nicht auch?«

»Das ist anzunehmen.«

»Ich sollte es dir lieber gleich sagen«, fuhr Mrs. Mullen fort, während sie den Tee zubereitete. »In deinem alten Haus nebenan wohnt jetzt jemand, den du kennst. Sie ist seit einigen Wochen hier. Ich wollte nicht früher darüber sprechen, aber da Pater Bailey heute kommt ... Er könnte es dir gegenüber erwähnen, immerhin sieht er oft drüben vorbei ... Es ist deine Cousine Connie.«

»Was sagst du? Connie Fawcett wohnt hier?«

»Ich dachte mir schon, dass du einen Schreck bekommst. Schon seltsam, dass sie gerade nebenan eingezogen ist. Es wird immer schlimmer mit ihr. Sie ist nie nüchtern, wenn sie irgendwie an Alkohol kommen kann ... Dieser Jake Riley ist bei ihr, wenn sein Boot im Hafen liegt. Solange das Geld reicht, geht es immer hoch her. Die übrige Zeit versucht sie, sich etwas zu leihen oder etwas zu versetzen, denn sie arbeitet nicht. Ich bezweifle, dass sie überhaupt arbeiten könnte, selbst wenn sie es wollte, denn sie ist einfach zu fett. Vermutlich stimmt irgendetwas nicht mit ihr.«

»Wie geht es ihrem Jungen?«

»Oh, es bricht mir das Herz, wenn ich ihn sehe! Er kümmert sich um sie wie eine Mutter. Stundenlang wartet er bei den Docks, führt sie nach Hause und bringt sie oft genug zu Bett. Armes Kind, und dabei ist er noch nicht einmal neun. Oh, es würde dir das Herz brechen. Wäre schon schlimm genug, wenn er ein Mädchen wäre ... Es macht dir doch nichts aus, dass ich es dir gesagt habe, Kate?«, fragte sie.

»Nein, gar nicht«, sagte Kate. Es war ihr unangenehm, dass Connie nebenan wohnte, denn sie wollte ihr nicht begegnen. Aber warum sollte es sie stören? Sie konnte Mrs. Mullen nicht erklären, dass Connie Fawcett nicht wirklich mit ihr verwandt war, ohne das Geheimnis preiszugeben, das ihr ihre Mutter am Sterbebett anvertraut hatte, nämlich dass Tim Hannigan nicht ihr Vater war.

»Ach, du meine Güte!«, rief Mrs. Mullen aus. »Da kommt Pater Bailey schon, und ich wollte doch mit dir über Rosie sprechen.«

»Da sind Sie ja. Und eine Tasse Tee ist auch bereit!« polterte der Priester fröhlich, während er mit seinem Bauch versuchte, die Küchentür zu schließen. »Was gibt es Besseres an so einem Tag, nicht wahr, Kate? Der Wind ist stark genug, um Michael Finnegan die Bartstoppeln vom Kinn zu wehen.« Er warf den Kopf in den Nacken und lachte schallend über seinen Scherz. Kate und Mrs. Mullen stimmten in sein Lachen ein.

»Und wie geht es Ihrem Heiden?«, fragte er, während er seinen Tee trank.

»Es geht ihm gut«, antwortete Kate lächelnd.

»Oh, Pater! Ist schon ein wenig streng, den Doktor so zu bezeichnen! Wo er doch einer der nettesten Männer auf Erden ist«, meinte Mrs. Mullen.

»Das mag ja sein, aber es gibt immer eine Verbesserung ... Stimmen Sie mit mir überein, Kate?« Er beugte sich über den Tisch und sah sie durch halb geschlossene Lider an.

»Ich stimme nie mit Ihnen überein, Vater. Das wissen Sie mittlerweile.«

»Gewiss, gewiss. Aber die Zeit wird es weisen ... Ach, ja.« Er wandte sich an Mrs. Mullen und lächelte sie gütig an. »Sieht aus, als machten Sie heute große Wäsche.« Er deutete auf die Zinkwanne unter dem Tisch.

»Oh, nur das Übliche, Pater.«

Einen Augenblick lang sprach niemand. Dann erhob sich Mrs. Mullen unvermittelt mit gut vorgetäuschtem Schrecken. »Allmächtiger!«, rief sie, »ich habe etwas im Topf gelassen. Wahrscheinlich ist es schon völlig zerkocht.« Der Wink war so deutlich, als würde man einem blinden Pferd zunicken. Er will sie wieder in die Mangel nehmen, dachte sie, während sie hinausstürmte. Arme Kate.

Kate lächelte den Priester an und wartete. Mit dem Feingefühl eines Elefanten leitete Pater Bailey auf das Thema über, das er bei jedem Treffen mit ihr zur Sprache brachte, weil er es als seine Pflicht betrachtete. »Wie fühlen Sie sich, Kate?«

»Recht gut, Pater.«

»Und hoffen Sie auf einen Jungen oder ein Mädchen?«

»Ich glaube, ich hätte gern ein weiteres Mädchen, Pater.«

»Ach ja. Eine zweite Annie. Was für ein Mädchen. In der Klosterschule hat man große Stücke auf sie gehalten. Die Mutter Oberin ist immer voll des Lobes gewesen, und sie war der Sonnenschein im Leben von Schwester Ann. Sie liebt das Mädchen wirklich. Haben Sie das gewusst, Kate?«

»Ja, Pater. Und Annie hat Schwester Ann auch sehr gern.«

»Ja, noch so ein Mädchen wie Annie.« Vater Bailey legte die Hände auf seinen gewölbten Bauch und tippte die Finger leicht gegeneinander. Er schien zu dem großen schwarzen Kessel zu sprechen, der auf dem Herd stand, als er fortfuhr: »Glauben Sie, dass Annie ein so freundliches Wesen entwickelt hätte, wenn sie nicht im Glauben erzogen worden wäre?«

»Sie wäre trotzdem dieselbe, Pater.«

»Nein, Kate. Nein. Annie ist mehr Seele als Körper. Ich weiß es. Und die Herrlichkeit ihres Glaubens hat zu ihrer Entwicklung beigetragen.«

Als sich Kate rastlos auf ihrem Stuhl hin und her schob, wandte sich Pater Bailey ihr mit einer schnellen Bewegung zu. Diesmal ließ er die Hände jedoch nicht gelassen auf dem Tisch ruhen, sondern streckte sie ihr in einer ausdrucksvollen, flehenden Geste mit nach oben gerichteten Handflächen entgegen. »Erkennen Sie denn nicht, welche Sünde Sie begangen haben, indem Sie den Jungen nicht haben taufen lassen, Kate? Fügen Sie dieser doch keine weitere hinzu.«

»Ach Pater, beginnen Sie doch nicht wieder damit. Wie Sie wissen, ist David in der Kirche von England getauft.«

»Aber das ist doch nicht Ihre Kirche, Kate.«

»Ich habe keine Kirche, Pater.«

»Unsinn! Unsinn! Es ist weit besser, überhaupt nicht getauft zu sein, als ihn außerhalb der wahren Kirche taufen zu lassen.«

»In Ordnung«, gab Kate in scharfem Ton zurück. »Dann werde ich bei diesem Baby Ihrem Rat folgen.«

»Gott möge Ihnen vergeben, dass Sie so etwas überhaupt sagen, Kate!« Das Gesicht des Priesters rötete sich. »Sie wissen, dass Sie für das Leben, das Sie hervorbringen, verantwortlich sind. Das wissen Sie doch, oder?«

»Nur bis zu einem gewissen Punkt. Ich glaube daran, dass ein Kind vom Augenblick seiner Geburt an ein Individuum ist.«

»Ho! Ho! Da haben wir es schon wieder. Das sind die Ideen von Doktor Rodney Prince, nicht Ihre, Kate«, erwiderte Vater Bailey spöttisch.

»Doch, es sind meine, Pater.« Kates Stimme klang nun wütend. »Das ist das Problem mit Ihnen allen. Sie wollen einfach nicht anerkennen, dass Menschen selbstständige Gedanken haben. Sie wollen nicht, dass sie überhaupt denken, sie sollen bloß blindlings folgen.«

»Die Hölle ist voll von Menschen, die sich ihre eigenen Gedanken gemacht haben, Kate. Haben Sie jemals darüber nachgedacht?« Der Priester sprach nun wieder mit ruhiger Stimme.

»Ja, ich habe darüber nachgedacht – und ich habe den Gedanken verworfen; denn die Hölle ist dem wahren Christentum fremd.«

»Tatsächlich?«, fragte Pater Bailey, als hätte er eben etwas Neues erfahren. Er nickte ihr zu. »Wie günstig und beruhigend für Sie, dass Sie gleich einen Schritt weiter gegangen sind und sie abgeschafft haben.«

»Ich kann den Gedanken, dass es eine Hölle gibt, nicht akzeptieren, Pater. Meiner Ansicht nach widerspricht er dem Grundverständnis eines Gottes, der die Liebe ist ... Ach, es ist alles so kindisch. Damit kommt man doch nur dem Aberglauben der Unwissenden entgegen.«

»Versündigen Sie sich nicht, Kate! Schon der schlichte Gedanke an Gerechtigkeit ist ein Beweis für ihre Existenz!« Pater Bailey erhob sich und stellte sich vor sie. Er stützte die Hände auf die Knie und beugte sich vor, bis sein Gesicht mit ihrem auf gleicher Höhe war: »Würde es Ihnen gefallen, wenn Tim Hannigan ebenso von Gott aufgenommen werden würde wie Ihre arme Mutter?«

Kate starrte ihn unverwandt an. »Es ist fraglich, ob Gott überhaupt jemanden aufnimmt. Was mich betrifft, so existieren Hölle und Himmel hier.«

»Kate ... In Ordnung!« Er richtete sich wieder auf und lächelte. »Die Wege Gottes sind unergründlich. Sie sind eine seltsame Frau, Kate.« Nachdem er sich wieder gesetzt hatte, trocknete er sich das Gesicht mit seinem Taschentuch. Vom Waschhaus am anderen Ende des Hofes klang das Quietschen, Klappern und Klirren der Mangel in die stille Küche herüber, das nur hin und wieder von einem heftigen Stöhnen unterbrochen wurde, wenn ein Wäschestück von den Rollen freigegeben wurde und in die Wanne plumpste. Von der Gasse hinter dem Hof ertönte die Stimme des Lumpensammlers.

Pater Bailey durchbrach das Schweigen: »Ich sollte Sie nicht gerade zu diesem Zeitpunkt aufregen. Es tut mir Leid, Kate.«

Sie lächelte ihn freundlich an. »Ich verstehe schon, Pater. Ich glaube, mir würde etwas fehlen, wenn Sie damit aufhören würden.«

»Ich bete oft für Sie, Kate«, fuhr er fort. Seine Worte drangen gedämpft und verlegen durch das Taschentuch, mit dem er sich erneut das Gesicht trocknete. »Ich kann es nicht erklären, aber ich war immer davon überzeugt, dass Sie mich eines Tages brauchen werden, dass unsere Lebenswege für alle Zeiten miteinander verbunden sind. Oh, ich finde wirklich keine Erklärung dafür.«

Kate sah liebevoll zu dem Priester hinüber, diesem guten Priester, und dachte, was sie schon so oft zuvor gedacht hatte: Hätte ich genauso heftig aufbegehrt, wenn ich ihn damals kennen gelernt hätte, statt einen Priester wie Pater O'Malley? »Sie haben sich mir gegenüber immer gütig und geduldig gezeigt, Pater«, sagte sie sanft, »und es bekümmert mich, wenn ich Sie enttäuscht habe.«

Er stand auf und nahm den Hut vom Tisch. Auf seinem Gesicht lag wieder sein breites Lächeln. »Machen Sie sich keine Sorgen. Gott ist gut. Und Sie wissen ja, was man sagt: der Teufel ist kein schlechter Kerl, denn er kümmert sich um die Seinen.« Lachend klopfte er ihr auf die Schulter. »Nun, ich muss gehen. Passen Sie gut auf sich auf, Kate, und überbringen Sie Ihrem Heiden einen Gruß von mir ... Gott schütze Sie. Ich werde noch bei Mrs. Mullen im Waschhaus vorbeisehen. Auf Wiedersehen, Kate.«

Er war gegangen, ohne Connie zu erwähnen. Zumindest dafür war Kate ihm dankbar. Wie nach jeder Auseinandersetzung mit ihm blieb sie von Traurigkeit erfüllt zurück. Nicht zum ersten Mal erkannte sie, dass der Geist auf seiner Suche nach Freiheit Täler tiefster Einsamkeit durchstreifte. Irgendwie verstärkte Pater Bailey stets dieses Gefühl von Einsamkeit und ließ sie mit Bedauern zurückblicken auf das Gefühl von Sicherheit, das die Kirche ihren Gläubigen bot …

Fast eine halbe Stunde war vergangen, als sich die Hintertür öffnete und Rosie eintrat. Ihr Gesicht verriet Kate und ihrer Mutter augenblicklich, welche Nachricht sie brachte. Was ihr Aussehen betraf, hatte sich Rosie in den vergangenen vier Jahren kaum geändert; sie war noch immer untersetzt, und ihr Gesicht war ebenso rundlich und knopfförmig wie in ihrer Kindheit. Erst wenn sie sprach, zeigte sich eine Veränderung. Sie sprach ihre Mutter nach wie vor mit »Mama« an, und der Tonfall ihrer Stimme verriet noch immer, dass sie am Tyne aufgewachsen war. Es lag jedoch auch etwas darin, das ihr Persönlichkeit verlieh. Sie stellte den Koffer ab, sah von einer zur anderen und sagte schlicht: »Royal Albert Hall, erste Oktoberwoche, Verdis Requiem.«

Mrs. Mullen trocknete die Hände an der Schürze ab und wiegte den Kopf von einer Seite zur anderen, ohne etwas zu sagen. Auch Kate schwieg eine Weile. Dann brach es aus ihnen hervor: »Oh, Rosie, das ist wundervoll! Wie wundervoll! Der Doktor wird überglücklich sein … Und in der Albert Hall!«

»Ich habe gestern Abend zweimal versucht anzurufen, aber man hat mir gesagt, dass die Leitung besetzt ist. Ich wollte, dass er es als Erster erfährt. Heute Morgen wollte ich es noch mal versuchen, aber ich habe keine Zeit gehabt, weil ich gleich den ersten Zug genommen habe. Oh, ich bin wirklich froh gewesen, aus London hinauszukommen!«, fügte sie hinzu. »Das wenige, das ich gesehen habe, hat mir nicht gefallen.«

Mrs. Mullen schüttelte noch immer den Kopf und starrte ihre Tochter unverwandt an. Das Kopfschütteln wurde zu einem Zucken, und sie blinzelte hastig. »Du musst dir aus den Hasenfellen, die du getrocknet hast, einen Pelzmantel schneidern, Mama, und für Papa musst du einen Abendanzug besorgen; in einer Loge kann er nicht seinen alten Regenmantel tragen.«

»Ach, Mädchen! Ich kann es kaum fassen ... Gott weiß, was dein Vater sagen wird. Jetzt wird ihn niemand mehr aufhalten können ... Ach, Kate! Und das alles verdanken wir der Freundlichkeit des Doktors.« Nun brachen die Tränen hervor, und sie hob hastig die Schürze ans Gesicht.

»Komm schon, Mama«, sagte Rosie, die angesichts der seltenen Tränen ihrer Mutter zutiefst verlegen wurde. »Ich verzehre mich nach einer Tasse Tee, und alles, was du tust, ist weinen.«

»Ach, Mädchen! Du musst ja ganz ausgedörrt sein. Aber die Nachricht hat mich aus der Fassung gebracht ... Ja, wir wollen eine Tasse Tee trinken.« Sie rührte sich jedoch nicht, sondern sah nur zu Kate hinüber. »Kate, was hältst du davon?«

Während Mrs. Mullen geschäftig in der Küche umherlief, berichtete Rosie Kate von ihrem Vorsingen und erzählte ihr, was die große Caroli über ihre Stimme gesagt hatte. Sie war noch immer wie betäubt von ihrem außergewöhnlichen Glück, denn sie war die einzige Anfängerin, der man eine der vier Solopartien der Messe übertragen hatte.

»Ich freue mich so für dich«, sagte Kate. »Das bedeutet in vielfacher Weise ein neues Leben für dich. Du wirst dich daran gewöhnen müssen, London zu mögen, weißt du, Rosie – und viele andere Großstädte. Den alten Tyne wirst du jetzt nicht mehr so oft zu sehen bekommen.«

Kates Bemerkung legte eine der Ängste bloß, die Rosie in ihrem Inneren barg; sie wusste, dass sie das neue Leben, das sich ihr nun öffnete, von ihrer Familie trennen würde. Und vor allem der Gedanke, ihren Vater zu verlassen, schmerzte sie. Der Schmerz steigerte sich, als sie erkannte, dass die vor ihr liegende Karriere sie aus Michael Davidsons Leben hinaushob, noch ehe er sich bewusst geworden war, dass sie ein Teil seines Lebens *war*. Sie war zwanzig und Michael achtzehn. Heute wirkte dieser Altersunterschied unüberbrückbar, sobald er jedoch die zwanzig passiert hätte, würde sich das ändern.

Das Warten hatte sie auf seltsame Weise mit Zufriedenheit erfüllt. Er war immer freundlich zu ihr, und obwohl er Annie mit jugendlicher Liebe verehrte, wagte sie tief in ihrem Herzen zu hoffen, dass sich aus ihrem Gesang und seiner Klavierbegleitung etwas entwickeln würde. Sie hatte ihm ihr wahres Interesse weder mit Blicken noch mit anderen Zeichen zu erkennen gegeben. Auf der Party an Weihnachten war sie in Versuchung gewesen, sich immer wieder neben ihn zu setzen und ausschließlich ihn als Partner zu wählen. Ihre natürliche Vorsicht hielt sie jedoch davor zurück, denn sie wusste, dass Cathleen einen Schauer bissiger Bemerkungen über sie niedergehen lassen würde, sollte sie nur das geringste Anzeichen für gegenseitiges Interesse bemerken. Sie war klug genug, um zu erkennen, dass eine aufkeimende Liebe wie eine Knospe im Frühlingsfrost erstarb, wenn sie der Lächerlichkeit preisgegeben wurde. Noch nie hatte sich ein Junge mit ihr verabredet; selbst die Jungen aus der Nachbarschaft hatten sie nicht beachtet. Das war ihr jedoch gleichgültig, denn ihr blieb immer noch die Hoffnung. Aber wenn sie jetzt den Norden verließ, würde sie auch Michael verlassen. Bis es so weit war, konnte jedoch noch einiges geschehen. Ja, vielleicht geschah noch etwas.

Nachdem Kate weitergegangen war, hatten Cathleen und Terence ihr eine Weile regungslos nachgesehen. Dann schwand das Lächeln von Cathleens Gesicht, und sie stolzierte aufgebracht hin und her, während sie die Lippen in einer seltsamen Bewegung rollte. »Wer, glaubt sie, ist sie? ›Wie kannst du es wagen! Wie kannst du es wagen, so etwas zu sagen!‹«, ahmte sie Kate nach. »Sie hat wirklich Nerven, wenn man darüber nachdenkt. Ihr tugendhaftes Gehabe macht mich ganz verrückt. Sie muss vergessen haben, dass sie mit siebzehn ein Kind bekommen hat und dass sie jahrelang die Gespielin des Doktors gewesen ist.«

Terence schloss einen Moment lang die Augen. Es verblüffte ihn immer wieder und verletzte sein Feingefühl, wenn dieses Mädchen, das in einer Klosterschule erzogen war, wie die Frauen in den Docks sprach. Sie schien mit solcher Leichtigkeit von einer Rolle in die andere zu schlüpfen, dass er nicht mehr wusste, wer sie wirklich war. Besonders verletzte es ihn jedoch, dass sie auf eine so hässliche Weise über Kate sprach. Er wollte sie eben davor warnen, fälschlicherweise Gerüchte zu verbreiten, als ihn ihre nächsten Worte erstarren ließen.

»Sie ist so verschlagen wie ein Affe im Käfig und wickelt Onkel Rodney einfach um den Finger. Als letzten Schachzug hat sie für Annie Taschengeld herausgeschlagen. Seit sich die Jungfrau entschlossen hat, Lehrerin zu werden, erhält sie von Rodney wöchentlich zwei Pfund … Zwei Pfund pro Woche, stell dir das vor! Aber natürlich hat sie mit der schrecklichen Erschwernis zu kämpfen, dass sie davon auch ihre Kleidung bezahlen muss!«

Inmitten der Flut von Beschimpfungen blieben Terence' Gedanken an der Phrase »zwei Pfund pro Woche« hängen. Allmächtiger, zwei Pfund pro Woche … und nichts, was damit bestritten werden müsste! Mitunter hatte er für ein ganzes Semester nicht so viel zur Verfügung gehabt. Er war gezwungen gewesen, jeden Penny umzudrehen. Wenn er sich ein Buch kaufte, musste er sich mehrere Wochen lang bei sämtlichen anderen Ausgaben einschränken, und sogar die billigen Zigaretten für zwei Penny, die er verschämt in einem kleinen Laden in einer Seitenstraße kaufte, wurden zum Luxus … Und Annie erhielt jede Woche *zwei Pfund!*

Cathleens nächste Bemerkung lief seinem Gedankengang nur einen Sekundenbruchteil voraus. »Was glauben sie, wen sie heiraten wird?«, fragte sie. »Einen reichen Lord? Kein gewöhnlicher Mann wird im Stande sein, sie in derselben Weise zu versorgen, wie sie es durch ihre Erziehung gewöhnt ist. Als wäre sie eine verdammte Prinzessin!«

Sie hat Recht, dachte Terence. Ja, sie hat Recht. Cathleen stand mit beiden Beinen fest auf dem Boden; sie ließ ihn die Dinge aus der richtigen Perspektive sehen. Von nun an würde er weder an Annie denken, noch sich wegen der Veränderung in ihrem Wesen sorgen.

Bis zum Abend ihrer Party hatte er sie absichtlich als Kind betrachtet – um sich selbst zu schützen. Als sie einander jedoch am nächsten Tag begegnet waren, hatte sich die Veränderung deutlich gezeigt. Ihre Kindlichkeit war einer Haltung gewichen, die weit erwachsener war, als es ihrem Alter entsprach; sie hatte keine Schneeballschlacht mit ihm gemacht. Auf Rodneys Einladung hin war er zum Haus hinübergegangen und zum Tee geblieben, während er sich die ganze Zeit über ihre Kälte wunderte, die ihr so vollkommen fremd war.

Erst ihr Gesichtsausdruck, als Cathleen überraschend eintraf, gab ihm die Erklärung. Augenblicklich fielen ihm das Spiel und die Küsse im Schlafzimmer ein, und ihm wurde heiß unter dem engen Kragen, als er begriff, dass sich Annie irgendwo in dem Raum versteckt haben musste. Nachdem er sich mehrere Tage mit der Frage gequält hatte, wie er es ihr erklären könnte und sich schließlich eingestehen musste, dass es nicht zu erklären war, kam er zu dem Entschluss, dass es das Beste war, was ihm hatte geschehen können. Der Zwischenfall hatte ihm vor Augen geführt, was er längst wusste: dass sie zu jenen Mädchen gehörte, die glaubten, ein Kuss würde ihn für das ganze Leben an sie binden; und er hatte sich ohnehin vorgenommen, nichts zu beginnen …

Allerdings hatte er etwas mit Cathleen begonnen, oder? Ja, aber sie war anders – sie nahm die Dinge nicht so ernst. Und er beabsichtigte auch nicht, die Beziehung weiterzuführen … Irgendwie gelang es ihm jedoch nicht, von ihr fortzukommen. Oft fragte er sich, was er von Cathleen hielt, ohne eine eindeutige Antwort zu finden. Als sie ihn in jener Nacht im Schlafzimmer geküsst hatte, hatte sie etwas in ihm geweckt, das ständig genährt werden wollte. Er hielt sich aus ihrer Umarmung so lange fern, wie er nur konnte. Sobald er es sich jedoch gestattete, sie zu küssen, durchflutete ihn eine Kraft, die zum Ausdruck gebracht werden wollte, sodass er sich gegen Ende der Weihnachtsferien wie ein Betrunkener nach ihr sehnte. Er fragte sich, ob die Heftigkeit seiner Gefühle damit zusammenhing, dass er keine Erfahrung mit anderen Mädchen hatte.

Wieder brach Cathleen in seine Gedanken ein: »Warum sollte sie sich darum sorgen, wen sie heiraten wird? Sie weiß doch, dass Rodney ihr einen Ehemann beschaffen wird. Ebenso wie er sich um seine anderen Lieblingsprojekte kümmert, wie diese Klinik oder Rosie Mullen.« Sie warf ihm einen langen Blick aus dem Augenwinkel zu und wechselte plötzlich erneut die Persönlichkeit. »Komm weiter, mein Schatz«, sagte sie lachend. »Was kümmert es uns? Wir wollen die Simonside hinaufgehen, dort ist es ruhig. Ich war eine Närrin, dass ich dich gebeten habe, mich in Jarrow zu treffen, aber ich habe geglaubt, genau zu wissen, wo sich meine ehrwürdigen Eltern aufhalten, und dass wir vollkommen sicher wären. Ich habe nicht damit gerechnet, dass uns die Gräfin über den Weg laufen würde.«

Sie hängte sich bei ihm ein und tänzelte nun wieder selbstzufrieden und glücklich an seiner Seite dahin. Ihre Fröhlichkeit schwand für einen Augenblick, als sie an Steve dachte. Er hatte wütend ausgesehen. Ach, sollte er doch. Immerhin hatte er ihr immer wieder gesagt, dass sie sich einen jungen Mann suchen sollte – und damit hatte er Recht. Steve begann allmählich, sie zu langweilen; er musste nicht mehr überredet und verführt werden, um mit ihr zu schlafen. Sobald sie Terence' Verlangen geweckt hatte, würde sie Steve gänzlich fallen lassen.

Terence glich jedoch mitunter einem Wagen, der im Schlamm stecken geblieben war: Er schien einfach nicht über das Stadium der Küsse hinauszukommen. Er brauchte Anleitung. Ohne einen für Terence ersichtlichen Grund stieß sie ihr tiefes, kehliges Lachen aus. Oh, es würde Spaß machen, vor allem, weil sich die Jungfrau mit sehnsuchtsvollen Blicken nach ihm verzehrte ... In der Nacht der Party hatte sie wie eine kranke Kuh ausgesehen!

Sie küssten einander hinter einer Hecke in einer verlassenen Straße. Heute war jedoch etwas anders als sonst. Die Kraft des Windes war nicht stärker als Cathleen: Sie führte ihn an den Rand eines Abgrundes, der seinen angespannten Nerven Frieden versprach, wenn er sprang. Wieder und wieder fragte er sich: Was riskiere ich schon? Dennoch zögerte er, bis er sich schließlich von ihr zurückzog: »Es wird spät, und ich habe versprochen, zum Tee zu Hause zu sein.«

Cathleens Gesicht verdüsterte sich, dennoch lachte sie und sagte: »In Ordnung, Schatz. Ich werde dich begleiten. Ich sollte ohnehin bei Onkel Rodney vorbeikommen.«

Als sie in die Stadt zurückspazierten, machte sich in Terence ein Gefühl der Leere breit. Einerseits bedauerte er es halbherzig, dass er die Gelegenheit hatte vorübergehen lassen, die ihm in so hingebungsvoller Weise geboten worden war, andererseits empfand er Widerwillen gegen Cathleen.

Während des halbstündigen Fußmarsches zum Bahnhof sprach er kaum. Und auch sie schwieg seltsamerweise. Ihr Schweigen war jedoch von einer unheilvollen Kraft erfüllt, und ihr gesamtes Wesen war in Aufruhr. Sie war zurückgewiesen worden! Dieser Narr! Er hatte Angst. Nun, sie würde ihn seine Kultiviertheit vergessen lassen. Mit plötzlicher Heftigkeit schob sie ihren Arm in seinen, griff nach seiner Hand und schlang ihre Finger um seine.

In dieser Haltung trafen sie in dem schmalen, steilen, von Wänden gesäumten Zugang zum Bahnhof auf Annie. Sie kam ihnen in einer Flut von Arbeitern entgegen. Die Gesichter der Männer unter den schmierigen Mützen waren von Schmutz und Schweiß überzogen, und die Blechdosen, in denen sie ihr Mittagessen aufbewahrt hatten, klirrten bei jedem Schritt. Als Annie versuchte, einigen Entgegenkommenden auszuweichen, stand sie plötzlich eingekeilt in der Menge Terence gegenüber. Ihre Gesichter waren nur wenige Zentimeter voneinander entfernt, ihre Körper berührten sich, und sie verharrten inmitten des Stroms von Menschen einen Augenblick lang, einander nah und doch getrennt. Da sie sich so unvermutet begegnet waren, spiegelten ihre Augen einen kurzen Moment ihre wahren Gedanken wider; dann riss Cathleen die beiden mit einem Ruck an Terence' Arm auseinander.

»Ich sehe dich später, Kleines … ich werde bei Onkel Rodney vorbeischauen«, rief sie Annie im Weitergehen über die Schulter zu.

Annie ging zum Hafentor hinunter. Obwohl die Straßenbahn nach Jarrow wartete, ging sie an ihr vorüber; sie würde bis zum Viertel der fünfzehn Straßen zu Fuß gehen, denn sie musste nachdenken. Wenn dich etwas quält, darfst du es nicht verbergen, sondern musst es an die Oberfläche bringen und untersuchen, hatte Rodney gesagt. Das sei der einzige richtige Weg, um sich von einem Kummer zu befreien. Oh, wenn sie sich nur von diesem Gefühl befreien könnte. Sie hatte geglaubt, es bereits überwunden zu haben, doch nun war es wieder da, so quälend wie zuvor … nein, noch schmerzlicher, denn sie hatte den Arm gesehen, der in seinen geschoben war. Oh, gütiger Gott, vergib mir. Liebe Jungfrau Maria, vergib mir. Mach, dass ich aufhöre, sie zu hassen …

Woher hatte sie gewusst, dass er zurück war? Sie mussten einander geschrieben haben. Oh, Muttergottes, nimm alle Eifersucht von mir. Er musste sie mögen, sonst würde er sich doch nicht mit ihr treffen, oder?, fragte sie sich. Er kann mich nie wirklich gemocht haben, denn er ist mir immer ausgewichen. Jahrelang ist er mir aus dem Weg gegangen. Aber an jenem Abend, als er mir in der Halle die Hand geküsst hat … damals hat er mich gemocht. Ich weiß, dass er mich damals gemocht hat. Und draußen auf der Straße im Schnee … Oh, ich kann es nicht langer ertragen! Ich wünschte, ich wäre tot und hätte endlich Frieden. Aber nirgendwo ist Frieden …

Das stimmte nicht. Zu Hause herrschte Frieden, und auch im Kloster. Schwester Ann sagte jedoch, dass Frieden im Inneren geboren werden müsse; von außen gebe es keinen bleibenden Frieden. Annie schien das nur die halbe Wahrheit zu sein, denn sie musste nur durch das Tor des Klosters treten, um zu fühlen, wie ein gewisser Friede sie einhüllte.

Sie liebte das Kloster und alle, die darin wohnten. Diese Art der Liebe brachte Frieden, und nicht jene Art von Liebe, die sie für Terence fühlte, oder die Brian für sie empfand. Brian … auch er bereitete ihr Sorgen. Seit er sie in jener Nacht vor einigen Wochen gefragt hatte, ob sie sich mit ihm verloben würde, sobald sie neunzehn wäre, fürchtete sie sich ein wenig vor ihm. »Nein! Nein!«, hatte sie hastig abgewehrt. »Ich will mich mit niemandem verloben, weder jetzt noch in Zukunft.« Die oberflächliche gute Laune war von seinem Gesicht gewichen, und sie hatte gesehen, was sie bereits zuvor oft vermutet hatte: einen hochmütigen Brian, der nicht im Stande war, eine Niederlage zu akzeptieren.

»Ich werde nicht aufhören, es zu versuchen«, sagte er. »Du bist seit Jahren mein Mädchen, das weißt du. Und ich weiß auch etwas: Solange ich in der Nähe bin, wird kein anderer eine Chance haben.«

Wenn sie während der Ferien zu Hause war, kam er immer noch zu Besuch, obwohl sie ihm unzweideutig erklärt hatte, dass seine Besuche aufhören mussten. Er hatte nur gelacht und scherzhaft erklärt, dass er nicht sie besuche; immerhin bestehe ihre Familie noch aus anderen Mitgliedern. Unter seiner lachenden Fröhlichkeit hatte sie jedoch eine eiserne Entschlossenheit gefühlt, die sie erschreckte.

Wie wundervoll wäre es, keine Angst zu fühlen, keine Sorgen zu haben und nicht von diesem Schmerz gequält zu werden, wenn sie an Terence Macbane dachte! Würde sie je wieder dasselbe Mädchen sein, das sie vor dem Weihnachtsfest war?

Sie hob den Blick von der grauen Straße zum Himmel. Selbst dort herrschte Aufruhr. Schmutzig weiße Wolken stürmten über die graue Weite. Nichts als Grau unter und über ihr. Die Wolkenformation schien zu kochen. Wieder und wieder wurden die Wolkenfetzen umhergewirbelt. Während sie zusah, brach plötzlich die wilde Jagd ab, und ein hellgrüner Fleck zeigte sich. Er weitete sich aus und veränderte seine Tönung, bis sich schließlich Farbe auf Farbe hinzufügte, jetzt

Rosa, jetzt Perlgrau, jetzt Blau … Blau ist die Farbe unserer himmlischen Mutter, dachte sie. Plötzlich erstrahlte alles über und um sie in hellem Glanz. Die schmierige Straße begann zu schimmern, die grauen Wände wurden in warmes Rosa getaucht, und die Sonne brach hervor. Sie hielt den Atem an. Es wirkte auf sie wie ein Omen, als wollte Gott ihr mitteilen, dass sie sich nicht mehr zu sorgen brauchte; vor ihrem inneren Auge tauchte das Bild des Klosters auf. Sie erstarrte mitten auf der Straße und blickte zum Himmel empor. Der Friede innerhalb der Klostermauern, die Freundlichkeit … Schwester Ann. War so etwas möglich? War es möglich, dass Gott ihr sagte, was sie tun sollte? Dass dies ihr Weg war? Langsam ging sie weiter. Die Gedanken, die ihren Kopf erfüllten, verwirrten sie.

Annie wäre unversehens beinahe in eine Gruppe von vier Mädchen gerannt. Sie standen in ihren abgetragenen, schmutzigen Kleidern auf dem Bürgersteig, sangen ein Lied und klatschten dazu in die Hände:

»Die rechte Hand, die linke Hand,
die geb' ich dir als Unterpfand,
da hast du sie,
da nimmst du sie,
da hast du alle zwei.«

Die Mädchen grinsten sie an, während sie mit hochgereckten Nasen weitersangen. Eine der Nasen war sehr schmutzig und umgeben von einer gelben Kruste. Annie hielt einen Augenblick an und lächelte auf die Mädchen hinunter … Kinder. Sie würde Kinder unterrichten. Sie würde nie eigene Kinder haben, aber sie würde immer von Kindern umgeben sein – im Kloster. Diese Kinder stammten aus dem Viertel der fünfzehn Straßen und spielten auf derselben Straße, auf der auch sie einst gespielt hatte. Durch das, was ihr als Offenbarung erschien, enthüllte ihr Gott an diesem Tag, was er von ihr wollte. Dessen war sie sicher. Er hatte sie Armut und Angst erleben lassen, hatte ihr Reichtum und Geborgenheit gezeigt und zugelassen, dass sie sich verliebte … Wofür? Um ihr zu beweisen, dass all dies bedeutungslos war, dass er sie für sich beanspruchte, dass sie in ihm göttlichen Frieden finden würde … als Nonne.

7

Während der Osterferien bestärkte sich ihre wahre Berufung, wie Annie dieses Ereignis in Gedanken bezeichnete, von Tag zu Tag. Cathleens beinahe allabendlichen Besuche, ihre Fröhlichkeit und ihre ständigen Hinweise auf »meinen Terence« wandelten Annies Entschluss, ins Kloster einzutreten, in brennende Sehnsucht, die zusätzlich von der Tatsache genährt wurde, dass ihre Gedanken kein anderes Ventil fanden. Allerdings würde sie Kate ihre Entscheidung erst nach der Geburt des Babys mitteilen können. Sie fürchtete sich vor diesem Gespräch mit Kate und Rodney, vor allem jedoch mit Kate, denn sie sah eine Auseinandersetzung voraus, und sie wollte nicht mit Kate streiten; Annies einziges Bestreben war es, Kate in allem Freude zu bereiten.

Es war Samstagmorgen, und sie war im Wald gewesen, um Himmelschlüssel für den kleinen Altar in ihrem Zimmer zu pflücken. Nun verteilte sie sie auf zwei niedrige rosenfarbene Schalen und stellte eine vor die Statue der heiligen Muttergottes und die andere vor die nackten Füße des heiligen Antonius, die unter der braunen Kutte hervorsahen. Vor das Kreuz in der Mitte des Altars legte sie eine rote Rose aus dem Gewächshaus. Dann trat sie zurück und betrachtete ihre Arbeit. Der Altar sah wunderschön aus; wenn sie nur intensiv genug betete, würden die brennende Eifersucht auf Cathleen und der Schmerz, den der Name Terence Macbane in ihr hervorrief, gewiss verschwinden.

Impulsiv kniete sie sich auf das kleine Plüschkissen und

flehte Gott an, ihr zu helfen. Sie fürchtete, nicht alle guten Vorsätze einhalten zu können; oder zumindest nur, solange sie Cathleen nicht sah. Davids Stimme ließ sie hochfahren.

»Huu-huu! Annie! Wo bist du?« Die Tür zu ihrem Schlafzimmer flog auf, und er kam aufgeregt hereingelaufen. »Unten ist jemand, der dich sehen will – ein Mann«, rief er.

»Ach, David! Der 1. April ist vorüber ... Hör zu, Liebling.« Sie hockte sich auf die Fersen und sah ihm ins Gesicht, während sie seine Hände hielt. »Wie ich dir schon gesagt habe, endet er um zwölf Uhr Mitternacht.«

»Das weiß ich, aber unten am Tor wartet trotzdem ein Mann. Ich habe ihm gesagt, dass ich dich holen werde, weil Mami und Papa in der Klinik sind.«

»Oh, du Kindskopf!«

»Ich bin kein Kindskopf!« Er hüpfte fort von ihr und auf die andere Seite des Bettes: »Ich bin Prinz Hannigan.«

»Wer?«, fragte Annie lachend.

»Prinz Hannigan. Das hat der Postbote zu mir gesagt. Mir gefällt das ... Prinz Hannigan.« Er tanzte durch den Raum.

»Das ist ein dummer Name. Der Postbote hat nur einen Scherz mit dir gemacht.«

»Mir gefällt Prinz Hannigan.«

»Du bist David Prince!«

»Nein. Hannigan. Ich will Hannigan heißen, wie du«, erklärte David fröhlich. Dann wechselte sein Ausdruck unvermittelt, und er er ging mit ernstem Gesicht auf den Altar zu. »Warum darf ich nicht auch einen Altar in meinem Zimmer haben, Annie? Ich will auch einen Altar.«

Sie nahm ihn an der Hand und führte ihn aus dem Zimmer. »Du hast das hübscheste Bild des Jesuskindes«, sagte sie.

»Aber ich will einen Altar haben.« Während sie gemeinsam die Treppe hinunterstiegen, deutete er auf die Tür. »Schau, da ist er, der Mann an der Tür. Es war wirklich kein Aprilscherz.«

In der offenen Eingangstür stand ein junger Mann, den Annie noch nie gesehen hatte. Er war hoch gewachsen und athletisch gebaut, sein Gesicht stand jedoch im Widerspruch zu der unübersehbaren Männlichkeit seines Körpers, denn die eleganten Züge hätten auch einer Frau Schönheit verliehen.

»Guten Morgen«, sagte er. »Ich habe nicht geläutet, da der kleine Junge gesagt hat, dass er Sie holen würde … Es tut mir Leid, Sie zu stören, aber ich habe mich verirrt.« Er lächelte sie an.

Annie erwiderte das Lächeln. Welch angenehme Stimme er hat, dachte sie. »Wohin wollen Sie denn?«, fragte sie.

»Ich suche das Haus eines Freundes von mir – Terence Macbane. Ich bin die ganze Straße entlanggegangen, aber alles, was ich gesehen habe, waren Bäume und Wasser, das in der Ferne geschimmert hat.«

»Das ist der Fluss«, sagte Annie. »Das Cottage der Macbanes liegt rechts davon, und ihr Garten reicht hinunter bis zum Fluss.«

»Danke.« Er betrachtete sie einen Augenblick lang, ehe er zurücktrat. »Sie haben wirklich ein wunderschönes altes Haus.«

»Ja, nicht wahr?«

»Und einen ganz außergewöhnlich reizenden Garten.« Während er ihr wieder zulächelte, schien es, als widerstrebte es ihm zu gehen. »Nun, ich muss weiter. Auf Wiedersehen, junger Herr.« Er zog lachend den Hut vor David und neigte vor Annie den Kopf. »Danke. Auf Wiedersehen!«

Sie sah ihm nach, während er den Pfad hinunterging. Als er das Tor erreichte, drehte er sich um und winkte ihr zu. Sie hob kurz die Hand und lächelte ihm noch einmal zum Abschied zu, ehe sie sich abwandte und ins Haus zurückkehrte. Er ist nett, dachte sie. Ein Freund von Terence … Wieder traf sie der Schmerz wie eine Lanze. Cathleen wird ihn kennen lernen, und dann wird sie ständig von ihm erzählen. Oh, wenn ich ihr nur nicht zuhören müsste …

Zum zehnten Mal innerhalb einer Stunde ging Mrs. Macbane nun schon zum Tor hinunter, um Ausschau nach ihrem Mann zu halten. Schließlich wurde ihre Mühe belohnt. Mit einem hastigen Blick über die Schulter zum Cottage zurück lief sie ihm eilig entgegen; und da sie das in den sechsundzwanzig Jahren ihrer Ehe nie zuvor getan hatte, blieb Mr. Macbane wie erstarrt stehen und wartete, bis sie bei ihm war. Der Junge!, war sein erster Gedanke. Dem Jungen ist was zugestoßen! Nein, dem Jungen durfte nichts passiert sein!

Als sie jedoch nah an ihn herantrat und ihm aufgeregt ins Ohr flüsterte: »Es ist der edle Herr ... Er ist gekommen«, dachte er: Allmächtiger! Jetzt ist sie übergeschnappt. Das war schlimm genug, aber immer noch besser, als wenn dem Jungen etwas zugestoßen wäre. Deshalb sagte er bloß:

»Ach ja? Nun, wir haben Platz genug für ihn.« Mit einem Seitenblick auf seine Frau ging er weiter.

»Du verstehst nicht«, sagte sie eindringlich. »Du musst dich durch die Hintertür einschleichen und dich in der Spülküche waschen.«

»Ja ... ja«, gab er gedehnt zurück. »Weißt du, Frau, ich hab mich noch nie in der Spülküche gewaschen, und ich werd jetzt nicht damit beginnen, für niemanden, vom höchsten Herrn abwärts.« Schöne Bescherung. Und das in ihrem Alter. Aber er hätte so etwas erwarten können; sie wurden alle ein wenig seltsam, wenn sie in die Wechseljahre kamen. Vermutlich ging es vorüber. »Ist der Junge zu Hause?«, fragte er.

»Ja, natürlich«, antwortete sie und zupfte dann aufgeregt an seinem Ärmel. »Was ist nur mit dir los? Verstehst du denn nicht? Du kannst dich nicht im Wohnzimmer waschen, dieser feine Herr hat so etwas wahrscheinlich noch nie gesehen.«

Er zog verblüfft die Brauen zusammen und schüttelte den Kopf. »Sorg dich nicht«, sagte er beschwichtigend. »Der hat in seinem Leben schon 'ne ganze Menge mehr gesehen, wenn man der Schrift glaubt.«

Sie sah ihn verwirrt an und folgte ihm hastig, als er weiterging. Er bog in das kleine Gartentor ein, ging resolut auf die Vordertür zu, stieß sie auf und schritt über die Schwelle. Doch schon im nächsten Augenblick erstarrte er mit offenem Mund. In seiner ganzen Haltung drückte sich seine Überraschung aus. Nach Atem ringend, starrte er dem hoch gewachsenen Mann entgegen, der sich aus dem Lehnstuhl am Kamin erhob. Gott, was war er für ein Narr gewesen! Das musste der edle Herr sein, von dem Terence erzählt hatte. Sie war nicht übergeschnappt. Rasch warf er seiner Frau einen Blick zu, der so viel von einer Entschuldigung enthielt, wie er es sich gerade noch erlauben konnte.

Terence stand am Kamin. Seine Haltung hatte etwas Herausforderndes an sich. »Das ist mein Vater ... Vater, das ist Lord John Dane Dee«, sagte er mit einer Stimme, die in dem kleinen Raum etwas zu laut wirkte.

Der junge Mann kam mit ausgestreckter Hand auf ihn zu, und Mr. Macbane wollte ihm automatisch die Hand geben, zog sie aber plötzlich wieder zurück. »Ist mir wirklich eine Ehre, Sie kennen zu lernen, Sir. Aber seh'n Sie nur, ich bin ganz schmutzig.«

Dane Dee ergriff lachend die zurückgezogene Hand und schüttelte sie herzlich. »Das wird mir sicher nicht schaden«, sagte er. »Und es ist mir ebenfalls eine Ehre, Sie kennen zu lernen, Mr. Macbane. Ich muss mich entschuldigen, dass ich ohne Einladung hereingeplatzt bin, aber ich wollte einen letzten Versuch unternehmen, Terry zu überreden, mich auf eine kleine Segelfahrt zu begleiten, ehe wir nach Oxford zurückkehren. Leider muss ich gestehen, dass ich gescheitert bin. Deshalb werde ich den Rest der Ferien damit verbringen, mich von ihm durch Tyneside führen zu lassen«, schloss er lachend.

»Nun, hier gibt es nicht viel zu sehen. Nichts als Morast«, meinte Mr. Macbane mit einem kurzen Seitenblick auf seinen Sohn.

Er wusste, warum Terence den jungen Mann nicht begleiten wollte. Es war schwierig, wenn man seinen Anteil nicht bezahlen konnte. Er fühlte, wie ihm seine Frau die Blechbüchse aus der Hand nahm, und machte eine letzte große Anstrengung, sich als Herr des Hauses und Gastgeber zu behaupten: »Setzen Sie sich, Sir … Setzen Sie sich, und fühlen Sie sich wie zu Hause. Sie sind uns herzlich willkommen.«

Er ließ sich ebenfalls nieder und lauschte angestrengt, während Dane Dee leichthin weitersprach. Er hörte jedoch nicht, was gesagt wurde, denn seine Gedanken kreisten immer um dasselbe: Ein Lord in meinem Haus! Allmächtiger, wer würde ihm das glauben? Und noch dazu 'n Freund von unserem Terence. Ja, Junge, wart nur, bis das im Bergwerk die Runde macht!

Terence brachte ihn wieder in die Wirklichkeit zurück. »Du wirst dich waschen wollen; wir werden einen kleinen Spaziergang machen«, sagte er. Wieder lag ein eigenartig herausfordernder Ton in seiner Stimme. Hastig stand Mr. Macbane auf und hob abwehrend die Hand. »Nein, Junge. Nein. Setz dich nur. Nichts wird mich davon abhalten, mich in der Spülküche zu waschen.«

Mrs. Macbane machte ihrem Mann unmerklich ein Zeichen mit dem Kopf und folgte ihm in die Spülküche.

»Er scheint nett zu sein«, sagte Dane Dee, zu Terence gewandt.

»Er ist in Ordnung«, gab Terence unverbindlich zurück.

»Weißt du, dass du ihm sehr ähnlich bist?«

»Das ist doch zu erwarten, nehme ich an.«

»Ach, komm schon«, sagte Dane Dee bittend. »Ich weiß, dass ich nicht so unangemeldet bei dir hätte hereinplatzen sollen. Aber weil ich ohnehin in der Nachbargrafschaft gewesen bin, habe ich es für eine wundervolle Idee gehalten, dich aufzusuchen. Außerdem habe ich geglaubt, dass es Spaß machen würde, eine Woche auf dem Fluss zu verbringen. Wenn ich dir geschrieben hätte, hättest du doch bloß abgelehnt. Entspann dich, und sei wieder du selbst. Weißt du, was mit dir los ist, Terry? Du bist ein Snob.«

Terence stieß ein leises Schnauben aus und legte den Kopf wortlos gegen die Rücklehne des Stuhls. Wie leicht fiel es doch Leuten wie John, andere als Snob zu bezeichnen! Warum zum

Teufel war er gekommen? Er gehörte nach Oxford, zu den Diskussionen, der Literatur, den Spaziergängen am Fluss. Dort hatte er sich eine Zeit lang, zumindest geistig, mit ihm auf derselben Ebene gefühlt. Nun würde ihm das nie wieder gelingen. Vor den Ferien hatte ihm John in die Schule geschrieben, wo er sein Lehrerpraktikum absolvierte, und ihn gefragt, ob er ihn auf eine Autofahrt nach Frankreich begleiten und danach einige Zeit im Haus seiner Schwester in Northumberland verbringen wolle. Er hatte das Angebot mit der Begründung abgeschlagen, dass er während der Ferien einiges an Arbeit erledigen müsse. Nun erkannte er, dass John wohl immer schon vermutet hatte, dass seine Mittel begrenzt waren, denn sie hatten vor seinem Praktikum den Großteil ihrer Freizeit in Oxford gemeinsam verbracht, und John hatte nicht ein einziges Mal einen Vorschlag gemacht, mit dem Kosten verbunden gewesen wären. Er mochte seinen Freund, und hielt ihn, mit einer einzigen Ausnahme, für einen feinen Kerl. Diese Ausnahme war seine leichtfertige Haltung Frauen gegenüber. Dennoch wünschte er, dass er nicht gekommen wäre.

Dane Dee beugte sich vor und legte Terence die Hand aufs Knie. »Du schätzt deinen Wert zu gering … Komm schon. Hör auf damit! Ich werde meinen Aufenthalt am Tyne genießen, ob es dir gefällt oder nicht. Ich habe den Wagen in der Stadt zurückgelassen«, fügte er hinzu. »Er braucht etwas erste Hilfe, denn ich habe ihn stark gefordert … Aber wir werden auch so herumkommen.«

Terence entspannte sich. Es war unmöglich, sich gegen eine so freundliche Einleitung zu verschließen, und er war aufrichtig froh, John zu sehen. Er wollte eben mit schiefem Lächeln zustimmen und erklären: »In Ordnung, was immer du sagst!«, als John fortfuhr:

»Du hast wirklich eine außergewöhnliche Nachbarin … Ich habe noch nie eine solche Blondine gesehen … eine wahre Göttin in Grün und Gold.«

Terence warf ihm einen durchdringenden, erschreckten Blick zu und erhob sich hastig.

»Aha!«, sagte John.

»Keineswegs aha!«, gab Terence bissig zurück, der sich plötzlich lächerlich vorkam.

»Wenn es kein Aha gibt, warum dann die Aufregung? In Ordnung, ich verspreche dir hoch und heilig, dass ich nicht in deinem Revier jagen werde. Entspann dich, Mann, entspann dich.«

»Es ist nicht, was du denkst. Ach, vergiss es!« Terence schloss einen Moment lang die Augen und wandte sich ab. Was für ein Narr er doch war! Aber der Gedanke, dass sich John mit Annie vergnügte, machte ihn wütend. Die Abenteuer seines Freundes mit Frauen waren ihm nur allzu gut bekannt, und er hörte nie auf, sich darüber zu wundern, denn er wusste, dass Dane Dee das Mädchen, das er heiraten würde, innig liebte. Da sie sich gegenwärtig mit ihren Eltern in Amerika aufhielt, musste er sich die Zeit allein vertreiben. An und für sich war die Ehe zwischen den beiden traditionsreichen Familien arrangiert worden, es hatte sich jedoch gefügt, dass sich die beteiligten Parteien ineinander verliebt hatten. Das hielt John aber nicht davon ab, weiterhin Liebesaffären zu haben, und der Gedanke, dass er Annie Hannigan seiner Reihe von Geliebten hinzufügte, war einfach unvorstellbar.

»Komm, wir wollen diese Stimmung mit einem flotten Spaziergang abschütteln«, meinte John, während er sich erhob.

In der Spülküche schrubbte Mrs. Macbane ihrem Mann, der nackt in der Blechwanne stand, den Rücken. Er kicherte, während er sich die Arme einseifte. »Ich hab geglaubt, dass du verrückt geworden bist, altes Mädchen. Ich hab geglaubt, du meinst, dass Gott, der Herr, gekommen ist. Schon seltsam, dass unser Junge 'nen Lord zum Freund hat, nicht? Hat wirklich vornehme Freunde: Da ist der Doktor, der ihn immer wieder einlädt … Nicht, dass ich viel von ihm halte … Und jetzt taucht ein Lord auf, um ihn zu besuchen. Einfach so!« Er schnippte mit den Fingern. »Schon 'n toller Junge! Nicht?«

Mrs. Macbane schwieg. Vornehme Freunde oder nicht, sie wusste, dass ihr Junge unglücklich war. Ihr Verstand war nicht in der Lage, den Begriff »seelischer Konflikt« zu formulieren, so dachte sie bloß: Tief drin ist er nicht glücklich.

Kate, Rodney und Annie sahen zu Cathleen hinüber, die in der Mitte des Salons stand und ihre Worte mit ausdrucksvollen Gesten unterstrich: »Ich finde, John ist wirklich ein Schatz … Und was er aus dem Wagen herausholen kann! Puuh! Schon fantastisch« – damit wandte sie sich zu Annie um – »dass mein Terence mit einem Lord verkehrt!«

Annies Miene blieb unverändert. Der Schmerz, den sie hinter dem starren Lächeln verbarg, peinigte Kate jedoch so sehr, dass sie am liebsten aufgesprungen und zu ihr gelaufen wäre, um sie zu umarmen oder ihr mit Worten Trost zu spenden. Nur mit größter Mühe gelang es ihr, in ihrem Stuhl sitzen zu bleiben und weiter zuzuhören.

»John hat uns eingeladen, mit ihm ein Theaterstück in Newcastle zu besuchen«, fuhr Cathleen fort, »aber der gute alte Terence hat abgelehnt.« Sie zog ein schiefes Lächeln und schürzte die vollen, roten Lippen. »Törichter Stolz! Ich habe ihm gesagt, dass der Kerl so viel Geld hat, dass er gar nicht weiß, wie er es loswerden soll … Du musst wissen, Onkel Rodney« – sie wandte sich nun Rodney zu, der ihr belustigt zuhörte – »seine Familie geht bis ins 15. Jahrhundert zurück. Ich habe es heute nachgeschlagen. Er ist der einzige Sohn. Und du wirst es nicht glauben, aber er hat sogar eine eigene Jacht!«

Rodney stieß ein kurzes Lachen aus. »Armer Terence! Ich sehe es schon vor mir, was mit ihm geschehen wird. In die Gosse gestoßen für einen Lord!«

»Oh, hör auf, mich zu necken, Onkel Rodney!« Cathleen lief zu ihm und schüttelte ihn spielerisch an den Schultern. »Ich würde Terence für nichts auf der Welt aufgeben … Meinen Terence eintauschen?« Mit diesem empörten Ausruf wandte sie sich rasch von Rodney ab, und ihre Augen schienen Annie dunkle Lichtstrahlen zuzusenden, während sie fortfuhr: »Da hätte Terence wohl auch noch ein Wörtchen mitzureden … Nein. Ich habe nur gedacht, was für eine großartige Chance das für dich wäre, Annie!«

Kate erstarrte. Das war, als durchbohrte man eine Fliege mit Nadeln. Oh, warum setzte sich Annie nicht gegen sie zur Wehr? Warum sagte sie nichts, saß einfach nur mit diesem auf dem Gesicht festgefrorenen Lächeln da? Das war nicht natürlich. »Ich bin ein wenig müde«, sagte Kate, während sie sich erhob. »Ich glaube, ich muss mich jetzt verabschieden, Cathleen.«

»Oh, ich muss auch gehen«, erklärte Cathleen. »Es ist fast zehn, und ich muss allein nach Hause.« Sie zog eine Grimasse. »Meine Schuld. Ich habe darauf bestanden, dass sie diesen Abend allein verbringen. Gute Nacht, liebster Onkel.« Sie stellte sich auf die Zehenspitzen und küsste Rodney, der ebenfalls aufgestanden war und nun neben Kate stand.

Kate sah, wie sich die roten Lippen gegen Rodneys Wange pressten, und erschauerte. Was hatte dieses Mädchen an sich, das sie so abstieß? Bei ihr schien sich ein zärtlicher Abschiedskuss in die Verkörperung sexueller Leidenschaft zu verwandeln. Sie verharrte regungslos, als Cathleen sie mit der Hand berührte. »Gute Nacht, Kate. Pass gut auf dich auf.«

Cathleens von Fürsorge weiche Stimme entlockte Kate keine Antwort, stattdessen sprach Rodney: »Gute Nacht, Liebes. Und sei ein braves Mädchen.«

Sie lachte und warf ihm einen Blick zu, der schalkhaft wirken sollte. »Gute Nacht, Annie«, rief sie im Hinausgehen über die Schulter zurück. »Und sei du auch ein braves Mädchen«, fügte sie mit spöttischer Stimme hinzu, die in einem Lachen endete.

Als Rodney Cathleen in die Halle folgte, ging Kate zu Annie hinüber, die noch immer mit einem starren Lächeln dasaß. »Annie, mein Liebling …«, sagte sie leise, während sie vor ihr stehen blieb. Die beiden sahen einander mit weit geöffneten Augen an. »Liebling«, wiederholte Kate, »kümmere dich nicht darum.«

»Ich hasse sie!« Annies Stimme war kaum mehr als ein Flüstern und erfüllt von tiefen Gefühlen. »Ich hasse sie so sehr, dass ich sie töten könnte! ... Das ist falsch. Ich weiß, dass das falsch ist, aber ich kann nichts dagegen tun. Oh, Mama! Es ...« Sie lehnte sich im Stuhl zurück und entspannte sich. »Jetzt habe ich es ausgesprochen! Mama, bin ich ein schlechter Mensch?« Flehend sah sie zu ihrer Mutter auf.

»Nein, mein Liebling. Nein. Ich glaube, ich an deiner Stelle wäre längst auf sie losgegangen. Kommt jeden Abend hierher, nur um mit diesem Jungen zu prahlen!« Kate hob die Hand und streichelte über Annies Haar.

Annie ergriff die Hand und hielt sie fest umfangen. »Rodney mag sie. Er mag sie wirklich.«

Kate wiegte hilflos den Kopf. »Ja, ich weiß. Aber das kommt vor allem, weil er tief in Peters und Peggys Schuld zu stehen glaubt, weil sie ihn nach seiner Rückkehr aus dem Krieg so liebevoll aufgenommen haben. Ich bin mir sicher, dass seine Zuneigung zu ihr hauptsächlich darauf zurückzuführen ist, Liebes.«

Annie schüttelte verständnislos den Kopf. »Ich werde zu Bett gehen. Es ist grauenvoll, sich so zu fühlen, einfach grauenvoll. Ich könnte mich selbst dafür hassen, dass ich so viel Hass empfinde.«

Sie gaben einander einen Gutenachtkuss, und Kate schloss ihre Tochter einen Augenblick lang in die Arme, ehe sie ihr nachsah, wie sie das Zimmer verließ. Wenn sie bloß wüsste, wie sie ihr helfen könnte. Sie hörte, wie Rodney Annie nachrief: »Gute Nacht, Prinzessin.« Als er hereinkam, bemerkte er: »Sie sieht ein wenig blass aus. Stimmt etwas nicht mit ihr?«

»Nein«, antwortete Kate nach einer kurzen Pause, in der sie überlegt hatte, ihm von Annies Kummer zu erzählen. Aber sie konnte ihn in seiner toleranten Weise bereits sagen hören: »Ach, weißt du, Schatz, Liebe lässt sich nicht erzwingen ... Wir beide sollten das wissen.« Und er würde sie küssen und seine übliche Bemerkung über Cathleen machen: »Sie ist ein wenig wild, aber sie tut niemandem etwas zu Leide.«

»Wirst du bereits zu Bett gehen, während ich eine letzte Runde durch die Klinik mache?«, fragte er. »Ich bin nicht ganz zufrieden mit Tony Batey. Natürlich könnte ich die Schwester anrufen, aber ich sehe ihn mir lieber selbst an ... Ist mit dir alles in Ordnung?«

»Ja, Liebster.«

»Und wirst du schon zu Bett gehen?«

»Nein, noch nicht. Ich bin nicht wirklich müde. Das habe ich nur gesagt, um den Aufbruch unseres Gastes zu beschleunigen.« Sie lachten gemeinsam. »Wie lange wirst du fortbleiben?«, fragte sie.

»Nicht länger als zwanzig Minuten, schätze ich.«

»Dann werde ich dich später abholen ... Ja, das werde ich«, beharrte sie, als er protestierte. »Es ist eine wundervolle Vollmondnacht, und nach einem kleinen Spaziergang werde ich besser schlafen.«

»Ich hoffe, es bleibt bei einem kleinen Spaziergang«, warnte er sie, ehe er ging.

Kate dachte daran, zu Annie hinaufzugehen, entschied sich jedoch dagegen. Morgen würde sie mit ihr sprechen. Als Rodney fort war, wartete sie fünfzehn Minuten, ehe sie aufbrach, um ihn zu treffen. Der Mond schien nicht so hell, wie sie erwartet hatte. Er segelte hinter perlengrauen Wolken dahin. Von Zeit zu Zeit brach er hervor, erleuchtete den Pfad vor ihren Füßen und überzog die Spitzen der Grashalme mit silbernem Schimmer. In seinem hellen Schein wurde die Zypressenhecke eins mit ihrem Schatten und wirkte plötzlich unendlich tief.

Als sie den Swimmingpool erreichte, der am Flussufer lag, verschwand der Mond hinter einer Nebelbank, und sie wartete in der Hoffnung, dass er wieder auftauchen würde, denn sie wollte von der Brücke aus sehen, wie er sich im Fluss spiegelte. Die kahle Kiefer mit der buschigen Spitze, die am gegenüberliegenden Ufer wuchs, warf ihren Schatten über den Swimmingpool. Als sich der perlengraue Nebel um den Mond verdichtete, ging sie langsam weiter.

Der Pfad verbreiterte sich und traf auf die Zufahrt zur Klinik. Kaum war sie auf die Zufahrt eingebogen, sah sie bereits in der Ferne die Lichter der Klinik, wie kleine Laternen, die in den Bäumen hingen. Sie beschloss, nicht weiterzugehen, und wandte sich der einfachen Sitzbank zu, die am Waldrand stand, um dort auf Rodney zu warten.

Der Wald war erfüllt von leisen, gedämpften Bewegungen. Erst als sie reglos dasaß, wurde sie sich des nächtlichen Lebens rund um sie bewusst.

Hastige Schritte und eifrige Flügelschläge durchbrachen die Stille plötzlich. Da ihr das Flüstern zunächst als Teil der nächtlichen Geräusche erschien, ängstigte sie sich nicht. Erst als sich das Flüstern wiederholte und von einem »Schhht!« gefolgt wurde, erstarrte sie und richtete sich wachsam auf. Jemand verbarg sich hinter ihr im Dickicht, und er war nicht allein. Vielleicht Landstreicher; die Straßen waren voll von ihnen, einer Mischung aus Arbeitslosen, den Übriggebliebenen aus dem Krieg und all jenen Nichtstuern, die weder arbeiteten, noch arbeiten wollten. In den Wäldern fand man oft die Spuren ihrer kleinen Feuer. Sollte sie aufstehen und weitergehen oder stillsitzen? Offenbar wussten sie nicht genau, wo sie sich befand. Rodney musste nun jede Minute hier sein. Sie hatte keine Angst; sie würden sie nicht anrühren; vermutlich waren es die beiden jungen Männer, denen Summy vor ein paar Stunden etwas zu essen gegeben hatte … Dennoch hoffte sie, dass Rodney bald kam.

Wieder hörte sie das Flüstern, und diesmal bewirkte es, dass Kate überrascht aufsprang, denn sie hatte die Stimme erkannt und die geflüsterten Worte genau vernommen: »Geh und sieh nach.« Mit angespannten Muskeln trat Kate hinter die Sitzbank, wo die Schatten am dunkelsten waren, denn sie wusste, wenn Cathleen sie hier fand, würde sie sie beschuldigen, ihr und Terence nachzuspionieren.

Einige Meter vor ihr bewegte sich etwas. Sie fühlte die Bewegung mehr, als dass sie sie gehört hätte, so vorsichtig erfolgte sie. Dann erschien am Rand des Schattens der Bäume eine kräftige Gestalt. Nachdem sie einen Augenblick lang still verharrt war, wandte sie den Kopf erst die Zufahrt hinauf und dann hinunter. Der helle Fleck des Gesichts hob sich deutlich von der dunklen Kleidung ab. Kate hüllte sich eng in ihren Mantel und sog scharf die Luft ein. Ihre überraschte Reaktion war gewiss zu hören gewesen. Sie benötigte einen Augenblick, ehe sie erfasste, was diese Situation bedeutete: Cathleen und Steve. Cathleen und Steve!

Steve verschwand so geräuschlos im Dickicht, wie er hervorgetreten war. Eine Weile war es still, doch dann erklang erneut Cathleens Stimme. »Sie spioniert hier herum!«, fauchte sie bissig. Nun schienen die Stimmen direkt hinter Kates Rücken zu sein. »Vermutlich ist er in der Klinik, und sie geht ihm entgegen, um sich mit ihm zu treffen. Obwohl ich bisher nicht gewusst habe, dass sie so spät noch in der Klinik sind. Du wirst durch den Wald gehen müssen; das hättest du von Anfang an tun sollen. Allmächtiger!« Angst lag in seiner Stimme. »Wir sind beinahe mit ihr zusammengestoßen.«

»Wessen Schuld war das?«

»Hör zu, damit du es ein für alle Mal begreifst«, sagte Steve. »Bisher hast du alle Anordnungen und Arrangements getroffen und bist jedes Risiko eingegangen, nur um deinen Willen durchzusetzen. Jetzt wirst du tun, was ich will.«

»Und wenn mir das nicht gefällt … wenn ich nicht mehr kommen will? Was ist dann?«

»Du wirst wiederkommen. Du hast etwas begonnen, das dir über den Kopf gewachsen ist.«

»Du bist eifersüchtig.«

»Ja, aber nicht, wie du glaubst … Ich habe dir gesagt, dass du Macbane in Ruhe lassen sollst.«

»Du hast mir doch selbst geraten, mir einen jungen Mann zu suchen.«

»Ja, das habe ich. Aber nicht Macbane.«

»Warum nicht?«

»Das ist meine Sache.«

»Ha! Es ist aber auch meine Sache – und wie es meine Sache ist!«

Bei den nächsten Worten schloss Kate krampfhaft die Augen. »Nicht! Spiel nicht den starken Mann!«, wehrte Cathleen ab.

»Den starken Mann?«, gab Steve zurück. »Ich könnte für dich gar nicht Mann genug sein … Himmel! Ich könnte dich umbringen für das, was du mit mir gemacht hast. Dafür, dass du mich so weit getrieben hast, bis ich fast den Verstand verloren habe.«

»Ach, sprich nicht wie eine männliche Jungfrau.«

Plötzlich war das klatschende Geräusch eines Schlages zu hören, danach Stille.

Cathleens Stimme klang alt und dünn, als sie nun an Kates Ohr drang: »Das war ein Fehler, für den du zahlen wirst … Glaub nicht, dass du mir Angst machen kannst. Wie würde es klingen, wenn ich ihnen erzählen würde, dass du Kate liebst und dass du mich, nachdem du herausgefunden hast, dass ich es weiß, in dein Zimmer gelockt und verführt hast – mich, ein junges Mädchen, das noch zur Schule geht?«

Die Nacht legte sich drückend auf Kate. Wie schlaftrunken trat sie langsam aus dem Schatten und ging den Rasenstreifen entlang. Steve … armer Steve. Sie gab ihm keine Schuld. Das war es also, was ihn so quälte. Oh, dieses Mädchen! Wie niederträchtig. Wie böse. Cathleen war tatsächlich im Stande, so etwas zu sagen oder zu tun. Kate schritt schneller aus. Sie musste Rodney sehen, und es ihm erzählen. Er würde es verstehen. Und wenn Cathleen entlarvt sein würde, wäre auch Terence frei … Terence würde sie gewiss nicht mehr beachten, wenn er wüsste … und Rodney – er würde zu guter Letzt erfahren, wie Cathleen wirklich war …

Aber was hatte Cathleen da gesagt? Dass Steve *sie* liebte? Die unzähligen Andeutungen und Verdächtigungen, die Cathleen während der letzten Jahre ausgesprochen hatte, stürzten wie eine Welle über Kate herein. Sie dachte an den Vorfall vor einem Monat, als sie einander auf der Straße in

Jarrow begegnet waren. Cathleen würde Rodney dieses Ereignis als Beispiel nennen. Aber Rodney würde ihr nicht glauben. Nein, das würde er nicht. Selbstverständlich nicht. Sie eilte weiter, und ihre Füße hasteten ebenso dahin wie ihre Gedanken. Rodney würde bloß darüber lachen ...

Würde er das wirklich? Er würde nicht einmal die Vorstellung ertragen, dass sie an irgendeinem anderen Mann als ihm freundschaftliches Interesse hätte. Empfand Steve tatsächlich so für sie, wie Cathleen behauptete? Natürlich nicht. Er hatte ihr nie etwas anderes als tiefsten Respekt gezeigt. Das war alles bloß Unsinn. Armer Steve!

Sie begann zu laufen, doch schon im nächsten Augenblick mahnte sie sich zur Vorsicht: Ich darf das nicht tun. Ich darf nicht töricht sein. Sie war schon beinahe zum Stehen gekommen, als ihr Fuß in einen seichten Graben glitt. Um nicht zu stürzen, griff sie nach dem nächsten Halt, den sie fand. Es war eine junge Weißbirke, die sich unter ihrem Gewicht bog. Sie wurde scharf um die eigene Achse gedreht. Mit jeder Faser ihres Körpers fühlte sie den Schmerz, der sie durchzuckte. Langsam ließ sie sich auf den Rasen niedergleiten. Ihr Atem kam stoßweise. Was hatte sie getan? O Gott, was hatte sie getan? Sie verharrte regungslos und wartete. Der Schmerz kehrte zurück, diesmal noch Furcht erregender in seiner Intensität und Schärfe; er schoss durch ihr Gehirn und löschte sich durch seine eigene Stärke aus. Als er abflaute, lag sie ausgestreckt und mit in die Erde gekrallten Fingern auf dem Rasen. Sie wusste nur noch, dass sie dachte: Ich sterbe. Rodney wird zu spät kommen. Dann fasste sie nach dem einzigen Strohhalm: Aber Steve ist hier. Steve wird mir helfen.

Als der Schmerz erneut anschwoll, begann sie zu rufen: »Steve! Steve!« Wieder und wieder. »Steve! Steve!« Sie wusste, dass sie diese Qualen nicht überleben würde.

Viel Zeit schien zu vergehen, ehe sie wieder aus tiefster Tiefe emportauchte und Steves Stimme hörte, als käme sie von der Spitze eines hohen Berges: »Alles in Ordnung. Alles in

Ordnung! Sie kommen schon. Sie sind schon auf dem Weg!«
Als der Schmerz sie erneut erfasste, klammerte sie sich an ihn. Das Letzte, an das sie sich erinnerte, war der feste Griff seiner Arme um sie, während sie ins Nichts hinabsank.

8

Um vier Uhr morgens holten sie das Baby aus Kates Körper. Während Peter, ein Gynäkologe und zwei Schwestern im Schlafzimmer im ersten Stock ihre Arbeit taten, warteten Rodney und Annie im Salon. Die ganze Nacht über waren sie zusammen gewesen und hatten sich nie weit voneinander entfernt. Annie blieb immer dicht bei ihrem Stiefvater, egal ob sie saßen, umhergingen oder einfach nur standen. Stärker noch als die erstickende Angst in ihrem Herzen war ihre Sehnsucht, ihn zu trösten und ihm zu helfen; sie hätte sich nie vorstellen können, dass dieser gottähnliche Mann, als den sie ihn immer betrachtet hatte, Angst fühlen könnte, und doch war sie ihm so deutlich anzusehen, dass er ihr plötzlich hilflos wie ein Kind erschien.

Mrs. Summer kam mit einem Tablett herein; ihr Gesicht war rot und verquollen. »Versuchen Sie, eine Tasse starken Tee zu trinken, Doktor. Er wird Ihnen gut tun«, sagte sie. Als Rodney nicht antwortete, bedeutete sie Annie, es zu versuchen, und verließ den Raum mit schwerfälligem Schritt.

Annie drückte Rodney eine Tasse in die Hand, und setzte sich neben ihn, um mit ihren Gebeten fortzufahren. Ihre Finger glitten über die Perlen des Rosenkranzes, der in der Tasche ihres Kleides lag.

Den Blick durch das Fenster auf die eisige Dunkelheit gerichtet, die der Dämmerung vorangeht, schrie Rodney in seinem Inneren stumm auf: Kate! Kate! Verlass mich nicht! Oh, meine geliebte Kate, verlass mich nicht!

Er wusste, dass die endlosen, schmerzerfüllten Stunden, die seit dem letzten Abend vergangen waren, ihn für alle Zeiten zeichnen würden. Wenn sie doch bloß in den Pausen zwischen den unerträglichen Schmerzanfällen mit ihm gesprochen hätte. In den kurzen Augenblicken, in denen sie das Bewusstsein wiedererlangte, hatte sie jedoch Steves Namen gerufen. Der Gynäkologe hatte daraufhin gefragt, wer Steve sei, und Desinteresse vorgetäuscht, als man ihm sagte, dass Steve der Chauffeur war. Das hatte Rodney so geärgert, dass er sich veranlasst sah zu erklären, dass Steve Kate gefunden hatte und dass sie naturgemäß seinen Namen wiederholte, weil er die letzte Person war, die ihr Bewusstsein erfasst hatte. »Ja, ja. Selbstverständlich«, hatte der Gynäkologe beschwichtigend gemeint.

Jetzt rief sie nicht mehr, denn jetzt schnitten sie sie auf. Sie würden das Fleisch über ihrem Bauch zurückschlagen und das Gewirr von Gedärmen freilegen … Nur der kleinste Ausrutscher! Nur eine kleine Unsicherheit! O Gott, wenn er den Vorgang doch nicht so gut kennen würde! Er barg das Gesicht in der Hand und stöhnte auf. Augenblicklich erhob sich Annie, legte die Arme um ihn und wiegte seinen Kopf an ihrer Brust. »Ist ja gut … ist ja gut«, murmelte sie, wie Kate es getan hätte.

Eine Ewigkeit schien vergangen zu sein, als sich die Tür an der gegenüberliegenden Seite des Raums öffnete. Während Peter auf ihn zutrat, stand Rodney hastig auf. »Alles in Ordnung, mein Freund, es ist vorüber. Es ist ein kleines Mädchen, und es lebt.«

Rodney schüttelte ungeduldig den Kopf.

»Kate wird auch wieder gesund werden«, erklärte Peter mit einer Gelassenheit, die er bei weitem nicht fühlte. »Der Mann ist ein Zauberer. Er wird gleich herunterkommen. Wir beide könnten jetzt einen Drink gut gebrauchen.« Er unterließ es zu sagen, dass das, was er soeben miterlebt hatte, selbst seinem fachlich geschulten Geist wie ein Wunder erschien: Kate hätte schon seit einer Stunde nicht mehr am Leben sein können; nie war sie dem Tod näher gewesen. War es Überlebenswille gewesen oder die Gebete ihrer Angehörigen? Er wusste es nicht. Nur eines stand unabänderlich fest: Das war ihr letztes Baby gewesen.

Rodney schloss die Augen. »Danke«, sagte er schlicht zu der unsichtbaren Kraft, die er seit Stunden um Hilfe angefleht hatte. Dann wandte er sich Annie zu, und die beiden lächelten einander erschöpft an.

»Darf ich sie sehen?«, fragte Annie ungeduldig.

»In ein paar Tagen vielleicht«, antwortete Peter, während er ihr tröstend auf die Schulter klopfte.

Sobald sie allein war, ging Annie zur Fensterbank und kniete nieder. Sie nahm die Gebetsschnur aus der Tasche und begann, die fünf Gesetze des glorreichen Rosenkranzes zu beten. Die ganze Nacht über hatte sie die fünf Gesetze des schmerzensreichen Rosenkranzes gebetet und war bei den Todesqualen Christi im Garten Gethsemane geblieben. Doch nun waren die Qualen vorüber, und sie betete mit tief empfundener Dankbarkeit.

Als sie sich schließlich erhob, lehnte sie den Kopf gegen den Fensterstock … Sie würde nie wieder sagen, dass sie jemanden hasste, denn sie war überzeugt davon, dass der blinde Hass auf Cathleen, den sie am Vorabend gefühlt hatte, in irgendeiner Weise für das verantwortlich war, was ihrer Mutter zugestoßen war. Als wollte Gott ihr zeigen, dass es einen größeren Schmerz und einen schwereren Verlust gab als den geringen, der sie quälte. Ihr Hass war eine umso größere Sünde, da sie Gott bereits ein Versprechen gegeben hatte. Ihm ihr Leben zu schenken, und sich dann aus Eifersucht von Hass verzehren zu lassen, war einfach unverzeihlich. Oh, sie würde versuchen, sich zu bessern. Ganz gewiss.

Annie betrachtete im Fensterglas das Spiegelbild des Zimmers. Alles war bis ins kleinste Detail zu erkennen: der große offene Kamin mit den Feuerböcken, die im Schein der Flammen schimmerten, das weiße Bärenfell auf dem roten Teppich, die beiden Tischchen mit der Umrandung, die tiefen Lehnstühle, die sich zu einem Bild von Behaglichkeit vereinten. Wie wunderschön das alles ist, dachte sie, und doch hätte ich es nie wieder sehen wollen, wenn Mama gestorben wäre. Und sie ist dem Tod nah gewesen, das habe ich gefühlt. Ich habe so vieles und bin so undankbar. Oh, Gott, mach mich dankbar und zufrieden.

Die Nacht war ihr endlos erschienen, doch nun musste es beinahe Morgen sein. Sie hatte noch nie den Sonnenaufgang gesehen. Plötzlich drängte es sie, in die eisige Luft hinauszugehen und mit anzusehen, wie der Himmel seinen dunklen Vorhang hob und Licht und Wärme enthüllte. Sie nahm den Mantel mit Kapuze vom Kleiderständer in der Halle, trat hinaus und schritt langsam den gewundenen Pfad zum Tor hinunter. Noch ehe sie es erreichte und das Glühen der Zigarette sah, fühlte sie, dass jemand dort stand, und hielt an. »Schon in Ordnung, sind nur wir«, ertönte eine Stimme.

»Oh!«, sagte sie, hob die Hand und zog den Mantel enger um den Hals.

»Wie geht es ihr?«, fragte Mr. Macbane.

»Das Baby ist geboren, es ist ein Mädchen. Und der Doktor sagt, dass Mutter wieder gesund wird«, antwortete Annie.

»Ah! Gott sei Dank … Schon gut, das zu wissen. Ich werde jetzt nach Hause gehen und es meiner Frau sagen.«

Annie trat näher an die beiden Gestalten heran. »Ach, Mr. Macbane, Sie hätten hineinkommen sollen; Sie hätten nicht die ganze Nacht hier draußen warten sollen.«

»Nun, wir haben uns doch Sorgen gemacht. Wir waren aber nicht die ganze Zeit hier … haben uns abgewechselt.« Mr. Macbane hatte Steve geholfen, Kate auf einer Tragbahre ins Haus zu tragen, und ihre Schreie hallten noch immer in seinen Ohren wider. »Ich bin froh, dass es vorüber ist … Ich verschwinde, Junge.« Er entfernte sich mit schwerem Schritt, und Annie starrte auf die glühende Zigarettenspitze, während Terence inhalierte.

»Es war freundlich von euch zu warten«, sagte sie.

»Schrecklich, wenn ihr etwas passiert wäre«, entgegnete er leise.

In dem Schweigen, das sich zwischen ihnen ausbreitete, wirkte das Rot der glühenden Zigarette noch intensiver. »Ich bin herausgekommen, um den Sonnenaufgang zu sehen«, erklärte Annie schließlich zögernd.

»Den kannst du von hier aus wegen der Bäume nicht sehen«, sagte er nach einer langen Pause. »Du musst bis zum Ende der Straße gehen. Die Sonne geht über Thorpes Feldern auf.«

Die Stille wurde von einem gedämpften Rascheln durchbrochen, das aus dem Wald zu kommen schien. Gleich darauf bewegte sich etwas in der Hecke auf der gegenüberliegenden Straßenseite. Ein Vogel zwitscherte. Dann ein anderer. Ihre Rufe wurden beantwortet. Bald schon schienen überall Vögel gleichzeitig zu singen. Ein Crescendo von Tönen erfüllte die Luft und vereinte sich zu einem Chor, der zu den verblassenden Sternen aufstieg.

Annie sah zum Himmel empor. Er schien immer höher zu werden, als würde der Gesang der Vögel die schwarze Nacht vertreiben. Die Dämmerung brach an.

Als sie wieder zu Terence sah, bemerkte sie die scharfe Kontur seines Gesichts. Er starrte sie unverwandt an. Die Kapuze war von ihrem Kopf geglitten, und sie wirkte auf ihn wie in jener Nacht auf der Stiege vor dem Cottage, als sie gekommen war, um ihn zu ihrer Party einzuladen. Doch selbst in dem schwachen Licht konnte er erkennen, dass sie müde aussah und dass ihr Gesicht Spuren von Tränen trug.

»Ich habe sie noch nie so laut singen gehört.«

»Du musst sehr tief schlafen, denn sie singen immer so laut«, gab er zurück. »Das ist der Morgenchor. Einige beginnen viel früher, aber die meisten setzen ein, wenn es hell wird.«

»Hörst du sie oft?« Ihre Stimme war unpersönlich und ruhig.

»Ja. Gehst du bis zum Ende der Straße?«, fragte er freundlich.

Sie zögerte einen Augenblick. »Ja«, sagte sie schließlich leise.

Er hielt das Tor auf, sie trat hindurch, und gemeinsam gingen sie wortlos die Straße entlang, wobei sie sorgsam darauf achteten, voneinander Abstand zu halten.

»Das Semester wird bald beginnen«, sagte Annie, als das Schweigen nahezu unerträglich wurde.

»Ja, noch zwei Tage, dann fahre ich wieder zurück. Wann reist du ab?«

»Am Dienstag.«

»Für mich ist es das letzte Semester«, erklärte er.

»Tut dir das Leid?«, fragte sie.

»Ja und nein. Ich bin glücklich, wenn ich endlich unterrichten kann.«

Sie sprachen miteinander wie höfliche Fremde, und da sie einander anscheinend nicht mehr zu sagen hatten, schwiegen sie wieder, bis sie das Ende der Straße erreichten. »Wir kommen gerade rechtzeitig!«, rief Terence aus. »Sieh dir das an!« Seine Stimme war erfüllt von Staunen und Bewunderung, als würde er diese Szene zum ersten Mal erleben.

Annie blickte auf das Kornfeld jenseits der gegenüberliegenden Straßenseite. Über dem äußersten Rand des Feldes tauchten die Vorboten der aufsteigenden Sonne auf: Strahlen von purpurfarbenem, rotem und grünem Licht breiteten sich wie ein flammender Fächer aus, stiegen in den Himmel hoch und vertrieben die Sterne der Nacht.

»Das ist wundervoll!«, hauchte sie verzaubert, während sie sich fragte, warum sie dieses Schauspiel noch nie gesehen hatte. Es ereignete sich jeden Morgen, und dennoch sah sie den Sonnenaufgang nun zum ersten Mal. Undeutlich wurde ihr bewusst, dass nur eine Hand voll Menschen von den vielen Millionen, die auf der Welt lebten, jeden Morgen dieses Wunder miterlebten, das zu den größten der Natur zählte. Der Schlaf forderte sein Recht von den erschöpften Körpern, und wie bei ihr war es auch bei den meisten anderen Zufall, dass sie zu dieser Tageszeit wach waren. Natürlich gab es auch Ausnahmen wie Terence, der früh aufstand, um den Sonnenaufgang zu sehen, oder die ganze Nacht über wanderte, um ihm schließlich zu begegnen. Ja, er war anders.

Als sie zu ihm sah, bemerkte sie, dass sein Blick wie gebannt auf ihrem Gesicht lag. Seine Lippen waren geöffnet, als wollte er etwas sagen. Um seinem Blick auszuweichen, wandte sie sich wieder der Straße zu. »Ich muss zurück. Rodney wartet vielleicht auf mich«, erklärte sie. Genau so hatte er sie bei ihrer Party in der Halle angesehen, und danach hatte er Cathleen geküsst.

Sie durfte sich nicht von ihren Gefühlen beeinflussen lassen. Sie musste ruhig und kühl bleiben.

Er ging neben ihr die Straße zurück. Als sie das Tor erreichten, wandte sie sich zu ihm. »Danke, Terence«, sagte sie ruhig und lächelte ihn freundlich an. »Danke, dass du dich um meine Mutter gesorgt hast. Auf Wiedersehen.« Während sie den Pfad hinaufging, war sie sich bewusst, dass er noch auf der Straße stand und ihr nachsah. Und obwohl sie sich daran zu erinnern versuchte, dass es keine Bedeutung hatte, machte ihr Herz einen Sprung.

Es war etwa 11 Uhr, als sich Mrs. Summers über Annie beugte und sie sanft an der Schulter rüttelte. »Miss Annie! … Mädchen! Miss Annie, wachen Sie auf!«

Annie setzte sich kerzengerade auf und starrte Mrs. Summers mit weit aufgerissenen Augen an. »Ist etwas mit Mama? Geht es ihr schlechter?«

»Nein, nein, nichts dergleichen. Sie schläft friedlich. Es ist der junge Macbane. Er ist gekommen und hat nach Ihnen gefragt. Er trägt schon Reisekleidung. Ich habe ihm nicht gesagt, dass Sie noch im Bett liegen, sondern bloß, dass er warten soll. In einer Minute können Sie angezogen sein. Kommen Sie!«

Mrs. Summers verließ den Raum erst, als Annie aus dem Bett geklettert und in ihre Kleidung gestiegen war.

Jede Kleinigkeit zählt, sagte sich Mrs. Summers, während sie die Treppe hinunterstieg. Ihr entging kaum etwas; sie hielt die Augen immer offen, wie sie gern zu sagen pflegte, und was Annies Interesse an Macbane betraf, hatte sie sie in den letzten Jahren besonders gut offen gehalten.

Noch immer schlaftrunken, verschwand Annie hastig im Badezimmer, um ihr Gesicht mit kaltem Wasser zu erfrischen. Da ihr nicht genug Zeit blieb, um ihr Haar neu zu frisieren, glättete sie es bloß am Oberkopf ein wenig mit dem Kamm, warf die zerzausten Zöpfe über die Schulter und lief hinunter.

Terence war nicht in der Halle. Durch die offene Tür konnte sie jedoch sehen, dass er auf dem Pfad stand und mit David plauderte. Sein Anblick ließ sie zögern. Warum beeile ich mich?, fragte sie sich plötzlich. Was will er von mir?

Sie ging langsam auf ihn zu, während er ihr den Rücken zuwandte und zu David sprach: »Ich schlafe in den Feldern; mein kleines Zelt steckt da drin.« Dabei klopfte er auf den ausgebeulten Rucksack auf seinem Rücken.

»Und ist dein Bett auch da drin?«, fragte David.

»Ja.«

»Oh! Ich wünschte, ich könnte dich begleiten und auch in einem Feld schlafen … Wirklich, Terence. Darf ich mitkommen?«

»Ja, wenn du etwas größer bist.«

»Wie viel größer?«, fragte David. »Oh, Annie, Terence wird in einem Feld schlafen«, rief er Annie entgegen, als er sie entdeckte. »Und ich will ihn begleiten und auch in einem Feld schlafen.«

Terence wandte sich um. »Ich bin gekommen, um mich nach deiner Mutter zu erkundigen«, sagte er hastig, »und … um mich zu verabschieden.«

Annie gab keine Antwort, sondern sah ihn bloß wortlos an. Er war noch nie gekommen, um sich zu verabschieden. »Ich hoffe, dass es ihr bald besser geht«, fuhr er fort.

»Danke. Offenbar schläft sie noch«, murmelte sie. »Ich habe geglaubt, dass du noch zwei Tage Ferien hast«, fügte sie nach einer Pause hinzu.

Er schob den Rucksack höher auf den Rücken. »Ich habe mich entschlossen, mit dem Fahrrad zurückzufahren«, antwortete er. »Dafür brauche ich mehrere Tage … Und mein Freund kehrt auch bereits heute zurück. Da gibt es nicht mehr viel, für das es sich zu bleiben lohnt.« Er errötete, als er bemerkte, wie seine Worte aufgefasst werden könnten, und bückte sich rasch, um die Fahrradklammern anzulegen.

»Lass mich das machen! Lass mich dir helfen, Terence«, rief David.

Lachend gestattete Terence, dass David ihm die Klammern um die Hosenbeine legte. Dann richtete er sich wieder auf und sah Annie an. Sein unverwandter, durchdringender Blick schien sie etwas zu fragen. Rasch wandte sie sich ab und ging zum Tor. Er folgte ihr, während David an seiner Seite herumhüpfte.

»Meine Mama ist krank«, erzählte David. »Und im Kinderzimmer ist etwas, das schreit. Daddy sagt, dass das unser Baby ist, und er will, dass ich es mir ansehe. Aber ich will nicht. Mein kleiner Hund schreit nicht so laut. Ihn mag ich lieber. Er ist fett, und ich werde ihn Hannigan nennen, so wie ich heiße ... Was hättest du lieber, Terence, einen kleinen Hund oder ein schreiendes Baby?«

»Ich hätte lieber einen kleinen Hund.« Er fing Annies Blick auf und lächelte, doch sie senkte die Augen. »Ich hoffe, dass dir das Semester gefallen wird«, sagte er.

»Ja, das hoffe ich auch. Und dir hoffentlich auch.« Sie würde kühl bleiben und sich durch nichts aus der Ruhe bringen lassen.

»Auf Wiedersehen, Annie.« Er stand nun vor ihr, und sie konnte es kaum ertragen, ihn anzusehen. Seine Nähe, die Wärme in seinen Augen und sein dünner Körper, der immer wieder ihr Mitgefühl weckte, zehrten an ihren Kräften. Was konnte er damit meinen? Immerhin gab es da Cathleen. Aber seine leise Stimme sagte mehr als bloß »Auf Wiedersehen, Annie«.

Als sie schließlich den Kopf hob, erwiderte sie sein Lächeln. »Auf Wiedersehen, Terence.«

Sie sahen einander noch einen Augenblick lang an. Dann stieg er wortlos auf sein Fahrrad und fuhr davon. Er war schon einige Meter entfernt, als er sich noch einmal umwandte und über die Schulter rief: »Auf Wiedersehen, David!«

David rannte hinter ihm die Straße hinunter. »Auf Wiedersehen, Terence! Auf Wiedersehen! Auf Wiedersehen, Terence!«, rief er atemlos.

Es hat nichts zu bedeuten, rein gar nichts, dachte Annie, während sie langsam den Weg zurückging. … Oh, aber wenn es doch etwas zu bedeuten hatte? Mit wenigen Sprüngen überbrückte sie die Strecke bis zur Tür und hielt dort abrupt inne. Aber da war noch das Versprechen, das sie Gott gegeben hatte. Was war mit dem?

Gegen sieben Uhr abends kam Cathleen zu Besuch. Eine Mischung verschiedenster Emotionen spiegelte sich auf ihrem Gesicht wider, während sie direkt auf Rodney zuging. »Oh, Onkel Rodney, es tut mir so Leid. Wie geht es ihr?«

»Ich fürchte, sie ist noch immer sehr krank, Cathleen«, antwortete er.

»Ach du meine Güte, wie schrecklich! Und du siehst auch grauenvoll aus. Hast du gar nicht geschlafen?«

»Nein«, sagte er, »keine Minute. Aber ich werde jetzt zu Bett gehen und versuchen, eine Stunde zu schlafen.«

»Das ist gut.« Sie bückte sich und küsste ihn. »Du darfst nicht zusammenbrechen. Was soll Kate ohne dich tun?«

Er lächelte sie dankbar an und tätschelte ihre Wange.

»Du wirst mich doch rufen, Liebling, nicht wahr?«, fragte er Annie, die neben dem Kamin saß, ehe er aufstand.

»Ja«, versicherte sie ihm nickend.

»Auf Wiedersehen, Cathleen. Nett von dir, dass du gekommen bist.«

»Nett? Sei nicht albern.« Sie küsste ihn wieder. »Ich war halb tot vor Sorge. Aber jetzt geh und versuch, ein wenig zu schlafen. Und sorge dich nicht, alles wird wieder gut.«

Nachdem Rodney gegangen war, ließ sich Cathleen in seinem Stuhl nieder, zündete eine Zigarette an und streckte Annie das Päckchen entgegen: »Willst du auch eine?« Als Annie kopfschüttelnd ablehnte, lachte Cathleen. »Natürlich nicht. Du hast ja noch nicht zu leben begonnen.« In ihrer Stimme war nun nichts mehr von dem Mitgefühl zu hören, das sie noch vor wenigen Augenblicken gezeigt hatte. »Warum starrst du mich so an?«, fragte sie. »Oh! Hast du es bemerkt? Eigentlich brauche ich meine Wimpern nicht zu tuschen, aber es macht einfach Spaß«, erklärte sie lachend.

Annie sah, dass Cathleen nicht nur Lippenstift aufgelegt hatte, was sie immer tat, sondern dass sie auch ihre Wangen gerötet und ihre Augen mit einer Art Fett dunkel gefärbt hatte. Die Lider sahen seltsam blau aus.

Cathleen stellte einige gezielte Fragen über Kate. Hatte Annie sie gesehen, als man sie nach Hause gebracht hatte? War sie bei Bewusstsein gewesen? Nur teilweise, antwortete Annie, und sie hat immer wieder nach Steve gerufen.

Cathleen hob überrascht die Brauen. »Wirklich?«

Nach einigen Minuten erhob sie sich. »Na, ich muss jetzt gehen und herausfinden, was mit meinem Terence ist«, sagte sie. »Uns bleibt nicht mehr viel Zeit. ... Ich werde glücklich sein, wenn er sein Studium beendet hat und hier in der Nähe einen Posten bekommt.« Sie sah auf Annie hinunter, die sie verblüfft anstarrte. »Stell dir vor, vielleicht reisen wir sogar im Sommer nach Paris!«, fuhr sie fort. »Isaac Holt, ein Professor an meiner Akademie, hat ein Atelier in Paris mit einer kleinen Wohnung daneben. Es ist bis Juli vermietet, aber er meint, dass wir mit ihm während der Ferien dort wohnen könnten.« Sie stieß ihr tiefes Lachen aus. »Natürlich hätte er es lieber, wenn ich ohne Terence kommen würde, aber ich habe gesagt: ›O nein! Mit Terence oder gar nicht.‹ Und hast du gewusst, dass John Dane Dee noch vorbeikommt? Das ist mir einer!« Sie brach verärgert ab. »Warum zum Teufel starrst du mich so an? Was ist los?«, rief sie ungeduldig.

Annie stand auf, und sosehr sie sich auch bemühte, es gelang ihr einfach nicht, ihre Stimme gleichgültig klingen zu lassen. »Weißt du denn nicht, dass Terence fort ist?«

Ohne den Blick von Annie abzuwenden, schnipste Cathleen die brennende Zigarette in den Kamin. »Was hast du gesagt?«, fragte sie leise.

»Er ist heute Morgen nach Oxford aufgebrochen. Mit dem Fahrrad.«

Die Zigarette prallte gegen die untere Stange des Kamingitters und fiel auf den Teppich zurück. Annie bückte sich rasch und warf sie ins Feuer.

»Woher weißt du das?«, fragte Cathleen. Ihre dunklen Augen wirkten verloren hinter den zusammengekniffenen Lidern.

Eine Erregung, die Annie nicht unterdrücken konnte, klang in ihrer Stimme mit. »Er ist heute Morgen gekommen, um sich nach Kate zu erkundigen, und hat mir gesagt, dass er abreist.«

Während sie einander anstarrten, lagen alle ihre Gefühle offen. In die gegenseitige Ablehnung mischten sich Annies Triumph und Cathleens Erstaunen.

Nun, da Terence wieder erwachtes Interesse an ihr all ihre Gedanken beherrschte, vergaß Annie den Entschluss, nie mehr zu hassen, den sie am Morgen gefasst hatte. Schon Cathleens Anblick genügte, sodass dieses Gefühl wie selbstverständlich an die Oberfläche brach. Durch ihren Hass vermittelte sie den Eindruck, als gäbe es eine Annäherung zwischen ihr und Terence. Er verlieh ihr auch eine Selbstsicherheit, von der sie wusste, dass sie Cathleens Wut zusätzlich anfachen würde.

Plötzlich warf Cathleen den Kopf in den Nacken und lachte laut auf.

»Schhht!«, mahnte Annie erschrocken. »Kate schläft. Du könntest sie aufwecken.« Während ihre Gedanken zu Kate zurückkehrten, schalt sie sich, dass sie sie einen Augenblick lang wegen ihrer eigenen kleinen Probleme vergessen hatte.

Cathleen brach ab, hob die Hand und tätschelte Annie hart die Wange. »Komm nur ja nicht auf dumme Gedanken in deinem unschuldigen Köpfchen, mein Schatz! Denn du müsstest sie dir rasch wieder austreiben. Terence und ich, wir verstehen uns ausgezeichnet … Hast du begriffen? Du weißt doch, was ich meine, oder?«

Annie fühlte, wie ihr die Röte ins Gesicht stieg, und gleichzeitig wuchs ihr Verlangen zurückzuschlagen. »Wenn das der Fall ist, wundert es mich, dass er dir nicht gesagt hat, dass er abreist.«

»Hör gut zu!« Cathleen presste die Lippen fest aufeinander, während sie sich drohend vorbeugte. »Es geschieht dir nur recht, wenn ich dir die Augen öffne. Was würdest du sagen, wenn …?«

Weiter kam sie nicht, denn in diesem Augenblick öffnete sich die Tür des Salons, und Michael und Rosie traten ein. Cathleen und Annie wandten sich ihnen zu, und Annie begrüßte sie nicht ohne Erleichterung: »Oh, hallo, Rosie! Hallo, Michael!«

Cathleen erhob sich und betrachtete ihren Bruder und Rosie Mullen. Sie schäumte noch immer sichtlich vor Wut, die Michael unabsichtlich auf sich lenkte, als er sagte: »Ich habe nicht erwartet, dich hier zu sehen. Ich habe geglaubt, du triffst dich mit Macbane.«

»Und ich habe nicht erwartet, *dich* hier zu sehen!«, stieß Cathleen anklagend hervor. »Du solltest doch in der Abendschule sein.«

Michaels Gesicht verdüsterte sich. »Ich habe Vater gefragt, ob ich den Unterricht ausfallen lassen kann. Ich wollte herkommen und Annie sehen … wegen Kate«, schloss er.

»Du wolltest Annie sehen!«, fauchte Cathleen höhnisch. »Annie!« Sie wandte sich zu Annie um, die ängstlich von einem zum anderen sah. »Sieht aus, als hättest auch du deine Kindergartenliebe verloren. Was für ein Jammer!«

Annie lief dunkelrot an, und Michael trat hastig einen Schritt vor, während sein jungenhaftes Gesicht glühte. »Wenn wir zu Hause wären«, stieß er keuchend hervor, »dann würde ich … würde ich …«

»Michael! Michael!«, rief Annie warnend. »Sei leise! Du weißt doch, dass es Mama nicht gut geht.«

»Tut mir Leid«, sagte er, während er sich abwandte.

Cathleen beobachtete Rosie, die sie anstarrte. Sie senkte verächtlich den Blick, griff nach ihren Handschuhen, die auf dem Lehnstuhl lagen, und sagte an niemanden im Raum gerichtet: »Sich an Kindern zu vergreifen ist strafbar.«

Michael fuhr herum. »Du … du …!«, murmelte er.

Er wollte Cathleen folgen, als sie den Raum verließ, doch Annie hielt ihn am Arm zurück. »Michael … nicht hier, bitte!«, flehte sie.

Rosie sagte kein Wort. Ihr Gesicht war wie ausgelöscht; es wirkte kalt und verzerrt, und sie schien zusammengeschrumpft zu sein. Sie sah zu Michael hinüber, der verlegen an seiner Krawatte zog. Er hatte die Augen niedergeschlagen, und seine Distanziertheit schmerzte Rosie.

»Wie geht es Kate?«, fragte Rosie schließlich, um das unbehagliche Schweigen zu brechen und unbeschwert zu erscheinen.

»Noch keine Veränderung«, antwortete Annie.

»Und David? Schläft er schon? Darf ich hinaufgehen und zu ihm hineinsehen?«

»Vielleicht ist er noch wach. Geh nur, aber sieh zu, dass er sich nicht zu sehr aufregt.« Annie war angespannt und verärgert. Sie gab sich die Schuld für das, was geschehen war. Sie hätte Cathleen nie von Terence erzählen dürfen. Damit hatte sie all den Ärger ausgelöst, und das, wo Kate so krank war. Sie hätte daran denken müssen.

Rosie ging leise hinaus, während Michael am Kamin blieb und in die Flammen starrte. Er würde ebenso groß werden wie sein Vater und hatte bereits viele seiner Eigenschaften, doch nicht das ausgeglichene Temperament. Nun rieb er sich den Nacken, wie es sein Vater immer tat, wenn er ratlos war. »Kümmer dich nicht darum«, sagte Annie beruhigend, der er Leid tat.

»Oh, Annie, sie verdirbt einfach alles«, sagte er, während er sich zu ihr umwandte. »Wo sie ist, gibt es keinen Frieden … Annie«, fuhr er zögernd fort, »was sie gesagt hat, war nicht ganz richtig. Ich mag dich immer noch, und ich werde dich auch immer mögen … Aber Rosie … nun, sie … sie liebt die Musik, und …«

»Michael, das verstehe ich. Glaub mir. Und es wäre wundervoll, wenn du Rosie mögen könntest. Wenn du sie besser kennen lernst, wirst du bemerken, dass sie ein großartiges Mädchen ist.« Als sie seine Hand nahm, fühlte sie sich alt genug, um seine Mutter zu sein.

»Oh!«, stieß er verlegen hervor. »Oh! So habe ich es nicht gemeint ... Aber es ist angenehm, mit ihr zu sprechen.« Er sah Annie fest in die Augen und klang keineswegs so jungenhaft, wie er in diesem Augenblick aussah: »Ich werde dich immer mögen, Annie. Immer. Es wird nie jemand anderen geben wie dich.« Dabei legte er seine Hand auf ihre. »Aber irgendwie habe ich immer gewusst, dass es sinnlos ist«, schloss er.

Sie fuhren hastig auseinander, als Rosie in den Salon zurückkehrte. »Er hat schon geschlafen«, sagte sie, ohne zu ihnen hinüberzusehen. »Kates Krankenschwester hat mir das Baby gezeigt ... Es ist so winzig!«

»Ja, sie ist klein«, sagte Annie. »Wir werden sie Angela nennen.«

»Ich mache mich jetzt auf den Heimweg; meine Mutter wartet schon ungeduldig auf Nachricht.«

Sie wandte sich zum Gehen, als hätte sie Michaels Anwesenheit gar nicht bemerkt.

»Du bist heute schon zum zweiten Mal hier«, sagte Annie. »Du musst müde sein. Bleib doch ein wenig, Rosie.«

»Nicht heute Abend.« Aus Rosies Stimme klang eine Traurigkeit, die Annie schmerzte, und während sie ihr in die Halle hinaus folgte, suchte sie in ihrem Geist nach Worten, die erklären konnten, was zwischen ihr und Michael war.

Michael kam ebenfalls; er nahm seinen Mantel vom Haken und zog ihn hastig an.

»Du brauchst nicht ...«, begann Rosie.

»Ich kann ebenso gut jetzt gehen«, sagte er leichthin. »Außerdem solltest du den langen Weg nicht allein gehen.« In diesem Augenblick wirkte er sehr männlich.

Rosie warf Annie einen hastigen Blick zu und erhielt ein

flüchtiges, beruhigendes Lächeln als Antwort. »Dann siehst du mich morgen wieder«, sagte sie und erwiderte das Lächeln.

»Und mich auch«, erklärte Michael. »Bestell Kate Grüße, wenn du sie siehst.«

»Das werde ich. Gute Nacht, Michael. Gute Nacht, Rosie.«

Warum sind sie alle nur gekommen?, fragte sich Annie, während sie in den Salon zurückkehrte. Was für ein Aufruhr gerade zu diesem Zeitpunkt … Ich hätte es verhindern können, wenn ich geschwiegen hätte. Aber ich habe einfach nicht länger schweigen können … Nie zuvor habe ich sie verletzen können; aber heute ist es mir gelungen. Ich habe ihr nur ein wenig von dem zurückgegeben, was sie mir angetan hat, und nicht nur in letzter Zeit, sondern über Jahre hinweg. Und sie hat auch Rosies Glück zunichte gemacht; sie wird nie zulassen, dass Rosie Michael bekommt … Arme Rosie. Jeder ist zu bedauern, der das Pech hat, Cathleens Weg zu kreuzen.

Tagelang lag Kate in einer Welt, in der sich schemenhafte Gestalten bewegten und Stimmen wie aus weiter Ferne gedämpft zu ihr drangen; selbst das Bett schien von ihr losgelöst zu sein. Ihren Körper fühlte sie nur als etwas, das inmitten von Schmerzen dahintrieb. Vage erinnerte sie sich daran, dass sie sich in dem dichten Nebel danach gesehnt hatte, ihren Körper zu verlassen und an einen Ort zu fliehen, an dem es keine Qualen mehr gab; sie wusste, dass sie nie mehr würde kämpfen müssen, sobald sie erst durch den Nebel gedrungen war. Aber Rodney wollte sie nicht gehen lassen. Das überraschte sie, denn wenn er sie wirklich so innig liebte, hätte er sie freigeben müssen.

Eine ganze Woche verging, ehe sich der Nebel schließlich klärte und sie am Morgen beim Aufwachen entdeckte, dass die Gestalten wieder klar und scharf umrissen waren und sich in einem Raum bewegten, der von Sonnenlicht durchflutet war. Als Rodney auf sie heruntersah, waren seine Augen erfüllt von Liebe und Erleichterung. »Heute geht es dir besser, mein Liebling.«

Sie hob die Hand und berührte seine Wange. »Viel besser, Liebster.« Als sie das Glitzern in seinen Augen bemerkte, schüttelte sie abwehrend den Kopf. »Nicht. Nicht, mein Schatz. Mir geht es gut.«

Er nahm ihre Hand in seine und presste sie an seine Lippen; Dankbarkeit durchdrang sein Herz, weil er sich endlich sicher sein konnte, dass dies der Wendepunkt war …

Ein Tag folgte in stiller Routine auf den nächsten: waschen, essen, still liegen mit Rodneys oder Annies Hand in ihrer und gelegentlich einen kurzen Blick auf das Baby werfen.

Viel Zeit verging, ehe man ihr gestattete, Besucher zu empfangen. Und als es so weit war, achtete die Krankenschwester sorgsam darauf, dass sie nur wenige Minuten blieben. Cathleen kam jeden Abend. Sie schien überaus besorgt um Kate zu sein, was Rodney rührte – und Annie wunderte. Nach der Szene im Salon hatte sie erwartet, dass Cathleen zumindest eine Weile nicht mehr vorbeikommen würde. Sie hätte von ihrem Vater erfahren können, wie es Kate ging, und dennoch kam sie jeden Abend und sprach mit Annie, als wäre zwischen ihnen nichts vorgefallen. Vor einigen Tagen hatte sie Terence erwähnt: »Annie, mein Schatz, alles hat sich geklärt. Ich habe einen Brief von meinem schlimmen Jungen erhalten, in dem er mir gesagt hat, warum er so eilig abgereist ist.«

Mit einem nagenden Gefühl im Herzen fragte sich Annie, welche Erklärung das wohl gewesen war. Sie konnte Cathleen nicht verärgert haben, denn sie wirkte fröhlich und lebhafter als je zuvor.

Ihre Ungewissheit wuchs, als sie von Terence einen Brief erhielt. Wieder wurde sie hin und her gerissen und las aus den wenigen, steifen Zeilen eine Flut unausgesprochener Gedanken. Terence hatte ihr geschrieben … er hatte *ihr* geschrieben! Würde er ihr schreiben, wenn er noch in brieflichem Kontakt mit Cathleen stand? Hatte Cathleen ihr die Wahrheit gesagt? Es war kein Liebesbrief, das wusste sie, aber gleichzeitig fühlte sie, dass er mehr zu bedeuten hatte, als er aussagte. Und da blieb immer noch die Tatsache, dass er abgereist war, ohne sich von Cathleen zu verabschieden.

Sie setzte sich auf die Bettkante und las den Brief erneut:

Liebe Annie,
Ich hoffe, dass es deiner Mutter mittlerweile besser geht. Meine Mutter hat mir erzählt, dass sie sehr krank gewesen ist. Sie hat mir auch gesagt, dass du noch immer zu Hause bist. Das bedeutet, dass du einen Teil des Semesters versäumen wirst; ich nehme jedoch an, dass dir das nicht allzu viel ausmacht, da du dich wohl vor allem um deine Mutter sorgen wirst. Ich würde gern erfahren, welche Fortschritte sie macht, sofern dir Zeit bleibt und du geneigt bist, mir zu schreiben.
Mit freundlichen Grüßen
Terence Macbane

Er wollte, dass sie ihm schrieb! Geblendet vor Freude starrte sie auf ihren kleinen Altar.

Ein Sonnenstrahl, der sich in den Nägeln spiegelte, die die Füße Christi durchbohrten, machte ihr bewusst, wohin ihre Gedanken sie führten. Sie errötete vor Scham. »Du verstehst doch, nicht wahr? Ich kann nichts dagegen tun, dass ich ihn liebe. Ich habe es versucht«, flüsterte sie mit scheuem Blick auf den Altar.

Der Jesus am Kreuz hielt weiterhin den Kopf gesenkt, und der heilige Antonius sah ihr mit Augen entgegen, in denen Trauer lag. Schuldbewusst verließ Annie den Raum und ging in Kates Schlafzimmer. »Ich habe einen Brief von Terence bekommen«, sagte sie schlicht, während sie neben dem Bett stand.

Wortlos nahm Kate Annies Hand und drückte sie.

»Es ist kein …«, begann Annie. »Nun, es ist ein … In Wirklichkeit geht es um dich«, erklärte sie lachend. »Lies.«

Kate schüttelte den Kopf. »Nein. Ich finde, man sollte die Briefe anderer nicht lesen … Wirst du ihn beantworten?«

Annie nickte, und ihre Augen glänzten weich und hell.

»Erzähl niemandem, dass er dir geschrieben hat«, sagte Kate. »Du verstehst doch?« Sie sahen einander wissend an. Dann huschte Annie aus dem Raum und kehrte in ihr Zimmer zurück. Sie setzte sich an ihren Schreibtisch und begann, nachdem sie den leeren Bogen Papier eine Weile angestarrt hatte, zu schreiben …

Kate lehnte sich entspannt in die Kissen zurück; Annies Nachricht hatte eines ihrer Probleme gelöst. Gleichzeitig mit ihren Kräften war auch die Erinnerung an die Ereignisse in jener Nacht allmählich zurückgekehrt, und sie war hin und her gerissen zwischen dem Wunsch, Rodney davon zu erzählen oder Schweigen zu bewahren. Wenn sie ihm davon erzählte, würde er Steve entlassen. Sein Vertrauen in Cathleen wäre zerstört, und er würde sie nie wieder so behandeln wie zuvor. Peter und Peggy würden die Veränderung im Lauf der Zeit bemerken, und die Beziehung zu ihnen würde darunter leiden. Es wäre aber auch möglich, dass Steve erklärte, Cathleen heiraten zu wollen. Damit wäre Terence frei. In ihrem Herzen fühlte sie, dass Terence mehr als nur Freundschaft für Annie empfand und sie immer schon geliebt hatte. Wäre Cathleen nicht dazwischengetreten, hätten sie einander auf natürliche Weise gefunden. Jetzt zeigte Terence jedoch trotz Cathleen Interesse an Annie.

Das bewog Kate zu dem Entschluss zu schweigen, und diese Entscheidung wiederum beruhigte sie in Bezug auf Rodney und Steve. Terence' Interesse an Annie würde ein weiteres Problem lösen: Brian. Sie erschauerte bei dem Gedanken, dass Brian Annie je bekommen könnte. Schon der Gedanke, dass er Annies zierlichen, schlanken Körper gegen seine rasch wachsenden Fleischmassen presste, bereitete ihr Übelkeit.

Auf Cathleens Besuch war sie nicht vorbereitet. Ungeachtet ihrer Entscheidung, die mit sich brachte, dass sie so tat, als wäre nichts geschehen, war es ihr unmöglich, sie anzusehen. »Nicht vergessen, nur zwei bis drei Minuten«, sagte die Krankenschwester, als sie Cathleen hereinführte. Und dann stand sie neben ihrem Bett.

»Wie geht es dir?« Cathleens Stimme klang gleichförmig und seltsam kühl.

Kates Blick schweifte über die Bettdecke, ehe sie die Augen hob und Cathleen ansah. Sie konnte weder sprechen noch so tun, als wäre alles normal. Sie ist böse … durch und durch böse, dachte sie.

Cathleens Augen, die an polierte schwarze Steine erinnerten, bohrten sich in Kates Augen. Nun wusste sie mit Sicherheit, dass Kate jedes Wort gehört hatte, das in jener Nacht im Wald gesprochen worden war. Doch offenbar hatte sie nichts verraten. Zufrieden schloss sie daraus, dass Kate Angst hatte. Sie starrte Kate unverwandt, und ohne zu blinzeln, an und legte so viel Bedrohliches in ihren Blick, wie sie nur konnte.

Kate begann zu zittern. Ich bin nicht bereit, es mit ihr aufzunehmen, gestand sie sich schwach ein. Ach, warum haben sie sie nur zu mir gelassen? Sie versuchte, ihre Haltung wiederzugewinnen, und wandte ihre Augen von Cathleen ab.

Als Cathleen zu sprechen begann, wurde sie von einer Welle der Angst überflutet. »Steve sorgt sich sehr um dich«, begann Cathleen leise. Eine Pause entstand. Kate schüttelte den Kopf. »Er sorgt sich immer sehr um dich«, fuhr Cathleen schließlich fort. »Ich sollte ihm sagen, wie es dir geht; das wird ihn beruhigen. Ich glaube nicht, dass er Onkel Rodney fragen will.« Sie verharrte noch einen Augenblick lang schweigend, ehe sie das Zimmer lautlos verließ.

Im Erdgeschoss fand Cathleen Annie im Speisezimmer, wo sie Mrs. Summers half, den Tisch abzuräumen. Annie wandte sich nicht zu ihr um, sondern fuhr fort, die Teller aufeinander zu stapeln. Dennoch war Cathleen nicht entgangen, dass ihr Gesicht strahlte. »Ich habe mein Schließfach in der Akademie ausgeräumt und einige Skizzen mitgebracht, um sie Onkel Rodney zu zeigen«, sagte sie beiläufig. »Willst du sie vielleicht auch sehen?«

»Ja«, antwortete Annie höflich. »Gern.«

»Ich bin gleich wieder hier.«

Cathleen ging in die Halle hinaus, kehrte mit einer großen

schwarzen Mappe wieder und legte sie auf den mittlerweile abgeräumten Tisch. Sie gab Annie eine Studie von zwei Jungen, die auf einen Baum kletterten. Annies Lob war aufrichtig, als sie sagte: »Ich weiß nicht, wie du das machst. Das ist großartig! Du hast sogar an den Beinen die gestreckten Muskelfasern unter der Haut erfasst.«

»Ja, ich mag es auch gern«, sagte Cathleen. »Und sieh dir das an.«

»Oh, ein Porträt von Michael ... Wundervoll!«

»Hier«, Cathleen schob ihr den Stapel von Skizzen zu, »sieh sie dir selbst an.«

Annie zog einen Stuhl an den Tisch heran und betrachtete eine Skizze nach der anderen, wobei sie die Vorzüge jeder einzelnen lobte.

Cathleen stützte sich mit dem Ellbogen auf den Kaminsims, rauchte eine Zigarette und wartete. Sie musste nicht lange warten. Unvermittelt brachen Annies Worte ab. Die Pause verlängerte sich zu einem gespannten Schweigen. Die Holzscheite im Kamin fielen mit einem *Plop* in sich zusammen. »Hast du eine schlechte Skizze gefunden?«, fragte Cathleen träge. »Nicht alle können Meisterwerke sein.«

Annie starrte auf die Skizze vor sich. Sie zeigte Terence ... beinahe nackt. Er stand auf einem Felsen, die Hände über den Kopf gehoben, bereit zum Sprung; Wasser tropfte von seinem schwarzen Haar und glitzerte auf seinen Hüften; der Schatten der Klippen hinter ihm ließ ihn wie ein Relief erscheinen.

Annie sprang so heftig auf, dass sie den Stuhl umwarf. Mit kreidebleichem Gesicht und blitzenden Augen fuhr sie zu Cathleen herum. »Das hast du absichtlich getan! Ich weiß es!«

»Was in aller Welt ...«, begann Cathleen. »Allmächtiger! Was ist denn mit dir los?«

Sie trat an den Tisch und sah auf die Skizze hinunter. »Du willst mir doch nicht sagen, dass dich so etwas aus der Fassung bringt? Hast du noch nie jemanden nackt gesehen?« Gemächlich drückte sie die Zigarette aus. »Du darfst nicht vergessen, Annie, dass ich Künstlerin bin. Ich sehe tagtäglich nackte Menschen.« Sie stieß ihr tiefes Lachen aus und warf den Kopf in den Nacken, als wäre sie überrascht. »Oh! Jetzt verstehe ich. Es hat dich schockiert, den guten, alten Terence nackt zu sehen ... Na, er ist gebaut wie jeder andere. Du wirst es vielleicht nicht glauben, aber er ist ... Wenn ich ihm davon erzähle, wird er herzlich lachen. Er steht oft für mich Modell. Sieh nur, ich kann es dir zeigen ...«

Sie begann, in den Skizzen zu kramen. »Ich will nichts mehr sehen«, rief Annie abwehrend aus, während sie den Stuhl aufhob und sich an seine Lehne klammerte.

»Sei nicht albern«, sagte Cathleen. »Warum wirst du nicht endlich erwachsen? Schon über achtzehn und noch immer Angst, das anzusehen, was Gott geschaffen hat!« Mit vorgetäuschtem Ärger sammelte sie die Skizzen ein. »Warum sollte es dir überhaupt was ausmachen, wie ich Terence zeichne? Ich habe dir schon einmal gesagt, dass dich das nichts angeht. Und außerdem gefällt es ihm, für mich zu posieren. Offenbar mag er die Skizzen, die ich von ihm mache, denn er hat mich um diese hier gebeten. Ich werde sie mitnehmen, wenn ich ihn am Wochenende besuche. Ich nehme an, du hast auch daran etwas auszusetzen, dass ich meinen Freund am Wochenende besuche, ohne eine Anstandsdame mitzunehmen?«

Annie war blind für ihre Umgebung. Obwohl sie Cathleen anstarrte, löschten die heftigen Gefühle, die in ihr tobten, deren Anblick vollständig aus. Sie sah nichts anderes als den nackten Körper von Terence, den Cathleen unzählige Male gesehen haben musste, um ihn so zeichnen zu können. Ihr Magen verkrampfte sich. Ich muss mich übergeben, dachte sie.

Als sie hörte, dass Rodney ins Zimmer trat, klärte sich ihr Blick wieder. »Ach, hier bist du, Cathleen. Ich habe geglaubt, du bist vielleicht schon gegangen«, sagte Rodney. Er wirkte aufgewühlt. »Was ist oben passiert, Cathleen? Nachdem du gegangen bist, hat die Schwester Kate in Tränen vorgefunden und mich gerufen.«

»Passiert?«, wiederholte Cathleen erstaunt. »Was meinst du damit, Onkel Rodney?«

»Na ja … worüber habt ihr gesprochen? Was hast du gesagt?«

»Nichts.« Cathleen tat, als würde sie nachdenken. »Nein, nichts … Ich habe nur gefragt, wie es ihr geht, und das Übliche, was man zu Kranken sagt.«

»Fällt dir irgendetwas ein, das sie aufgeregt haben könnte?«

»Nein, natürlich nicht … Nur … ich habe Steve erwähnt.«

Cathleen sah, wie sich die Muskeln an Rodneys Kinn spannten. »Ich habe nur gesagt, dass er sich um sie sorgt«, fuhr sie fort. Als sie ihn nun ansah, lag in ihren Augen der Blick eines unschuldigen, verwirrten Kindes.

»Warum hast du das gesagt?«, fragte Rodney grimmig.

»Ach, nur, weil er mir vor ein paar Tagen gesagt hat, dass er sich um sie Sorgen macht. Das erscheint mir ganz natürlich, wo er es doch war, der sie in jener Nacht gefunden hat.«

Das war es also: Steves Name war gefallen, und Kate hatte geweint. Aber warum, in Gottes Namen?, fragte Rodney sich. Gewiss … Nein, nein, er durfte so etwas nicht einmal denken … Aber als er gefragt hatte, was mit ihr los sei, hatte sie bloß gesagt: »Lass Cathleen Davidson nie wieder hier herein. Ich mag sie nicht.« Er wusste, dass Kate Cathleen nie gemocht hatte, aber sie hatte ihre Abneigung ihr gegenüber nie so offen gezeigt.

Er versuchte, in Cathleens klarem Blick zu lesen. Wusste sie etwas über Steve und Kate? Allmächtiger, was dachte er da bloß! Seine Kate, die ihn liebte, wie kein anderer Mann je geliebt worden war! Aber irgendetwas war da. Doch was? Erst hatte Kate unablässig Steves Namen gerufen, dann hatte Steve mit einer Frist von einer Woche gekündigt …

»Weißt du, dass Steve uns verlassen hat?«, fragte er.

»Was?«, rief Cathleen scharf aus. Augenblicklich fiel alles Kindliche von ihr ab. »Du sagst, dass Steve gegangen ist? Das ist unmöglich. Ich habe ihn doch noch gesehen, als …« Sie brach ab. »Wann ist er gegangen?«

»Heute.«

»Heute?«, wiederholte Cathleen. »Einfach so?«

»Nein, er hat vor einer Woche gekündigt.«

Cathleens ungläubiger Blick war nicht gespielt. »Weiß Kate davon?«, fragte sie leise.

»Nein«, antwortete Rodney knapp, »ich habe es ihr nicht erzählt. Sie hätte sich vielleicht darüber aufgeregt, dass er uns gerade zu diesem Zeitpunkt verlässt.«

»Ja … ja«, sagte Cathleen langsam, während sie sich allmählich von der Überraschung erholte.

Rodney beobachtete sie genau. Was ist mit ihr?, dachte er. Sie weiß etwas. Aber was gab es da zu wissen?

Cathleen wandte sich ab und schnürte ihre Mappe. »Hat er gesagt, wohin er geht? Hat er einen anderen Job?«, fragte sie beiläufig.

»Er hat gesagt, dass sein Bruder will, dass er in seine Autowerkstatt in Harrogate einsteigt.«

»Oh«, sagte Cathleen ruhig. »Ich habe gar nicht gewusst, dass er überhaupt Familie hat. Ich habe immer geglaubt, dass er ganz allein ist. Mit meinem Besuch heute Abend scheine ich für einige Aufregung gesorgt zu haben«, fügte sie hinzu. »In Zukunft werde ich meine Besuche kurz halten.« Während sie mit den Skizzen unter dem Arm auf die Tür zuging, sah sie einen Augenblick lang aus wie ein kleines, verwirrtes Kind.

»Sei nicht albern, Cathleen!«, sagte Rodney hastig. »Du weißt, dass du hier immer genauso willkommen bist wie bei dir zu Hause.«

»Oh, Onkel Rodney, das ist lustig!« Sie lachte unsicher. »Wenn du wüsstest, wie willkommen ich manchmal zu Hause bin.«

Rodney folgte ihr in die Halle. »Was für ein Unsinn, Cathleen!«

Annie sah ihnen nach. Sie hielt noch immer die Stuhllehne fest umklammert. In den Aufruhr in ihrem Herzen kroch ein beängstigender Gedanke: Rodney vermutete etwas zwischen Steve und Kate. Warum war Steve gerade in diesem Augenblick gegangen, wo sie ihn am meisten brauchten? Cathleen wusste es. Dieser letzte Gedanke rief in ihr so unermessliche

Angst hervor, dass sie ihren eigenen Kummer völlig verdrängte ... Mit ihr mochte geschehen, was wollte, doch nichts durfte das Glück von Kate und Rodney zerstören.

Mit diesem Gedanken hastete sie die Treppe hinauf, wo sie Kate erschöpft in die Kissen zurückgelehnt vorfand. Die ganze Farbe, die sie in den letzten Tagen wiedergewonnen hatte, war nun aus ihrem Gesicht gewichen.

»Ist sie fort?«, fragte Kate.

Annie nickte und ergriff ihre Hand.

»Worüber hat Rodney mit ihr gesprochen?«

»Er hat gefragt, was sie zu dir gesagt hat, und sie hat ihm erzählt, dass sie dir erzählt hat, dass sich Steve nach dir erkundigt hat.«

»Das hat sie ihm gesagt?« Kate fuhr hoch.

»Ja ... O Mama, reg dich nicht auf. Sie hat nicht gewusst, dass Steve gegangen ist.« Annie bremste sich zu spät ein.

Kate starrte sie ungläubig an. »Steve ist gegangen? Wann? Wann ist er gegangen?«

»Heute ... Ach, wie dumm von mir; Rodney wollte nicht, dass du es erfährst ... Oh, Mama!«

Kate lehnte sich langsam zurück. Nun war alles vorüber. Jetzt konnte sie Rodney nicht mehr davon erzählen, selbst wenn sie es wollte. Jetzt stand nur mehr ihr Wort gegen das von Cathleen, und auch wenn Rodney ihr glauben sollte, würde Cathleen, nur um sich zu verteidigen, Misstrauen in Rodneys Herz säen. Sie war klug und gefährlich. Ihr fielen die vielen Fahrten ein, die sie allein in Steves Gesellschaft unternommen hatte, wenn er sie nach Newcastle oder zum Einkaufen gebracht hatte. Sie boten Cathleen ausreichend Gelegenheit, in gerissener Weise Andeutungen zu machen. Sie würde es sogar wagen zu behaupten, dass der Fehler, dem Annie entsprungen war, wieder geschehen sein könnte ... Oh, dieses Mädchen! Sie war ein Teufel! Wenn sie nur die Kraft hätte, sich gegen sie zu wehren. Armer Steve, wohin war er gegangen? Er hatte keine Verwandten. Und er war hier glücklich gewesen, bis ... Wieder übermannten sie die Tränen. »Armer Steve«, sagte sie laut.

Es war ein unglücklicher Zufall, dass Rodney gerade in diesem Augenblick ins Zimmer trat. Direkt an der Tür blieb er stehen. »Warum so viel Mitgefühl mit Steve, Kate?«, fragte er leise.

»Das ist meine Schuld, Rodney«, sagte Annie, ehe Kate antworten konnte. »Mir ist herausgerutscht, dass Steve gegangen ist.«

Rodney ging hinkend am Bett vorüber zum Fenster und blickte hinaus. »Liebling, komm hierher«, rief Kate ihn leise zu sich.

Er ging zu ihr und ergriff ihre ausgestreckte Hand. »Ich benehme mich albern, Liebling«, fuhr sie fort. »Es ist nur, dass er so lange bei uns war. Er war wie ein Mitglied der Familie, und wir werden ihn vermissen.«

Annie betrachtete Rodneys Gesicht und sah, dass er Kate anlächelte. Es war jedoch nicht sein übliches Lächeln, und sie wusste, dass er ihre Worte nicht für die vollständige Erklärung hielt. Als sie hinausging, lag ihr Herz wie eine tote Last in ihrer Brust. In ihrem Zimmer griff sie nach dem Brief, den sie zuvor geschrieben hatte, und begann, ihn langsam in kleine Stücke zu zerreißen. Doch wie klein die Papierstückchen auch wurden, es gelang ihr damit nicht, die Zeichnung von Terence in ihrem Kopf auszulöschen. Was war sie doch für eine Närrin gewesen! Sie las seinen Brief erneut. Nun erschien er ihr bloß wie ein Höflichkeitsschreiben. Aber in der Morgendämmerung vor einigen Tagen, und als er gekommen war, um sich von ihr zu verabschieden, das war nicht nur Höflichkeit gewesen; das war die Wiederholung des Abends ihrer Party gewesen. Er spielte mit ihr – und dabei hatte er nackt vor Cathleen gestanden.

Gütiger Gott! Sie warf sich auf das Bett und barg das Gesicht in der Armbeuge. Gütiger Gott, hilf mir, dass ich aufhöre, ihn zu lieben. Mach, dass ich ihn genauso hasse wie sie. Ja, mach, dass ich ihn hasse; dann kann ich es ertragen.

9

Annie trug das Haar hochgesteckt. Die silberblonden Flechten waren in ihrem Nacken zu einem Knoten gebunden. Schon die Farbe und die Fülle des Knotens hätten genügt, um die Aufmerksamkeit aller auf sie zu lenken. Der Pony über ihren dunklen, gewölbten Brauen und den grünen Augen bewirkte jedoch, dass sich viele Köpfe umwandten, wenn sie vorüberging. Die Männer unterbrachen ihr Gespräch und folgten ihr mit begierigen, aber freundlichen Blicken. Die meisten Frauen hingegen sahen an ihr vorbei oder gaben vor, sie überhaupt nicht bemerkt zu haben. Vor einigen Monaten noch hätten sie gesagt: ›Oh, was für ein hübsches Mädchen‹, doch jetzt sah sie nicht mehr wie ein Mädchen aus, sondern wie eine Frau. Sie stellte für sie Gefahr und Herausforderung dar – wie ihre Mutter vor ihr.

Drei Frauen aus dem Viertel der fünfzehn Straßen standen an der Ecke des Marktes von Shields und beobachteten Annie, ohne sie direkt anzusehen. Sie hatten nichts dagegen, dass eine Frau hübsch war, gewiss nicht. Es gab jedoch eine Grenze für das Maß an Schönheit, das sie in ihrem Inneren akzeptierten, ohne sich gegen die Schönheit selbst zu wenden, um sie zu zerstören. Eine Haut wie Alabaster und ein verführerischer schlanker Körper, und dann noch dieses Haar, das war eindeutig zu viel. Das konnte einfach nicht gut enden … Dass sie Recht behalten würden, zeigte sich jetzt schon, denn sie hatte ihren Gefährten nicht sehr sorgfältig gewählt. Die Frauen ließen sich laut über ihren Begleiter aus. Eine von ihnen verkündete, dass von ihm nichts Gutes zu erwarten sei, denn wenn alles seinen üblichen Lauf gehe, werde er wohl schon bald einem der Mädchen aus der Fabrik seines Vaters Unterhalt zahlen müssen, dieser dreckige Emporkömmling!

»Sie haben Streit«, stieß eine der Frauen leise hervor, während sie tat, als betrachte sie einen Obststand. »Sie wartet nicht auf die Straßenbahn, stürmt davon wie der Teufel persönlich. Und er geht auch zu Fuß ... Sieht aus wie ein Fleischkloß. Allmächtiger, dass es Frauen gibt, die für so einen Dickwanst etwas übrig haben!«

Während Annie über den Markt eilte, fühlte sie Brians Hand auf ihrem Arm, die sie mit einem Ruck zum Stehen zwang. »Hör mir zu!«, verlangte Brian. »Ich werde jetzt sagen, was ich zu sagen habe ... Du tust ja, als hätte ich dich beleidigt und nicht gefragt, ob du mich heiraten willst.«

»Du wählst sehr seltsame Orte, um dich zu erklären. Ich habe dir schon einmal gesagt, dass ich dich nicht heiraten werde, weder jetzt noch in Zukunft.« Annie hatte gesprochen, ohne ihn anzusehen, und ging nun weiter.

Brian holte sie mit großen Schritten ein. »Was soll ich denn sonst tun? Wann habe ich denn Gelegenheit, dich allein zu sehen? Immer heißt es ›Ich gehe mit Mama dorthin‹, oder ›Ich gehe mit Rodney dahin‹. Immer heißt es Mama und Rodney. Gott, das macht mich verrückt!«

»Ich habe dir gesagt, dass du nicht herkommen sollst. Allmählich habe ich es satt, das ständig wiederholen zu müssen.«

»Na, ich habe es auch bald satt, aber auf eine andere Weise.« Seine Stimme wurde rau und kehlig: »Am Ende kriege ich dich doch, Annie, das weißt du. Warum wehrst du dich dann? Du hast immer mir gehört, schon als Mädchen, und bevor ich mit dir fertig bin, wirst du mir richtig gehören.« Ob du willst oder nicht, fügte er in Gedanken grimmig hinzu.

Wie Kate wiegte sich Annie beim Gehen in den Hüften, so dass bei jedem Schritt die Konturen ihrer Oberschenkel sichtbar wurden, und ihre schlanken Beine erregten Brian mehr, als es üppige Kurven vermocht hätten.

»Warum spielst du das Fräulein Rühr-mich-nicht-an?«, fragte er. »Vor Weihnachten warst du nicht so.«

Ihre grünen Augen funkelten dunkel vor Wut, als sie sich ihm zuwandte. »Was dich betrifft, war ich immer dieselbe. Bevor du fortgegangen bist, habe ich dir gesagt, dass ich nicht mit dir gehen werde, und seit du zurück bist, habe ich es dir wieder und wieder gesagt. Habe ich dich nicht aufgefordert, mich nicht mehr zu besuchen? Aber du kommst dennoch!«

Er ging eine Weile schweigend neben ihr. »Wenn das Oxford-Bübchen nicht mit Cathleen Davidson gehen würde, könnte ich mir in dieser Richtung etwas vorstellen«, sagte er schließlich mehr zu sich als zu ihr. »Es hat doch nichts mit ihm zu tun, Annie, oder?« Seine Stimme wirkte leicht beunruhigt.

Sie schritt schneller aus. »Nein, es hat nichts mit ihm zu tun! Weder mit ihm noch mit einem anderen … Ach, ich muss es dir sagen, damit du es endlich begreifst. Ich werde nicht heiraten, weil ich … weil ich der Kirche dienen werde. Ich werde Nonne.«

Immer wieder gingen sie auf dem übervollen Bürgersteig durch Gruppen von Menschen hindurch, manchmal gemeinsam, manchmal getrennt. Doch erst als sie die vergleichsweise ruhige Straße erreichten, die nach Leygate führte, begann Brian zu lachen. Erst war es nur ein tiefes Grollen, doch dann gewann es an Kraft, bis er lauthals lachte und Passanten ihn aufforderten: »He, Mann, erzähl uns den Witz auch!« Sein mächtiger Körper bebte vor Lachen, und durch den dünnen Stoff seiner Anzugjacke sah man, wie das Fett zitterte.

»Leise, Brian. Bitte, Brian, sei doch leise!«, flehte Annie ihn mit hochrotem Gesicht an.

Allmählich verstummte er. »Du wirst also Nonne?«, fragte er, während er sich die Augen trocknete.

Das Wort allein schien zu genügen, um den nächsten Lachanfall auszulösen. »Da gibt es nichts zu lachen!«, rief Annie. »Mir ist es sehr ernst damit, und ich hätte dir nichts davon erzählen sollen. Bisher weiß es noch niemand. Mama kann ich es erst sagen, wenn sie wieder ganz gesund ist ... Du wirst es doch niemandem verraten, Brian?«, flehte sie. »Bitte, du darfst es niemandem sagen. Bitte!«

»Nein, nein«, antwortete er. »Du kannst mir vertrauen. Erinner dich, ich habe doch auch, als wir noch Kinder waren, all deine Geheimnisse bewahrt.« Er warf ihr einen viel sagenden Blick zu. Sie ging jedoch nicht auf seine letzte Bemerkung ein, denn sie war zu sehr mit der Gegenwart beschäftigt.

»Und stört es dich gar nicht, was ich dir eben gesagt habe?«, fragte sie etwas verwirrt.

»Mich stören? Nein, keineswegs. Jetzt muss ich es nur mit der Kirche aufnehmen, und ich habe schon geglaubt, es wäre Macbane oder der junge Davidson oder ein halbes Dutzend anderer ... Nein, es stört mich nicht.« Nein, dachte er, um die Kirche zu bekämpfen, gab es ein sicheres Mittel ... Sie wollte Nonne werden, Allmächtiger! Ich werde ihr etwas geben, das sie heulend zu mir treiben wird, wenn sie nicht in demselben Boot sitzen will wie ihre Mutter ... Nonne, gütiger Himmel! Das war wirklich zum Lachen. Mit diesem Mund und diesen Beinen.

Nachdem es ihm nicht gelungen war, sie zu überreden, mit ihm ein Theaterstück in Newcastle anzusehen, verließ er sie in Tyne Dock, von wo aus sie zu den Mullens fahren wollte. Am Samstag waren die Straßenbahnen immer übervoll, und da es heiß war, ging sie lieber zu Fuß, als eingeklemmt in einem Wagen zu sitzen. Unter den Arkaden stieg Dampf vom Pflaster auf und wirbelte um ihre Knöchel wie Nebel in einem Sumpf. Nach der Auseinandersetzung mit Brian fühlte sie sich müde und erschöpft. Wenn er doch nur aufhören würde, sie zu belästigen; sie schien nicht imstande zu sein, ihn loszuwerden. Nun, jetzt würde es vielleicht nicht mehr lange dauern.

Als sie aus dem Schatten der Arkaden hinaustrat, spiegelte sich die Sonne in dem bleifarbenen Pflaster mit solcher Intensität wider, dass es sie in den Augen schmerzte. Vor einer Woche noch war sie in Paris gewesen. Es war schon seltsam:

Ungeachtet des Schmutzes, der Trostlosigkeit und der Hitze zog sie es vor, hier zu sein. Warum sehnten sich die Menschen nach Paris? Für sie waren die Champs Elysées nichts als eine breite Straße gewesen und ihre Restaurants bloß Lokale, in denen man für alles dreimal so viel bezahlte wie anderswo. Sie fragte sich, ob sie die Stadt mehr genossen hätte, wenn sie nicht ständig nach Cathleen und Terence Ausschau gehalten hätte. Obwohl Rodney Cathleens Adresse kannte, hatte er nie vorgeschlagen, sie zu besuchen. Cathleen war mit einer anderen Kunststudentin nach Paris gereist, während Terence einige Tage zuvor nach Frankreich aufgebrochen war, vermutlich mit dem Fahrrad.

Sie hatte ihn seit Beginn der Sommerferien nicht ein einziges Mal gesehen. Aus einer beiläufigen Bemerkung seiner Mutter wusste sie, dass er vielleicht nach Paris fahren würde. »Grauenvolles Wetter, Miss Annie«, hatte sie gesagt. »Ich hoffe, es wird bald besser, denn Terence bricht morgen zu seiner Radtour auf. Wird bis nach Frankreich fahren.« Sie hatten einander traurig zugelächelt, und Annie hatte geantwortet, dass auch sie auf besseres Wetter hoffe.

In Notre-Dame, im Louvre, wo sie berühmte Gemälde betrachtet hatte, die sie nicht zu rühren vermocht hatten, ebenso wie in den Gärten von Versailles und auf den Terrassen der Cafés, überall ertappte sie sich dabei, dass sie nach den beiden Ausschau hielt.

Annie vermutete, dass auch Kate den Urlaub nicht genossen hatte. Ständig hatte sie sich um die Kinder gesorgt, und auch wenn sie fröhlich wirkte, spürte Annie in dieser Fröhlichkeit einen Unterton. Sie hatte bislang nicht zu ihrer einstigen Kraft und Lebensfreude zurückgefunden; nur ein einziges Mal während des Ferienaufenthaltes handelte sie wie die alte Kate, und die unverhüllte Entrüstung, die sie bei dieser Gelegenheit zeigte, bestürzte Annie.

Es war während ihres Besuchs in Notre-Dame. Nachdem sie an den Bettlern auf der Stiege vorübergegangen waren und sich eine Weile in der Kathedrale umgesehen hatten, schlossen sie sich einer Gruppe Menschen an, die Eintrittskarten für die Besichtigung der Kirchenschätze kauften. Für wenige Penny konnte man sich einen sagenhaften Reichtum in Form von Gold und Juwelen, mit Edelsteinen bestickte Roben, prächtige Kelche und Patenen ansehen. Annie war erschrocken über Kates Angriff auf den Reichtum der Kirche, der in krassem Gegensatz zu den Bettlern auf der Treppe und der Armut außerhalb der Kirchenmauern stehe. Zornig bezeichnete sie es als Unverschämtheit, dass die Kirche Eintrittskarten verkaufte, damit man ihre Schätze betrachten durfte. Sie zitierte die Bibelstelle, in der Christus die Geldwechsler aus dem Tempel warf. Rodney stimmte Kate in allem zu, bis er Annies Gesicht sah. Rasch gab er Kate ein Zeichen, worauf sie augenblicklich verstummte. Auf der Straße nahm sie dann Annies Arm, und ihre Fröhlichkeit kehrte wieder. Doch Annie war verletzt, als hätte Kates Ausbruch ihr gegolten. Am liebsten hätte sie gesagt, dass es nichts nützen würde, die Juwelen gegen Geld einzutauschen und dieses zu verschenken, denn die Menschen würden immer wieder kommen, um mehr zu holen. Es würde immer Arme geben, da manche Menschen ohne Fähigkeiten geboren wurden. Schwester Ann hatte eine ähnliche Situation auf diese Weise erklärt, und Annie erkannte nun, dass sie wohl Recht gehabt hatte.

Nein, Paris war kein Erfolg gewesen. In einer Woche würden die Ferien zu Ende sein, und sie würde ins College zurückkehren. Allerdings konnte sie nicht behaupten, dass sie sich allzu sehr darauf freute. Sie wusste, dass Schwester Ann überglücklich sein würde zu hören, dass sie Nonne werden wollte. Würde man ihr gestatten, das Noviziat in ihrer Nähe zu absolvieren, oder würde man sie in ein anderes Kloster schicken? Das hing von der Schwester Oberin ab.

Bei dem Gedanken an die Schwester Oberin überlief sie ein Schauer. Sie würde zu ihr gehen und ihr alles erzählen müssen, und sobald sie das getan hatte, waren die Würfel gefallen. Die Endgültigkeit dieses Gedankens wirkte abschreckend. Sie fühlte, dass sie sorgfältig über alles nachdenken und sich alles im Geist ordentlich zurechtlegen musste, ehe sie irgendjemandem davon erzählte.

Aber Brian wusste es bereits. Warum hatte gerade er es als Erster erfahren müssen? Zudem hatte ihre Eröffnung keinerlei Wirkung auf ihn gezeigt, denn sie hatte ihn keineswegs abgekühlt, sondern bloß amüsiert. Allmählich begann sie, eine gewisse Abneigung gegen Brian zu fühlen und auch etwas Angst vor ihm. Bis zum letzten Weihnachtsfest war er ihr unterhaltsam erschienen, und seine Gesellschaft hatte ihr gefallen, doch wenn sie einander jetzt trafen, tat er beinahe jedes Mal etwas, das sie ärgerte. Erst vor wenigen Tagen war er im Wald unerwartet hinter ihr aufgetaucht, hatte die Arme um sie gelegt und mit seinen Händen ihre Brüste bedeckt und so fest gepresst, dass sie den ganzen restlichen Tag geschmerzt hatten. Er versuchte immer, sie zu berühren. Was konnte sie tun, um ihn loszuwerden? Wenn ihn das, was sie ihm gesagt hatte, nicht abschreckte, was dann?

Während sie sich dem Viertel der fünfzehn Straßen näherte, dachte sie daran, dass das Leben sehr schwierig war. Früher hatte sie sich vorgestellt, dass es in einem hübschen Haus mit genügend Geld nicht anders als wundervoll sein konnte. Mittlerweile hatte sie jedoch gelernt, dass das Glück eines Menschen nur in geringem Maß von materiellen Dingen abhing. Was zählte, war das, was sich im Inneren der Menschen abspielte. Man musste nur die Mullens ansehen: Sie hatten nichts – bestenfalls lebten sie von der Hand in den Mund –, aber sie wirkten glücklich. Im schlimmsten Fall machte sie das wenige, das sie hatten, glücklich, während sie selbst, die alles hatte, nicht glücklich war. Nein, ich bin nicht glücklich, dachte sie … Warum kann ich nicht glücklich sein mit dem, was ich habe?

Ein jaulender Schmerzensschrei durchbrach ihre Gedanken, und als sie aufblickte, sah sie zwei kleine Jungen, von denen einer den Kopf des anderen mit rhythmischen Bewegungen gegen einen Telegrafenmast schlug. In dem Angreifer entdeckte sie den jüngsten Sohn der Mullens. »Jimmy, hör sofort damit auf!«, rief sie, während sie auf ihn zulief.

Jimmy hörte zwar auf, hielt aber sein Opfer weiterhin gegen den Mast gepresst. Mit breitem Grinsen wandte er Annie sein schmutziges, lausbübisches Gesicht zu. »Hallo, Annie.«

»Lass ihn los«, forderte Annie. »Du bist ein schlimmer Junge, Jimmy!«

»Nein, der da ist der schlimme Junge. Er hat zwei Pennys und will mich nicht ins Crown einladen. Ich werde die Folge verpassen.«

»Hier«, sagte Annie, während sie ihre Tasche öffnete und ihm sechs Pennys gab. »Jetzt lass ihn aber los und sieh zu, dass du ins Crown kommst.«

Das schniefende Opfer wurde freigegeben und wartete erst gar nicht auf die Erlaubnis, davonlaufen zu dürfen. Jimmy grinste Annie breit an. »Oh! Sechs Pennys! Aber es ist schon zu spät, um jetzt noch zu geh'n. Ich werde dich nach Hause begleiten.«

Annie lächelte in sich hinein, während sie auf das freche Gesicht des Siebenjährigen hinuntersah. Die Bewohner der fünfzehn Straßen bezeichneten ihn schon jetzt als kleinen Teufel. Jedes Mal, wenn sie die Mullens besuchte, hörte sie von einer weiteren Missetat. Zuletzt war er auf das Dach des alten, verfallenen Häuschens von Oma Minton geklettert und hatte ihre ebenso alte Katze in einem Sack in den Kamin geworfen. Ein halbes Dutzend Männer waren nötig gewesen, um das arme, vor Angst halb wahnsinnige Tier zu befreien, das augenblicklich davonsauste und nie wieder gesehen wurde. Jimmy hatte Oma Minton seither mehrere Katzen geschenkt und jedes Mal etwas an den Kopf geworfen bekommen.

Im Viertel der fünfzehn Straßen geschah immer irgendetwas, dachte Annie; etwas, das einen zum Lachen oder zum Weinen brachte. In den höheren Schichten der Gesellschaft, in die sie jetzt aufgestiegen waren, verlief das Leben in geordneten Bahnen. Nie geschah etwas Überraschendes. Zu

Hause gab es immer etwas zu essen, neue Kleidung und Geld, wenn sie es brauchte. Hier war Nahrung der Mittelpunkt des Lebens, um den sich alles drehte; wenn der Mann im Haus in einer Woche nur einige Tage Arbeit gehabt hatte, gab es weniger zu essen; wenn er die ganze Woche gearbeitet hatte, waren die Mägen voll, und es gab hin und wieder neue Kleidung, sofern der Inhaber des Ladens bezahlt worden war … Falls nicht, war Kleidung aus zweiter Hand – was für ein unpassender Ausdruck für die zahllosen Vorbesitzer – eine willkommene Abwechslung. Und doch lachten die Menschen häufiger. Auch wenn sie nicht wussten, worum es im Leben wirklich ging, schienen sie es zu genießen. In ihrem Überlebenskampf standen sie genau im Mittelpunkt des Lebens.

Während Annie die Straße zu den Mullens entlangging, musste sie immer wieder Menschen ausweichen, die an der Türschwelle oder auf dem Bürgersteig saßen, um etwas frische Luft zu schnappen. Der Sprühwagen war vorübergefahren, doch die Pflastersteine waren beinahe wieder trocken. Kleine Kinder verrührten den grauen Staub im Rinnstein zu Schlammkuchen. Die größeren hatten eine Blechwanne mit Wasser gefüllt und kämpften nun darum, die Füße hineinzustecken.

»Lauf schon, Jimmy. Warum gehst du nicht hinüber und spielst mit ihnen?«, forderte Annie ihn auf.

»Ich bleibe lieber bei dir«, sagte er, während er mit einem gewinnenden Lächeln zu ihr aufsah.

Von Besitzerstolz erfüllt, lief er neben ihr her. An der Vordertür der Mullens konnte Annie nicht umhin, Mitleid mit ihrem Kavalier zu fühlen, als Rosie ihn rüde fortscheuchte. »Was will du hier? Etwa zur Vordertür hereinkommen? Sieh zu, dass du zur Hintertür kommst! Oder besser noch, bleib gleich draußen … Komm herein, Annie«, fügte sie lachend hinzu. »Mama ist ausgegangen, und ich kann den kleinen Teufel nicht davon abhalten, seinen Willen durchzusetzen. Weißt du, was er gestern Abend angestellt hat? Er hat Teer auf die Türknöpfe entlang der ganzen Bleydon Street geschmiert. Alle waren wütend. Du hättest sie sehen sollen, als sie hierher gekommen sind, einer nach dem anderen!«

Annies Versuch, ein ernstes Gesicht zu wahren, endete damit, dass beide in Gelächter ausbrachen. Sie erinnerten sich an Geschichten aus ihrer eigenen Kindheit, als sie zwischen diesen Häusern gespielt hatten. Annie ließ sich auf einen Stuhl am Tisch fallen, barg den Kopf in den Armen und lachte, wie sie es seit langem nicht mehr getan hatte.

»Oh, Rosie«, keuchte sie atemlos, »jedes Mal, wenn ich hierher komme, gibt es etwas zu lachen.«

»Aber das ist wirklich kein Scherz«, erklärte Rosie, noch immer lachend. »Er treibt uns fast in den Wahnsinn ... Ach, diese Hitze!«, stöhnte sie. »Hättest du gern ein Glas Ingwerbier? Ich habe es gestern Abend gebraut.«

Während sie trank, sah sich Annie in der Küche um; alles wirkte ungewöhnlich aufgeräumt und sauber. »Du bist ein kluges Mädchen, Rosie«, sagte sie, denn sie wusste, dass es nahezu ein Ding der Unmöglichkeit war, Ordnung in der Küche der Mullens zu halten. »Du glaubst, dass heute hier noch eine Party gefeiert wird.«

»Michael war hier«, antwortete Rosie, während sie Annie den Rücken zuwandte. »Er hat mich ins Kino eingeladen.«

Annie sprang auf und wirbelte Rosie herum: »O Rosie, das freut mich! Ich habe gewusst, dass er dich mag.«

»Wirklich?« Rosies rundliches Gesicht wirkte beinahe hübsch, als sie vor Glück strahlte. »Er führt mich nach Newcastle aus. Ich wäre lieber nach Shields gegangen, denn ich weiß, dass er es sich nicht leisten kann ... Sie bekommen doch keinen Lohn, solange sie in die Lehre gehen, oder?«

»Nein, aber sein Vater hält ihn gewiss nicht kurz.«

»Findest du, dass ich viel älter aussehe als er?«, fragte Rosie, während ihre kleinen, strahlenden Augen gebannt an Annie hingen.

Annie fühlte die Bitte in ihrem Blick und antwortete, ohne zu zögern: »Nein, natürlich nicht.«

»Aber ich bin doch zwei Jahre älter.«

»Wer weiß das schon?«

»Cathleen weiß es, und sie wird es zu nützen wissen … Annie«, fuhr sie leise fort, »ich habe mich noch nie in meinem Leben vor irgendetwas gefürchtet, aber ich fürchte mich vor Cathleen Davidson … Ich kann dir nicht sagen warum, ich weiß nur, dass ich mich vor ihr fürchte. Du kennst mich: Ich habe es immer mit allen aufnehmen können, aber irgendwie jagt sie mir gehörig Angst ein. Früher habe ich mich nicht vor ihr gefürchtet; erst in letzter Zeit fühle ich so. Weißt du, Annie, manchmal habe ich so eine Ahnung, dass sie mein Leben ruinieren wird.«

»Ach Rosie, sei nicht albern«, sagte Annie. Selbst in ihren Ohren klangen ihre Worte nicht überzeugend, denn auch sie hatte dieses Gefühl der Angst bereits kennen gelernt.

»Ja, ich weiß, dass es albern ist, aber ich kann nichts dagegen tun«, meinte Rosie.

»Du hast doch deinen Gesang. Dagegen kann sie nichts unternehmen.«

»Ja, da hast du Recht«, räumte Rosie ein, während sie die Fransen der Tischdecke um ihre Finger wickelte. Sie schüttelte verwirrt den Kopf. Einen Augenblick lang hatte sie nicht an ihren Gesang gedacht. Ihre Gedanken waren bei Michael gewesen, dem einzigen Jungen, der sich je mit ihr verabredet hatte, und der einzige, mit dem sie sich je eine Verabredung gewünscht hatte. Es war seltsam und ein wenig beängstigend, dass der Gesang in ihrem Leben an die zweite Stelle gerückt war, seit Michael Interesse für sie zeigte.

»Vergiss sie und sieh zu, dass du fertig wirst«, sagte Annie. »Ich werde dann das Urteil fällen.«

»In Ordnung.« Rosie warf den Mantel der Niedergeschlagenheit ab und wurde wieder lebhaft, wie es ihr Wesen war. »Aber lass bei deiner Beurteilung Gnade walten«, rief sie, während sie die schmale, dunkle Treppe hinaufstob, um sich für Michael schön zu machen.

Annie setzte sich. »Vergiss sie«, hatte sie gesagt. Was würde sie dafür geben, wenn sie imstande wäre, ihrem eigenen Ratschlag zu folgen … vergiss alle beide, lösche sie aus deinem Leben, als hätten sie nie existiert!

10

Für Annie begann der Sonntagmorgen frühzeitig. Dennoch würde sie nicht die kleinste Kleinigkeit dieses Tages je vergessen. Sie erwachte fröstelnd um vier Uhr morgens und zog die Decke über sich, die sie in der Nacht zurückgeschlagen hatte. Eine Weile lag sie grübelnd im Bett, ohne über etwas Bestimmtes nachzudenken. Sie wünschte sich, dass sie wieder einschlafen könnte, aber sie wusste, dass sie dafür viel zu wach war. Eine tiefe Stille lag über dem Haus. Einmal hörte sie David husten, und ihre Gedanken wandten sich ihm und der kleinen Angela zu … Sie war entzückend, sehr klein und nicht übermäßig kräftig, aber einfach liebenswert. Oh, wäre es nicht wundervoll, selbst ein …

Sie drehte sich rasch auf die Seite. Sie würde aufstehen und einen Morgenspaziergang machen. Nein. Sie würde in Shields in die Frühmesse gehen. Die Frühmesse begann aber erst in mehreren Stunden … Wie wäre es mit Jarrow? Dort wurde die erste Messe um sechs Uhr gefeiert. Ja, sie würde nach Jarrow gehen, sie hatte immer schon die Frühmesse von Jarrow besuchen wollen. Für Kate würde sie eine Nachricht hinterlassen. Was für ein Abenteuer, so früh am Morgen die weite Strecke nach Jarrow mit dem Rad zu fahren …

Eine halbe Stunde später schob sie ihr Fahrrad leise durch das Tor. Sie fuhr die Nebenstraße hinunter bis zur Hauptstraße. Als sie drei Hasen sah, die vollkommen regungslos mitten auf der Fahrbahn saßen, lächelte sie glücklich. Trotz allem war es einfach wundervoll, am Leben zu sein! Es gab so viel zu sehen und zu genießen. Wenn sie nur eine einzige Sache vergessen könnte, wäre sie vollkommen glücklich. Dort, jenseits der Felder, lag das Meer wie eine grüne Glasscheibe im eigentümlichen Licht des Morgens, so still, dass man kaum glauben konnte, dass es aus Bewegung bestand. Auf den Feldern neben der Straße standen goldene Getreidegarben; die Luft glich einem warmen, würzigen Wein; und sie war die Einzige auf der ganzen Welt, die in diesem Augenblick wach war! Leise begann sie zu singen, während ihre Füße im Takt ihres Gesanges in die Pedale traten: »*Kyrie eleison, Kyrie eleison.*«

Als sie den Gipfel des Hügels über dem Dorf erreichte, sah sie, dass sie doch nicht die einzige Person war, die zu dieser Tageszeit wach war: Ein Mann schob sein Fahrrad auf der ansteigenden Straße in ihre Richtung. Auf dem Gepäckträger des Fahrrads türmten sich sperrige Bündel, und auf seinem gebeugten Rücken lastete ein ausgebeulter Rucksack. Ihre Füße und ihr Herz schienen im selben Augenblick still zu stehen. Der Mann hatte sie kommen hören und hob nun den Kopf. Sogleich richtete er sich auf und blieb stehen. Überraschung lag auf seinem Gesicht. Durch sie hindurch drängte sich jedoch ein Lächeln, und während sie rasch näher kam, baten sie seine grauen Augen anzuhalten. Er hob die Hand zum Gruß, doch noch ehe er die Geste vollendet hatte, war sie schon an ihm vorübergeglitten und weitergefahren.

Annie trat stetig in die Pedale. Sie würde nicht fliegen, wie es ihr Herz gebot, sie würde sich nicht von seinem Anblick beeinflussen lassen … Nein, es würde ihr gar nichts ausmachen, ihn gesehen zu haben. Sie fuhr an großen Häusern vorbei, die im Wissen ihrer Größe von der Straße zurückwichen, an kleineren mit ordentlichen Vorgärten und gepflasterten Wegen, an Doppelhäusern, die schon bald von Reihenhäusern abgelöst wurden, und hatte bereits die Straße nach Jarrow erreicht, als ihre hastig angesammelte Selbstbeherrschung zusammenbrach und sie in ihrem Inneren verzweifelt aufschrie: Warum muss er in unserer Nähe wohnen? Warum geht er nicht fort und kehrt nie wieder? … Und er hat erwartet, dass ich anhalte. Nachdem er mit ihr in Frankreich gewesen ist! Er ist grausam, entsetzlich grausam!

Das Wissen, dass er ihrer Liebe nicht wirklich würdig war, fügte ihrem Schmerz zusätzlich Trauer hinzu. Sie hätte es noch verstanden, wenn er Cathleen geliebt hätte, aber dass er gleichzeitig versuchte, sie für sich zu gewinnen, konnte sie nicht billigen. Und genau das tat er. Allmählich erinnerte sie sich, wie er aussah. Sie hatte ihn zunächst nicht erkannt, denn er war tief gebräunt und wirkte bedeutend älter. Es schmerzte erneut, als sie sich bewusst wurde, wie attraktiv er war, und dass er mit seiner Hagerkeit nun gewiss bei niemandem mehr Mitleid erregte, nicht einmal bei ihr …

Gerade als sie die Kirche erreichte, begann die Messe. Die Bänke waren bereits besetzt. Beinahe alle Frauen trugen Kopftücher, nur hin und wieder glitzerten Pailletten auf einem abgewetzten schwarzen Hut. Während Annie sich diskret umsah, vergaß sie für einen Augenblick ihren Kummer. Alle Männer, ob jung oder alt, trugen Schals, deren Farbe von vergilbtem Weiß bis Schwarz reichte und die sie sorgsam im Jackenkragen übereinander geschlagen hatten. Tief empfundenes Mitgefühl trieb ihr heiße Tränen in die Augen. Sie wusste, warum sie Schals hatten: Wahrscheinlich trugen sie kein Hemd unter der Jacke. Von dieser Messe hatte ihr ihre Großmutter erzählt; sie hatte sie jahrelang besucht und war die gesamte Strecke vom Viertel der fünfzehn Straßen und zurück zu Fuß gegangen. Ihre Großmutter hatte ihr den Beinamen »Seelenmesse« verliehen, was Annie nie verstanden hatte. Jetzt wusste sie, was sie gemeint hatte. Nur jene, deren Seelen nah bei Gott waren, konnten diese Messe besuchen. Hier zeigte sich die Armut buchstäblich nackt, und sie war hier auch zu riechen. Es war ein süßlicher Geruch, als hätte man etwas versengt; diese Menschen brachten alles, was sie hatten, zu Gott, ihre Qualen und ihre Fehler.

Warum, dachte Annie, in deren Inneren sich eine Welle der Auflehnung erhob, die sie erschütterte, noch während sie sich bildete, warum lässt Gott sie in dieser Armut leben, wenn er sie liebt? Sie erinnerte sich an Kates Wutausbruch vor Notre-Dame und mahnte sich sogleich zur Mäßigung: Nein, ich darf nicht wie Mama denken.

Neben ihr murmelte eine alte Frau ein Gebet und schlug sich dabei gegen die Brust: »Herr, lass deine Gnade über mir walten, denn ich habe gesündigt. Herr, lass deine Gnade über mir walten, denn ich habe gesündigt.« Als Annie dies hörte, stellte sie sich die uralte Frage: War es wirklich notwendig, Gott um Gnade zu bitten? Gewiss wurden dieser Frau all ihre Sünden bereits durch ihr jetziges Leiden vergeben. Ihre Kleidung bestand aus kaum mehr als Lumpen; unter der Haut stachen die Knochen hervor, und ihre Hände waren bis zur Unkenntlichkeit verkrüppelt. Mehr konnte Gott doch gewiss nicht von ihr verlangen!

Nie zuvor hatte sie sich diese Fragen gestellt. Allmächtiger, sie dachte genau wie Kate! Das Gesicht in den Händen geborgen, flehte sie um Vergebung. Die Messe ging weiter; die Menschen strömten zum Altar, um die Kommunion zu empfangen. Sie konnte sich ihnen jedoch nicht anschließen, denn wie hätte ihr teures Seidenkleid inmitten all dieser Trostlosigkeit gewirkt. Als der Teller für die Kollekte zu ihr kam und sie sah, dass auf ihm kein einziges Silberstück glitzerte, weigerten sich ihre Finger, das Zwei-Shilling-Stück den Kupfermünzen hinzuzufügen: Sie konnte kein Silberstück auf die mühsam abgerungenen Opfergaben legen. So ließ sie zum ersten Mal in ihrem Leben den Kollektenteller vorübergehen. Die alte Frau wandte sich ihr zu und lächelte. Die Falten auf ihrem Gesicht liefen in ihren eingefallenen Lippen zusammen. »Bist heute wohl ohne Geldbörse gekommen, Mädchen? Ist mir auch schon oft passiert.«

Annie antwortete nicht, sondern lächelte nur schwach. Mit neu gewonnenem Verständnis dachte sie: Wenn man so alt wird wie diese Frau, musste man etwas haben, an dem man sich festhalten kann, etwas, das man liebt. Oh, gütiger Herr im Himmel, hilf ihr, betete sie inbrünstig. Hilf ihnen allen!

Gib ihnen nur etwas zu essen und anzuziehen, das ist alles, was sie wollen …

Als die Messe vorüber war, legte sie ihre silberne Geldbörse in den Schoß der alten Frau und eilte davon, ohne zu warten, wie ihr Geschenk aufgenommen wurde. Sie bedauerte nur, dass bloß sieben Shilling in ihrer Börse waren. Draußen schien die Sonne heiß vom Himmel, und sie war dankbar für die Wärme, denn das eben Erlebte hatte sie frösteln lassen. Nun fühlte sie sich ruhig und ausgeglichen, als hätte sie ihren eigenen Kummer vorübergehend abgeschüttelt. Während sie den langen Weg nach Hause fuhr, dachte sie, wie undankbar sie für all das Gute war, das Gott ihr geschenkt hatte. Sie verdrängte jedoch die nagende Frage, warum Gott all diesen armen Menschen dieselben Güter vorenthielt. In der Klosterschule hatte sie keinerlei Unterricht in Wirtschaft erhalten, und selbst wenn sie etwas darüber gelernt hätte, wäre sie nach wie vor davon überzeugt gewesen, dass das Wohl der Menschen vorwiegend von der Gnade Gottes abhing.

»Ich bin ziemlich erschrocken, als ich dich nicht in deinem Zimmer gefunden habe«, begrüßte Kate sie, als sie zu Hause eintraf. »Ich habe vor sieben Uhr bei dir hineingesehen und deine Notiz erst gefunden, als ich heruntergekommen bin. Aber ich freue mich, dass du zur Messe nach Jarrow gefahren bist; ich beneide die Menschen um die Art von Glauben, die du dort siehst.«

Annie erzählte von den Gläubigen, die sie im Gottesdienst gesehen hatte, und dass ihr Zustand eindeutig schlechter war als der der Einwohner der fünfzehn Straßen. Die beunruhigenden Fragen, die sie überfallen hatten, erwähnte sie jedoch mit keinem Wort. Darüber würde sie ein anderes Mal nachdenken.

Der Tag verlief fröhlich, und Annie beschäftigte sich vor allem mit David und Angela. Am Nachmittag gingen sie zum Swimmingpool hinunter, badeten und tranken im Schatten unter den Bäumen Tee.

Annie versuchte, nicht daran zu denken, dass hinter der hohen Hecke, kaum dreißig Meter entfernt, Terence wahrscheinlich ebenfalls im Garten saß oder im Fluss schwamm. Aber nein, er konnte nicht im Fluss schwimmen, denn dieser musste beinahe ausgetrocknet sein.

»Ihr solltet den Swimmingpool so oft wie möglich genießen, denn wenn die Hitze anhält, werde ich ihn wohl kaum neu auffüllen können. Vermutlich wird das Wasser knapp, und Schwimmbäder sind dann das Erste, wo man sparen muss«, bekräftigte Rodney ihre Annahme.

»Wenn diese Hitze anhält, werde ich gar nicht genug Kraft haben, um hier herunterzukommen«, sagte Kate.

»Setzt dir die Hitze so zu?«, fragte Rodney. Annie bemerkte eine Spur von Angst in seiner Stimme.

»Nein, nicht wirklich«, gab Kate lachend zurück. »Sie macht mich bloß ein wenig müde.«

Die Beziehung zwischen ihrer Mutter und Rodney bereitete Annie ebenfalls Sorgen. Nach außen hin hatte es den Anschein, als hätte sich zwischen ihnen nichts geändert. Rodney wirkte jedoch manchmal niedergeschlagen und schweigsam, und dann wieder umschwärmte er Kate mit nahezu leidenschaftlicher Aufmerksamkeit. Sie fragte sich, ob das etwas mit seinem Fuß und seinem Arm zu tun hatte. Aber seine Behinderung hatte ihm schon immer Schwierigkeiten bereitet. Die Stimmungsschwankungen hatten kurz nach Angelas Geburt begonnen, in der Nacht, in der Kate geweint hatte, weil Steve gegangen war. Wo war Steve jetzt? Niemand erwähnte ihn. Wenn Annie darüber nachdachte, erschien ihr das seltsam. Warum sprachen sie nie über ihn? Warum sprach sie selbst nie über ihn? Oh, es war einfach zu heiß, um nachzudenken.

Sie streckte sich im Gras aus, legte die Wange auf die warme Erde und fiel schon bald, eingehüllt in ihren würzigen Geruch, in Schlaf.

Annie hatte den Kopf an den Rahmen des offenen Fensters gelehnt, als sie die Uhr in der Halle elfmal schlagen hörte. Wieder war Stille im Haus eingekehrt. Seit sie um vier Uhr morgens aufgestanden war, schien viel Zeit vergangen zu sein. Den ganzen Tag über war es ihr gelungen, ihre Gedanken über jene Pfade zu lenken, die sie am wenigsten schmerzten. Die quälenden, brennenden Gedanken, die dicht unter dem dünnen Schleier ihres Willens lagen, ließen sich jedoch nicht länger zurückdrängen und erfüllten sie erneut mit Kummer. Ihr Unglück machte sie ruhelos; es wäre sinnlos, jetzt zu Bett zu gehen, denn sie würde keinen Schlaf finden. Es war noch immer zu heiß, und sie war nicht müde. Ihr Blick fiel hinunter in den Garten.

Dunkle Formen hoben sich gegen einen noch dunkleren Hintergrund ab, und die Nacht schien die heiße Luft in die Erde zu pressen. Wo blieb der Mond?, fragte sie sich träge; er sollte schon am Himmel sein. Letzte Nacht hatte er den Garten mit seiner Helligkeit überflutet, und sie war versucht gewesen, in das verzauberte Licht hinauszulaufen. Aber was sollte sie dort draußen allein tun?, hatte sie sich gefragt. Es wäre anders, wenn sie Gesellschaft hätte – Kate oder Rodney oder auch David.

Eine Eule in der Nähe des Fensters schreckte sie mit ihrem unheimlichen Schrei auf: »Huu-huu! Huu-huu!« Schließlich sprang sie auf und sagte halblaut zu sich: »Ich will hinaus! Ich halte es im Haus nicht mehr aus! Ich werde hinausgehen und ein wenig schwimmen.«

Sie fragte nicht, woher dieser plötzliche Entschluss kam, sondern schlüpfte in einen Badeanzug, zog ein Kleid darüber und huschte verstohlen aus dem Zimmer. Was würde Kate denken, wenn sie sie hörte? Na, vermutlich, dass sie ins Badezimmer ging.

Sobald sie das Haus durch den Hintereingang verlassen hatte, rannte sie rasch über den vertrauten, grasbedeckten Pfad bis zur Zypressenhecke. Von da an ging sie mit vorsichtigeren Schritten. Sie durchquerte den Obstgarten und den schmalen Waldstreifen, der in der Dunkelheit Furcht erregend wirkte. Als die Bäume hinter ihr lagen, begann sie wieder zu laufen: am Tennisplatz vorüber, über den Rasen, der den Swimmingpool umgab und schließlich bis zur Ecke des Beckens. Dort hielt sie sich schwer atmend und verängstigt am eisernen Geländer der Treppe fest. Sie hatte es sich nicht so vorgestellt. Das war das erste Mal, dass sie nachts allein hier war, und es war ihr nicht in den Sinn gekommen, dass sie sich fürchten könnte. Eine unheimliche Stimmung lag über dem gesamten Garten. Alle Formen erschienen ihr verzerrt und riesenhaft ... Wo war der Mond? Er musste längst aufgegangen sein. Wenn er sich doch bloß bald zeigen würde. Während sie an der Einfassung des Swimmingpools stand, gewöhnten sich ihre Augen an die Dunkelheit, und sie sah, dass sie nicht pechschwarz war, wie sie geglaubt hatte. Gerade das Halbdunkel bewirkte, dass alle Formen wie in einem Relief hervortraten. Sie tröstete sich damit, dass der Mond nur hinter Wolken verborgen war und gewiss bald hervorkommen würde.

Noch während sie sich zu beruhigen versuchte, hörte sie unter sich eine schwache Bewegung, als wäre ein Vogel im Wasser, der mit den Flügeln schlug. Sie hielt die Luft an, und als das Geräusch nach einigen Flügelschlägen aufhörte, atmete sie erleichtert auf. Selbst ihr eigener Schatten machte ihr Angst! Wenn sie schon einmal hier war, konnte sie ebenso gut schwimmen. Sie legte das Kleid und die Sandalen ab, zog eine Badekappe über den Kopf und ließ sich ins Wasser gleiten. Ah! Es war herrlich kühl. Einfach wundervoll!

Sie löste sich von der Treppe und schwamm zum gegenüberliegenden Beckenrand. Achtzehnmal stieß sie die Arme nach vorn, ehe sie ihn erreichte. Wie seltsam es war, in der Dunkelheit zu schwimmen; ihr Körper wirkte so leicht, als gehörte er gar nicht zu ihr, und alle Unsicherheit hatte sich verflüchtigt. Während sie zurückschwamm, konzentrierte sie sich ausschließlich auf ihre Atmung.

Als sie wieder bei der Treppe war, legte sie sich träge auf den Rücken und ließ sich treiben. Der Himmel über ihr war nun viel heller, und der Mond würde bald zu sehen sein. Und dort, hoch über ihr, schwebte der buschige Wipfel der Kiefer wie ein Mopp, der den Himmel abstaubte. Erneut versicherte sie sich, wie viel Glück sie hatte, dass sie all dies genießen durfte; wie viele Mädchen gab es denn, die in ihrem eigenen Pool schwimmen und auf ihrem eigenen Tennisplatz spielen konnten? Hatte sie tatsächlich noch vor fünf Jahren mit ihrer Mutter im Viertel der fünfzehn Straßen gewohnt? Wie viel hatte sich in der Zwischenzeit ereignet!

Wieder hörte sie den Flügelschlag des Vogels, diesmal ganz in ihrer Nähe. Eine Sekunde lang hielt sie völlig still und lauschte. In diesem Augenblick überfiel sie die entsetzliche Gewissheit, dass dies kein Vogel war: außer ihr war noch jemand im Pool. Sie erstarrte. Das klatschende Geräusch hatte aufgehört, doch wer auch immer es verursacht hatte, befand sich jetzt zwischen ihr und der Treppe. Sie fühlte die Gestalt deutlicher, als sie sie sah. Es musste ein Landstreicher von der Straße sein. Der Gedanke jagte ihr einen Schauer über den Rücken. Oh, warum war sie so verrückt gewesen, mitten in der Nacht hierher zu kommen? Das würde nur zu Schwierigkeiten führen. Er könnte sie töten!

Ohne zu merken, dass sie vor Schreck aufgeschrien hatte, wandte sie sich um und holte mit aller Kraft aus, um den gegenüberliegenden Beckenrand zu erreichen. Angst stieg ihr in die Kehle, als sie den Körper des Mannes neben sich fühlte. Seine Hände legten sich um ihre Arme, einen Augenblick lang streiften seine Beine ihre, und während sie sich heftig gegen ihn zur Wehr setzte, wurde sie plötzlich aufgerichtet, sodass ihre Füße den Boden berührten und ihr Kopf gerade über die Wasseroberfläche hinausreichte. Als sie tief Luft holte, um zu schreien, hörte sie die keuchende Stimme:

»Hab keine Angst, Annie. Ich bin es, Terence.« Ruhe senkte sich wieder über die Nacht. Sie konnte die Form seines Kopfes und seiner Schulter erkennen, die körperlos auf dem Wasser trieben. »Alles in Ordnung! Alles in Ordnung!«, wiederholte er, wie man es tat, wenn man ein Kind beruhigte.

Seine Hände umfingen noch immer ihre Arme und hielten sie hoch. Es war so still, dass sie ihre kurzen, keuchenden Atemzüge hören konnte. »Komm, schwimmen wir zu der Treppe«, forderte er sie auf.

Als sie sich langsam wieder in das Wasser gleiten ließ, konnte sie sich kaum bewegen: All ihre Kräfte waren von ihr gewichen. So drehte sie sich auf den Rücken und bewegte sich langsam auf die Treppe zu, während sie sich der kräftigen Bewegungen seiner Arme neben ihr bewusst war.

Der Mond kam hinter einer Wolkenbank hervor, und das Wasser glitzerte wie Silberpapier, das ein wenig zerknittert wirkte durch die Wellen, die ihre Körper verursachten. Sie konnte die Stufen erkennen, während sie sie schwerfällig hinaufstieg; dann das grüne Gras unter ihren Füßen und dann seine Füße und seine dünnen Beine, die nass glänzten; sie waren ihren sehr nah, und seine Zehen zeigten zu ihren Zehen. Schließlich kam der Moment, in dem sie nicht länger auf seine Füße starren konnte, sondern den Kopf heben musste. Ihre Augen suchten seine und fanden sie. Sie konnte nichts anderes mehr sehen, weder sein Gesicht noch den Himmel, noch die Bäume hinter ihr, nichts als seine Augen, die dunkel und tief im Schatten seines Gesichts lagen und sie mit glühender Sehnsucht ansahen.

»Annie …« Ihr Name schien in der Luft zwischen ihnen zu schweben. »Annie«, sagte er wieder. Plötzlich schlossen sich seine Arme um sie, ihre Körper berührten einander, und er zog sie eng an sich. Sein Mund lag auf ihrem, hart, gar nicht als wäre er aus Fleisch. Sie fühlte, wie ihre Lippen gegen ihre Zähne gedrückt wurden, und ihr Atem verließ ihren Körper, während er ihren Mund gegen seinen presste. Ihr einziger Gedanke war: O Terence! Terence …!

Dann lockerte sich sein Griff, und sein Mund gab ihren frei. Sie hielt still, während er mit einer Hand ihre Badekappe öffnete und vorsichtig abstreifte. Das ertrage ich nicht!, dachte sie, als er sein Gesicht in ihr Haar drückte.

Im hellen Schein des Mondes sah sie, wie sich ihre Arme stark gegen die gebräunte Haut an seinem Nacken abhoben.

Sie konnte es kaum fassen, dass ihre Arme tatsächlich um Terence' Nacken lagen! Entspannt lehnte sie sich gegen ihn und lauschte mit einer Mischung aus Ungläubigkeit und vollkommenem Glück seinen gemurmelten Worten: »Oh, Annie, ich liebe dich. Ich liebe dich.«

Etwas schien sich aus ihrem Körper loszureißen und in den Himmel aufzusteigen ... Wenn sie nur in diesem Augenblick sterben könnte, um das Gefühl für immer festzuhalten! Sie hoffte, dass er nie zu sprechen aufhören würde.

»Das habe ich schon seit vielen Jahren tun wollen«, flüsterte er. »Ich habe versucht, dich zu vergessen. Ich habe wirklich alles getan, um dich aus meinen Gedanken zu verbannen. Aber ohne Erfolg ... Oh, Annie! Annie Hannigan! Wie hast du mich gequält.« Seine Lippen suchten erneut ihre, aber diesmal sanfter. »Sag etwas, Annie«, murmelte er.

Doch sie sprach kein Wort. »Annie, sag mir, dass du mich ein klein wenig magst«, flehte er, während seine Hände über ihre Schulterblätter streichelten.

Als sie schwieg, wurden die Muskeln an seinen Armen hart wie Stahl.

»Ich liebe dich. Ich habe dich immer geliebt, Terence.« Sie konnte die Worte selbst kaum hören – und kaum glauben, dass sie sie tatsächlich aussprach. Sie fühlte, wie sein Körper erbebte. Dann wurde sie in einer Umarmung gefangen, die weder sanft noch wild war; sie wusste nur, dass alles in ihr lag, was sie je ersehnt hatte. Und sie hielt weiter und weiter an, als wäre sie der Beginn der Ewigkeit. Ein Zittern durchlief sie. »Ist dir kalt?«, fragte er augenblicklich.

»Nein, nein«, versicherte sie atemlos.

Er nahm ihr Gesicht in die Hände und neigte es dem Mond zu. »Du bist wie der Mond, Annie, sanft und rätselhaft und ein wenig beängstigend.«

Sie lachte unsicher. Wie seltsam, dass jemand auf den Gedanken kommen konnte, dass sie beängstigend und rätselhaft war.

Er strich mit den Händen liebevoll über ihre Arme. »Du

zitterst tatsächlich«, sagte er. »Du wirst dich erkälten. Du musst ins Haus.« Bedauern lag in seiner Stimme.

Sie unterließ es, ihm zu erklären, dass sie immer zitterte, wenn sie glücklich war, dass sie vor Glück erschauerte. »Ich habe mein Kleid hier«, sagte sie stattdessen scheu, »und im Pavillon liegt ein Handtuch. Ich werde mich rasch umziehen.«

»Ja, tu das. Dann wirst du dich nicht erkälten. Oh, Annie« – er griff nach ihrer Hand, als sie gehen wollte – »ist es wahr? Sag mir, dass es wahr ist. Sag mir noch mal, dass du mich liebst.«

Sie war sprachlos, so ungeheuerlich erschien ihr seine Bitte. Er flehte sie an, ihm zu sagen, dass sie ihn liebte? Plötzlich warf sie sich in seine Arme und küsste ihn mit einer Leidenschaft, die sie selbst überraschte. Als sie ihn freigeben wollte, hob er sie vom Boden hoch und wirbelte sie im Mondlicht um sich, ohne seine Lippen von ihren zu nehmen.

Erst als sie sich atemlos in dem kleinen Pavillon gegen die geschlossene Tür lehnte, fiel ihr Cathleen ein. Aber es war nur ein flüchtiger Gedanke, der nicht einmal die Oberfläche dieses neu gewonnenen Glücks ankratzen konnte ... Er liebte sie! Er hatte sie geküsst ... Oh, und wie er sie geküsst hatte! Wieder überlief ein Schauer ihren Körper.

Während sie sich abtrocknete, erinnerte sie sich an die Zeichnung. »Es ist unmöglich, dass er so für sie Modell gestanden hat. Einfach unmöglich«, sagte sie, als spräche sie mit jemandem in weiter Ferne. »Das war ein Trick von Cathleen. Und er war auch gewiss nicht mit ihr in Frankreich.« Sie würde nicht zulassen, dass irgendetwas seine Vollkommenheit schmälerte.

Als sie hinaustrat, wartete er einige Meter von dem Pavillon entfernt auf sie. Er trug einen Regenmantel, der über dem Knie endete, sodass seine Beine länger und dünner als je zuvor wirkten. Während sie ihn betrachtete, begann sie zu lachen. »Im Mondschein siehst du mit dem Regenmantel wirklich komisch aus, Terence.«

Er blickte auf seine Beine hinunter und begann ebenfalls zu lachen. »Es wäre besser, wenn du dich an diese Beine gewöhnst«, sagte er, während er sie an sich zog, »denn du wirst sie noch oft sehen.«

Den Kopf in den Nacken gelegt, sahen sie einander an. »Warum ist das nicht am Beginn der Ferien passiert?«, brach es schließlich aus ihm hervor. »Schon übermorgen muss ich nach Colchester abreisen! Ich habe dort vorübergehend eine Stelle bekommen.«

Sie betrachteten einander unverwandt mit weit geöffneten, suchenden Augen. »Schon übermorgen?«, rief Annie schließlich. »Ach, Terence, warum musst du so früh abreisen?«

Er nahm sie an der Hand. »Komm, wir setzen uns an den Pool; wir müssen miteinander reden.« Aber sie gingen nicht sofort zum Pool. Wieder legte er die Arme um sie …

Seit wann liebte sie ihn? Solange sie sich erinnern konnte. Seit sie ihn das erste Mal im Wald getroffen hatte … Wann hatte er begonnen, sie zu lieben? An dem Abend, als er sie am Fenster erblickt hatte … Sie hatte so verwirrend ausgesehen wie ein Engel. In jener Nacht hatte er von ihr geträumt, und damals auf der Straße in Jarrow hatte er sie küssen wollen. Was hätte sie getan, wenn er sie tatsächlich geküsst hätte? … Sie hätte seinen Kuss erwidert, ebenso leidenschaftlich wie diesen …

Nach einer Weile fragte sie ihn, ob er zuvor jemals geliebt habe. »Nein. Niemals«, antwortete er augenblicklich. Und sie? Oh, nein, nein, nie! Sie lachten und begannen zu laufen … Ich wusste, dass er Cathleen nie geliebt hat, dachte sie.

Dann hob er sie hoch und trug sie zu der Anhöhe oberhalb des Pools, ohne dass sie dagegen protestiert hätte. Dort kniete er nieder und legte sie ins Gras. Als er sich über sie beugte, machte ihr Herz einen Sprung. Etwas in ihr erbebte und regte sich, um sich mit dem zu vereinen, was in seinen Augen lag. Er streckte sich neben ihr aus und umarmte sie. Durch den dünnen Stoff ihres Kleides fühlte sie die Wärme seines Körpers. Sein Fuß berührte ihren und streichelte ihre Wade. Sein

Mund bedeckte ihren, und ihr Körper wurde leicht und schien davonzuschweben … weiter und weiter empor. Als würde sie unvermittelt aus einem wundervollen Traum gerissen, fand sie sich plötzlich auf den Füßen wieder. Sie starrte ihn blinzelnd an, verträumt und fragend wie ein verwirrtes Kind. Er hielt ihre Hände, und sein Gesicht war wie in Schmerz verzerrt.

»Es ist schon fast Mitternacht. Du solltest jetzt besser gehen. Uns bleibt noch der morgige Tag.«

Sie nickte unsicher. »Ja … ja … Ich sollte jetzt besser gehen.« Dann lächelte sie ihn an.

»Oh, Annie!« Er beugte sich zu ihr hinab und küsste sie zärtlich. »Du bist so jung, so lieb, so … Oh, mein Liebling!«

»Ich bin nicht so jung, immerhin bin ich schon fast neunzehn«, sagte sie.

Er brachte ihr die Sandalen, und als er sie ihr anzog, stützte sie die Hand auf seinen Kopf. Arm in Arm gingen sie durch den Wald. »Du hast gar nicht gefragt, warum ich im Swimmingpool war«, sagte er. »Jetzt weißt du, dass ich euren Garten unerlaubt betreten habe.«

»Ich bin froh, dass du es getan hast … Ich habe mir oft gewünscht, dass du rüberkommst.«

Als sie sich einander zuwandten, flammte erneut die Glut in ihrem Inneren auf. Wieder war es Terence, der sich löste und weiterging, wobei er nur ihre Hand hielt. Er nahm das Gespräch wieder auf, als wäre es nie unterbrochen worden: »Ich muss gestehen, dass ich euren Swimmingpool oft benutze. Bisher habe ich immer bis Mitternacht gewartet, aber heute Nacht war es einfach zu heiß.«

»Wie kommst du herein?«, fragte sie.

»Ich steige am unteren Ende unseres Gartens in den Fluss, wate herüber, steige die Böschung hinauf, und schon bin ich da … So einfach! Ich werde nicht weitergehen«, meinte er, als sie die Zypressenhecke erreichten. »Irgendjemand könnte mich sehen. Was würden sie dann wohl sagen?« Er lachte zu ihr hinunter und nahm wieder ihr Gesicht in seine Hände.

»Du bist wunderschön, Annie … viel zu schön. Sag mir noch mal, dass du mich liebst.«

»Ich liebe dich, Terence. Das tue ich wirklich. Und ich finde dich einfach wundervoll«, fügte sie in einem Ausbruch von Offenheit scheu hinzu.

Er wurde sehr ernst. »Sag das nicht, Annie. Das darfst du nicht einmal denken, denn du würdest enttäuscht sein. Weiß Gott, an mir ist nichts Wundervolles.« Er lachte reumütig. »Ich bin aufbrausend und dickköpfig wie zehn Maultiere. Und ich bin noch immer mager! Schon vergessen? Ich habe dir immer Leid getan. Nimm mich, wie ich bin, Annie – bitte!«

»Ich bin auch dickköpfig«, rief sie. »Und ich werde dich immer für wundervoll halten; auf der ganzen Welt gibt es niemanden wie dich.«

Eine eisige Hand legte sich plötzlich auf sein überströmendes Glücksgefühl … Das hatte er immer an ihr gefürchtet, diese uneingeschränkte Bewunderung. Um ihr gerecht zu werden, müsste er vollkommen sein. Das war nur eines von vielen Dingen, die ihn unbewusst von ihr fern gehalten hatten. Sie musste ihn nehmen, wie er war.

Wenn er ihr nur schon zu Weihnachten gesagt hätte, dass er sie liebte! Dann wären er und Cathleen … O Gott! Was nützte ihm all das »Wenn«. Das war vorüber, vergangen, vergessen. Er liebte Annie wie nichts auf der Welt, und er hatte sie immer schon geliebt. Nichts würde ihn daran hindern, von nun an ihrer Vorstellung von ihm gerecht zu werden. Aber er musste sie dazu bringen zu erkennen, dass … Der Zauber der Nacht ließ ein wenig nach; für einen Augenblick kehrte die alte Unsicherheit wieder, nur um von dem Glücksgefühl hinweggeschwemmt zu werden, das sie in ihm auslöste. »Geh jetzt hinein«, sagte er zögernd, »bevor ich dich überhaupt nicht mehr gehen lasse … Gute Nacht, meine liebe Annie.«

Einen Moment lang standen sie dicht beieinander, ehe sie sich umwandte. Sie war jedoch kaum einige Meter gegangen, als er sie wieder einholte. »Wie früh kannst du am Morgen das

Haus verlassen? Willst du mit mir Rad fahren?«, flüsterte er drängend.

»Ich kann um sechs Uhr aufstehen«, gab sie leise zurück.

Er lachte in sich hinein. »Nein, du brauchst mehr Schlaf; sagen wir acht. Ich werde um acht Uhr am Tor sein. Gute Nacht, Annie Hannigan.«

Ihre Füße flogen nur so über den Rasen, während sie auf das Haus zulief. Sie trugen ihren Körper, als wäre er leicht wie eine Feder. Leise trat sie durch die Tür und lauschte. Sie hörte jedoch nichts außer ihrem aufgeregten Atem. In ihrem Zimmer warf sie sich aufs Bett. Ach, wie glücklich, wie glücklich war sie in dieser Nacht!

Ihr Gesicht war vom Altar abgewendet. Morgen oder in den nächsten Tagen würde sie sich damit befassen, aber heute Nacht gab es nur Terence. Ihren Terence – jetzt war er tatsächlich ihr Terence – ihr wundervoller Terence! Er war so lieb, so freundlich, so zärtlich. Sie würde nicht schlafen, sondern die ganze Nacht an ihn denken. Sie wollte nie wieder schlafen.

Als der Mond hoch am Himmel stand, erfüllte er das Zimmer mit seinem Schein und leuchtete auf Annie hinab. Noch immer bekleidet, lag sie fest schlafend auf dem Rücken.

11

Um halb acht folgte Annie Mrs. Summers in das Schlafzimmer von Kate und Rodney. »Einige stehen morgens ja jetzt immer mit dem ersten Hahnenschrei auf«, bemerkte Mrs. Summers, während sie das Tablett mit dem Morgentee auf dem Nachttisch abstellte. »Guten Morgen, Madam. Guten Morgen, Sir.«

Rodney brummte bloß, während Kate verschlafen antwortete: »Danke, Summy.« Dann sah sie blinzelnd zu Annie hinüber. »Warum bist du schon so früh auf?«

Etwas in Annies Gesicht ließ sie hochfahren. Hastig rieb sie sich den Schlaf aus den Augen. »Was ist los? Wo gehst du hin?«, fragte sie, sobald Mrs. Summers den Raum verlassen hatte.

»Ich ... ich mache einen Fahrradausflug. ... Und, Mama ... ich komme vielleicht nicht zum Frühstück zurück.«

»Dann musst du frühstücken, bevor du losfährst«, brummte Rodney von seinem Kissen aus. »Gestern hattest du auch kein Frühstück ...«

»Wohin fährst du?«, erkundigte sich Kate.

»Ich ... ich weiß es nicht. Oh, Mama, ich werde es dir später erzählen.«

Kate blickte sie fragend an. »Wann wirst du zurückkommen?«

»Ich weiß es wirklich nicht.«

»Sie weiß es nicht«, brummte Rodney.

Annie trat nah an Kate heran und flüsterte ihr ins Ohr: »Ich mache einen Ausflug mit Terence.«

»Mit Terence?«

»Ja.«

»Aber wann …?«

»Ich habe ihn gestern Abend gesehen.«

»Gestern Abend?«

»Ja. Ich bin zum Swimmingpool hinuntergegangen, weil ich nicht schlafen konnte … Und er war dort.«

»Aber Annie, du bist doch wohl nicht nachts dort hinuntergegangen? Warum … Dir hätte weiß Gott was zustoßen können. Man weiß nie, wer …« Sie brach ab, als sie Rodneys Hand unter der Bettdecke fühlte, der sie warnend kniff. Bei Rodneys nächsten Worten lächelte Annie Kate spitzbübisch zu.

»Macbane in unserem Pool! Was für eine Frechheit, ich werde mich darum kümmern müssen! Dieser Macbane kommt ja wirklich herum, was?«

Kate sah ihre Tochter durchdringend an. Sie war glücklich, dass Annie und Terence einander endlich gefunden hatten, gleichzeitig wurde sie einen Moment lang von Furcht ergriffen, als sie sah, wie verletzlich Annie war. Sie war jung und frisch und in diesem Augenblick geradezu atemberaubend in ihrer seltsamen Schönheit. Kate wusste, dass Annie nicht nur ihr Herz, sondern ihr ganzes Wesen offenlegen würde. Wenn sie liebte, würde sie nichts verbergen. Sie wird leiden, dachte Kate, genau wie ich. Oh, diese herzzerreißende Jugend! Wenn er sie nicht wirklich über alle Maßen liebte, würde ihr Kummer grenzenlos sein. Gütiger Gott, mach, dass er sie aufrichtig liebt. Und halte Cathleen Davidson fern, fügte sie beinahe kindlich hinzu. Sie erinnerte sich an Terence' Brief, der zu nichts geführt hatte, und wiederholte ihre letzte Bitte: Halte Cathleen Davidson von ihr fern.

Kate beugte sich vor und küsste Annie. »Geh schon und nimm dir einen Imbiss mit; du wirst bald hungrig sein.«

Annie eilte hinunter und packte einige Sandwiches mit

Speck ein, während Summy sie schalt, dass sie ihre Gesundheit ruiniere, wenn sie »auf leeren Magen« Rad fahre. Übermütig umarmte sie Summy. »Ich glaube, du bist alt genug, um zu wissen, dass man nicht auf dem Magen Rad fährt. Dazu verwendet man die andere Seite«, sagte sie fröhlich.

Lachend stürmte sie aus der Küche und flog noch einmal die Treppe hinauf, um kurz in das Kinderzimmer zu sehen, wo Angelas Anblick auf seltsame Weise ihr Glück vollkommen machte.

Als sie ihr Fahrrad aus der Garage holte, war es zehn Minuten vor acht Uhr, und doch schien ihr acht Uhr eine Ewigkeit entfernt. Während sie noch überlegte, ob sie bereits zum Tor gehen sollte, hörte sie von jenseits der Hecke das vorsichtige Läuten eine Fahrradklingel. Einen Augenblick lang überfiel sie Schüchternheit, und sie glaubte, dass sie nicht imstande sein würde, ihm gegenüberzutreten. Eben noch schienen sich die Minuten dahinzuschleppen, und jetzt wollte sie nichts lieber, als ins Haus zurückzulaufen oder sonst wohin, nur um mehr Zeit und Raum zwischen sich und Terence zu legen. Doch schon eilte sie den Pfad hinunter. Als sie ihn sah, schwindelte ihr vor Glück.

Terence öffnete das Tor und nahm ihr Fahrrad. Sie lächelten einander wortlos an. Er schob die beiden Fahrräder eine weite Strecke die Straße entlang, ehe er das Schweigen brach: »Jetzt weiß ich, dass ich nicht bloß geträumt habe.«

Sie musste den Blick abwenden, denn sie war nicht imstande, ihm in die Augen zu sehen … Bei Tageslicht erschien er ihr anders, größer, gebräunter, lebhafter. Sein ganzer Körper wirkte hart und gespannt, nur seine Augen waren weich.

An der Biegung der Straße lehnte er die Fahrräder gegeneinander, wandte sich zu ihr um und nahm sie in die Arme. Er küsste sie vorsichtig, beinahe ehrfürchtig. Nichts in diesem Kuss erinnerte an die Leidenschaftlichkeit der letzten Nacht. Beide murmelten den Namen des anderen und lachten ein wenig unsicher. Dann stiegen sie auf die Räder und fuhren dem Sonnenschein entgegen.

Sie verbrachten den gesamten Tag gemeinsam, da Terence Kates Einladung zu Mittagessen und Tee gern annahm. Während Annie zuhörte, wie er mit Rodney sprach, stieg so etwas wie Stolz in ihr auf. Terence zeigte Respekt, vertrat seine Ansichten jedoch ruhig und entschlossen, und Annie konnte deutlich sehen, dass Rodney ihn wirklich mochte. Der Tag schien von grenzenloser Freude erfüllt zu sein.

»Komm, ich will dir meine Höhle zeigen«, sagte Terence nach dem Tee.

»Deine Höhle?«, fragte Annie. »Welche Höhle?«

»Es ist eine Zauberhöhle, und sie gehört mir allein …«

»Und wo liegt sie? Alle Höhlen an der Küste sind allgemein bekannt.«

»Du wirst schon sehen. Komm.«

Er nahm ihre Hand, und sie liefen lachend und rufend die Straße hinunter wie Kinder, die man freigelassen hatte. »Wenn wir den Fluss hier überqueren, können wir fast einen Kilometer einsparen«, sagte er, als sie das Ufer erreichten.

»Ist es noch weit?«

»Nein. Ungefähr zwanzig Minuten zu Fuß.«

Während sie durch die Felder gingen, versperrten ihnen immer wieder Zäune den Weg, über die Terence ihr half. »Die zwanzig Minuten sind um«, rief sie schließlich. »Wo ist deine Höhle?«

Lachend führte er sie durch Buschwerk hindurch einen schmalen Pfad entlang, der abrupt an den steil abfallenden Klippen endete. »Ich habe nicht gewusst, dass man auf diesem Weg zu den Klippen kommt«, rief Annie überrascht aus. »Ich bin immer über die Straße gegangen.«

»Das ist auch ein Schleichweg«, erklärte er.

»Aber hier kommen wir nicht zum Strand hinunter; die Klippen fallen senkrecht ab, und … und sie sind gefährlich.«

»Damit hast du teilweise Recht. Aber es gibt einen Weg hinunter … Hab keine Angst. Sieh nur.« Er führte sie bis an den Rand der Klippen und deutete hinunter.

Rasch trat sie einen Schritt zurück. »Oh, Terence, ich werde es nie da runter schaffen! Dafür habe ich viel zu viel Angst … Was große Höhen betrifft, bin ich ein Feigling.«

»Du bist kein Feigling. Komm, ich halte dich. Glaubst du denn, ich würde dich diesen Weg hinunterführen, wenn er gefährlich wäre? Glaubst du das? Gib mir deine Hand.«

Sie legte ihre Hand in seine, und gemeinsam begannen sie den Abstieg. Wie er gesagt hatte, erwies sich der Pfad als wesentlich angenehmer, als es ausgesehen hatte. Als sie jedoch den Fuß der Klippen erreichten, konnte Annie ihre Enttäuschung nicht verbergen. Dieser Abschnitt des Strandes war die Mühen nicht wert, die es gekostet hatte, ihn zu erreichen. Er war mit großen Felsblöcken übersät, von denen einige Miniaturklippen glichen.

»Warte, warte noch ein wenig!«, rief er, als er ihren enttäuschten Gesichtsausdruck sah, und führte sie bis an den Rand des Wassers. Verwirrt blickte sie zu ihm auf. Er deutete auf einen großen Felsturm, der neben ihnen aus dem flachen Wasser aufragte. »Siehst du den Felsen? In einer halben Stunde können wir um ihn herumspazieren. Aber wenn du deine Schuhe und Strümpfe ausziehst, können wir jetzt schon um ihn herumwaten.«

Noch immer verwirrt, gestattete sie ihm, ihr die Schuhe auszuziehen, die er sich an den Bändern um den Hals hängte. Dann drehte sie ihm den Rücken zu und streifte ihre Strümpfe ab. Da es heller Tag war, erschien es ihr etwas unanständig, vor ihm die Strümpfe vom Strumpfbandhalter zu lösen.

»Du brauchst keine Angst um deine Füße zu haben«, erklärte er, während er sie ins Wasser führte. »Es gibt hier keine Steine im Wasser; nichts als weicher Sand auf dem ganzen Weg.«

Unsicher folgte sie ihm, bis sie den Felsen erreichten. Dort verstärkte er den Griff um ihre Hand, und als sie um den letzten Vorsprung gingen, beobachtete er aufmerksam ihr Gesicht. Ihre Überraschung brachte ihn zum Lachen. »War es die Mühe wert?«

»Es ist wundervoll! Wie im Märchen.« Sie war starr vor Staunen und konnte nicht fassen, was sie sah.

Vor ihr erstreckte sich etwa dreißig Meter weit ein schmaler Sandstreifen, auf dem die Gezeiten mit nahezu mathematischer Genauigkeit ihr Wellenmuster hinterlassen hatten. Er wurde von zwei riesigen Felsen begrenzt. Über ihm lag wie ein Dach eine abgeschrägte Felsplatte, die an ihrem äußersten Rand mehr als zwanzig Meter hoch über dem Strand hing. Von ihrem Standort sah sie wie ein riesiger Keil aus, der an seiner Grundfläche mit den Klippen verbunden war. Der Sandstrand und die Unterseite des Keils stiegen sanft an und trafen einander tief im Dunkel der Schatten. Dort glitzerte es golden, rot und braun, wo die Sonne auf den feuchten Seetang fiel, der von der Unterseite des Felsens herabhing.

»Terence, das ist wundervoll!«

»Warte. Es gibt noch mehr.« Er war aufgeregt wie ein kleiner Junge.

Sie stiegen aus dem Wasser und befanden sich nach wenigen Schritten unter dem Felsendach. Schon bald war es nicht mehr möglich, aufrecht zu gehen, und während sie gebückt weiter in die Dunkelheit vordrangen, strich ihr der Seetang über das Haar, und sie erschauerte. »Warum gehen wir noch weiter, Terence?«

Wortlos tastete er sich voran, beinahe auf allen vieren, und dann sah Annie, wie er durch eine schwarze vertikale Spalte in der Felswand vor ihr verschwand. Als sie sich der Spalte näherte, streckte er ihr den Arm entgegen und führte sie vorsichtig hindurch.

Sie richtete sich auf und blickte um sich. Sie standen in einer kleinen Grotte, die von einem seltsamen Licht erleuchtet war, das von der Decke der Grotte etwa dreißig Zentimeter über ihrem Kopf hereinfiel und von den Muscheln, mit denen die Felswände übersät waren, als rosa- und perlenfarbene Lichtstrahlen zurückgeworfen wurde.

»Das ist einfach unglaublich! Wie hast du diese Höhle gefunden?«

»Durch Zufall. Ich bin an der anderen Seite die Klippen hinuntergeklettert, und habe als Erstes diese Öffnung gefunden. Sieh nur.« Er deutete auf die Decke, wo sich über die ganze Länge ein etwa dreißig Zentimeter breiter Spalt zog. »Dieser Riss führt durch den gesamten Felskeil.«

Als sie durch den Spalt emporsah, erblickte sie viele Kilometer über sich, wie ihr schien, den Himmel.

»Der abfallende Felskeil war zu glatt, um an ihm hinunterzusteigen«, fuhr Terence fort, »und ich wusste nicht, wie tief ich auf den Strand hinunterspringen müsste, wenn ich einfach hinunterrutsche. Außerdem wusste ich nicht, wie ich wieder raufsteigen sollte. Deshalb habe ich mir die Position der Felsen draußen im Meer notiert und mich vom Strand aus zu ihnen vorgearbeitet. Das war ein mühsamer Fußmarsch. Schließlich habe ich den Pfad entdeckt, auf dem wir heute gekommen sind ... Ich glaube nicht, dass irgendjemand je hier gewesen ist. Wie du siehst, liegt die Höhle gut verborgen und getarnt. Ich nenne sie ›Seemannsgrab‹.«

»Was für ein grauenvoller Name! Wo sie doch so wunderschön ist.«

»Ja, sie ist wunderschön« – sein Ton änderte sich – »aber sie kann auch gefährlich sein. Unter bestimmten Bedingungen sogar tödlich, würde ich sagen. Komm und sieh dir an, was ich meine.«

Sie verließen die Höhle und traten aus den Schatten unter dem Felsendach in den Sonnenschein hinaus. »Siehst du das?«, fragte Terence, während er auf das Meer hinausdeutete. »Nichts kann in die Bucht herein, nichts hinaus.«

Sie sah zu dem geschlossenen Halbkreis von Felsen hinaus, gegen deren Spitzen die Wellen brandeten. Beide Enden des Halbkreises schlossen an die großen Felstürme, die die Bucht begrenzten. Nun erkannte Annie auch, dass der große Felsturm, um den sie herumgewatet waren, in Wirklichkeit das eine Ende des Halbkreises bildete und die einzige Lücke in der geschlossenen Felsenreihe.

Terence folgte ihrem Blick. »Bei Flut tost das Wasser mit all seiner Kraft über die Felsen, steigt den Strand empor und füllt die Höhle. Vom oberen Ende des Risses habe ich es brüllen gehört wie Millionen Dämonen. Jetzt weißt du, warum ich sie ›Seemannsgrab‹ nenne.«

Annie lief ein Schauer über den Rücken. »Ich glaube, jetzt gefällt sie mir nicht mehr so gut … Kommst du oft her?«

»Ja, wenn ich ein wenig Ruhe brauche.«

»Ich würde vor Angst sterben, wenn ich wüsste, dass du allein hier bist … Du könntest einschlafen, oder dir könnte sonst etwas zustoßen, und du würdest abgeschnitten werden.«

»Dann musst du eben dafür sorgen, dass ich nie allein hierher komme.«

Ihre Blicke trafen sich und hielten einander fest; lachend fielen sie sich in die Arme und küssten sich hart und leidenschaftlich.

Nach einer Weile fanden sie ein Stückchen Strand, wo die Sonne die Oberfläche bereits getrocknet hatte, und legten sich eng nebeneinander in den Sand. Auf die Ellbogen gestützt, sahen sie auf das Meer hinaus. Eine warme, gedankenvolle Stille senkte sich über sie. »Terence, warum musst du morgen schon abreisen, wenn die Schule doch erst in knapp einer Woche beginnt?«, fragte Annie schließlich.

Er rieb sein Kinn an den Knöcheln seiner verschränkten Finger. »Ich muss mit dem Rad fahren, und das dauert mindestens drei Tage …«

»Musst du wirklich mit dem Rad fahren? Mit dem Zug könntest du in einem Tag dort sein.«

Er sah ihr einen Moment lang fest in die Augen, wandte dann den Blick wieder aufs Meer hinaus und begann, Kiesel gegen einen unsichtbaren Gegenstand zu schleudern. Plötzlich brach er abrupt ab und lachte. »Miss Hannigan, ich glaube, es ist besser, wenn ich meine Karten offen auf den Tisch lege«, sagte er langsam. »Dann kann ich sehen, wie du auf den Schock reagierst.« Während er sprach, drehten sie sich auf die Seite, sodass sie einander direkt ansahen. »Erstens fahre ich nicht zum Vergnügen mit dem Rad, sondern weil es notwendig ist. Ich habe kein Geld für die Zugfahrt …«

»Aber Terence …«

»Nein, sag es nicht. Ich weiß, dass du mir das Geld geben könntest, aber ich will nicht … dass du es mir anbietest. Bitte.« Die grimmige Entschlossenheit in seiner Stimme ließ sie schweigen; unvermittelt war er wieder jener andere Terence, der von früher. »Es scheint etwas verfrüht, um über diese Dinge zu sprechen, aber ich halte es für besser, dir jetzt schon zu sagen, worauf du dich einlässt, damit du entscheiden kannst, ob du diesen Weg gehen willst oder nicht.« Der Ton seiner Stimme stimmte nicht mit dem Ausdruck seiner Augen überein. »Es ist so: Ich habe mich dir und deinem Geld immer irgendwie unterlegen gefühlt.«

»Aber ich habe doch gar kein Geld!«, warf sie hastig ein. »Nur mein Taschengeld.«

»Nur dein Taschengeld«, sagte er leise. »Und alles, was du dir sonst noch wünschst. Aber dein Taschengeld« – er erinnerte sich an die Summe, die Cathleen erwähnt hatte – »macht vermutlich genauso viel aus wie der Betrag, den ich dir als Haushaltsgeld zur Verfügung stellen könnte.«

Der Sand schien unter ihrem Körper nachzugeben. Vor ihr lag das Meer mit seiner Absperrung aus Felsen, hinter ihnen erhoben sich die steilen Klippen, und doch flog ihr Herz bei seinen Worten hoch in den Himmel und über alle Begrenzungen hinweg. Und der klare, blaue Himmel schien nicht hoch genug zu sein. Er hatte nicht gesagt: »Willst du mich heiraten?« Er hatte diesen Schritt übersprungen und gesagt: »Dein Taschengeld macht vermutlich genauso viel aus wie der Betrag, den ich dir als Haushaltsgeld zur Verfügung stellen könnte.« Oh, Terence! Terence!

»Vielleicht glaubst du es nicht, aber mein Gehalt wird vier Pfund und zehn Shilling pro Woche betragen. Und das nach fünf Jahren Studium! Wenn ich mit vierzehn die Schule verlassen hätte, würde ich heute vermutlich dasselbe bekommen. Außerdem hätte ich dann schon all die Jahre etwas verdient. Aber so ist es nun einmal, und ich bin glücklich, dass ich diese vorübergehende Stelle zu vier Pfund zehn bekommen habe.

Denn von diesem Geld werde ich Kost und Logis bezahlen und ein wenig nach Hause schicken. Das Letzte ist für mich sehr wichtig, Annie. Immerhin habe ich meinen Eltern viel zu verdanken.« Während er sprach, blickte er ihr fest in die Augen.

»O ja, ja«, murmelte sie zögernd, während sie in ihrem Inneren aufschrie: Ich würde überall mit ihm leben … im Viertel der fünfzehn Straßen, überall … ich würde arbeiten gehen … alles, einfach alles tun … Was kümmerte sie Geld? Die unzähligen Armen, die am Vortag die Frühmesse besucht hatten, hatte sie vollkommen vergessen.

»Es ist schwierig, eine Arbeitsstelle zu bekommen«, fuhr Terence fort. »Dutzende Bewerber drängen sich um einen einzigen Posten. Wenn sich nicht mein Freund John Dane Dee für mich eingesetzt hätte, hätte ich auch diesen nicht bekommen. Zufällig kennt er den Direktor. Nebenbei gesagt, es ist John, den ich in drei Tagen treffen werde. Ich werde in seinem Haus übernachten, das nur wenige Kilometer von der Schule entfernt liegt. Er hat mir angeboten, bei ihm zu wohnen, aber das kann ich nicht annehmen. Ich werde versuchen, irgendwo eine Unterkunft zu finden. Das ist auch der Grund, warum ich so früh reise, damit ich mich noch umsehen kann. So stehen die Dinge, Annie. Es wird Monate dauern, bis ich meine Schulden zurückgezahlt habe, denn ich habe mir Geld geliehen für die ersten Wochen; mein erstes Gehalt bekomme ich erst am Ende des Monats.«

»Terence … mein Liebling.« Sie war erfüllt von Liebe, Mitgefühl und Zärtlichkeit, als sie sich auf die Knie erhob und über ihn beugte wie eine Mutter über ihr Kind. »Aber Terence, das ist doch nicht notwendig. Rodney könnte doch …«

Im nächsten Augenblick hatte auch er sich aufgerichtet. Die plötzliche Härte in seinen Augen erschreckte sie zutiefst, und seine Lippen waren so hart und gespannt, dass er nur mit Mühe sprechen konnte: »Genau davor habe ich mich gefürchtet … Ich will keine Hilfe von Rodney. Das musst du akzeptieren. Ich will sie weder jetzt noch in Zukunft ... Ich mag ihn, ich mag ihn wirklich sehr, aber ich will nicht durch dich zu einem Empfänger seiner menschenfreundlichen Gaben werden. Wenn ich dich bekomme, werde *ich* dich bekommen. Auf meine Weise ... Ich werde arbeiten und es zu etwas bringen. Zumindest hoffe ich, dass ich es zu etwas bringen werde. Aber dieses Risiko werde ich eingehen. Da ist noch etwas, das du wissen solltest: Selbst wenn ich es zu etwas bringe, werde ich nie reich sein. Mit dem Lehrerberuf lässt sich kein Vermögen verdienen. Du wirst nie im Stande sein, Kleider zu tragen, wie du sie jetzt trägst, oder auch nur die Hälfte deiner jetzigen Annehmlichkeiten haben. Wir müssen uns glücklich schätzen, wenn wir uns in einer Zweizimmerwohnung einrichten können.« Er brach abrupt ab, ließ sich auf die Fersen zurücksinken und strich sich mit der Hand über die Stirn. »Wovon rede ich überhaupt? Wozu das alles?« Seine Stimme verlor die Schärfe und wurde unsicher. »Ich habe dich nicht einmal gefragt ... Du hast nie gesagt, dass du ... Gott, was bin ich für ein Narr, dass ich mich so hinreißen lasse!« Er sah sie zerknirscht an. »Wein nicht, Liebling«, murmelte er. »Ich bin eine Bestie. Was hat mich dazu getrieben, mich so in die Zukunft hineinzustürzen? Nein, nicht doch, Annie.«

Sie weinte stumm, wie damals im Wald.

Er zog sie an sich: »Annie ... Annie, ich wollte dich um nichts auf der Welt verletzen. Nicht. Wein nicht. Aber ich musste es dir doch sagen, und außerdem habe ich dich gewarnt, dass ich ein aufbrausendes Scheusal bin. Ich mache dir jetzt schon Vorschriften und tyrannisiere dich, und dabei habe ich dich noch nicht einmal gefragt, ob du mich heiraten willst. Das Einzige, was ich will, ist, dich zu lieben ... dich für alle Zeiten zu lieben.«

Er küsste sie mit solcher Heftigkeit, dass sie das Gleichgewicht verloren und in den Sand kippten. Dort blieben sie liegen, wie sie gefallen waren. »Ich würde überall mit dir leben«, murmelte sie. »Überall. Ich würde alles für dich tun, alles auf der Welt, was du auch willst. Es ist mir egal, wo wir wohnen. Das Einzige, was ich will, bist du.«

Sie lagen still und regungslos, als wären sie eins. Die Ebbe kam, und die Sonne sank. Das darf nicht sein! Es darf einfach nicht!, dachte er. Dennoch blieb er dicht an sie gepresst liegen.

12

Seit Terence vor drei Tagen abgereist war, war Annie trunken vor Lebensfreude durch Haus und Garten geeilt. Kate, Rodney, David und sogar das Baby schienen von ihrem Glück erfasst zu werden. Am Morgen des vierten Tages traf ein Brief von Terence ein, eine Bleistiftnotiz, die er im Morgengrauen nach seiner ersten Nacht im Freien geschrieben hatte. Sie flog in ihr Zimmer hinauf und las bestürzt die ersten Zeilen:

Liebe Miss Hannigan

Hiermit informiere ich Sie, dass es mitunter Zeiten gibt, in denen ich mir ernsthaft wünsche, Sie nie erblickt zu haben. Nicht nur, dass Sie mir den Schlaf rauben, Sie beeinträchtigen auch meinen Orientierungssinn. Zweimal habe ich gestern den falschen Weg eingeschlagen, ein wahrlich ungewöhnliches Ereignis für mich, einen Experten im Kartenlesen. Darüber hinaus hatte ich das seltsame Bedürfnis zu singen, mit einem geradezu beschämenden Ergebnis, denn ich habe keinerlei musikalische Fähigkeiten.

Annie warf sich lachend aufs Bett und hielt seinen Brief fest umklammert. Das war eine neue Seite an ihm … eine humorvolle. Auf dem Rücken liegend, las sie weiter:

… Siehst du, was du mit mir gemacht hast? O Annie, Annie, Annie. Jetzt, wo ich dir fern bin, kann ich kaum glauben, dass

es wahr ist. Liebst du mich wirklich? Mich, diesen langen, schlaksigen, unansehnlichen Kerl? Ich besitze tatsächlich die Frechheit, es von dir zu erwarten. Ich erwarte es, vergiss das nicht … Ich erwarte, dass Sie mich lieben, Miss Hannigan.

Oh, Annie, ich wiederhole ständig deinen Namen; die Pedale meines Fahrrads rufen ihn wieder und wieder, während sie mich immer weiter von dir fort bringen. Allein der Gedanke, dass ich dich bis Weihnachten nicht sehen werde! Annie, ich liebe dich. Als wir zusammen waren, habe ich nicht alles in Worte fassen können, was ich über dich denke. Ich glaube nicht, dass ich je dazu im Stande sein werde. Du bist alles, was ich mir seit meiner Kinderzeit erträumt habe; du bist einfach wundervoll. Ja, du bist wundervoll, Annie, nicht ich. Versuch nicht, mich in diese Kategorie einzureihen … das macht mir Angst. Ich bin nur ein ganz normaler Mann, aber ein sehr glücklicher, der glücklichste auf Erden … Weißt du überhaupt, wie schön du bist?

An dieser Stelle angelangt, drehte sich Annie auf den Bauch, sodass der Brief unter ihr zerdrückt wurde, und barg das Gesicht in den Händen. So verharrte sie regungslos. Es war einfach zu viel; dass Terence sie ebenso liebte wie sie ihn … Wer hatte behauptet, dass zwei Menschen einander nicht mit derselben Innigkeit lieben konnten, dass immer einer den anderen stärker lieben musste?

Als die Glocke zum Frühstück rief, las sie hastig den Rest des Briefes und lief dann zur Frisierkommode, um ihr Haar in Ordnung zu bringen. Durch das Fenster entdeckte sie Mrs. Macbane, die unsicher in der Auffahrt stand. Erfreut lehnte sie sich aus dem Fenster und rief zu ihr hinunter: »Guten Morgen, Mrs. Macbane!«

Mrs. Macbane sah erleichtert zu ihr auf: »Oh, guten Morgen, Miss Annie. Könnte … könnte ich Sie einen Augenblick sprechen?«

Annie lief so schnell die Treppe hinunter und hinaus zur Auffahrt, dass Mrs. Macbane überrascht ausrief: »Sie müssen ja geflogen sein, Miss Annie!« Sie schenkte ihr ein fröhliches, warmes Lächeln. »Es ist nur so, Miss Annie«, fuhr sie fort, »dass Terence ein kleines Buch hat, in das er Dinge schreibt – Sie wissen schon, Gedichte und so etwas – und jetzt ist er abgereist und hat es vergessen. Am Dienstagmorgen, gleich nachdem er aufgebrochen ist, hat er in Newcastle eine Karte aufgegeben und mir geschrieben, dass er es wahrscheinlich in seinem Zimmer vergessen hat, und ob ich es ihm nachschicken könnte. Heute Morgen habe ich dann einen zweiten Brief bekommen, in dem er sagt, dass er das Buch nicht in seinem Zimmer vergessen hat, sondern dass er sich daran erinnert, noch darin geschrieben zu haben, als er …« Mrs. Macbane zögerte. »Ich weiß nicht, wie ich es sagen soll, Miss Annie. Der Doktor wird sicher verärgert sein, wenn er es erfährt. Aber bei schönem Wetter schläft Terence meist im Freien, und in seiner letzten Nacht zu Hause hat er auf Ihrem Anwesen geschlafen. Er sagt, dass er in einem kleinen Wäldchen in der Nähe des Pools geschlafen hat, und dass er sich erinnert, dass er dort noch in das Buch geschrieben hat. Und er bittet mich, den Fluss hinaufzugehen und es zu suchen. Aber, Miss Annie, ich kann doch unmöglich durch den Fluss waten, oder? Außerdem würde ich es nie wagen, Ihr Anwesen zu betreten, ohne zu fragen … Deshalb habe ich mir gedacht, wenn es Ihnen nichts ausmacht, Miss Annie …«

»Oh, Mrs. Macbane! Natürlich! Natürlich hole ich es. Und, Mrs. Macbane, nennen Sie mich doch Annie … Terence und ich, wir … wir sind Freunde.«

Mrs. Macbane nickte langsam. »Das freut mich, Miss Annie … Mit der Zeit werde ich mich schon daran gewöhnen, Mädchen«, sagte sie lachend. »Ja«, fuhr sie fort, »das freut mich wirklich. Ich habe gewusst, dass ihn seit langem etwas quält … das warst … du. Er ist ein Glückspilz.« Sie lächelte Annie freundlich an. »Aber er ist auch ein guter Kerl«, fügte sie hinzu, »ein wirklich guter Kerl. Jetzt muss ich aber gehen, sonst verpasse ich den Zug. Und du wirst das Buch suchen?«

»Ja, Mrs. Macbane. Ich werde es suchen und Ihnen heute Abend vorbeibringen. Oder soll ich es ihm gleich schicken?«

»Ja, das könntest du tun … Weißt du, wohin du es schicken musst? An die Adresse von Mr. Dane Dee.«

»Ja, ich weiß.«

Annies Zuneigung zu Mrs. Macbane wuchs, als sie nur von Mr. Dane Dee sprach und seinen Adelstitel wegließ. Nur wenige hätten dieser Versuchung widerstehen können, dachte sie.

Während sie ins Haus zurücklief, fragte sie sich, ob Terence auch etwas über sie in das Buch geschrieben hatte.

Kate war am Telefon in der Halle und bedeutete Annie mit der Hand, still zu sein und zu warten. »Das tut mir sehr Leid, Rosie«, sagte sie eben. »Ich werde später kommen, aber ich weiß nicht, was ich ausrichten kann. Wir haben seit Jahren nicht mehr miteinander gesprochen, und ich fürchte, die Verwandten aus Jarrow werden nicht zulassen, dass ich irgendetwas für das Kind tue.«

Annie hörte Rosies Stimme. »Meine Mutter glaubt, dass Pat verrückt wird, wenn ihr irgendetwas zustößt. Er hat sich immer um sie gekümmert; die Großmutter aus Jarrow ist auch hier, aber sie ist schon sehr alt und ein wenig verwirrt.«

»In Ordnung, Rosie«, erklärte Kate. »Ich werde später vorbei kommen … Hier ist Annie.«

»Connie Fawcett liegt im Sterben«, flüsterte Kate Annie zu, während sie ihr den Hörer übergab.

»Oh, die Arme«, sagte Annie, obwohl sie kein Bedauern empfand. Sie erinnerte sich an Connie Fawcett nur als einen betrunkenen Fleischberg und als die Frau, die sie auf offener Straße in Verlegenheit gebracht hatte. »Hallo, Rosie«, sagte sie schließlich, und lauschte einen Augenblick lang den Worten ihrer Freundin.

»Ich habe dir etwas zu erzählen«, flüsterte sie, nachdem sie sich überzeugt hatte, dass die Halle wieder leer war. »Terence und ich, du weißt schon, Terence Macbane …« Sie brach ab.

»Ja?«, fragte Rosie.

»Du weißt doch, was ich meine, oder?«, fuhr Annie fort.

Rosie begann zu kichern. »Ja, ich weiß, was du meinst. Und ich freue mich für dich, Annie ... Wann werdet ihr ...?«

»Sei nicht albern, Rosie. Wir sind nur einen Tag zusammen gewesen; er musste am Dienstag schon aufbrechen ... Aber das kommt noch, eines Tages«, fügte sie kindlich hinzu. »Er ... nun ... Ich kann hier nicht reden. Hör zu, ich werde dir alles erzählen, wenn ich dich das nächste Mal sehe.«

Lachend legte sie auf. Als sie sich umdrehte, stand Kate lächelnd hinter ihr. Aber ihre Stimme war ernst. »Cathleen hat Rodney heute früh angerufen; sie wird später vorbeikommen. Ich werde sie nur sehen, wenn es sich gar nicht vermeiden lässt. Und wenn du sie triffst, rate ich dir, ihr kein Wort von Terence zu erzählen.«

»Nein, nein. Natürlich nicht«, sagte Annie, während sie sich in ihrem Herzen nichts sehnlicher wünschte, als Cathleen wissen zu lassen, dass Terence sie liebte.

Rasch fand sie den Platz, an dem er geschlafen hatte. Es war ein kleines Stück Wiese, das an drei Seiten von niedrigem Gebüsch eingefasst war. Zum Fluss hin war es offen, und es lag tatsächlich nur wenige Meter vom Pool entfernt. Im langen Gras war noch deutlich der Abdruck seines Körpers zu erkennen. Von dem Buch war jedoch nichts zu sehen. Die Nische war schmal, und es gab nichts, unter dem es verborgen sein könnte. Sie durchsuchte die langen Halme am Fuß der Sträucher, ohne Erfolg. Enttäuscht setzte sie sich an die Uferböschung.

Das Buch musste ihm sehr wertvoll sein, wenn er sich so darum sorgte ... Hatte er in seiner letzten Nacht hier irgendetwas über sie hineingeschrieben? Seine Mutter hatte von »Gedichten und so etwas« gesprochen; dass Terence Gedichte schrieb, konnte sie sich nicht vorstellen. Gleichzeitig wurde ihr bewusst, dass es vieles an ihm gab, das sie nicht kannte; es war kaum Zeit geblieben, miteinander zu reden. Sie waren nur einen einzigen Tag zusammen gewesen. Alles, was davor lag, erschien ihr nun als unerträgliche Zeitvergeudung. Jede

Minute, die sie nicht mit ihm verbracht hatte, erschien ihr verloren. Wie hatte sie davor gelebt? Wie hatte sie ihre Tage verbracht? Sie konnte sich nicht mehr daran erinnern. Von jetzt an würde sie nie wirklich von ihm getrennt sein; nichts konnte jetzt noch zwischen sie kommen, nichts.

Über dieser leidenschaftlichen Versicherung erhob sich der Gedanke an Cathleen wie ein schwarzes Schreckgespenst. Weder sie noch Terence hatten über Cathleen gesprochen. Das war seltsam. Nicht, dass sie während der Zeit, die sie mit Terence verbracht hatte, nicht an sie gedacht hätte; sie hatte sogar sehr oft an sie gedacht, aber sie hatte Angst gehabt, sie zu erwähnen. Gleichzeitig hatte sie sich davor gefürchtet, dass Terence ihren Namen aussprach. Es war albern, aber obwohl sie wusste, dass Terence sie liebte, konnte sie sich nicht von ihrer hartnäckigen Angst vor Cathleen befreien. Wie sollte es ihr gelingen, ihr Glück vor Cathleens scharfen Augen zu verbergen, wenn sie sie sah?, fragte sie sich.

Cathleens Schreckgespenst verblasste, als Annie eine Familie von Teichhühnern entdeckte, die eine hinter der andern aus einem Schilfbüschel am gegenüberliegenden Ufer auftauchten und hintereinander den Fluss hinaufschwammen, wobei ihre kleinen schwarzen Körper keilförmige Wellen hinterließen. Der letzte Ausläufer dieser Wellen erreichte fast ihre Füße, die über dem Wasser baumelten. Aufgrund der starken Trockenheit hatte der Fluss jetzt nur etwa die Hälfte seiner üblichen Wasserhöhe. Im Winter strömte er nur wenige Zentimeter unterhalb der Uferkrone dahin. Nun aber waren die inneren Abhänge des Flussbettes von der Sonne ausgedörrt. Während ihr Blick dem Pfad der Wellen folgte, entdeckte sie das Buch; es lag direkt unterhalb ihrer Füße, wo es sich mit der Rückseite nach oben in den dünnen Wurzeln eines aus der Uferböschung hervorwachsenden Baumes verfangen hatte. Wahrscheinlich hatte er es verloren, als er in den Fluss gestiegen war. Sie musste nichts anderes tun, als die Hand auszustrecken und es zu ergreifen.

Sie lachte leise vor sich hin. Wie sie sich freute, dass sie es gefunden hatte! Dann begann sie, es zu untersuchen, drehte und wendete es in den Händen. Sie hatte noch nie ein Buch gesehen, das wie dieses gebunden war. Es war prachtvoll; kein Wunder, dass er es nicht verlieren wollte. Wie kam er zu so einem schönen Buch? Sie wusste, dass er es sich nie selbst hätte kaufen können. Der vordere und der hintere Buchdeckel waren mit weichem schwarzem Leder überzogen, in das eigentümliche Figuren in zarten Gold-, Grün- und Blautönen eingeprägt waren, während der Rücken aus einer kunstvoll bemalten Emailplatte bestand. Sie war zu beiden Seiten mit kleinen Ringen versehen, die die lederüberzogenen Buchdeckel und die Seiten des Buches zusammenhielten. Auf der Vorderseite befanden sich drei Schlösser, die ebenso emailliert waren wie der Rücken.

Sie wollte schon die Schlösser öffnen, als sie plötzlich zögerte. Ob er wohl etwas dagegen hätte, dass sie seine Gedichte las? Nein, natürlich nicht. Aber sie waren privat, sie waren sein Eigentum. Ja, aber in ihrem Fall war es doch etwas anderes; er wollte gewiss, dass sie alle seine Gedanken kannte. Was hatte Kate über die Briefe anderer gesagt? Aber dies war kein Brief, es war nur ein Buch mit Gedichten. Seine Mutter musste es gelesen haben. Wie hätte sie sonst wissen können, dass es Gedichte enthielt. Wenn seine Mutter das Buch gelesen hatte … Die beiden äußeren Schlösser sprangen beim geringsten Druck auf. Das mittlere hingegen bewegte sich nicht. Es konnte nicht versperrt sein, überlegte sie, denn es gab nirgendwo ein Schlüsselloch. So sehr sie sich auch bemühte, es ließ sich einfach nicht öffnen. Irgendwo musste es eine geheime Feder geben. Systematisch begann sie, die Ringe am Buchrücken zu drücken, doch ohne Erfolg. Nach einiger Zeit legte sie das Buch verärgert beiseite.

Ihre Neugier gewann jedoch die Überhand, und so griff sie wieder danach und suchte erneut nach Möglichkeiten, das Schloss zu öffnen. Schließlich gestand sie sich ihre Niederlage ein und drückte gleichzeitig die Schnallen der beiden äußeren Schlösser nieder, um sie zu schließen. Zu ihrer großen

Freude sprang da das mittlere auf. Wie einfach und wie genial! Wenn man eine Schnalle nach der anderen schloss, geschah gar nichts. Schloss man sie jedoch mit scharfem Druck gleichzeitig, eröffnete sich das Geheimnis.

Auf dem Vorsatzblatt fand sich eine Widmung: *Von einem Chinesen für einen Engländer, mit tiefstem Respekt. Larry.* Sie hielt inne, ehe sie weiterlas. Bereits diese Worte beinhalteten etwas Privates. Sie befühlte das Papier. Es war fein, wie Reispapier, aber stark, und es knisterte wie Pergament.

Auf der nächsten Seite fiel ihr Blick auf Terence' Schrift: kräftige, wohlgerundete Buchstaben, die einfache, verständliche Worte bildeten:

An alle Götter:
Sollte ich dank eurer Gnade je wieder geboren werden,
so erschafft mich als Chinesen.

Wie seltsam, dachte sie. Sie zögerte, bevor sie zur nächsten Seite weiterblätterte. Darf ich? Natürlich; er hat gewiss nichts dagegen … immerhin war dies kein Brief.
Sie schlug die nächste Seite auf und las:

Für eine alte Frau auf der Wherry Street,
die Geranien vor ihrem Fenster hat:

Die Fenster sind sauber, durch die sie hindurchsieht
Zu den Bäumen, deren goldene Kronen in den blauen Himmel aufragen.
Wie Pfeile schießen die Vögel an ihrem Fenster vorüber
Und steigen auf in die Unermesslichkeit des Lichts;
Wie zerbrechlich und wächsern müssen ihr die Rosen erscheinen,
Unberührbar wie die Schönheit in einem Traum.
Eisig ist die frostige Eleganz der Chrysanthemen,
Gegen deren Reiz sie sich nicht verschließen kann:
Sie sieht sie durch ihr blitzendes Fenster,

Sie sieht sie bei Tag und bei Nacht.
Sagt nicht, dass sie nur in einen kleinen dunklen Hof blickt,
In dem sie nichts sieht als eine kahle nackte Mauer.

Wie hübsch! Und wie nett von ihm, dass er so von dieser alten Frau dachte … Ihr Terence war wirklich wundervoll.

Sie schlug die nächste Seite auf und las:

Larry und ich hörten zwei Kindern zu, die mit all der Sinnlosigkeit ihrer jungen Jahre miteinander stritten. Wir waren eben in Parsons' Pleasure geschwommen und genossen nun die Wärme der Sonne. Ich notierte das Folgende, das ihn überaus amüsierte; er übersetzte es in die chinesische Sprache, um es seiner Schwester zu schicken:

Er sagte, das ist eine Blumenfliege,
Ich sagte, das ist eine Fliege.
Er sagte, das ist eine Blumenfliege,
Da fragte ich, warum.
Einfach so … sagte er,
Einfach so … das sei alles.
Das ist
Keine Antwort,
Oder doch?

Einfache Dinge gefallen Larry. Ich frage mich, ob das der Grund ist, warum er so glücklich ist.

Während Annie weiterlas, überfiel sie ein schlechtes Gewissen. Einige Aufzeichnungen waren keine Gedichte, sondern kurze, in Worte gefasste Skizzen verschiedener Personen. Es gab auch manches, das sie beunruhigte, wie etwa der Absatz über »Schönheit«. Sie konnte diese Worte nicht wirklich begreifen. Irgendwie wirkten sie weit hergeholt und schienen auch in keinerlei Zusammenhang mit Terence' Charakter zu stehen, wie sie ihn sich vorstellte. Sie las sie noch einmal:

Nehmt von mir die Schönheit, nach der ich mich verzehrt habe; es geht über meine Kräfte, sie zu ertragen; nur unter Schmerzen kann ich weiterleben. Wie habe ich mich nach ihr gesehnt, um sie geweint, um sie gekämpft, gefleht bei Tag und bei Nacht … Oh, gebt mir die Kraft, die Schönheit zu fühlen, mir ihrer bewusst zu sein. Lasst die Tore meiner Seele aufspringen, damit ich die Verzückung der Schönheit erleben kann. Sie ist hier in mir. Sobald sie freigelassen ist, wird sie jede schmerzende Pore überfluten. Aber wie soll ich sie suchen? Wo soll ich sie suchen? Auf welcher Straße?

Sie kam ungebeten zu mir, in einem Augenblick, in dem ich nicht an sie dachte, nicht nach ihr suchte. In dieser Sekunde schwebte sie in die frostige Luft … Die helle, klare Stimme eines Jungen flog hinaus durch das farbige Glasfenster … höher und höher aus der stummen Kehle, sie zog mich mit sich von der Erde empor bis zu den Füßen Gottes. Nun kannte ich die Macht der Schönheit: Sie war kein lindernder Balsam, sondern ein brennendes, verzehrendes, unerträgliches Gefühl; sie ließ keine Ader aus, vergaß keinen Sinn; sie riss alles auseinander und schickte es zitternd und bebend in ein unbekanntes Reich: Ich schrie, während ich in die Welt hinausgeschleudert wurde, nach der ich mich gesehnt hatte.

Nein! Nein! Ich bin nicht stark genug, um sie zu ertragen. Ich nehme den Schmerz, den ich orten und benennen kann; ich umarme die Erde und den Schmutz; sie kann ich ertragen, doch Schönheit … nie mehr.

Das war wirklich seltsam, und so intensiv! Annie schüttelte den Kopf. Das sah Terence gar nicht ähnlich!

Die nächste Aufzeichnung trieb ihr das Blut in die Wangen. Sie las die Worte erneut; sie waren lebhaft und geschmeidig, als wären sie aus einem übervollen Kessel verschüttet worden, und trugen die Überschrift: »Die Weisheit der Jugend«:

Wonach verlange ich?, fragt ihr … nicht nach der Brandung der Jugend, die hochspringt und das Fleisch antreibt, seine Aufgabe zu erfüllen; die in der Nacht strahlende Bilder einer hinter fleischlicher Begierde getarnten Schönheit heraufbeschwört und dein Blut in den Ohren rauschen lässt; und ich strebe auch nicht danach, mein ganzes Leben einzutauschen, um einen Körper berühren zu dürfen, und Tag und Nacht zu arbeiten, um ihn zu erhalten, in Streit und Zwietracht, und zuzusehen, wie sich die Falten allmählich tiefer eingraben, während ich in meinem Inneren weine, bis die Frage aus mir hervorbricht: »Warum muss ich das erdulden?«

Nach dieser Tirade betrachte ich mich lachend und sage: »Hier ist, was ich erstrebe: Alter und Frieden und Erfüllung im Leben.«

Aber wie kann mein Leben vollständig sein ohne das, was ich zurückweise, und ohne dass ich die Sünde kennen gelernt habe? Wenn ich diese Reife erzielen will, muss ich mich beeilen, darf ich keinen Tag vergeuden. Ich muss augenblicklich losziehen und mir eine Frau suchen.

Annie starrte die Worte an, ohne zu glauben, was sie las. Sie konnte in ihnen nichts Satirisches erkennen, keinen subtilen Humor, keine Seele, die sich fürchtete, nach dem Leben zu greifen. Ich hätte das Buch nie öffnen dürfen, dachte sie; es ist meine Schuld. Sie schloss es jedoch nicht, sondern blätterte hastig auf die nächste Seite, als würde das Papier sie verbrennen:

Ich betrachtete heute einen alten Fischer aus Cullercoats, der auf das Meer hinausblickte. Er war sehr, sehr alt und seine Augen farblos und kaum noch imstande, die Dinge dieser Welt zu sehen.
Was sieht er, wenn er in die Ferne blickt?
Die Struktur des Windes?
Den Stoff, aus dem die Sterne sind?
Die Seele eines Schiffes, die im Rumpf ruht?

Den Geist der verstrichenen Zeit im Flügel einer Möwe?
Er fühlt und weiß nur, dass es jenseits dessen, was er sieht,
nicht mehr notwendig ist, in die Ferne zu blicken.

Dieses Gedicht kommentierte sie nicht, abgesehen davon, dass sie dachte: Das Versmaß stimmt nicht!

Rasch blätterte sie durch die Seiten und überflog die Zeilen, bis sie auf jene Wörter stieß, die zu finden sie erwartet hatte, wie sie sich versicherte: Wörter über Cathleen, Wörter, die sie abwechselnd traurig und wütend machten, die den Sonnenschein verfinsterten, dem Fluss das Glitzern nahmen, der Lerche, die aus der Wiese gegenüber aufstieg, den Zauber raubten. Wörter, die den Terence auslöschten, den sie zu kennen geglaubt hatte, und die an seiner Stelle einen völlig Unbekannten hervorbrachten. Und sie sprach das endgültige Urteil über ihn, die Wörter, mit denen man im Kloster und im Beichtstuhl die dunklen Äußerungen des Geistes beschrieb: »Das sind böse Gedanken!«

Dann verharrte sie regungslos, während die Teichhühner zu ihrem Nest zurückkehrten und der Schatten eines Baumes sie berührte und unbemerkt über sie glitt. Schließlich atmete sie tief ein, wandte sich um und barg das Gesicht im Gras. Wie konnte er nur! Wie konnte er nur so etwas denken? Und selbst wenn er solche Gedanken hatte, war es noch um vieles schlimmer, sie in Worte zu fassen. Und über Cathleen! Er hatte Cathleen auf diese Weise begehrt … In seinen Aufzeichnungen sagte er unverhüllt, dass er sie begehrt hatte. Hatten sie dann …?

Mit einem Ruck fuhr sie hoch, griff nach dem Buch, als wollte sie es zerreißen, und las weiter:

Mut der Dunkelheit

Ich liege neben dir in der Nacht,
Fest gegen die Erde gepresst
Unter einem Baum,

Brust an Brust
Und Knie an Knie,
Und danke den unzähligen Göttern, die dich erschaffen haben!
Dein Atem, deine Seufzer, dein sinnloses Geschwätz,
Dein Parfüm, dein Schweiß,
Dein ständig wiederholtes »mein Schatz«
Verschwinden angesichts des Wunders, das meinen Körper wie auf Flügeln schweben lässt.
Sie sind einerlei.
Ein Seevogel ruft und steigt auf in die Nacht;
Du hebst deine Stimme in vorgetäuschtem Erschrecken,
Flehst mich an, dich tapfer vor allen Gefahren zu schützen.
Ich, der große Krieger, schenke dir all meine Kraft.

Morgen, im strahlenden Schein der Sonne,
Werde ich mir hier gegenüberstehen und mich sehen, wie ich bin,
Angewidert und erschreckt, dass ich diese Lust gefühlt habe.
Doch das ist morgen, und dies ist heute Nacht!
Dunkle Erde, weiches Gras und du,
Wer würde es nicht wagen?

Cathleen Davidson … Ich hasse dich! Ich verabscheue dich! Bei jedem Wort wickelte Annie trockene Grashalme um ihre Hände und riss sie mit den Wurzeln aus. *Mein Schatz!* … Du bist an allem schuld! Du hast ihn dazu getrieben! Und du hast auch mich so weit getrieben, dass ich fähig bin zu hassen! Ich habe noch nie zuvor jemanden gehasst, aber ich hasse dich! Ich wünschte, du wärst tot! Das habe ich mir schon immer gewünscht. »Ja, das habe ich!«, rief sie laut, während sie trotzig zum Himmel emporblickte.

Selbst in ihrer Wut überraschte es sie, dass sie Gott nicht augenblicklich um Vergebung bat für den sündhaften Hass und die Auflehnung in ihrem Herzen. Auch dass sie nicht weinte, erstaunte sie. Dieses kalte, tödliche Gefühl des Hasses verschmähte Tränen; im Gegenteil, es gab ihr die Kraft, ihre Bitterkeit zu ertragen und Beschuldigungen auszusprechen. Cathleen hatte immer schon versucht, ihr Leben zu ruinieren. Seit den ersten Tagen in der Klosterschule hatte sie alles daran gesetzt, jede Freundschaft zunichte zu machen, die Annie geschlossen hatte, und alles zu zerstören, was ihr Freude bereitete …

Im Geist schloss sie den Kreis von Gedanken und kehrte zu Terence zurück. Aber das waren seine Gedanken, nicht Cathleens! Er war es, der sagte … Was sagte er? Sie sah wieder in das Buch, und ihre Augen schienen jedes einzelne Wort von der Seite zu lösen. *Und danke den unzähligen Göttern, die dich erschaffen haben! … Verschwinden angesichts des Wunders, das meinen Körper wie auf Flügeln schweben lässt* … Wie grauenvoll! Wie konnte er nur?

Eine Frage tauchte in dem unvoreingenommenen Teil ihres Geistes auf, in dem ihre Ehrlichkeit untergebracht war: Wenn er all das über dich geschrieben hätte, würde es dir dann auch grauenvoll erscheinen?

Sie schüttelte den Gedanken ab, ohne die Frage zu beantworten, und stellte sich stattdessen eine andere: Was hat er über mich geschrieben? Hat er überhaupt etwas über mich geschrieben? … Dann fand sie es, auf der letzten Seite, die er beschrieben hatte:

Die Verhöhnung des Mondes

Dein stärkstes Licht ist nur ein schwacher Schimmer
Gegen den Glanz ihres Haares;
Ich sehe, wie du eifersüchtig über sie hinwegziehst,
Über die fahle Schönheit, die du dort siehst;
Wie du dir weiße Wolken leihst, um dein Leuchten zu verstärken
Und wie du dein Gesicht verbirgst, wenn sie läuft,
Wenn ihr Haar schimmert wie vom Wind aufgewühltes Wasser,

Wenn ihr Körper einem silbernen Lichtstrahl gleicht,
Eingetaucht in die unwirkliche grüne Welt eines Traumes.
Du von Kratern übersätes Narbengesicht,
Du Mythos des Lichts,
Der Sonne entrissen,
Um die Nacht zu erhellen,
Was weißt du schon von blassgoldenem Haar,
Von den Qualen und dem Lachen, die sich hinter ihm verbergen?

Alles nur über ihr Haar! Kein Wort der Leidenschaft über sie … Sie setzte sich auf. Wollte sie, dass er Worte der Leidenschaft über sie schrieb? Nein! Nein, natürlich nicht!

Wieder meldete sich die zarte Stimme: Aber du bist doch mit ihm im Gras gelegen … »Nein, nein!« wehrte sie ab. »So war das nicht gemeint.« Sie legte den Kopf auf die Knie und wiegte sich vor und zurück. Plötzlich erinnerte sie sich wieder, wie enttäuscht sie gewesen war, als Terence sie abrupt hochzog, als sie neben dem Pool im Gras lagen … Und am nächsten Abend am Strand hatte er dasselbe getan … Offensichtlich begehrte er sie nicht, wie er Cathleen begehrt hatte … Er liebte sie nicht auf diese Weise: Für ihn war sie noch ein Kind … Nein, sie wollte auch gar nicht, dass er sie auf diese Weise liebte. Sie wusste nur allzu gut, dass diese Art der Liebe schändlich war! Hatte sie nicht ihr ganzes Leben unter dieser Schande gelitten? Mehr noch, sie war sogar aus ihr geboren worden!

Sie steckte das Buch in ihre Tasche, stand hastig auf und ging durch den Wald zurück. Widersprüchliche Gefühle zerrten an ihr. Sie fragte sich, was sie wegen des Buches sagen würde … Sollte sie ihm mitteilen, dass sie es gelesen hatte? Warum hatte sie es bloß getan? Was sollte sie mit ihm machen?

Als sie sich dem Rasen näherte, lief ihr David mit ausgebreiteten Armen entgegen. Wie immer erwartete er, dass sie ebenfalls die Arme ausbreitete, um ihn hochzuheben und durch die Luft zu wirbeln. »Ich kann nicht«, sagte sie. »Es ist zu heiß.«

Er blieb vor ihr stehen und sah sie erstaunt und fragend an. »Hast du Bauchweh?« Seit eine heimliche Apfelorgie in der Vorwoche bei ihm zu schweren Bauchschmerzen geführt hatte, neigte er dazu, jede Stimmungsänderung in seiner Umgebung auf diese Ursache zurückzuführen.

Annie schüttelte bloß den Kopf. Sie war nicht einmal im Stande, ihn anzulächeln.

»Tut dir dann was anderes weh?«, fragte David, während er ihre Hand nahm und neben ihr her ging.

Sein Mitgefühl durchbrach ihre Bitterkeit. Sie musste den Kopf vor seinem kindlichen Blick abwenden. Wenn man doch immer ein Kind wie David bleiben könnte und nie, nie erwachsen werden müsste, um den Schmerz zu fühlen, den gerade jene einem zufügten, die man liebte! Aber Terence betrachtete sie nicht als erwachsen. Hatte er nicht gesagt: »Wie jung du bist!«?

Der Schmerz in ihrem Herzen schien unerträglich; ein kleines Buch hatte ihr ganzes wundervolles, neues Leben zerstört! Warum nur musste er törichte Gedichte schreiben? Warum fühlten manche Menschen das Bedürfnis, ihre innersten Gedanken bloßzulegen? Menschen, die Gedichte schrieben, waren irgendwie seltsam. Sie dachte an Rodneys erste Frau. Sie hatte ganze Gedichtbände geschrieben und schließlich Selbstmord begangen. Cathleen hatte einmal eines ihrer Bücher ins Haus gebracht – sie hatte behauptet, es antiquarisch gekauft zu haben – und Annie gefragt, ob sie es lesen wolle. Beiläufig hatte sie hinzugefügt, dass Kate es vielleicht auch lesen wolle. Annie war in Panik geraten bei dem Gedanken, dass Cathleen Kate das Buch zeigen könnte, und hatte sie angefleht, es nicht zu tun. Cathleen hatte daraufhin stundenlang mit ihr Katz und Maus gespielt. Das war vor langer Zeit gewesen. Heute wusste sie, dass es Kate nichts ausgemacht hätte, das Buch zu sehen.

Cathleen! Immer wieder Cathleen! Sie war wie ein großes

schwarzes Loch am Himmel, und nichts konnte sie auslöschen.

»Und dir tut doch etwas weh«, beharrte David, »ich weiß es. Mami wird dich ins Bett schicken und ...«

»Nein, nein!« Annie fing ihn gerade noch rechtzeitig ein, ehe er davonlaufen konnte. Was auch immer geschah, Kate durfte nicht wissen, dass sie litt; sie könnte den Grund für ihren Kummer erraten, und niemand durfte von Terence und Cathleen wissen.

Er war ein auf die Erde gestürzter Gott; jahrelang hatte sie ihn in ihrem Geist auf ein hohes Podest gestellt. An Weihnachten war er heruntergeglitten, doch sie hatte ihn allmählich wieder emporgehoben. Und nun lag er wieder auf der Erde, und während ihre Hand das Buch in ihrer Tasche berührte, schien es ihr, als würde er sagen: »Das ist mein Fundament. Versuch nicht noch mal, mich höher hinauf zu heben. Vergiss nicht, was ich in meinem Brief geschrieben habe! Ich bin nur ein ganz normaler Mann.«

Als Kate etwas später vom Haus zu ihr herunterrief, ging Annie mit David, der vor ihr her tanzte, nach oben. Ihre Mutter stand am Fenster des Arbeitszimmers, zum Ausfahren bereit. »Ich fahre zu den Mullens«, erklärte sie, »auch wenn ich nicht weiß, was ich im Augenblick für Connie tun kann ... Willst du vielleicht mitkommen?«

»Nein, es ist zu heiß.«

»Du siehst auch ein wenig erhitzt aus ... und erschöpft. Fühlst du dich nicht wohl?«

»Ihr tut was weh, Mami«, rief David.

»Nein, ganz gewiss nicht«, fuhr Annie ihn mit ungewöhnlicher Schärfe an. »Tut mir Leid, Liebling«, sagte sie sofort versöhnlich. »Geh zu Alice, damit sie dir deine Milch gibt.« Dann wandte sie sich Kate zu. »Es ist nichts, Mama, wirklich; nur diese Hitze. Sie scheint überhaupt nicht mehr aufzuhören.«

»Und ihr tut doch etwas weh, ich weiß es«, sagte David an niemanden gerichtet, während er gehorsam den Raum verließ.

»Das sind die Erinnerungen an letzte Woche«, erklärte Kate lächelnd. »Die wird er nicht so bald vergessen.«

»Wirst du Connie besuchen?«, fragte Annie.

»Nein. Wahrscheinlich will sie mich gar nicht sehen. Und ich weiß auch nicht, was ich für den Jungen tun kann, da sich die gesamte Verwandtschaft aus Jarrow bereits in ihrem Haus versammelt hat. Mrs. Mullen meint, dass ich trotzdem kommen soll. Es wird schwierig sein, ihr zu erklären, warum ich nicht …«

»Natürlich erwartet man von dir, dass du kommst«, warf Annie ein, »immerhin ist sie deine Cousine.«

»Annie.« Kate sah ihrer Tochter fest in die Augen. »Ich glaube, es wird dich genauso freuen wie mich, als ich es zum ersten Mal gehört habe … Connie Fawcett ist nicht mit uns verwandt.«

»Aber mein Großvater und ihr Vater waren doch Brüder!«

»Ja, aber dein Großvater war nicht mein Vater.«

Annie starrte sie verdutzt an.

»Tim Hannigan war nicht mein Vater, Annie. Ich habe es erst etwa einen Monat vor dem Tod meiner Mutter erfahren. Sie hat es mir während ihrer letzten Krankheit gesagt. Mein Vater war ein Künstler, der bei ihnen gewohnt hat …« Von draußen hörten sie, wie die Räder des Wagens auf dem Kies knirschten. »Blyth wendet schon den Wagen, und er muss Rodney noch in Newcastle abholen. Ich muss jetzt gehen … Aber ist das nicht etwas, für das man dankbar sein kann, Liebling?« Sie küsste Annie. »Sieh mich nicht so erstaunt an. Ich weiß, dass es nicht einfach ist, diese folgenschwere Nachricht zu begreifen. Als ich davon erfahren habe, bin ich vor Freude fast verrückt geworden. Ich erinnere mich, dass ich um den Tisch herumgetanzt bin. Auf Wiedersehen, Liebling. Wir werden darüber sprechen, wenn ich zurückkomme.«

Nachdem Kate gegangen war, setzte sich Annie langsam in einen Stuhl am offenen Fenster. Seit Kate verkündet hatte: »Tim Hannigan war nicht mein Vater«, hatte sie kein Wort mehr gesprochen. Was für ein seltsamer Morgen. Alles wiederfuhr ihr gleichzeitig; erst wurde sie ihres Glücks beraubt, und dann dies. Und Kate erwartete, dass sie diese Nachricht freudig aufnahm. Wie eigenartig! Die Welt schien Kopf zu stehen. Mit einigen wenigen Worten hatte man ihr einen Großvater genommen. Tim Hannigan war ein böser Mann gewesen. Er war ein Trunkenbold gewesen, der ihre Großmutter geschlagen hatte, auf der Straße immer wieder in Prügeleien verwickelt gewesen war und ständig geflucht hatte. Ihr ganzes Leben lang hatte sie sich vor ihm gefürchtet; aber er war ihr Großvater gewesen, und auf seltsame Weise verkörperte er für sie Sicherheit. Als Kind konnte sie nicht wie die anderen Mädchen sagen: »Mein Papa hat dies gesagt« oder »Mein Papa hat das gesagt.« Stattdessen erklärte sie mit merkwürdiger Hartnäckigkeit: »Mein Großvater hat dies oder das gesagt.« Selbst wenn er sich von seiner schlimmsten Seite zeigte, hielt sie zu ihm wie Pech und Schwefel, nicht aus Liebe, sondern weil er die einzige Familie war, die sie hatte. Und jetzt hatte Kate gesagt: »Ich glaube, es wird dich genauso freuen wie mich.« Mit ihren Worten hatte sie Annie das Bindeglied zu ihrem einzigen männlichen Verwandten genommen.

Wie eigenartig, dass es Kate nichts ausmachte, dass sie unehelich war! Seit sich Annie dieses Stigmas bewusst geworden war, hatte sie eine grauenvolle Angst verfolgt, die mit zunehmendem Alter eine genau definierte Form angenommen hatte. Die Angst steckte auch jetzt in ihr, und wie eine Pflanze, die jahrelang gepflegt worden war, brach sie nun in einem Gedanken auf, der in ihrem Innersten aufschrie: Deine Mutter ist unehelich! Du bist unehelich! Es liegt dir im Blut; du wirst dasselbe tun! Der Gedanke wuchs und sprengte alle Grenzen: Du wolltest doch in jener Nacht am Swimmingpool …

Sie sprang auf und starrte wild um sich. Ihr war, als hätte jemand die Worte laut ausgesprochen. Sie schob die Hand in die Tasche, in der das Buch lag. Ich bin froh, dass ich es gelesen habe, dachte sie. Es ist eine Warnung … Gütiger Gott, beschütze mich. Lass nicht zu, dass mir das je passiert … Heilige Mutter Gottes, du ewige Jungfrau, wache über mich …

13

Es war ein unglücklicher Zufall, dass sich Rosie Mullen entschloss, vom Bahnhof zu Fuß nach Hause zu gehen, und Cathleen etwa zur gleichen Zeit auf dem Weg zu Onkel Rodney die Straßenbahn nach Tyne Dock versäumte. So näherten sie sich auf der East Jarrow Road.

Rosie war sehr zufrieden; ihr Gesangslehrer hatte sie gelobt und davon gesprochen, dass er sich von dem Konzert in London große Erfolge versprach. Und morgen würde sie Michael Davidson wiedersehen. Sie war glücklich und erfüllt von Selbstvertrauen, das nicht einmal der Anblick von Cathleen zerstören konnte. In diesem Augenblick wäre sie im Stande gewesen, es sogar mit zehn Cathleens aufzunehmen.

Das Leben öffnete sich ihr. Zudem wusste sie jetzt, dass Michael Davidson sie mochte – und mehr als bloß mochte. Dieses Wissen gab ihr Sicherheit und die Kraft, die Zukunft zu planen. Wenn sie sich in der Musikwelt etabliert hatte, würde sie einen Klavierbegleiter benötigen. Warum nicht Michael? Er spielte wirklich gut und war verrückt nach Musik. Und sobald sie Geld verdiente, würde sie dafür sorgen, dass ihre Eltern das Viertel der fünfzehn Straßen verließen – und natürlich würde sie versuchen, ihre Schuld beim Doktor abzuzahlen … sofern er das Geld überhaupt annehmen würde. Das Leben war großartig. Sie hatte Michael und ihren Gesang; sie hatte ihre Eltern und Freunde wie Annie und Kate; sie konnte es sich leisten, auf Cathleen Davidson verächtlich hinabzusehen. Da kam sie, als gehörte die ganze Stadt ihr, mit diesem hochmütigen Lächeln auf dem Gesicht. Würde sie anhalten und sie ansprechen, oder würde sie vorübergehen? Es war ihr gleichgültig, was Cathleen Davidson machte.

Cathleen war alles andere als zufrieden; nach dem Aufenthalt in Paris erschien ihr Tyneside unerträglich, und seine Bewohner widerten sie an. Wenn ich nur genug Geld hätte, dachte sie. Es hatte keinen Sinn, darauf zu hoffen, mit ihrer Arbeit Geld zu verdienen, zumindest nicht in jenen Mengen, in denen sie es sich wünschte. Nur die herausragendsten Maler konnten hohe Preise verlangen. Allerdings bot sich ihr eine Möglichkeit, nicht nur zu Geld zu kommen, sondern auch zu Ansehen. Dafür musste sie aber fort aus dem trostlosen Norden. Sie musste irgendwo eine eigene Wohnung finden und sie hübsch einrichten. Sie war überzeugt davon, dass all ihre Zukunftspläne Wirklichkeit werden könnten, wenn sie nur eine eigene Wohnung hätte.

John Dane Dee zeigte deutliches Interesse an ihr. Zweimal hatte er sie während ihres einmonatigen Aufenthalts in Paris besucht. Die Dinge hätten sich viel weiter entwickelt, wenn Doris Penell nicht wie eine Klette an ihr gehangen wäre. Vielleicht war das auch gar kein Nachteil gewesen, denn es war nicht ratsam, von Anfang an zu aufgeschlossen zu wirken. Sie würde auch diesmal nichts verschenken; dafür stand zu viel auf dem Spiel. Von nun an würde ihre Parole »Anständigkeit« lauten. Es blieb noch genug Zeit, um jenen Zauber an ihm auszuprobieren, dem Steve und Terence erlegen waren; das würde später kommen.

Bei dem Gedanken an Terence verzog sie das Gesicht. Ängstlicher Tugendbold! Es wäre für ihn ein Schlag ins Gesicht, wenn sie Lady Dane Dee werden würde! Sieh nur, wer da kommt … der Strohsack! Was für ein Anblick! Sehr gewagt, bei dieser Figur ein gestreiftes Kleid zu tragen! Sie ist verrückt nach ihrem Michael. Allmächtiger, welch ein Gedanke, sie zur Schwägerin zu bekommen! Nicht, wenn ich es verhindern kann.

Als sie unmittelbar voreinander waren, zögerten sie kurz

und hielten dann an, während sie einander abschätzend betrachteten. »Noch immer derselbe alte Strohsack«, sagten Cathleens Augen deutlich.

Sie machten einige Bemerkungen über die Hitze, und da Rosie erfüllt war von dem Gedanken an ihr bevorstehendes Konzert, konnte sie nicht widerstehen, davon zu sprechen. Sie prahlte ein wenig und erwähnte etwas von dem Ruhm, der sie erwarten würde, bis sie Cathleens amüsiertes Lächeln bemerkte, das unverhüllt sagte: »Wie kannst du hoffen, mit dieser Figur auf einer Konzertbühne Erfolg zu haben?«

Rosie wusste, was Cathleen dachte, denn sie war sich ihrer körperlichen Plumpheit bewusst und fühlte ein wildes Verlangen zurückzuschlagen. Wenn ihr nur etwas einfiele, das ihr das selbstgefällige Lächeln vom Gesicht fegen würde. In diesem Augenblick hatte sie keine Angst vor Cathleen, und sie durchforschte ihren Geist nach einer geeigneten Waffe. Und dann fand sie sie!

»Sieht aus, als würde es nicht mehr lange dauern, bis es in Brambleberry House eine Hochzeit gibt«, sagte sie mit strahlendem Lächeln.

»Eine Hochzeit?«, fragte Cathleen. »Was! Sag nicht, dass Annie Brian nimmt.« Sie lachte freiheraus.

»Brian? Gütiger Gott, nein! Es ist ein Freund von dir, Terence Macbane. Es klingt, als hätten sie sich Hals über Kopf dazu entschlossen ... Hast du nicht gewusst, dass sie ein Paar sind?«

Cathleen verspürte das brennende Bedürfnis, dieses lächelnde Gesicht gegen die Mauer zu schleudern ... Dieses kleine Schwein! Warte nur, sie würde schon zurückschlagen ... »Na, wir sind nur einmal jung!«, erklärte sie laut und mit sprödem Lächeln. »Auf Wiedersehen.«

Sie ging rasch weiter, denn sie wagte es nicht, sich auch nur eine Sekunde länger dem Blick dieser kleinen strahlenden Augen auszusetzen ... Das war also der Grund. Deshalb war er geflohen. Sie biss sich auf die Unterlippe. ... Glaubte diese blutarme, falsche Heilige tatsächlich, dass sie damit davonkam? Und Terence Macbane, glaubte er, dass er sie einfach für Annie Hannigan zur Seite stoßen konnte? Sie haben ein kurzes Gedächtnis, Mr. Macbane! Mal sehen, was ich da tun kann … Es wäre für dich besser gewesen, wenn Annie Hannigan nicht in einem Kloster erzogen worden wäre. Das allein hatte genügt, ihre Sittsamkeit ins Unermessliche zu steigern. Ich frage mich, wie viel ihre Anständigkeit ertragen kann. Wir werden es herausfinden.

Während sie weiterging, breitete sich langsam ein Lächeln über ihr ganzes Gesicht aus.

Kate kehrte aufgebracht aus dem Haus der Mullens zurück. Ihr Besuch hatte sie stärker aufgewühlt, als sie es für möglich gehalten hätte. Entgegen besseren Wissens war sie in Connies Haus gegangen, um den Jungen zu sehen. Connie war bereits tot, und alle Verwandten aus Jarrow hatten sich versammelt. Sie behandelten sie mit schmeichlerischer Höflichkeit und waren nur allzu gern bereit, ihre Hilfe für den Jungen anzunehmen, da es ihnen schwer genug fiel, die eigenen Kinder durchzufüttern. Die Großmutter hatte sich jedoch gegen sie gewandt. Sie presste den verängstigten Jungen an sich und schrie, dass Kate die letzte Person auf Erden sei, der sie das Kind überlassen würde. Erschüttert von der heftigen Wut der alten Frau, war Kate augenblicklich gegangen.

Bei Mrs. Mullen war bereits ein Nachbar vorbeigekommen, der für einen Kranz sammelte. Er hatte schon einen Betrag von zwei Pfund und fünf Shilling zusammen, und bis er die Runde durch das Viertel abgeschlossen haben würde, würde die Summe vermutlich auf fünf Pfund steigen. Ein Meer von Blumen würde auf Connies Sarg liegen; das Geld von der Versicherung würde für die Totenwache aufgewendet werden, noch ehe es ausbezahlt war; der Leichenbestatter würde seinen Betrag in Raten erhalten, wenn er Glück hatte. Und das neue schwarze Kleid würde sich mit ziemlicher Sicherheit direkt nach dem Begräbnis auf der Kleiderstange der Pfandleihe wieder finden. Kate kannte das alles nur zu gut. Es war hoffnungslos, etwas ändern zu wollen; nur durch eigene Anstrengung konnten die Menschen aus dem Viertel der fünfzehn Straßen ihrem vorgezeichneten Leben entkommen.

Sie wünschte aufrichtig, dass sie etwas für Pats Sohn hätte tun können, aber sie wusste, dass es unmöglich war. Dieses Wissen machte sie traurig, denn er hätte ihr Sohn sein können, wenn das Schicksal einen anderen Verlauf genommen hätte und Connie seinen Vater nicht vor Jahren durch eine List von Kate weggelockt hätte.

Mrs. Summers traf Kate in der Halle. Sie wirkte beunruhigt. »Ich bin froh, dass Sie zurück sind, Madam«, sagte sie.

»Was ist los? Was ist geschehen? … Der Doktor? Ist mit ihm alles in Ordnung?«

»Oh, ja, Madam; er ist aus Newcastle zurückgekehrt, hat zu Mittag gegessen und ist gleich in die Klinik gegangen … Es ist Miss Annie. Sie will nicht aus ihrem Zimmer kommen; sie hat sich eingeschlossen. In all den Jahren, die ich nun schon hier bin, habe ich es nicht ein einziges Mal erlebt, dass ihre Tür verschlossen war.«

»Sie hat sich eingeschlossen!«, rief Kate. »Wann?«

»Das muss gewesen sein, gleich nachdem Miss Davidson gegangen ist.«

Kate verharrte regungslos am unteren Ende der Treppe. »Ist … ist irgendetwas vorgefallen?«

»Nicht, dass ich wüsste, Madam. Als Miss Davidson kam, habe ich ihr gesagt, dass der Doktor in der Klinik ist und dass Annie oben zu packen begonnen hat. Sie ist hinaufgegangen, und als ich nach einer Weile an der Treppe vorübergegangen bin, habe ich sie lachen gehört … Sie wissen schon, so wie sie es immer tut, Madam, dieses fröhliche, tiefe Lachen. Dann ist sie heruntergekommen und zur Klinik gegangen. Master David hat entdeckt, dass Miss Annies Tür verschlossen ist. Er ist außer sich zu mir gekommen, weil sie ihn nicht hineinlassen wollte. Ich habe geglaubt, dass er bloß einen Scherz macht, und nicht weiter darauf geachtet. Aber als ich dann hinaufgegangen bin, war die Tür tatsächlich verschlossen. Und als ich durch die Tür gerufen habe, hat Miss Annie gesagt, dass sie Kopfschmerzen hat und zu Bett gegangen ist.«

Gefolgt von Mrs. Summers, stieg Kate die Treppe hinauf. »Ich habe sie etwa eine Stunde allein gelassen und ihr dann gesagt, dass der Tee fertig ist«, fuhr Mrs. Summers aufgeregt fort. »Aber sie hat gesagt, dass sie keinen will … Ich wollte eben den Doktor anrufen, als Sie kamen.«

Kate versuchte, die Tür zu öffnen, doch sie war verschlossen. »Annie. Annie«, rief sie leise.

Einen Augenblick lang war nichts zu hören. Dann vernahm sie leise und gedämpft Annies Stimme: »Ich habe mich hingelegt, weil ich Kopfschmerzen habe.«

»Aber warum hast die Tür abgeschlossen, Liebes?«, fragte Kate.

»Ich wollte etwas Ruhe haben.«

Annies Stimme klang seltsam. Kate und Mrs. Summers warfen einander einen besorgten Blick zu.

»Annie, öffne die Tür! Du brauchst nichts zu sagen, aber ich muss dich sehen!«, forderte Kate energisch.

Sie erhielt keine Antwort.

»Der Doktor kommt, Madam«, flüsterte Mrs. Summers.

Kate wandte sich hastig um und lief die Treppe hinunter. »Rodney! Rodney!«, rief sie.

»Was gibt es? Was ist los?«, fragte er.

»Annie hat sich in ihrem Zimmer eingeschlossen und will nicht herauskommen.«

»Sie hat sich eingeschlossen?«, fragte Rodney ungläubig.

»Ja. Komm, Liebster, vielleicht gelingt es dir, sie zu überreden, die Tür zu öffnen.«

Er folgte ihr, so schnell er konnte. Auch er drückte erst prüfend die Klinke nieder, ehe er leise anklopfte: »Annie, ich bin es, Rodney. Komm, Liebling, öffne die Tür.« Er starrte auf die Holzfüllung der Tür und wartete. Als sich nichts rührte, warf er Kate hastig einen fragenden Blick zu. Ihre Augen waren von Angst erfüllt, während sie langsam den Kopf schüttelte.

»Annie!«, rief er wieder. »Wenn du die Tür nicht aufmachst, werde ich sie aufbrechen müssen.«

Sie warteten in gespannter Stille. Dann vernahmen sie von der anderen Seite der Tür Annies erstaunlich ruhige Stimme: »Ich bin okay, Rodney; ich wollte nur ein wenig allein sein. Bitte lasst mich in Ruhe.«

Er wandte sich um, sah von Kate zu Mrs. Summers und dann wieder zur Tür. »In Ordnung, Schatz«, sagte er leise, während er den beiden Frauen bedeutete, mit ihm zu gehen, als er die Treppe hinunterstieg. Widerstrebend folgte ihm Kate. »Was zum Teufel ist passiert? Hast du eine Vorstellung?«, fragte er sie im Salon.

Ja, sie hatte eine Vorstellung ... Cathleen Davidson war hier gewesen. Es gelang ihr nicht, die Bitterkeit aus ihrer Stimme zu verbannen, als sie antwortete: »Cathleen ist hier gewesen. Danach hat sich Annie eingeschlossen.«

»Was in aller Welt kann Cathleen damit zu tun haben?«

»Alles!« Kate bebte vor Erregung. »Cathleen mag Annie nicht, Rodney. Sie hat von ihr und Terence erfahren und irgendetwas getan. Ich wusste, dass sie etwas tun würde, ich wusste es!«

Er nahm sie sanft bei den Schultern. »Das ist unfair, Kate, und sieht dir gar nicht ähnlich. Aus irgendeinem Grund lehnst du Cathleen ab, und deshalb gibst du ihr für alles Unangenehme die Schuld. Nachdem sie bei Annie gewesen ist, ist sie zu mir in die Klinik gekommen und hat sehr offen über Terence und Annie gesprochen. Sie sagte, dass Rosie Mullen ihr davon erzählt hat. Und auch, dass sie mit Annie darüber gesprochen hat. Wie du siehst, nimmt sie es ihr keineswegs übel. Außerdem solltest du daran denken, Kate, dass sie bis vor kurzem Terence' Freundin war, und ich glaube, sie hat ihn sehr gern gehabt.«

Kate wandte sich ab und setzte sich. Es war sinnlos. Cathleen hatte wieder gesiegt, und ihre Schläue war einfach beängstigend. Sie war im Begriff gewesen, Rodney von Steve zu erzählen, um ihre Anklage gegen Cathleen zu untermauern.

Jetzt sah sie jedoch ein, dass Steve – und ausschließlich Steve – die Schuld zugewiesen werden würde, und dass Rodney gegenüber der Tochter seines Freundes die Verantwortung für Steves Verhalten übernehmen würde. Es war töricht von ihr, auch nur anzunehmen, dass er Cathleen die Schuld geben würde. Warum konnte er nicht erkennen, wie sie wirklich war?

»Selbstverständlich muss es für Annies Verhalten einen Grund geben«, fuhr Rodney fort. »Glaubst du, dass sie einen Brief erhalten hat, der sie aus der Fassung gebracht hat?«

Kate antwortete nicht; sie wusste, dass die Nachmittagspost noch auf dem Tablett in der Halle lag. Nein; der Störenfried war Cathleen, die alles daransetzte, Annies Glück zu zerstören. Aber das wird ihr nicht gelingen, dachte Kate grimmig, während sie entschlossen die Hände verschränkte. Ich kenne sie, und ich werde sie bekämpfen. Wir werden sie gemeinsam bekämpfen …

Doch das war der Punkt: War Annie überhaupt bereit zu kämpfen? Kates Hände fielen schlaff in ihren Schoß … Annie war anders als sie, ihre Kraft war noch nie auf die Probe gestellt worden. Sie kannte nur schwarz und weiß, gut und böse. Einen Mittelweg gab es für sie bisher noch nicht. Wenn jemand oder etwas sie enttäuschte, neigte sie dazu, es einfach hinter sich zu lassen; sie übte nie scharfe Kritik, sondern riss es mit einer Endgültigkeit aus ihrem Leben, die Kate oft beunruhigt hatte.

»Vermutlich hat sie von Terence einen Brief erhalten, der ihr nicht gefallen hat«, sagte Rodney. »In ihrem Alter kann die Liebe oft recht grausam sein. Sie kann sich nicht vorstellen, dass Terence nur ein Junge von vielen ist, die sie vor ihrer Heirat noch kennen lernen wird.«

»Vom ersten Augenblick an wusste ich, dass ich dich für immer lieben würde«, sagte Kate leise mit abgewandtem Gesicht. »Möglicherweise war ich mir dessen nicht von Anfang an bewusst, aber diese Tatsache drängte sich mir schon bald von selbst auf. Und mit Annie ist es dasselbe. Ich fühle, dass es für sie nur Terence Macbane gibt – oder keinen.« Sie blickte ihm in die Augen. »Siehst du es denn nicht? Wie sie in den letzten Tagen vor Glück gestrahlt hat, das war mehr als gewöhnliches Glück, das ging über das Normale hinaus. Und wenn ihr dieses Glück abrupt genommen wird, wird sie ebenso tief in einen Abgrund sinken, wie sie zuvor hoch in den Wolken geschwebt ist.«

Rodney trat an Kate heran, legte ihr den Arm um die Taille und zog sie zu sich hoch. Während er sie küsste, hielt er sie fest umschlungen. »Das ist für deine erneute Liebeserklärung.« Er lächelte sie an. »Und jetzt muss ich wirklich streng sein mit dir. Du nimmst das alles viel zu ernst. Wir sollten ihr noch eine Stunde zugestehen und es dann wieder versuchen. Wenn sie auch dann nicht öffnet, sprenge ich das Schloss auf ...«

Kaum war die Stunde vorüber, stiegen sie die Treppe hinauf. Rodney drückte die Klinke nieder, doch die Tür war noch immer verschlossen. »Annie, mach auf«, rief er energisch. Nachdem er ihr ausreichend Zeit gelassen hatte zu öffnen, warnte er sie scharf: »Wenn du nicht augenblicklich öffnest, werde ich das Schloss aufbrechen.«

Aus dem Zimmer war eine Bewegung zu hören. Dann wurde der Schlüssel umgedreht, die Tür flog auf, und Annie stand vor ihnen.

Kate stieß einen kleinen Schrei aus. Es war, wie sie vermutet hatte: Annie war so tief in einen Abgrund hinabgesunken, wie sie zuvor hoch in den Wolken geschwebt war. Sie starrte wortlos das Gesicht ihrer Tochter an, das in wenigen Stunden von dem eines hübschen, lachenden Mädchens zu einer ausdruckslosen Maske geworden war. Die Blässe ihrer Haut unterstrich den Wandel zusätzlich. Es gab keinen Hinweis auf Tränen; ihre Augen waren klar und von so einem tiefen Grün, dass sie beinahe schwarz wirkten.

»Was ist los, Liebling? Was ist passiert?«, fragte Rodney mitfühlend.

»Nichts. Ich wollte mich nur ein wenig ausruhen«, antwortete sie beherrscht und knapp. Sie hatte die Schultern gestrafft und trug ihre gespannten Muskeln wie eine Rüstung.

»Komm schon, Annie; da steckt doch mehr dahinter. Erzähl es uns.«

»Ich werde dir nichts erzählen, weder jetzt noch zu irgendeinem anderen Zeitpunkt. Du brauchst also nicht erst versuchen, mich zu überreden. Ich bitte dich nur, mich in Ruhe zu lassen.« Rodney hatte in das Zimmer treten wollen, hielt jedoch abrupt inne.

So hatte Annie noch nie mit ihm gesprochen. Bisher waren ihre Worte immer freundlich und liebevoll gewesen; selbst bei ganz Alltäglichem, wie der Begrüßung am Morgen, hatte sie für ihn immer einen ganz speziellen Ton reserviert. Seinem Gesicht war deutlich abzulesen, wie verletzt und überrascht er war. Einen Moment lang blickten seine Augen fragend in ihre, ehe er sich langsam umwandte, an Kate vorbeiging und verschwand.

»Annie, wie konntest du so mit Rodney sprechen? Wie konntest du es wagen?«, rief Kate erschüttert. »Was ist über dich gekommen? Was ist nur passiert?«

Als sich Annie wortlos umdrehte, folgte Kate ihr ins Zimmer. »Cathleen Davidson hat dir das angetan, nicht wahr?«, stieß sie hervor.

»Ich werde mit dir nicht darüber sprechen, daher hat es keinen Sinn weiterzuforschen.«

Ihr Ton verblüffte Kate. Sie hatte Annie noch nie zuvor so sprechen hören. »Ich weiß, dass es Cathleen Davidson war. Ich habe dich gewarnt.«

»Dann sag es Rodney. Er wird dir gewiss nicht glauben«, sagte Annie.

»Annie! Mein Liebling«, flehte Kate, während sie Annie zu sich drehte, sodass sie ihr Gesicht sehen konnte, »sag mir, was mit dir los ist. Bitte, sag es mir; du wirst dich danach besser fühlen.« Plötzlich fiel ihr etwas ein. »Hat es mit dem zu tun, was ich dir gesagt habe, bevor ich ausgefahren bin?«

»Nein, das ist es nicht ... auch wenn ich darin nichts Erfreuliches finden kann. Aber ich werde es dir nicht sagen, Mama.« In Annies Augen lag so viel Kälte und in ihrem ruhigen Ton so viel Bestimmtheit, dass Kate die Hände sinken ließ, zurücktrat und ihre Tochter erstaunt betrachtete. Bisher hatte sie geglaubt, dass es nichts an Annie gab, das sie nicht kannte oder nicht verstand. Diese neue Haltung jedoch war auf eine Entschlossenheit und eine stählerne Härte gegründet, die sie in keiner Weise mit ihrer Annie in Verbindung bringen konnte. Diese neue Annie war stark genug, Cathleen Davidson allein zu bekämpfen. Aber sie würde es nicht tun, denn sie wandte all ihre Stärke gegen sich selbst.

Kate ging, ohne ein weiteres Wort zu verlieren. Nun fürchtete sie nicht mehr, dass sich Annie etwas antun könnte. Stattdessen hatte eine größere Angst von ihr Besitz ergriffen, die sie bisher nicht zuordnen konnte; sie wusste nur, dass sie irgendwie mit den entzündeten Kerzen am Altar, dem geöffneten Gebetbuch und dem Rosenkranz auf dem Bett zusammenhing.

Kate war noch wach, als das Telefon läutete; es war zwei Uhr morgens, und sie konnte nicht schlafen. Rodney wälzte sich neben ihr unruhig im Bett, während sein verletztes Bein in nahezu regelmäßigen Intervallen zuckte. Das Läuten des Telefons schreckte sie hoch; sie war überrascht, als ihr Peggy Davidsons Stimme aufgeregt aus dem Hörer entgegenklang. »Kate, kann Rodney rüberkommen? Peter braucht ihn.«

»Ist er krank?«, fragte Kate besorgt.

»Nein … aber er braucht Rodney.«

»Einen Augenblick, Peggy.« Kate rüttelte Rodney wach. »Peggy ist am Telefon. Sie will, dass du zu ihnen hinübergehst.«

Innerhalb von Sekunden hatte Rodney jegliche Schläfrigkeit abgeschüttelt, nahm den Hörer und hörte eine Weile schweigend zu. »Ich komme, so schnell ich kann, Peggy«, sagte er schließlich knapp. »Ruf Blyth und sag ihm, dass ich den Wagen brauche«, bat er Kate, während er ihr den Hörer zurückgab.

»Was ist los? Ist jemand krank?«, fragte sie, während sie zum Haustelefon griff.

»Ich weiß es nicht. Aber es muss etwas Ernstes mit Cathleen oder Michael sein. Sie wollte es mir am Telefon nicht sagen.«

Hastig stieg er aus dem Bett. »Allmächtiger, ist der Kerl noch nicht wach«, rief er, als er bereits halb bekleidet war.

Kate legte den Hörer auf. »Er ist schon auf dem Weg. Offenbar hat er einen sehr tiefen Schlaf.«

»Ich vermute eher, dass er das Läuten nicht hören will. Oh, wie ich Steve vermisse! Er hätte den Wagen längst vorgefahren.«

Wortlos half sie ihm, sich fertig anzukleiden. Das war das erste Mal, dass Rodney von Steve gesprochen hatte seit jener Nacht, in der sie erfahren hatte, dass er gegangen war. Und sie fühlte, dass ihm die Bemerkung unwillkürlich herausgerutscht war, weil er sich über Blyth ärgerte. Nachdem er gegangen war, fragte sie sich unsicher, ob er sich von ihr so kühl verabschiedet hatte, weil er sich an Steve erinnert hatte, oder weil er die Davidsons so schnell wie möglich erreichen wollte. Da er wusste, wie sehr sie sich um Annie sorgte, fand sie es unfair, dass er sie auf diese Weise verlassen hatte. Vermutlich gehörte diese Kälte ebenfalls zu den unerklärlichen Stimmungsschwankungen, die er seit Neuestem zeigte …

Als Peggy die Tür öffnete, stieß Rodney unwillkürlich einen Schrei aus. Er sah, dass sie nicht imstande war zu sprechen; ihre Augen waren rot und verquollen vom Weinen, und tiefe Kummerfalten hatten sich in ihr schmales Gesicht gegraben. Sie führte ihn in den Salon, wo sie zu seinem Erstaunen das Gesicht in den Händen barg und krampfhaft zu schluchzen begann.

Rodney legte ihr den Arm um die Schultern. »Peggy, meine Liebe, was ist los?«

Sie sah mit erschöpftem Blick zu ihm auf. »Oh, Rodney, warum muss uns so etwas nur zustoßen? Was haben wir getan? Wir haben unser ganzes Leben für sie gearbeitet, ihnen alles gegeben, was wir konnten ...«

»Peggy! Was ist geschehen? Sag es mir ... Wo ist Peter? Hör jetzt zu weinen auf und sag es mir!«

Sein scharfer Ton bewirkte, dass sie sich wieder fasste. »Oben bei Michael ... Er weiß nicht, dass ich dich angerufen habe, aber ich habe Angst um ihn gehabt; er hat ausgesehen, als ob ... als ob er es nicht ertragen würde, und ich bin einfach nicht an ihn herangekommen ... irgendwie ...«

»Peggy! Was ist geschehen? Sag es mir einfach!« Rodney fasste sie an der Schulter.

»Michael ... er hat versucht, sich das Leben zu nehmen.«

»Allmächtiger!«

»Und es wäre ihm gelungen, wenn Duke nicht das Gas gerochen und an unserer Tür gekratzt hätte. Peter ist gerade noch rechtzeitig gekommen. Aber Michael ... mein Junge, es geht ihm sehr schlecht!«

»Allmächtiger!«, murmelte Rodney noch einmal, während er hastig den Raum verließ.

Peggy verharrte regungslos, wo er sie verlassen hatte. Sie stand vor dem Klavier, und nach einer Weile wurde ihr bewusst, dass sie unverwandt auf die Fotografie von Cathleen starrte, die darauf stand. Die Augen ihrer Tochter schienen ihr aufsässig entgegenzublicken. Peggy ging zum Klavier und nahm das Foto in die Hand. Während sie darauf hinuntersah, fielen ihre Tränen in großen Tropfen auf das Glas und verzerrten Cathleens Gesicht, sodass es einem grinsenden Dämon glich. Statt es zurückzustellen, legte sie es mit der Vorderseite nach unten auf das Klavier. Dann lehnte sie sich gegen die Wand, barg das Gesicht in den Händen und weinte erneut bitterlich.

Die Morgendämmerung war bereits angebrochen, als Peter und Rodney herunterkamen und in wortlosem Einverständnis in Peters kleines, unaufgeräumtes Arbeitszimmer gingen. Rodney trat an das kleine Schränkchen auf dem Bücherregal heran und nahm die Flasche Whisky heraus, die er, wie er wusste, dort finden würde. Er goss eine großzügige Menge in ein Glas und reichte es Peter, der sich in einen bequemen Lederstuhl hatte fallen lassen.

Peter lehnte das angebotene Glas mit erschöpftem Kopfschütteln ab. »Komm schon, trink«, drängte Rodney. Er sah seinen Freund mit ängstlichem Mitgefühl an. Peter war ihm in den größten Prüfungen seines Lebens beigestanden, während er selbst sich in diesem Augenblick nur hilflos fühlte, weil er nichts tun konnte, um den tiefen Schmerz vom Gesicht seines Freundes zu fegen. Wie sehr hatte ihn das ständige Lächeln auf eben diesem Gesicht geärgert, als sie einander kennen lernten.

Lange Zeit saßen sie schweigend da, während Peter hin und wieder an dem Whisky nippte und sich entweder den Nacken oder das Kinn rieb. »Hast du eine Ahnung, warum er es versucht hat?«, fragte Rodney schließlich, der es für besser hielt, wenn Peter über die Angelegenheit sprach.

Peter fuhr sich mit der Hand hastig über das Gesicht. Er antwortete nicht sogleich, und als er sprach, stellte er eine Gegenfrage: »Hast du nicht gemerkt, dass ein anderes Familienmitglied gefehlt hat?«

Rodney war aufgefallen, dass er Cathleen nicht gesehen hatte. Er hatte jedoch angenommen, dass sie in ihrem Zimmer oder bei Peggy war. Allerdings war es seltsam, dass sie nicht zumindest hereingeschaut hatte, wo sie doch wusste, dass er hier war. »Meinst du Cathleen?« Während er ihren Namen aussprach, erinnerte er sich an Kates Worte. »Cathleen ist hier gewesen!«, hatte sie gesagt.

»Du kennst uns, Rodney«, begann Peter plötzlich. »Als die beiden noch klein waren, hat es keine glücklichere Familie gegeben als uns. Aber in den letzten Jahren ...« Er schüttelte verzweifelt den Kopf. »Du würdest nicht glauben, wie unerträglich das Leben manchmal war.«

Rodney schwieg verunsichert. Jahrelang hatte er Cathleen geschützt. Mitunter war er nah daran gewesen, Kate gegenüber die Beherrschung zu verlieren, weil sie Cathleen offenkundig misstraute … Aber in diesem Augenblick bezog sich Peter unzweifelhaft auf Cathleen.

Peter stemmte sich aus dem Stuhl hoch und begann, in dem engen Raum auf und ab zu gehen. Er sprach in abgehackten Sätzen, als müsste er sich die Worte mühsam abringen. »Sie ist ein Teufel! Irgendetwas stimmt nicht mit ihr; sie kann Frieden nicht ertragen. Ich mache Michael keine Vorwürfe. Er ist ein Junge, und ihr Spott würde auch einen erwachsenen Mann von Zeit zu Zeit dazu bringen, den Kopf zu verlieren … Sie gleicht keinem anderen Menschen, den ich kenne … Wir können es nicht verstehen.«

Er hielt an und trank einen weiteren Schluck Whisky. »Ich kann das kaum glauben«, sagte Rodney leise.

»Nein, du nicht!«, sagte Peter bitter. »Du hast in ihr immer ein nettes Mädchen gesehen. Allerdings bist du der Einzige, den sie täuschen konnte. Vermutlich kann man es dir nicht einmal verdenken, dass du ihr geglaubt hast, denn sie hat sich dir immer von einer besonderen Seite gezeigt. Es hätte dir aber vielleicht die Augen geöffnet, wenn du letzte Nacht hier gewesen wärst.

Als ich nach Hause gekommen bin, hat Peggy gesagt, dass sie ihn schon seit Stunden verspottet hat, wie nur sie es kann … Hast du gewusst, dass sie das wochenlang durchhält? Bei jedem Essen, in jedem Augenblick, auf tausendfache Weise spielt sie immer wieder auf dasselbe an, bis du sie am liebsten erwürgen würdest.«

»Peter!«

»Was ich sage, ist die Wahrheit.« Peter trocknete seine schweißnassen Handflächen. »Peggy sagt, dass sie schon seit dem Tee auf Michael herumgehackt hat. Michael ist dann gegangen, weil er es nicht mehr ausgehalten hat. Als er wieder zurückgekommen ist, hat sie einen ihrer alten Tricks angewendet. Sie ist wieder und wieder ins Badezimmer gegangen und hat jedes Mal, wenn sie an seiner Tür vorbeigekommen ist, in einem durchdringenden Flüsterton eine spöttische Bemerkung fallen lassen. Sie mit dieser Stimme zu hören ist unheimlich, unerträglich. Ich vermute, dass Michael es einfach nicht mehr ausgehalten hat. Er ist aus dem Zimmer gestürmt und hat sie geschlagen. Peggy sagt, dass Cathleen mit der Bronzestatue nach ihm geworfen hat, die auf dem Tisch im Treppenflur steht. Michael ist der Statue ausgewichen, hat Cathleen einen Stoß versetzt, und sie ist rücklings die Treppe hinuntergestürzt. Es ist ein Wunder, dass sie sich nicht den Hals gebrochen hat.«

Rodney starrte ihn ungläubig an. Es war ihm tatsächlich unmöglich zu glauben, was er hörte, aber es musste wahr sein. »Wo ist sie jetzt?«, fragte er.

»Im Bett, mit einer ausgerenkten Schulter und einem gebrochenen Knöchel. In diese Situation bin ich gekommen, nachdem ich mich stundenlang abgemüht habe, um Zwillingen auf die Welt zu helfen. Vermutlich musste es eines Tages geschehen. Es ist der Höhepunkt vieler Jahre. Das Grausame daran ist, dass ich Michael fortschicken muss.«

»Aber worum ist es denn gegangen?«

»Um Rosie Mullen.«

»Um Rosie?«

»Ja. Offenbar hat sich Michael einige Male mit ihr verabredet. Ich habe nichts davon gewusst und war ein wenig erstaunt, weil ... nun, sie ist so eine kleine Person und scheint gar nicht Michaels Typ zu sein. Außerdem ist es ungewöhnlich für einen Jungen in seinem Alter, sich für ein älteres Mädchen zu interessieren. Einerlei. Darum ist es auf jeden Fall gegangen. Und ich kann mir vorstellen, dass Cathleen alle ihre Waffen eingesetzt hat.«

Peter setzte sich wieder. Er wirkte zu Tode erschöpft und sprach, als würde er laut denken: »Ich werde ihn zu meinem Bruder schicken. Er hat schon mehrmals geschrieben, dass der Junge ihn besuchen soll. Ja, dorthin werde ich ihn schicken. Ich hätte es ja schon vor Jahren getan, wenn Peggy nicht dagegen gewesen wäre.«

»Du meinst doch gewiss nicht deinen Bruder in Kanada?«, fragte Rodney.

»Doch, genau den.«

»Was? Das wird Peggy das Herz brechen.«

»Etwas muss geschehen. Und nach dem, was heute vorgefallen ist, wird er sicher nicht in diesem Haus bleiben wollen.«

»Aber Peter! Warum lässt du nicht Cathleen fortgehen? Sie will sich schon lange in London oder Paris niederlassen. Warum lässt du mich nicht …?«

»Nein!«, unterbrach ihn Peter schroff. »Sie wird nicht nach Paris gehen. Solange ich sie halten kann, wird sie dieses Haus nicht verlassen. Lange wird es ohnehin nicht mehr sein, denn schon bald werde ich nicht mehr die Macht haben, sie zu halten. Aber solange ich kann, werde ich sie nicht gehen lassen. Ich habe ihr diese Reise nur erlaubt, weil ich ihrer Begleiterin vertrauen konnte.«

»Aber warum?«

»Weil sie schon nach vierundzwanzig Stunden auf der Straße landen würde.«

»Peter! Peter!«

»Ja, Peter! Peter! … Ich kenne meine Tochter. Ich habe in den letzten Monaten Dinge erfahren, dass mir das Haar beinahe weiß geworden ist.«

Aus einem unerklärlichen Grund erinnerte sich Rodney in diesem Augenblick an Steve. Seit Monaten hatte er versucht, nicht an ihn zu denken, da seine Gedanken dann stets von Steve zu Kate abgeschweift waren. Er fühlte, dass Steves übereilte Abreise ein Geheimnis barg, in das Kate verwickelt war. Mitunter hatte ihn eine unsinnige Eifersucht gepeinigt, die er nur überwinden konnte, weil er sich Kates Liebe sicher war. Diese Eifersucht hatte jedoch einen Schatten über sein Glück geworfen, der beharrlich blieb und immer dunkler wurde, wie an diesem Morgen, als er Steves Namen erwähnt und Kate nicht geantwortet hatte. Wäre es nicht natürlich gewesen, dass sie auf seine Bemerkung in irgendeiner Weise reagiert hätte? Aber nein, wenn er nun darüber nachdachte, erwähnte sie nie Steves Namen; sie vermied es ebenso, von ihm zu sprechen, wie er.

Peters Stimme rief Rodney aus der Betrachtung seiner eigenen, geringen Probleme zurück. Was sein Freund andeutete, erschreckte ihn. »Durch Zufall bin ich dahinter gekommen, dass sie seit Jahren ein freizügiges Leben führt. Einige kleine Dinge, die sie gesagt hat, haben mein Misstrauen geweckt. Denn eine gewisse Art von Wissen erwirbt man nur durch Erfahrung. Deshalb habe ich eines Tages ihr Zimmer durchsucht. Ich habe es getan, ohne dass Peggy davon wusste, denn Cathleen war schlau genug, darauf zu bestehen, dass sie ihr Zimmer immer selbst aufräumt. Die Schubladen sind verschlossen gewesen, aber das war kein Problem. Und was ich gefunden habe, hat mich krank gemacht ... Das war das einzige Mal, Rodney, dass ich als Erwachsener geweint habe.«

Rodney konnte nichts anderes tun, als regungslos in seinem Stuhl zu sitzen und Peter anzustarren. Er war innerlich vollkommen ausgetrocknet und fand keine Worte, mit denen er seinen Freund hätte trösten können. Auch er fühlte sich im Stich gelassen, getäuscht und zum Narren gehalten. Er hatte Cathleen seit Jahren verteidigt, weil er sie als impulsives Kind betrachtet hatte. Wie sehr musste sie seine Loyalität amüsiert haben! Er hatte das eigenartige Gefühl, jung und unerfahren zu sein, als würde das Leben noch viele Überraschungen für ihn bereit halten. Erst gestern hatte sie wieder mit ihm gespielt. Ein Gedanke durchzuckte ihn. Was hatte sie Annie angetan? Kate hatte Recht, sie hatte all die Jahre über Recht gehabt. Er fühlte den verzweifelten Wunsch, nach Hause zu eilen zu Kate und Annie, um die Fäden zu entwirren. Ja, er musste nach Hause, denn Annie würde schon in wenigen Stunden ins College aufbrechen. Und er würde Kate rundheraus fragen, was sie über Steve wusste.

Peter legte ihm die Hand aufs Knie. »Ich fühle mich jetzt besser, weil ich mit dir darüber reden konnte. Ich weiß nicht, was ich getan hätte, wenn du nicht hier gewesen wärst. Bleibst du noch eine Weile? Ich brauche dich.«

»So lange du willst, Peter.«

14

Terence' nächster Brief erschütterte Annies Abwehrhaltung und durchdrang die kühle Gleichgültigkeit, die sie entwickelt hatte. Er befasste sich ausschließlich mit dem Buch. Statt einen bescheidenen Ton anzuschlagen, wie es der Angelegenheit entsprochen hätte, übte er scharfe Kritik. Offenbar war der Brief in Wut geschrieben worden.

Sie setzte sich auf das schmale Bett in dem abgetrennten Alkoven und las ihn zum dritten Mal:

Meine Mutter hat einen Fehler begangen, als sie dich gebeten hat, das Buch zu suchen. Aber du hast auch einen Fehler begangen, als du es gelesen hast. Es muss dich einige Mühe gekostet haben, es zu öffnen. Allein dieser Umstand hätte dir sagen sollen, dass es persönlich ist. Du hast kein Recht gehabt, es zu lesen. Offensichtlich hat dich einiges von dem, was du gelesen hast, schockiert. Da das Buch ausschließlich für meine Augen bestimmt war, werde ich mich nicht vor dir rechtfertigen; aber ich bitte dich zu versuchen, es zu vergessen, und ich werde dir verzeihen, dass du es gelesen hast.

Sein Ton mäßigte sich gegen Ende beträchtlich, und er schloss mit den Worten:

O Annie, ich habe mich so nach einem Brief von dir gesehnt. Dass du dann das Buch ohne ein einziges Wort geschickt hast, war grausam von dir … Mir ist ein entsetzlicher Gedanke ge-

kommen: Ich glaube, dass du auf puritanische Weise grausam sein kannst, weil du so jung bist.

Sie knüllte den Brief zu einem festen Ball zusammen. Jung! Sie würde sich nie wieder jung fühlen ... Und *er* wollte *ihr* verzeihen?

Als in der Ferne eine Glocke läutete, stand sie vom Bett auf und ging rasch an den Reihen schlichter Alkoven im Schlafsaal vorüber. Wie konnte er es wagen? Wie konnte er es bloß wagen? Noch heute Abend werde ich Schwester Ann schreiben, fügte sie in Gedanken grimmig hinzu, als könnte sie ihm damit einen Schlag versetzen.

Vier Tage später erhielt sie einen weiteren Brief. Er begann in Panik:

Annie, mein Liebling, es kann doch nicht dein Ernst sein, dass du mir wegen dieses dummen Buches nicht mehr schreibst. Ich kann jedes Wort erklären, das ich geschrieben habe, und warum ich solches Zeug schreibe. Und das werde ich, sobald ich dich wiedersehe. In der Zwischenzeit kann ich dich nur bitten, tu mir das nicht an. Ich weiß, dass mein letzter Brief sehr schroff war, und es tut mir unendlich Leid, dass ich ihn in diesem Ton geschrieben habe. Meine Geliebte, das ist die Hölle! Ich kann mich nicht mehr auf meine Arbeit konzentrieren.

Jahrelang habe ich mich von dir fern gehalten aus Angst vor dem, was du mir antun könntest. Jetzt erkenne ich, dass diese Angst wohlbegründet war. Ich wusste, wenn ich mir je erlauben würde, dich zu lieben, würdest du mich verzehren. Aber für mich gibt es jetzt kein Zurück mehr. Annie, um Himmels willen, schreib mir!

Sie konnte nicht weiterlesen. Ihr Blick streifte umher auf der Suche nach einer Fluchtmöglichkeit. Der baumlose Garten des Colleges lag offen vor ihr. Er war jedoch übersät von Gruppen von Mädchen. Einen Augenblick lang überfiel sie der brennende Wunsch, nach Hause zu laufen und all dem hier zu entkommen. Vor allem wollte sie den Massen von Mädchen entkommen, der Routine und den kalten, unpersönlichen Dingen; hier gab es nichts, das ihr Herz rührte. Dieser letzte Gedanke wirkte beruhigend auf sie … es war genau, wie es sein sollte. Genau das wollte sie: dass nichts ihr Herz rührte …

Der dritte Brief kam am Ende der zweiten Woche und ließ sie gequält aufschreien: »Was für ein Mann ist er? Wie kann er so etwas sagen?«

In diesem Brief bemühte er sich, die Gefühle zu erklären, die ihn gedrängt hatten, sich in dem Buch so auszudrücken, wie er es getan hatte. »Annie«, begann er …

> *Was ich in diesem Buch aufgezeichnet habe, waren vor allem pubertäre Gedanken. Die Wörter bedeuten nicht wirklich, was sie zu vermitteln scheinen. Dieses Buch war für mich eine Art Sicherheitsventil; es war ein Teil von mir, den ich abwerfen musste … »Selbsterfahrung« nennt man das. Begreifst du denn nicht, dass diese Notizen ein Ausdruck jener Entwicklungsphasen sind, die wir alle durchmachen? Ich vermute, dass dich das Gedicht über Cathleen schockiert hat. Ich bitte dich, mir zu glauben, dass es nichts zu bedeuten hat; es ist nur auf einer nebensächlichen Begebenheit aufgebaut.*

Als Annie an dieser Stelle anlangte, ließ sie den Brief in den Schoß sinken. Wie konnte er bloß so lügen? Wie konnte sie sich nur in jemanden verlieben, der erst handelte, wie er es getan hatte, und es dann als nebensächliche Begebenheit bezeichnete? Sie dachte an all die Jahre zurück, die sie gelitten hatte, weil sie das Ergebnis einer »nebensächlichen Begebenheit« war …

Sie las weiter: *Wenn du willst, kannst du mit deiner Mutter darüber sprechen. Ich weiß, dass sie es verstehen wird. Du kannst ihr alles erzählen, was in dem Buch steht …* Er war sich sicher, dass Kate ihn verstehen würde, weil er wusste, dass sie nicht verheiratet gewesen war, als Annie geboren wurde. Ansonsten würde er es nie wagen, so etwas zu behaupten. Vermutlich war er auch genau aus diesem Grund überrascht, dass sie die Angelegenheit nicht ebenso leicht nahm; er war enttäuscht, dass sie nicht wie Kate war … Allmächtiger, was sagte sie da? Oh, Mama! Mama! So habe ich es nicht gemeint. Sie rang verzweifelt die Hände. Wenn er nur aufhören würde, ihr zu schreiben. Wenn er sie nur in Ruhe lassen würde. Das war alles, was sie wollte: dass er sie in Ruhe ließ. Sie wusste genau, was sie tun würde, und wollte nichts anderes, als in Ruhe gelassen zu werden, um es zu tun …

Eine Woche vor Ende des Wintersemesters erhielt Kate einen Anruf der Direktorin des Colleges. Sie erklärte, dass sie sich wegen Annie ein wenig sorgte. Auf Grund einer Erkältung hatte Annie einige Tage im Bett verbracht, doch nun erholte sie sich nicht so gut wie erwartet. Annie hatte den Unterricht wieder aufgenommen, einige ihrer Lehrer hätten jedoch berichtet, dass sie an Konzentrationsmangel litt. … Man hielt es für ratsam, Annie zur Erholung nach Hause zu schicken.

Vier Stunden später war Annie zu Hause. Sie war wütend auf die Direktorin und auf Kate wegen des unnötigen Aufhebens und erklärte beharrlich, dass ihr bis auf eine kleine Erkältung nichts fehlte. Wollten sie, dass sie die Prüfungen versäumte? Warum ließen sie sie nicht einfach in Ruhe?

Bestürzt musste Kate feststellen, dass es ihr nicht gelang, an Annie heranzukommen; sie war noch verschlossener als zu Beginn des Semesters. Mehrmals versuchte Kate, die eigenartige Kälte zu durchbrechen und die alte Vertrautheit mit Annie wiederherzustellen, durch die sie einander so viele Jahre lang nah gewesen waren. Doch jeder Versuch schien die Kluft zwischen ihnen nur zu vertiefen. Schließlich überließ sie Rodney das Feld.

Er entschloss sich für ein direktes Vorgehen, da er wusste, dass sie vorsichtige Umwege durchschauen würde. Er legte seinen Arm um ihre Schulter und führte sie in sein Arbeitszimmer. »Kleine Fee« – er benutzte bewusst einen alten kindlichen Kosenamen – »irgendetwas beunruhigt dich, und das macht mir und deiner Mutter Sorgen … Wir wissen, dass es etwas mit Cathleen Davidson zu tun hat. Ich möchte, dass du weißt, dass ich in letzter Zeit einiges über sie erfahren habe. Hätte ich dich am Morgen deiner Abreise ins College nicht verpasst, dann hätten wir dieses Gespräch schon früher geführt. Ich weiß, dass sie Böses im Sinn hatte, als sie das letzte Mal hier war; sie hat an diesem Tag viel Schaden angerichtet, und einiges davon ist nicht wieder gutzumachen.«

Einen Augenblick lang ließ Annie überrascht ihre Abwehrhaltung fallen. »Ist Michael ihretwegen nach Kanada gegangen?«, fragte sie erstaunt.

»Ja. Und du würdest dich besser fühlen, mein Liebling, wenn du mir erzählst, was sie dir gesagt hat. Denn was auch immer es war, sie hat es aus Eifersucht gesagt, und vermutlich war es sogar eine Lüge … Du solltest wissen, dass auch Steve uns ihretwegen verlassen hat. Aber das wird dir Kate später noch erzählen. Was mich betrifft«, fuhr Rodney fort, »so war ich ein blinder Narr.« Er schüttelte ungläubig den Kopf. Noch immer konnte er das Ausmaß von Cathleens Niedertracht nicht fassen.

»Was hat sie getan, dass Steve gegangen ist?«, fragte Annie gegen ihren Willen.

»Das ist eine lange Geschichte. Da musst du Kate fragen. Diese törichte Frau hat es die ganze Zeit über für sich behalten. Wenn sie es mir gesagt hätte, hätte sie mir und wahrscheinlich auch dir eine ganze Menge Sorgen erspart. Aber das ist vorbei … Verstehst du nun, mein Liebling, dass das, womit Cathleen dich so aus der Fassung gebracht hat, vielleicht gar nicht wahr ist?«

Annie wandte sich von ihm ab, stützte den Arm auf den Kaminsims und legte den Kopf darauf. »Aber es ist wahr, Rodney … Ich weiß es. Und es ist nicht nur das, was sie gesagt hat. Da ist noch etwas. Etwas ganz anderes.«

Rodney trat an sie heran und berührte sanft ihr Haar mit seiner Hand. Hastig drehte sie sich zu ihm um und legte ihre Wange in einer vertrauten Geste an seine.

»Annie, Liebes …« Er war zutiefst gerührt.

»Sprich nicht mehr darüber, Rodney. Ich kann es dir nicht sagen. Es ist ohnehin aus und vorbei. Ich wünsche mir jetzt nichts anderes, als Cathleen Davidson zu vergessen … und ihn!«

»In Ordnung, mein Liebling. In Ordnung.« Er küsste sie zart auf die Wange. Es wäre sinnlos, weiter in sie zu dringen. Das wusste er. Wie Kate gesagt hatte, war es, als wollte man eine Stahlschicht durchbrechen, wo man Kreide erwartet hatte.

Am nächsten Morgen setzte Annie den ersten entscheidenden Schritt auf dem Weg, den sie von nun an gehen würde, und besuchte Pater Bailey. Er war ein wenig überrascht, aber hocherfreut, sie zu sehen, und es dauerte eine Weile, ehe er sie auf den Zweck ihres Besuches zu sprechen kommen ließ. Seine gesamte Aufmerksamkeit und Sorge schien einem Kanarienvogel in einem Käfig am Fenster zu gelten. Wie er erklärte, war er ein Geschenk eines Gemeindemitglieds. »Du glaubst nicht, Annie, wie er singen kann«, sagte er. »Wie eine Lerche … Hör nur … Komm schon, Sandy. Komm, sing für den alten Mann. Nun komm doch«, versuchte er den Vogel zu überreden. Sandy ließ sich jedoch keinen einzigen Ton entlocken. »Er ist ein wenig launenhaft«, fuhr der Priester fort, während er den Vogel mit dem Finger durch die Stäbe hindurch anstieß. »Man glaubt gar nicht, wie launenhaft er ist. Er weiß, dass er gut ist, und nutzt sein Wissen, um mit mir zu spielen. Sandy hat sehr menschliche Züge … Komm schon, mein Junge, nun komm schon.«

»Pater Bailey«, begann Annie auf der anderen Seite des Käfigs, »ich bin gekommen, weil … weil ich in die Kirche eintreten will.«

Pater Bailey stieß den Vogel weiterhin durch die Stäbe hindurch an. Er nahm ein Stück Speckschwarte von einem Stab und wand es um einen anderen. Dann trat er vom Käfig zurück und betrachtete aufmerksam, wie er sanft hin und her schaukelte. Anschließend wühlte er mit dem Finger den Sand in der Porzellanschale auf, reinigte sich die Hände und ging zum Tisch. Während er Platz nahm, bedeutete er Annie, sich ihm gegenüber zu setzen.

Er blickte sie über den breiten Holztisch hinweg an und starrte dann auf das braune Linoleum hinunter. Seine Augen folgten den matten Spuren, die seine Gummisohlen auf dem glänzenden Boden hinterlassen hatten, und er nickte, als würde er jeden der Abdrücke zählen.

»Seit wann hast du den Wunsch, Nonne zu werden?«, fragte er schließlich.

»Oh, seit langem, Pater«, antwortete Annie, während sie unruhig die Hände im Schoß verschränkte und wieder löste. »Schon eine ganze Weile.«

Wann hatte sie zum ersten Mal daran gedacht, Nonne zu werden? War es damals, als sie sich in der Klosterkapelle neben Schwester Ann zum Gebet niedergelassen und ein Gefühl des Friedens empfunden hatte? Ja, vielleicht, auch wenn es ihr erst an dem Tag auf der Straße in Jarrow wirklich bewusst geworden ist … »Seit fast vier Jahren, Pater.«

»Tatsächlich? Und warum willst du Nonne werden?«

»Weil ich … weil ich fühle … ich kann es nicht wirklich erklären … weil das Leben so friedlich sein wird und so …«

Als Pater Bailey schallend lachte, verhärtete sich Annies Gesicht. »Und natürlich willst du Gott dienen, nicht wahr?«, fragte er, während er sich mit der Hand über die Augen fuhr.

»Ja, natürlich, Pater«, erklärte sie zugleich ernst und entrüstet. »Und ich will Kinder unterrichten.«

Pater Bailey lehnte sich in seinem Stuhl zurück, stützte das Kinn auf die Brust und begann, die Knöpfe an seiner Weste zu zählen, als hätte er sie eben erst bemerkt. Sein Gesichtsausdruck glich dem eines erstaunten Kindes. »Du sehnst dich also nach Frieden und danach, Kinder zu unterrichten?«, fragte er, ohne den Blick von der Weste zu heben.

»Ja.«

»Und du glaubst, dass du mehr Frieden finden und besser unterrichten wirst, wenn du eine Nonne bist?«

»Ja … ja, Pater, etwas in dieser Art.«

Pater Bailey beendete die Betrachtung seiner Knöpfe, lehnte sich über den Tisch und stieß mit dem Finger nach Annie: »Jetzt werde ich dir etwas erzählen, Annie … Du denkst wie viele andere, und wie viele andere hast du Unrecht. Nur weil du Priester oder Nonne bist, prallen nicht alle Versuchungen einfach so an dir ab. Ganz im Gegenteil scheint es, als hätte sich Gott vollkommen von dir abgewendet und würde dem Teufel freie Bahn lassen … Ja, Annie, du wirst nur allzu oft ganz und gar im Stich gelassen werden, als würde Gott sagen: ›Jetzt, wo ich dich so weit gebracht habe, sieh zu, wie du allein vorankommst.‹ Und weißt du, was du statt Frieden findest? Eine Seele, die von Schmerz gepeinigt wird, Versuchungen, die direkt aus der Hölle zu kommen scheinen, und nirgendwo findest du einen Ausweg. Vergiss nicht, du findest nirgendwo einen Ausweg!« Pater Bailey hob und senkte langsam die Hände. »Du findest so lange keinen Ausweg, bis du dir, trotz all der Schliche des Teufels, deines Weges sicher bist. Du musst tief in deinem Inneren wissen, dass du diesen Weg gehen willst. Und dein Wunsch nach Frieden, Annie, wird dir diese Sicherheit nicht geben … Der Friede in Gott, der unsere menschliche Vorstellungskraft übersteigt, muss erarbeitet werden.«

Als er sich wieder in seinem Stuhl zurücklehnte, starrte Annie ihn verletzt und überrascht an. Diese Reaktion hatte sie nicht erwartet; sie hatte geglaubt, dass er sich von allen am meisten über ihren Entschluss freuen würde.

Seine nächste Bemerkung schien völlig belanglos zu sein: »Ich habe gestern einen Brief von Tim erhalten. Schon seltsam, dass er gerade davon geschrieben hat, wie großartig er sich zu Weihnachten in eurem Haus unterhalten hat. Er hat dort einige wirklich nette Menschen kennen gelernt; hat viel Spaß gehabt … Ja, Tim hat etwas übrig für Spaß und Vergnügen.«

»Wenn Tim Priester werden kann, warum soll ich dann nicht Nonne werden, Pater?«, rief Annie entrüstet.

»Aus einem einzigen Grund«, antwortete er leise. »Tim ist berufen. Seit seiner Kindheit weiß er genau, was er will, nämlich, Gott zu dienen. Sein Lachen, seine Scherze, sein Übermut, selbst sein attraktives Gesicht, all das wird er nützen, um Gott zu dienen. ... Aber ich habe ihn nie sagen hören, dass er Priester werden will, um Frieden zu finden ... Nein, das habe ich nie von ihm gehört.«

Pater Bailey sah wieder zu dem Kanarienvogel hinüber. »Gott hält für uns alle eine Aufgabe bereit, Annie. Einige erwählt er, um Priester und Nonnen zu werden, andere, um Mütter zu werden ... Ja, auch das ist eine große Berufung ... Mutter einer Familie zu werden!« Er wandte sich wieder Annie zu und lächelte sie breit an.

»Pater, ich habe gründlich darüber nachgedacht, und ich weiß, was ich werden will«, stieß Annie hervor, während sie abrupt aufstand.

»In Ordnung, in Ordnung!« Der Priester stemmte sich mühsam aus dem Stuhl hoch. »Aber, wie du weißt, gibt es zuvor noch viel zu tun. Was sagt deine Mutter zu deinem Entschluss?«

»Ich habe es ihr noch nicht erzählt«, antwortete Annie leise. »Ich habe mich gefragt, Pater, ob ... ob Sie es ihr vielleicht sagen wollen.«

»Was!« Das Wort kam wie aus der Pistole geschossen. »Ich soll deiner Mutter sagen, dass du ...?« Er holte tief Atem. »Nicht für einen ganzen Korb voll Sovereigns würde ich so etwas tun! Es überrascht mich, dass du mich überhaupt darum bittest; du weißt doch, wie sehr sie in den letzten Jahren gegen die Kirche war. Es hat mich immer erstaunt, dass sie zugestimmt hat, dass du in die Klosterschule gehst. Das hat sie sicher nur getan, um ihre Lieblingstheorie über die spirituelle Freiheit des Individuums auf die Probe zu stellen. Ich soll deiner Mutter sagen, dass du Nonne werden willst? Nie im Leben, Annie!«

»Aber Pater ...«

»Nein, es hat keinen Sinn, Annie. Wenn du dir sicher wärst,

dass du diesen Weg einschlagen willst, hättest du keine Angst, es ihr zu sagen.«

»Aber ich bin mir sicher!«

»Dann geh an die Arbeit. Denn es wird harte Arbeit werden, das wirst du noch herausfinden.«

»Werden … werden Sie kommen, Pater, um danach mit ihr zu sprechen? Ich fürchte, sie wird sich ein wenig aufregen.«

»Ein wenig aufregen! Hast du ›ein wenig‹ gesagt? Du hast wohl Recht. Bei allen Heiligen, es wird sich noch zeigen, *wie* Recht du damit hast. Nun gut« – er nickte schwerfällig – »ich werde morgen vorbeisehen. Wann wirst du mit der Schwester Oberin sprechen?«

»Morgen. Morgen Nachmittag.«

»Dann komme ich am Vormittag.«

Ohne ein weiteres Wort wandte sich Pater Bailey wieder seinem Kanarienvogel zu, und Annie blieb nichts anderes übrig, als sich mit einem leisen »Auf Wiedersehen« zu verabschieden.

Alles war ganz anders verlaufen, als sie es sich vorgestellt hatte. Sie hatte erwartet, dass Pater Bailey ihr zutiefst erfreut die Hand auf die Schulter legen und bereitwillig die Aufgabe übernehmen würde, Kate die Nachricht zu überbringen. Nun stand sie ganz allein vor dieser Aufgabe, und ihre bisherige Unsicherheit steigerte sich angesichts dieser Aussichten zu Panik …

Als sie nach Hause kam, traf sie auf Kate, die sich mit beinahe mädchenhafter Aufregung auf einen nachmittäglichen Einkaufsbummel in Newcastle freute. Sie strahlte geradezu vor Vorfreude; sie brauchten ein paar neue Dinge, neue Hüte, neue Kleider; danach würden sie in der Stadt Tee trinken und anschließend ins Kino gehen. Rodney war von dem Gedanken ebenfalls begeistert. Annie war klar, dass dies alles zu ihrem Wohl geschah.

Sie wollte Kate sagen: »Es hat keinen Sinn, mir neue Kleider zu kaufen, denn ich werde sie nicht tragen können.« Aber sie hatte nicht den Mut, Kates Freude zu zerstören, vor allem da sie wusste, dass die Sorge um sie der einzige Schatten war, der ihr Glück trübte. So fuhr sie mit nach Newcastle, und der gesamte Tag und die Nacht gingen vorüber, ohne dass sie Kate von ihrem Entschluss erzählt hätte.

Wie auch immer sie sich die Szene vorgestellt hatte, die auf ihre Eröffnung folgen würde, sie kam in keiner Weise dem nah, was tatsächlich geschah. Und Pater Bailey hätte für seinen Besuch keinen ungünstigeren Augenblick wählen können.

Er trat genau in dem Moment in die Halle, als Annie die Treppe hinauffloh, um Kate und ihrem Zorn zu entkommen, dessen Heftigkeit ihr die Sprache verschlug.

Pater Bailey war auf eine Auseinandersetzung mit Kate vorbereitet gewesen, jedoch nicht auf die Frau, die er nun vor sich sah. Durch den Aufruhr ihrer Gefühle schien sie zu zweifacher Größe angewachsen zu sein. In einer Stille, die vor Spannung vibrierte, legte er Hut und Mantel in der Halle ab. Dann war er gezwungen, sich Kates Blick zu stellen, die ihn von der Tür des Salons anstarrte, während Rodney hinter ihr stand.

»Das ist Ihr Werk!«, schleuderte sie ihm entgegen, als würde sie die Worte ausspucken. »Sie und Ihre Vorschläge – lassen Sie sie doch in einer Klosterschule erziehen! Ja, in einer Klosterschule, wo sie ihren Geist bearbeiten können. Man muss sie einfangen, solange sie noch jung sind, das ist wohl der Gedanke, der dahinter steckt, nicht wahr? … Sie haben das seit Jahren geplant! Sie und diese Schwester Ann!«

Aus Pater Baileys rosigem Gesicht wich die Farbe, und um seinen Mund wurde eine weiße Linie sichtbar. Das Sprechen schien ihm unendlich schwer zu fallen. »Sagen Sie nichts mehr, Kate, Sie würden es nur bereuen.«

»Was sollte ich bereuen?«, schrie sie.

Rodney fasste sie an der Schulter, drehte sie um und drängte sie mit dem Körper in den Salon. »Kommen Sie herein, Pater, und schließen Sie die Tür«, forderte er den Priester auf. Er war ebenfalls blass und wirkte erschöpft, und doch war er der Ruhigste von allen.

Er versuchte, Kate in einen Stuhl niederzudrücken, aber sie schüttelte seine Hand ab und fuhr Pater Bailey erneut an: »Lieber würde ich sie tot sehen! ... Hören Sie? Tot! ... O mein Gott!« Die Spannung wich ein wenig aus ihrem Körper, und sie legte verzweifelt die Hand über die Augen. »Meine Annie in einem Kloster! ... Ihr ganzes Leben lang, ohne dass sie es je wieder verlassen kann. Das ist Unrecht. Unrecht!« Sie ließ die Hand sinken und sah wieder den Priester an: »Sie eignet sich für das Kloster ebenso wenig wie ... wie ...«

»... wie Sie«, ergänzte Pater Bailey ruhig.

»Ja! Wie ich«, rief Kate aufsässig. »Ich kenne sie. Ich kenne sie, aber Sie kennen sie nicht. Das ist nur, weil sie verliebt ist ... Sie ist verletzt, und Sie machen sich das zu Nutze. Ich hätte es noch verstanden, wenn Pater O'Malley so gehandelt hätte, aber doch nicht *Sie*. Ich habe Ihnen vertraut. Sie haben das aus Boshaftigkeit getan, weil ich David und Angela in der Kirche von England habe taufen lassen; weil ich sie Ihrem Einfluss entzogen habe.«

»Kate! Kate!« rief Rodney beschwörend. »Nicht! Sag jetzt nichts mehr.« Diesmal gelang es ihm, sie in einen Stuhl zu drängen. »Sie ist nicht sie selbst, Pater«, sagte er an den Priester gewandt.

Pater Bailey kramte in einer Innentasche seiner Jacke und zog eine kleine Zinndose hervor, in der Rodney die Hülle für einen Rosenkranz erkannte. Genau so einen Rosenkranz hatte er oben im Schlafzimmer. Kate hatte ihn ihm in der Nacht geschenkt, bevor er nach Frankreich gegangen war. Pater Bailey öffnete die Dose und ließ einen kleinen Rosenkranz in die Handfläche gleiten. Die Perlen waren einst farbig gewesen, doch nun waren sie nur noch abgewetzte, durchsichtige Glasstücke, die von einer Drahtkette zusammengehalten wurden. Während er den Rosenkranz ehrfürchtig zwischen Finger und Daumen hoch hielt, schlug er mit der anderen Hand das Zeichen des Kreuzes: »Im Namen des Vaters und des Sohnes und des Heiligen Geistes. Sieh mich an, Kate«, befahl er.

Sie hob den Kopf.

»Das ist der Rosenkranz meiner Mutter. Er ist alles, was sie mir hinterlassen hat. Schon als ich noch ein Kind war, hat sie sich innig gewünscht, dass ich Priester werden soll. Sie ist arbeitend gestorben. Sie hat nichts gehabt, nichts besessen, außer dem hier. Für mich ist dieser Rosenkranz so heilig wie der Leib Christi …« Seine Stimme schwoll wütend an, bis sie sich mit Kates Tonfall messen konnte. »Und ich schwöre auf ihn bei meiner Mutter und beim Leib Christi, dass ich gestern Vormittag zum ersten Mal davon gehört habe, dass Annie Hannigan Nonne werden will.«

Während er den Rosenkranz in die Höhe hielt, ähnelte er nicht mehr dem umgänglichen Priester, als den sie ihn kannten, sondern einer titanischen Macht der Gerechtigkeit. Erstaunt über die Kraft und Persönlichkeit des kleinen Mannes, starrten sie ihn an.

Während Kate ihn ansah, fiel alle Anspannung und Wut von ihr ab. »Oh, Pater!«, rief sie aus und barg den Kopf an der Ohrlehne des Stuhls. Sie begann so schmerzvoll und herzerweichend zu schluchzen, dass Rodney mitfühlend das Gesicht verzog.

Als er ihr den Arm um die Schulter legen wollte, bedeutete ihm der Priester, sich ein wenig zurückzuziehen. Noch immer mit strenger, verärgerter Stimme wandte er sich erneut an Kate: »Wenn Sie mich beschuldigt hätten, dass ich sie mit einem guten katholischen Jungen verheiraten will, wären Sie der Wahrheit näher gekommen … denn wem wird es nützen, wenn sie Nonne wird? Die Kirche will keine Nonnen, sie will Mütter, Mütter von Söhnen und Töchtern; sie will Familien, große Familien. Gott weiß, dass es heute kaum mehr große Familien gibt … Sagen Sie mir, warum sollte ich wollen, dass Annie Nonne wird? Sie ist eine gute, gefestigte Katholikin, und all ihre Kinder würden im katholischen Glauben erzogen werden. Sie hat keinen solchen Unfug im Kopf wie Sie; die Erziehung, die sie genossen hat, hat sie nicht auf den Gedanken kommen lassen, alles besser zu wissen als ihr Schöpfer.« Rodney runzelte die Stirn und wollte etwas sagen, doch erneut brachte ihn der Priester mit einer Handbewegung zum Schweigen. »Glauben Sie mir jetzt?«

Kate weinte nun ruhiger. Als sie jedoch keine Antwort gab, sprach Rodney an ihrer Stelle: »Ja, sie glaubt Ihnen, Pater. Das war ein fürchterlicher Schock für uns – einfach unvorstellbar.«

Der Priester legte den Rosenkranz in die Dose zurück und schwieg eine Weile. »Jetzt bleibt uns nichts anderes, als unsere Köpfe zusammenzustecken und zu versuchen, Zeit zu gewinnen. Ich werde mit der Schwester Oberin sprechen. Wenn Annie ins Kloster geht, ist es gewiss nicht meine Schuld. Aber ich sage Ihnen eines, Kate« – er deutete mit dem Kopf auf sie – »wenn Sie sie in aller Eile ins Kloster treiben wollen, brauchen Sie nur genau so weiterzumachen, wie Sie es jetzt tun.«

Er setzte sich mit einem sanften Plumps auf einen Stuhl, der in der Nähe stand, und rieb sich mit einem rot und gelb gemusterten Taschentuch kräftig das Gesicht. Kate hatte zu weinen aufgehört und saß nun regungslos in dem Ohrensessel, die Hände vor das Gesicht geschlagen.

Rodney hinkte rastlos umher. »Ich sollte imstande sein, eine Lösung zu finden, aber ich finde keine. Das geht über meine Kräfte. Ich habe mich in meinem ganzen Leben noch nie so hilflos gefühlt. Wenn sie das Kind anderer Eltern wäre, würde sich gewiss irgendein Ausweg anbieten, aber so, wie die Dinge stehen …« Er hob in einer hoffnungslosen Geste die Hand.

Pater Bailey konnte nicht widerstehen, einen seiner Ansicht nach wohlverdienten Seitenhieb auszuteilen. »Ich habe hier viel von geistiger Freiheit gehört, Doktor. Wo ist sie jetzt? Wie ich gesagt habe, will ich nicht, dass Annie ins Kloster geht, aber man hat mir immer wieder zu verstehen gegeben, dass sie ein unabhängiges menschliches Wesen ist.«

Als er Rodneys Gesichtsausdruck und Kates Verlegenheit sah, lenkte der Priester ein: »Verzeihen Sie. Ich sollte nicht so um mich schlagen. Aber ich war schon lange nicht so aufgewühlt.« Er lächelte Rodney zaghaft an. »Würde ich Ihre Gastfreundschaft zu sehr ausnützen, Doktor, wenn ich Sie fragen würde, ob Sie nicht vielleicht … nur ein kleines Schlückchen …?«

Rodneys Gesicht erhellte sich. »Aber natürlich, Pater. Ich hätte schon früher daran denken sollen. Das können wir alle jetzt gut brauchen.«

Er warf dem Priester einen dankbaren, fast liebevollen Blick zu, ehe er hinausging. Kaum war er gegangen, wechselte Pater Bailey in den Stuhl neben Kate, nahm ihre Hand und tätschelte sie zärtlich.

Während Annie der Schwester Oberin zuhörte, begriff sie, dass Pater Bailey vor ihr hier gewesen war. Die Mutter Oberin war freundlich zu ihr. Selbstverständlich würde sie Annie gern aufnehmen. Aber sollte sie sich die Angelegenheit nicht noch einmal gut überlegen und um Gottes Beistand beten? Und wartete nicht noch ein Semester College auf sie? Wenn sie nach Abschluss des Colleges noch denselben Wunsch hegte, sollte ihrer Absicht nichts mehr im Wege stehen.

Vor Annies innerem Auge tauchten die Gesichter von Pater Bailey, Kate und Rodney auf, die sie alle um dasselbe ersuchten und sich auf seltsame Weise zu einer einzigen Kraft zusammengeschlossen hatten. Sechs Monate – alle baten sie, sechs Monate zu warten … »Wenn ich in sechs Monaten komme, werden Sie mich dann aufnehmen?«, fragte sie leise.

Die Mutter Oberin fuhr fort, sich mit ruhigen Bewegungen die Hände zu waschen. Ja … ja, dann werde sie sie aufnehmen.

Sie läutete eine Glocke, erteilte Annie ihren Segen, und trug der Nonne, die wenig später erschien, auf, Annie zum Westtor zu begleiten.

Annie zögerte. Sie hätte gern noch Schwester Ann besucht.

Als sie jedoch einen Blick auf das gelassene, ausdruckslose Gesicht der Mutter Oberin warf, verstand sie, warum sie hinausbegleitet wurde: damit sie Schwester Ann *nicht* sah.

Warum waren alle gegen sie? Schwester Ann war die Einzige, die sie verstehen würde …

Annie hatte geglaubt, dass es unmöglich wäre, sich elender zu fühlen als zu Beginn des Semesters. Nun erkannte sie, dass es verschiedene Abstufungen von Kummer gab. Während der einen Woche zu Hause hatten sie Kates Bemühungen, normal zu erscheinen, so geschmerzt, dass sie mitunter am liebsten laut aufgeschrien hätte: »In Ordnung! In Ordnung, ich werde es nicht tun!«

An diesem Samstag steigerte sich Kates Anspannung so sehr, dass Annie unsicher wurde. Ihr eigener Kummer wurde von einer tiefen Sorge um Kate überlagert, deren Angst sie kaum noch mit ansehen konnte. Daher verbrachte sie den Großteil des Tages in ihrem Zimmer. Gerade las sie dort ein Buch über das Leben der Heiligen Theresa. Das gehörte zu den Vorbereitungsarbeiten, die sie sich selbst auferlegt hatte; derartige Bücher mussten fernab von Kates Blicken gelesen werden.

»Annie! Annie!«, klang plötzlich Kates Stimme aufgeregt aus der Halle herauf. »Rosies Schallplatten sind hier.« Sofort eilte Annie aus dem Zimmer, und als sie Kate auf der Treppe traf, wirkte sie, als wäre ein wenig ihrer einstigen Lebensfreude zurückgekehrt. »Rodney legt sie gerade auf«, sagte Kate, während sie ihrer Tochter in vertrauter Geste die Hand entgegenstreckte. Annie legte ihre Hand in die ihrer Mutter, und gemeinsam liefen sie die restlichen Stufen hinunter und in den Salon.

»Schhht«, mahnte sie Rodney, während er die Nadel auf die Platte setzte. Sie nahmen lächelnd Platz. Für einen Augenblick waren alle Probleme vergessen.

Als sich die Platte in Bewegung setzte, durchdrang der silberhelle Klang von Geigen den Raum. Dann sang eine Sopranstimme: *»Christe Eleison.«* Als Rosies Stimme mit *»Elei-*

son« antwortete, blickten sie einander lächelnd an und nickten aufgeregt. Die Stimme war klar und volltönend und vermittelte unglaubliche Kraft. Wieder und wieder antworteten die Stimmen einander. »*E–lei–ison … E–lei–ison*«, erklang der Bass. Eine Solostimme nach der anderen übernahm, bis der Chor einsetzte und die Stimmen Welle um Welle himmelwärts strebten und einander zu einem Bekenntnis zwangen, und bis sie über dem Tod zu schweben schienen, als könnten sie ihm trotzen. Allmählich fielen die Stimmen wieder und wurden beständig wie Seelen, die mit festem Schritt einem bekannten Schicksal entgegenmarschierten. Eine Trompete rief, erst leise, dann lauter, als wollte sie selbst die Tore aufstoßen.

Nun ertönte Rosies Stimme allein. Jede Silbe war in ihrer Schönheit klar und rein zu hören. Der Sopran gesellte sich zu ihr, und die beiden Stimmen verschmolzen. Plötzlich stürzte der Chor für eine Sekunde über sie herein, ehe alle Stimmen abrupt abbrachen. In die Stille trieb die Stimme des Tenors, dessen Noten wie in der Sonne glitzernde Wassertropfen durch den Raum fielen: »*Benedictus … benedictus.*« Der Bass antwortete: »*Benedictus.*« Die Geigen sangen … die Stimmen schwollen an, sanken wieder und verklangen in Stille: »*Requiem … Amen.*«

Mehr ertrage ich nicht, das war einfach zu schön, dachte Annie, als die Schallplatte endete und Rodney sie umdrehte.

Dennoch blieb sie zusammengekauert in ihrem Stuhl sitzen. Die Gedichte in Terence' Buch fielen ihr ein; in einem, das ihr übertrieben erschienen war, hatte er dieses Gefühl beschrieben. … Wie hatte es gelautet? *Nehmt von mir die Schönheit, nach der ich mich verzehrt habe; es geht über meine Kräfte, sie zu ertragen …*

Der zweite Teil der Messe begann. »*Jesu Christe …*« Die Stimmen ertönten nun hoffnungsvoll und glücklich. Annie ließ sich von ihnen mitreißen. »*Sanctus … sanctus … Hosanna in excelsis …*«

So würde es im Kloster sein, so würde sie sich fühlen, wenn

sie ihr Leben Gott weihte. Die Stimmen glichen Wogen fühlbarer Empfindungen, die um sie schwebten.

Sie bemerkte nicht, dass die Platte gewechselt wurde. Rosie sang mit dem Sopran: »*Qui tollis peccata mundi*« … Trommelschläge, die Sopranstimmen des Chors erklangen wie aus einer Kehle, und Rosie fiel wie ein Fanfarenstoß ein. Der Chor verebbte und strömte um sie, während sich die Männerstimmen zu ihr erhoben; ihre glockenreine, klare Stimme schwebte jedoch vollkommen allein über ihnen. Wie auf Befehl sank sie plötzlich auf ein Flüstern. Das Flüstern wiederholte sich, und dann … endete es.

Sie verharrten schweigend. Wer hätte geglaubt, dass diese Stimme Rosie Mullen gehörte? Durch den Nebel ihrer Gefühle hörte Annie, dass Kate leise schluchzte. »Und das alles, weil du ihr eine Chance gegeben hast, als du sie in jener Nacht ›My heart's in the Highlands‹ singen gehört hast, Rodney«, sagte sie.

Rosie hatte nun eine Zukunft. Eine Karriere, eine wundervolle Karriere lag vor ihr; aber würde sie den Verlust von Michael aufwiegen? Auch sie hätten einander geliebt, wenn Cathleen sie nicht auseinander gerissen hätte.

Annie hatte Rosie seit Wochen nicht mehr gesehen. Sie hatte jedoch einen Brief von ihr erhalten, in dem sie sich die Schuld für alles gab, was Michael zugestoßen war. Und obwohl sie nicht wusste, was zwischen Terence und Annie vorgefallen war, fühlte sie, dass ihre spöttischen Worte gegenüber Cathleen an diesem Nachmittag damit in Zusammenhang standen, denn sie erinnerte sich an den gehässigen Blick, den Cathleen ihr zugeworfen hatte. Rosie war in diesem Brief sichtlich bemüht, ihre eigenen Empfindungen zu verbergen. Auf Grund ihres Kummers wusste Annie jedoch, wie sie sich fühlen musste … Warum war alles gleichzeitig in sich zusammengestürzt? Warum diese Frage, wenn die Antwort doch in einem einzigen Wort vor ihr lag: Cathleen.

»Ausgezeichnet, Rosie«, sagte Rodney mit belegter Stimme. »Das war fast so gut, als wären wir dort gewesen.«

»Jetzt versteht ihr wohl, warum der alte Mann haltlos geweint hat, auch wenn ich mir Mr. Mullen kaum weinend vorstellen kann«, sagte Kate.

»Es muss wirklich beeindruckend gewesen sein; welch ein Jammer, dass wir nicht dabei sein konnten«, meinte Rodney.

Annie glaubte sich unbeobachtet, als sie leise aufstand und wieder hinaufging. Zumindest Rosie hatte begonnen, ihren Weg zu gehen.

15

Üblicherweise machten sie samstags gemeinsam einen Ausflug, der sie zumeist nach Newcastle führte. An diesem Tag jedoch kündigten weder Kate noch Rodney einen Ausflug an, und als David den gewohnten Schaufensterbummel einforderte, sagte man ihm, dass seine Mutter Kopfschmerzen habe.

Am Nachmittag hielt es Annie im Haus nicht mehr aus. Es war ein kühler, rauer Tag, und da es ein wenig regnete, zog sie sich zum Ausgehen einen Regenmantel an. »Ich mache nur einen kurzen Spaziergang zu den Klippen«, antwortete sie auf Kates Frage, ehe sie ging.

»Du musst Ruhe bewahren«, sagte Rodney zu Kate, nachdem Annie fort war.

»Aber das kann ich nicht. Wenn er doch schon hier wäre.«

»Es ist eine lange Reise. Glaubst du, dass sie etwas ahnt?«

»Nein. Wie er gesagt hat, erwartet sie ihn gewiss nicht, denn sie weiß, dass er sich die Fahrt nicht leisten kann.«

»Armer Junge.«

»Was auch immer du tust, Liebling, vergiss nicht, dass du ihm keineswegs vorschlagen oder anbieten darfst …«

»Keine Sorge, das werde ich nicht. Fällt mir gar nicht ein.«

»Er würde es uns sehr übel nehmen. Das ersehe ich aus seinem Brief … Als ich ihm das Geld geschickt habe, habe ich ihm erzählt, wie gut ich mit der Armut vertraut gewesen bin, und betont, dass es nur ein Darlehen ist.«

»Ich finde, du hättest ihm sagen sollen, was sie zu tun beabsichtigt. Es war ein Fehler, ihn nicht vorzubereiten.«

»Nein … Das hätte ihn irgendwie beeinflussen können; es ist besser, dass er es nicht weiß, dann reagiert er natürlicher. Allerdings verstehe ich nicht, was er mit ›den Dingen‹ meint, die er in ›ein Buch‹ geschrieben habe. Das ist mir ein Rätsel.«

Kate beobachtete vom Fenster des Salons aus die Straße. Sie entdeckte Terence genau in dem Moment, als er am Tor vorbeiging und zum Haus sah. Augenblicklich klopfte sie kräftig gegen das Fenster, ehe sie ins Freie lief. Sie trafen sich in der Mitte des Pfades und schüttelten einander herzlich die Hand.

»Terence, ich bin so glücklich, dich zu sehen. Wie freundlich von dir, dass du gekommen bist.«

»Ich bin gern gekommen … Wo ist sie?«

»Sie macht einen Spaziergang zu den Klippen.«

»Ich stelle nur meinen Koffer zu Hause ab und mache mich dann gleich auf den Weg, sie zu suchen. Wenn ich sie nicht finde, komme ich hierher zurück.«

»Terence … sei energisch mit ihr. Zeig ihr … zeig ihr, dass du sie liebst.« Erst in diesem Augenblick sah sie, wie erschöpft sein Gesicht wirkte. »Du siehst müde aus! Es war eine lange Reise.«

»Das ist es nicht«, sagte er. »Ich habe ihr jede Woche geschrieben … sogar zweimal pro Woche. Man sollte meinen, dass sie mir irgendeine Antwort schickt. Ich hätte nie geglaubt, dass sie so hart sein kann. Und das alles wegen … wegen einiger dummer Zeilen in einem Buch.«

»Welches Buch denn?«, fragte Kate, um sogleich hastig abzuwehren: »Das ist jetzt einerlei. Sieh zu, dass du sie findest, dass du alles richtig stellst, und kommt dann zum Tee zurück. Terence« – sie ergriff erneut seine Hand – »wenn es dir gelingt, dass sie Vernunft annimmt, werde ich … werde ich für immer in deiner Schuld stehen.«

Er sah sie mit festem Blick an. »Ist da noch etwas? Noch etwas anderes als das Buch? Ich weiß nicht, was sonst …«

»Geh und finde sie, Terence. Sag ihr, dass du sie liebst. Und sieh zu, dass sie dir glaubt.« Sie stieß ihn beinahe vorwärts, folgte ihm dann bis zum Tor und sah ihm nach, während er die Straße entlanghastete.

Terence hatte etwa eine halbe Stunde nach Annie Ausschau gehalten, als er sie entdeckte. Vor dem dunklen Baumstamm wirkte sie wie ein grauer Fleck. Sie hatte unter dem Baum Schutz vor dem Regen gesucht, der nun beständig fiel. Er hielt abrupt inne und schüttelte sich das Wasser vom Haar. Dann trocknete er Gesicht und Hals mit einem Taschentuch und ging langsam über die Wiese auf sie zu. Er ließ sich Zeit, um den Aufruhr in seinem Inneren zu beruhigen, und mahnte sich flüsternd zu Vorsicht.

Sie bemerkte ihn, als er nur noch wenige Meter von ihr entfernt war. An den Baumstamm gelehnt, zog sie die Hände wie abwehrend aus den Taschen, ehe sie sie hinter dem Rücken versteckte. Es war eine kindliche Geste, um sich zu schützen, und das berührte ihn zutiefst. Er ging noch langsamer und ließ die Hände schlaff an den Seiten herabhängen.

Als er in den Schutz des Baumes trat, hielt er inne und sah sie mit festem Blick an, sodass sie gezwungen war, auch ihn anzuschauen. Während er sie beobachtete, wechselte ihr Ausdruck von Ängstlichkeit zu eisiger Ablehnung. Er machte hastig einen Schritt auf sie zu: »Annie! Annie!«

Im selben Augenblick schrie sie auf: »Nicht! Rühr mich nicht an!«

Er blieb kaum einen halben Meter vor ihr stehen. Sie waren einander so nah, dass der weiße Hauch ihres Atems in hastigen Wölkchen um das Gesicht des anderen strich. »Warum?«, fragte er.

Als sie keine Antwort gab, fuhr er fort: »Ich muss wissen, warum. Annie … Annie, mein Liebling, was ich in dem Buch geschrieben habe, war nichts als albernes Zeug … Unsinn. Wenn dich das Gedicht über Cathleen so aufgeregt hat, nun … das sind nichts als Fantasien über eine unbedeutende Begebenheit. Ich werde es dir erklären. Hör doch …«

Nur wenige Zentimeter trennten sie. Verzweifelt presste sie sich gegen den Baumstamm.

»Ich liebe dich, Annie. O Gott, ich kann so nicht weiterleben!«

Er legte seine Arme um sie, zog sie von dem Baumstamm weg und hielt sie fest umfangen. Ihr Gesicht lag unter seinem. »Begreifst du denn nicht … Begreifst du denn nicht, dass es niemanden außer dir gibt? Nie gegeben hat?«

Sie erstarrte. »Annie! Annie!«, rief er, als müsste er sie aus tiefer Bewusstlosigkeit zurückholen. Ihre Anspannung schwand jedoch nicht, und einen Augenblick lang erfasste ihn blinde Verzweiflung. Er fuhr mit den Händen über ihren Rücken und presste sie an sich, als könnte er ihr durch diese Berührung Leben einflößen. »Annie, Annie«, flüsterte er unablässig, doch sie blieb teilnahmslos. Erst als er ihren Kopf zurückzog und seine Lippen ihre suchten, wehrte sie sich.

Plötzlich löste sich ihre Spannung ohne jede Vorwarnung, und ihr Körper erschlaffte; das war jedoch kein Zeichen von Unterwerfung, sondern eine Entspannung ins Nichts, in vollkommene Leblosigkeit. Sie schien in seinen Armen zu schrumpfen. Erschreckt gab er sie frei, und sie lehnte sich wieder gegen den Baum, ohne auch nur zu atmen. Während er hilflos den Kopf schüttelte, spiegelten sich Schmerz und Verwirrung auf seinem Gesicht.

»Erinnerst du dich an Warrington's Feld?«, fragte sie plötzlich mit klarer, beinahe ruhiger Stimme. »Und an die geschützte Senke, die zum Fluss hinunterführt?«

»Was?« Das Wort war kaum mehr als ein Flüstern. Mit gerunzelter Stirn presste er die Lippen zusammen.

»Du hast oft dort gezeltet. Erinnerst du dich?«

Er wurde vollkommen still, und seine Hand hielt auf dem Weg in die Tasche mitten in der Bewegung inne.

»Du hast dort in der ersten Woche deiner Osterferien gezeltet … Das Wetter war prachtvoll.«

In der nachfolgenden Stille ließ er die Hand zitternd in die Tasche gleiten. Während er sein Taschentuch hervorzog und sich erneut damit über das Gesicht fuhr, stöhnte er innerlich auf. Himmel! Nein, das konnte sie nicht wissen! Das durfte sie nichts wissen! Cathleen konnte nicht so gemein gewesen sein.

Annie umfing den Baumstamm mit ihren Armen und rieb mit den Händen über die Rinde. »Cathleen Davidson hat dort eine Nacht mit dir verbracht.«

»Annie«, stöhnte er laut auf, während seine Augen sie flehend ansahen.

Sie fuhr jedoch unbeirrt fort: »Sie hat es mir in allen Einzelheiten geschildert und mir aufgetragen, es dir gegenüber zu wiederholen für den Fall, dass sie etwas vergessen hat.«

»Nein! Nein, tu das nicht!« Sein Gesicht war hochrot, als wäre ihm das Blut aus dem ganzen Körper in den Kopf gestiegen.

»Sie hat gesagt, dass du und sie …« Sie brach ab. Ihre Lippen formten die Worte, doch kein Laut entrang sich ihrer Kehle. Welch eigenartiges Gefühl. Die Worte waren in ihrem Geist eingeprägt, und sie war entschlossen gewesen, sie auszusprechen, um sich auf diese Weise für alle Zeiten von den Bildern zu befreien, die sie beschrieben.

Sie blickte ihn an. Er stand mit gesenktem Kopf vor ihr. Schweiß und nicht Regenwasser lief ihm nun über das Gesicht. Plötzlich wusste sie, dass sie die Worte nie aussprechen könnte: Du hast sie entkleidet. Ihr seid nackt durch das Feld zum Fluss hinuntergelaufen und gemeinsam geschwommen. Dann habt ihr den Rest der Nacht im Zelt gelegen … aber ihr habt nicht geschlafen.

Der Regen, der schwer auf den Blättern lag, begann in großen Tropfen durch das Laubdach zu fallen. Sie hörten, wie das Meer gegen die Felsen schlug.

Nach einer Weile hob Terence den Kopf. »Jetzt verstehe ich«, sagte er, und seine Stimme klang müde und leblos. »Aber du solltest eines wissen. Ich habe sie nicht dorthin mitgenommen; sie ist gekommen. Und ob du es glaubst oder nicht, ich habe sie nie geliebt … Ja, ich weiß«, fuhr er fort, als sie eine ablehnende Geste machte, »das kannst du nicht verstehen. Du machst den Fehler, den alle machen, die so jung sind wie du. Du setzt Sex mit Liebe gleich … Aber das ist nur ein Teil davon, ein kleiner Teil davon … verstehst du denn nicht?«

»Sag mir nie wieder, dass ich jung bin«, erklärte sie kalt. »Hättest du sie geheiratet, wenn sie ein Kind bekommen hätte?«

»Wovon sprichst du?«, fuhr er hitzig auf. »Davon war nie die Rede. Es ist nur ein Mal geschehen … dieses eine Mal; mein Wort darauf. Und … und ich war gewiss nicht der Erste … dafür hat sie sich zu gut ausgekannt …«

»Warum bist du dann davongerannt?«

»Was?« Er zog fragend die Brauen hoch.

»Du bist nach Oxford zurückgefahren, ohne dich von ihr zu verabschieden, und sie musste dich dort besuchen, weil sie glaubte, dass sie ein …«

»Das ist eine gemeine Lüge!« Das Blut wich aus seinem Gesicht und er erbleichte unter der Sonnenbräune. »Ich bin so schnell abgereist, weil ich mich von ihr trennen wollte. Weil ich wusste, dass ich dich liebe. Ich habe ihr geschrieben und ihr erklärt, dass es vorbei ist. Sie hat es ruhig aufgenommen, weil sie auch weiterhin mit mir in Kontakt bleiben wollte. Sie hatte schon längst ein Auge auf John Dane Dee geworfen; *ihn* hat sie in Oxford besucht.«

»Das ist auch einerlei«, erklärte Annie, »immerhin hätte sie schwanger sein *können.*«

»Nein!«, brauste Terence wütend auf. »Ich weiß, dass ich einen Fehler gemacht habe. Aber ich habe ihn nicht mit einem unerfahrenen Mädchen gemacht. Wenn irgendjemand verführt worden ist, dann war ich das.«

»Hör auf!«, rief Annie. »Ich will nichts mehr davon hören.«

»Du hast mir eben noch erklärt, wie erwachsen du bist, also wirst du es jetzt hören. Es ist ein Irrtum, dass immer die Männer die Verführer sind. Oft genug läuft es andersherum. Und selbst wenn sie zehn Kinder von mir bekommen hätte, hätte ich sie nicht geheiratet. Ich weiß genau, warum du mir diese Frage stellst. Jetzt weißt du es! Du legst viel zu viel Wert auf Ehelichkeit. Glaubst du, deine Mutter wäre glücklicher gewesen, wenn sie mit einem Mann verheiratet gewesen wäre, der …?«

»Aufhören! Hör auf damit!« Während sie mit rauer Stimme aufschrie, glaubte sie einen Augenblick lang, wieder im Viertel der fünfzehn Straßen zu sein.

Um sie herum prasselte der Regen.

»Es tut mir Leid. Es tut mir wirklich Leid«, sagte er sanft. »Ich weiß, dass es dich schmerzt, aber ich habe den größten Respekt vor Kate … den allergrößten Respekt.«

Ihre Augen hatten die Farbe des nassen Grases angenommen. »Sie hat nach dir geschickt, nicht wahr?«, fragte sie schwer atmend.

Er antwortete nicht.

»Offenbar hat sie dir nicht gesagt, was ich vorhabe«, fuhr sie fort.

Wortlos beobachtete er, wie sie sich aufrichtete und von dem Baumstamm entfernte. »Sie hätte dich nicht holen lassen sollen, denn auch das wird nichts an meinem Entschluss ändern: Ich werde trotzdem in die Kirche eintreten.«

Sie hatte auf das Meer hinausgesehen, doch als sie sich nun zu ihm umwandte, erkannte sie, dass er nicht wirklich verstand, was ihre Worte bedeuteten. »Ich werde Nonne«, fügte sie ruhiger hinzu.

Während sie die unterschiedlichen Gefühle beobachtete, die über sein Gesicht huschten, glaubte sie einen Augenblick lang, dass er ebenso in dröhnendes Gelächter ausbrechen würde wie Brian. Stattdessen verzerrte Schmerz seine Züge. »Nein! Annie … nicht meinetwegen. Alles, nur das nicht!«, stieß er stöhnend hervor.

»Es ist nicht nur deinetwegen«, sagte sie, während sie beinahe Mitleid für ihn empfand. »Ich habe schon früher daran gedacht … viel früher.«

»Nein!«, wiederholte er, während er einen Schritt auf sie zu machte. »Das darfst du nicht tun, nur weil ich … Annie, lass nicht zu, dass ich dir das antue!«

Sein Körper zuckte krampfartig, und er wandte sich halb von ihr ab, während er die Fäuste gegen seine Schläfen presste. Einen Augenblick verharrte er in dieser Haltung, ehe er sich hastig wieder zu ihr umwandte. »Sei keine Närrin!«, rief er. »Das bin ich nicht wert. Niemand ist das wert. Du kannst nicht Nonne werden, Annie … Das ist unmöglich!«

Ihr entschlossener Blick ließ ihn verstummen. »Alles ist arrangiert.«

»Allmächtiger!« Seine Augen glitten von ihrem Gesicht aufwärts. »Dein Haar … Weißt du, was sie damit machen werden?«

Sie war am Ende ihrer Kräfte. Das Gefühl der Leere schwand und damit der Schutzschild aus Unnahbarkeit, hinter dem sie sich verbarg. »Das ist gleichgültig. Nichts, was du jetzt noch sagst, wird irgendetwas ändern.« Während sie sprach, entfernte sie sich von ihm.

Die Kultiviertheit, die ihm sein Universitätsstudium verliehen hatte, schien von ihm abzufallen, und er glich wieder jenem Jungen, den sie im Wald kennen gelernt hatte: wortkarg, schweigsam und verletzlich. Sie wirbelte herum und lief von ihm fort, ohne anzuhalten, bis sie die Straße erreichte. Die ganze Welt wirkte leer; nirgendwo fand sie Trost. In diesem Augenblick erschien ihr nicht einmal das Kloster als sicherer Zufluchtsort.

Dieses Gefühl wird vorübergehen, sagte sie sich. Ich habe gewusst, dass ich ihn wiedersehen muss … aber jetzt ist alles vorbei. Und er hat kaum etwas abgestritten. Daran sollte ich mich erinnern, wenn ich versucht bin, meine Entscheidung zu bereuen.

Als sie von der Straße in die Zufahrt einbog, sah sie Mr. Macbane auf sich zukommen. Er ging langsam, der graue Regenmantel hing offen an ihm herab, und die schwarze Stoffmütze saß gerade auf seinem Kopf. Als er sie erblickte, hielt er überrascht an und wartete, bis sie näher war. Mr. Macbane hatte ihr immer schon ein wenig Angst gemacht, und so nickte sie bloß grüßend, während sie an ihm vorbeigehen wollte. Er streckte jedoch die Hand aus und hielt sie zurück.

»Wo ist der Junge?«, fragte er, während er sie durchdringend ansah. »Hast du ihn gesehen?«

Annie schluckte schwer und riss sich von der Hand los, die auf ihrem Arm lag. Er starrte sie mit gerunzelten grauen Brauen mürrisch an. »Du bist eine Närrin«, stieß er grob hervor. »Weißt nicht, wann dir was Gutes über den Weg läuft …« Dann fuhr er in versöhnlicherem Ton fort. »Hör zu, Mädchen, der Junge ist den weiten Weg gekommen und muss morgen wieder zurück. Warum habt ihr euch denn nicht ausgesöhnt?«

Sie schüttelte abwehrend den Kopf. »Ich kann nicht. Ich habe es ihm erklärt …«

Er trat einen Schritt zurück. »Du bist eine verdammte Närrin!«, rief er aus. »Ja, schau nur schockiert drein. Geh und sag dem Doktor, was ich gesagt habe. Hat dich verzogen und dir das Rückgrat gebrochen. Du machst meinem Jungen das Leben zur Hölle … Immer schon, seit du ihm als Kind in den Wald nachgelaufen bist.«

Annie riss ungläubig die Augen auf. »Ja. Starr mich nur an. Ich weiß, was ich weiß. Ich bin weder blind noch taub … Und jetzt is' er dir nicht gut genug … zum Vergnügen gut genug, aber das ist alles. Hat wohl nicht genug Geld? Lass mich dir eines sagen: Du wirst es später noch viel schlechter treffen. Und seine Mutter stirbt vor Sorge. Im Haus ist nichts mehr so, wie es früher war«, schleuderte er ihr entgegen.

Sie straffte die Schultern und zog sich einige Schritte von ihm zurück.

»Ja, steig nur aufs hohe Ross … Kehr die feine Lady heraus.«

Er brach abrupt ab. Seine Wut verrauchte ebenso schnell, wie sie gekommen war. »Ich vergesse mich selbst«, murmelte er. »Aber weißt du, Mädchen, es ist so. Ich kenne meinen Jungen: Er ist mir in ein paar Dingen ähnlich.« Seine Worte wirkten, als wollte er sich dafür entschuldigen, dass Terence einige seiner Charakterzüge geerbt hatte. »Für ihn gibt es auch nur eine, so wie es für mich nur eine gegeben hat.« Als er sie anlächelte, schienen die blauen Kohleflecken auf seinen Wangen von den Falten seiner Haut herabzuhängen.

Annie holte tief Atem. »Mr. Macbane, es tut mir so Leid … aber es hat keinen Sinn.«

Er starrte sie eine Weile unverwandt an, ehe er sich mit der Hand über den Mund fuhr. »Verstehe«, sagte er, während er den Kopf senkte und die Erde unter seinen Füßen betrachtete.

Schmerzerfüllt sah sie ihn an. In diesem Augenblick fühlte sie sich ihm näher als jedem anderen Menschen, den sie kannte, selbst näher als Kate oder Rodney.

Schließlich straffte Mr. Macbane die Schultern und hob den Kopf. Er warf ihr einen ruhigen, keineswegs unfreundlichen Blick zu, wandte sich dann wortlos ab und ging weiter.

16

»Ich kann es nicht glauben«, sagte Rodney, der Peter bestürzt ansah. »Was für eine Nachricht am Silvesterabend!«

Peter nahm einen kräftigen Schluck aus seinem Glas. »Ich musste kommen und es dir erzählen. Wir haben uns gestern endgültig entschieden. Ich will gewiss nicht fort, aber sie hält nicht mehr durch, Rodney. Es bricht ihr das Herz, wenn sie Michael nicht bald wiedersieht. Und jetzt, wo die andere fort ist, gibt es nichts, was uns zurückhält.«

»Aber warum musst du gleich deine Praxis verkaufen? Warum übergibst du sie nicht einem anderen Arzt und machst, sagen wir, sechs Monate Urlaub? Du wirst dich nirgendwo so wohl fühlen wie am Tyne.«

»Das habe ich ihr auch gesagt. Aber sie meint, dass wir immer zurückkehren können.«

Rodney setzte sich und starrte seinen Freund bekümmert an. Er konnte nicht begreifen, dass Peter so einfach resignierte. »Peter ... kann ich etwas für dich tun?«, fragte er, während er zu ihm ging und ihm die Hand auf die Schulter legte. »Du darfst dir davon nicht dein Leben zerstören lassen ... Das darfst du einfach nicht!«

Peter richtete sich auf und wand sich unruhig. Sein großer Körper schien während der letzten Monate geschrumpft zu sein. »Ich fürchte, da ist nichts mehr zu machen. Peggy wird vergehen, wenn sie den Jungen nicht bald sieht.«

»Dann hol ihn zurück.«

»Nein, das kann ich nicht. So seltsam es klingt, aber ihm

scheint sein neues Leben zu gefallen. Und mein Bruder hat große Zuneigung zu ihm gefasst. Nein. Selbst zu übersiedeln scheint der einzige Ausweg zu sein ...« Er warf Rodney den Schatten seines vertrauten Lächelns zu. »Aber wir werden zurückkommen.« Er blickte in Rodneys kummervolles Gesicht. »Ich werde dich vermissen ...«, sagte er unbeholfen. »Neunzehn Jahre. Das ist eine lange Zeit.«

Rodney wandte sich ab. Er fand keine passende Antwort. Zum ersten Mal fühlte er, was viele andere vor ihm gefühlt haben mussten: Hass auf Cathleen. Fasste man alles zusammen, war der Schaden, den sie angerichtet hatte, unermesslich groß. Kate hatte beinahe ihr Leben verloren ... Steve war fortgegangen ... Annie und Terence hatten sich getrennt ... Michael war in Kanada ... und Rosie Mullen hatte zweifellos einen Schmerz erlitten, den selbst ihr Erfolg nicht vollständig überdecken konnte ... und nun verkaufte dieser Mann, der einzige enge Freund, den er seit seinem Umzug in den Norden gefunden hatte, Haus und Praxis. Die Wut, die er in diesem Augenblick fühlte, presste ihm die Brust zusammen. Und was war mit Cathleen geschehen? Zahlte sie in irgendeiner Weise für den von ihr angerichteten Schaden? Nein. Schlussendlich hatte sie – von ihren Eltern – bekommen, was sie wollte: das Geld für ein eigenes Atelier in Chelsea. Als sie vor vier Tagen in diesem Raum von ihm Abschied genommen hatte, war er noch immer bereit gewesen, in seinem Herzen Mitleid für sie zu empfinden. Sie hatte zart, kindlich und aufrichtig betrübt gewirkt. Es war ihm schwer gefallen, sich daran zu erinnern, dass sie eine kluge und gefährliche Frau war, nicht das junge, reizende Mädchen, als das sie vor ihm stand.

»Schon seltsam, wenn man bedenkt, dass sie das alles bewirkt hat«, sagte Peter, als wäre er den Gedanken seines Freundes gefolgt. Rodney fiel auf, dass Peter Cathleens Namen nicht mehr aussprach. Er nannte sie immer nur ›sie‹. »Ich habe mir geschworen, dass ich sie so lange nicht freigeben werde, wie ich sie festhalten kann«, fuhr Peter fort. »Aber Peggy hat ihren Anblick nicht mehr ertragen. Und ihre

Forderung, dass wir das Haus renovieren und neu einrichten sollen, damit sie Dane Dee empfangen kann, hat das Fass zum Überlaufen gebracht. Peggy ist wie eine Wilde auf sie losgestürzt. Da habe ich begriffen, dass sie gehen muss, ehe noch was Schlimmeres geschieht ... Weißt du irgendetwas über diesen Mann?«, fragte er.

»Nicht das Geringste. Ich habe ihn nie persönlich kennen gelernt. Ich weiß nur, dass er ein Freund von Terence Macbane war, dass er mit ihm in Oxford studiert hat und dass er viel Geld zu haben scheint. Selbstverständlich weiß ich Letzteres nur vom Hörensagen«, fügte er hinzu.

»Damit hat es schon seine Richtigkeit. Er hat tatsächlich Geld. Und er hat einen alten Adelstitel. Genau deshalb verstehe ich es nicht. Er hat ausgezeichnete Beziehungen, und seine Familie wird gewiss ein gewichtiges Wort mitzureden haben, was seine zukünftige Frau betrifft. Dennoch hat sie es sich in den Kopf gesetzt, dass er sie heiraten wird, nur weil er einoder zweimal nach Newcastle gefahren ist, um sie zu besuchen. Das ist nicht nur bloß eine Idee von ihr, sie ist absolut davon überzeugt, dass sie es schafft. Sie rechnet fest damit. Im Augenblick mache ich mir keine Sorgen wegen ihres Lebenswandels, denn diese Heirat bedeutet ihr so viel, dass sie nichts unternehmen wird, das ihre Chancen schmälert. Sie sagt, dass er von ihrem Atelier begeistert ist und sie verschiedenen Leuten vorstellen wird, die ihr das Zeug abkaufen werden.«

»Hat sie es denn nötig, ihre Arbeiten zu verkaufen, wenn sie ihn heiraten wird?«

»Das darfst du mich nicht fragen«, wehrte Peter kopfschüttelnd ab. »Ich nehme an, dass sie auch in der Zwischenzeit von etwas leben muss; das Geld, das sie von mir bekommen hat, wird nicht lange reichen.«

»Vielleicht ist es das Beste, was geschehen kann.«

»Das Beste für wen?«, fragte Peter. »Gewiss nicht für ihn. Ich bedaure den Mann, der sie bekommt.«

»Ach, Peter!« Rodneys Angst begann allmählich zu schwinden, und er fühlte wieder etwas wie Mitleid.

»Ja, du kannst gut ›Ach, Peter!‹ sagen, weil du nicht weißt, was wir durchgemacht haben; du weißt nicht, wie sie wirklich ist. Ich glaube, sie tut dir selbst jetzt noch Leid ... übrigens hat sie genau das vorhergesagt. Sie hat darauf bestanden, vor ihrer Abreise noch mal hierher zu kommen, weil sie sicher war, dass sie trotz allem dein Mitgefühl erringen und dich wieder auf ihre Seite ziehen kann. So ist sie.«

Rodney erstarrte. Wie nah sie damit der Wahrheit doch kam. Wieder fühlte er sich jung und unerfahren. Sie besaß eine phänomenale Menschenkenntnis – vor allem, was ihn betraf. Nun tat es ihm Leid, ihr nicht gezeigt zu haben, dass er das Ausmaß ihrer Schandtaten kannte. Seine kühle Haltung musste ihr jedoch gesagt haben, dass er sehr wohl etwas davon wusste.

»Da ist Annie!«, rief Peter plötzlich, als er sie durch das Fenster des Arbeitszimmers entdeckte. »Ich habe sie schon so lange nicht mehr gesehen. Eigentlich habe ich angenommen, dass sie während der Ferien hier sein würde. Ist sie noch mit dem jungen Macbane zusammen? ... Weißt du«, fuhr er nachdenklich fort, ehe Rodney antworten konnte, »es hat eine Zeit gegeben, da habe ich geglaubt, dass es für meine Tochter die Rettung gewesen wäre, wenn sie Macbane bekommen hätte. Er wirkte entschlossen und freundlich. Ein Mann mit eigenständigen Gedanken.«

»Nein. Sie haben Krach gehabt«, antwortete Rodney ausweichend. »Sie macht gerade eine schwierige Phase durch ... das tun sie alle irgendwann. Komm, ich schenke dir noch mal ein.«

Soweit Rodney wusste, war niemand außerhalb des Hauses über Annies Absichten informiert, mit Ausnahme von Pater Bailey und Terence. Und Mrs. Summers und ihrer Nichte Alice konnte er vertrauen. Da Cathleen irgendwie mit Annies Entscheidung in Zusammenhang stand, wollte er Peter nicht mit einer weiteren Eröffnung belasten.

Während Annie über den Rasen auf das Haus zukam, winkte sie Peter zu. Sie ging jedoch nicht ins Arbeitszimmer, um ihn zu begrüßen. In der Halle traf sie auf Kate. »Ich friere«, erklärte sie. »Ich werde gleich hinaufgehen und ein Bad nehmen. Gibt es genug warmes Wasser?«

»Ja«, sagte Kate. »Aber es ist Unfug, bei diesem Wetter spazieren zu gehen; der Nebel und die Feuchtigkeit dringen bis in deine Knochen.«

»Bis es zu stürmen begonnen hat, war es angenehm«, antwortete Annie. »Aber der Wind ist wirklich schneidend.«

»Nimm ein schönes, warmes Bad«, sagte Kate, während sie ihrer Tochter nachsah, die die Treppe hinaufging. »Ich bringe dir nachher etwas Heißes zu trinken.«

»Danke.« Annie wandte sich halb um und lächelte ihrer Mutter einen Augenblick lang zu.

Kate schien das Lächeln festzuhalten. Selbst als die Treppe längst wieder leer war, verharrte sie regungslos. »Ach, mein Liebling. Mein Liebling ...«, seufzte sie.

Annie lehnte sich mit geschlossenen Augen gegen den Badewannenrand. Das heiße Wasser schien die Haut von ihrem Körper zu trennen. Es sickerte unter der Haut ein, kroch von ihren steifen Zehen bis zu den Schultern und zum Kopf empor und hüllte sie in wohlige, tröstende Wärme.

Was für ein Genuss, wenn man nichts anderes wusste, nichts anderes fühlte als die Liebkosung des warmen Wassers. Wie wundervoll war es, den eigenen Körper zu fühlen, frei von jeglicher Last, wie er dahintrieb, schwebte ... Sie ließ die Hände in sinnlichen Bewegungen über ihre Schultern und Arme gleiten. Es war einfach herrlich! Was für ein wunderbares Gefühl! Konnte man sich mehr wünschen als diese Ekstase warmen Wassers, die den Körper liebkoste wie ein ... Sie setzte sich abrupt auf, griff nach dem rauen Luffaschwamm und schrubbte sich kräftig ab. Dann ließ sie das Wasser ab, drehte den Kaltwasserhahn auf und stellte sich unter den eisigen Strahl der Dusche, bis sie zitterte. Hastig kleidete sie sich an und kehrte in ihr Zimmer zurück – wo sie David vorfand.

Als sie die Tür öffnete, sprang er vom Altar fort und verbarg die Hände hinter dem Rücken. »Ich habe nur geschaut«, rief er. »Nur geschaut, Annie.«

»Was hast du da?«, fragte sie.

An der Hand, die er ihr entgegenstreckte, baumelte ihr Rosenkranz. »Ich habe nur ein Ave Maria aufgesagt.« Er sah mit verwirrtem, ängstlichem Blick zu ihr auf, denn er konnte nicht begreifen, warum er nicht mehr in die Nähe des Altars durfte. Er mochte die Marienstatue: Sie war hübsch, hatte ein süßes Baby wie Angela, und es machte Spaß, über die Perlen zu ihr zu sprechen. Er grüßte sie mit »Hugh«, wie es die Indianer in seinen Büchern taten, und statt »Maria, voll der Gnade« sagte er »Maria, zu voll von Gnade«, und dann glaubte er, das Baby lächeln zu sehen. Er wusste nicht genau, was er ihr sagen sollte, denn Annie hatte ihn nur zu unterrichten begonnen und dann abgebrochen. Es war alles ein großes Geheimnis; Mami wusste nichts davon. Und dann hatte Annie ihm verboten, wieder in die Nähe ihres Altars zu kommen, und ihm gesagt, dass sie ihn nicht mehr lieb haben würde, wenn er Mami erzählte, dass sie ihm das Ave Maria beigebracht hatte.

»Das habe ich dir doch verboten, nicht wahr?«, sagte sie, während sie den Rosenkranz an sich nahm. Seine Lippen bebten, und er starrte sie mit weit aufgerissenen, erschreckten Augen an. Rasch bückte sie sich und zog ihn an sich. »Ist schon gut, mein kleiner Liebling. Schon in Ordnung.«

»Hast du mich jetzt nicht mehr lieb, Annie?«, stieß er, nach Atem ringend, hervor.

»Aber natürlich habe ich dich noch lieb!«

Sie kniete nieder und schloss ihn fest in die Arme. Er warf ihr die Arme um den Hals und presste sie mit all seiner Kraft an sich. »Ich hab dich lieber als alle anderen auf der Welt, Annie. Und ich will auch so einen Altar haben wie du. Und ich will Hannigan Prince heißen, damit ich so bin wie du.«

»Schhht … Ach, mein kleiner Liebling.«

Ein Gedanke durchzuckte sie. Schon bald würde sie ihn verlassen. Wie sollte sie das nur über sich bringen? Er würde es nicht verstehen. Selbst wenn er älter wurde, würde er es nicht verstehen, denn er war nicht katholisch. Kate beging einen schweren Fehler, indem sie ihn nicht im katholischen Glauben erzog. Sie enthielt ihm das ewige Leben vor. Annie brach ihren Gedankengang ab ... Er war Protestant. In all den Jahren, die Pater O'Malley sie unterrichtet hatte, war sie überzeugt gewesen, dass Protestanten nicht in den Himmel kamen. Und obwohl sie sich mittlerweile für aufgeklärter hielt, war sie noch immer sicher, dass Protestanten nicht berechtigt waren, in den Himmel der Katholiken zu kommen. Wohin kamen sie dann? ... David, Angela, Rodney ... und all die netten Protestanten, die sie kannte ... überhaupt alle Protestanten auf der Welt ... und was war mit jenen Menschen, die nicht einmal protestantisch waren ... was geschah mit ihnen? Sie würde mit Schwester Ann darüber sprechen müssen ... Nein! Der Aufschrei kam aus einem Winkel ihres Bewusstseins, der mehr und mehr an Einfluss gewann, ein beunruhigender, Besorgnis erweckender Winkel. Nein, sie würde nicht mit Schwester Ann sprechen ... deren Antwort wäre wieder nur knapp und trocken. Erst unlängst hatte sie auf Annies Frage, warum es auf der Welt doppelt so viele Nicht-Christen wie Christen gab, geantwortet, dass sie da seien, um bekehrt zu werden! Wie albern. Diese Antwort hatte in ihr ein Gefühl von Unsicherheit zurückgelassen.

Schwester Ann war ein wundervoller Mensch. Annie hatte jedoch erkennen müssen, dass viele ihrer Antworten unbefriedigend waren. Sie musste die Antwort selbst finden, denn es war undenkbar, dass David, wenn er starb, nicht augenblicklich in den Himmel kam, nicht einmal ins Fegefeuer ...

Kate trat unbemerkt ein. »Da bist du ja; ich habe dir etwas Heißes zu trinken gebracht.« Sie lächelte auf die beiden hinab, als wäre dieser Augenblick innigster Zuneigung ganz alltäglich.

Verlegen und verärgert, stand Annie hastig auf. Sie wusste, dass Kate dieser kleinen Szene eine eigene Bedeutung beimessen würde.

»Rosie hat eben angerufen«, sagte Kate. »Sie möchte, dass du heute Abend zu ihrer Silvesterfeier kommst.«

»Ich werde nicht hingehen!«, erklärte Annie hastig, während sie sich umwandte und ihr Haar zu bürsten begann. »Ich bleibe lieber zu Hause«, fügte sie weniger schroff hinzu.

»Ich weiß nicht, ob wir aufbleiben, denn Peter und Peggy werden nicht kommen.«

»Macht nichts.«

Kate nahm David an der Hand und ging mit ihm auf die Tür zu. »Während du im Bad warst, ist ein Anruf von Brian gekommen«, erklärte sie. »Er sagt, dass er im Lauf des Abends vorbeisehen wird.«

Annie fuhr herum. »Hast du ihm nicht gesagt, dass ich ausgehe?«

»Wie hätte ich das sagen können, wo ich doch nicht weiß, was du vorhast?« Kate wandte sich zur Tür und blickte über die Schulter zu Annie zurück. »Rosie hat gesagt, dass sie später noch mal anrufen wird, um dich zu fragen, ob du kommst.«

Annie sah sie hilflos an. »Ich gehe hin. Du kannst ihr sagen, dass ich komme.«

Als Kate die Tür schloss, erhob sich Annie und klopfte unruhig mit dem Rücken der Haarbürste in ihre Handfläche … Würde Brian ihre Absage nie akzeptieren? Würde er nie aufhören, sie zu belästigen? … Aber genau das war es. Er belästigte sie nicht, er kam einfach zu Besuch. Er plauderte mit Kate und Rodney, spielte mit David und machte sich bei allen beliebt. Manchmal sprach er kaum ein Dutzend Worte mit Annie. Wenn sie sich jedoch im selben Raum befanden, fühlte sie seine Anwesenheit wie eine Last auf ihrem Körper.

Sie trat ans Fenster. Durch die kahlen Zweige der Hecke sah sie Mr. Macbane, der die Straße herunterkam. Sie beobachtete, wie er sich dem Tor näherte, vorbeiging und im Nieselregen verschwand. Er hatte nicht ein einziges Mal zum Haus herübergeblickt. Nun fürchtete sie sich nicht mehr vor Mr. Macbane, sondern empfand Mitleid mit ihm, mehr als sie je für Terence empfunden hatte. Ihr Kummer um ihn war ein reifes Gefühl; sie verstand seine Enttäuschung. Seit jenem Treffen, als Mr. Macbane ihr Mitte des Semesters den Weg versperrt hatte, waren sie einander noch oft begegnet. In der Vorwoche hatte er sie dreimal von der Haltestelle nach Hause begleitet. Wenn sie früher dieselbe Straßenbahn genommen hatten, hatte er sich immer bemüht, vorauszueilen oder hinter ihr zurückzubleiben. Jetzt hingegen machte er es sich zur Aufgabe, auf sie zu warten und neben ihr her zu gehen, auch wenn sie mitunter den Großteil des Heimwegs in drückendem Schweigen verbrachten. Er fluchte nicht mehr und wurde auch nicht mehr wütend, stattdessen legte er bei jedem ihrer Treffen großen Wert darauf, Terence zu erwähnen.

Als er zu Beginn der Ferien das erste Mal auf sie gewartet hatte, konnte er die Neuigkeit nicht einmal während der ersten Schritte für sich behalten. »Der Junge hat 'ne Stelle als Mathematiklehrer am Gymnasium von Fennington bekommen«, erzählte er, ohne dass es ihm gelungen wäre, den Stolz in seiner Stimme zu unterdrücken. »Was sagst du dazu, Mädchen? Nur etwas mehr als dreißig Kilometer von Newcastle entfernt. Er wird jedes Wochenende heimkommen … Ist das nicht 'n Ding?«

Sie antwortete auf seine begeisterten Worte mit »Ja, Mr. Macbane« oder »Nein, Mr. Macbane«, während ihr Mitgefühl für ihn wuchs und sie nichts sehnlicher wünschte, als ihm eine Freude bereiten zu können. Sie wusste jedoch, dass das unmöglich war, denn er arbeitete auf ein einziges Ziel hin: das Glück seines Sohnes.

Sie wusste, dass Terence die gesamten Ferien über zu Hause gewesen war. Sie waren einander nicht begegnet, sie hatte ihn aber das eine oder andere Mal aus der Ferne erblickt. Bei diesen Gelegenheiten verschloss sie ihren Geist wie einen Tresor, um jene Gedanken zurückzuhalten, die qualvoll aus ihrem Inneren hervorzubrechen drohten. Es war recht einfach, sobald sie den Trick kannte. Man musste bloß einen Augenblick lang jeden Gedanken aus dem Kopf verbannen und sich dann mit aller Kraft auf eine Sache konzentrieren, die ein Handeln erforderte. Ja, es war ziemlich einfach … tagsüber.

Sie wandte sich vom Fenster ab und fuhr fort, ihr Haar zu bürsten. Dann hielt sie abrupt inne. Was für eine Zeitvergeudung. Sie musste diese Gewohnheit ablegen. Auch das war ein Schritt, um sich auf ihre Zukunft vorzubereiten.

Mr. Mullen sang »Der Spanier, der mein Leben ruinierte«. Annie stand an der Haustür und lauschte lachend. Seine Stimme brach und ging in einem Chor von lustigen »Pompom« unter. Während Annie sich die Hand auf den Mund presste, fragte sie sich wieder, warum die Mullens sie immer zum Lachen brachten. Vielleicht, weil sie über sich selbst lachen konnten. Seltsam, aber bei ihnen fühlte sie sich immer zu Hause. Ungeachtet ihrer rauen Art wirkten sie … wie ihre Familie.

Sie hatte an diesem Abend nicht kommen wollen, denn die Vorstellung, andere Menschen zu treffen, beunruhigte sie und lenkte ihre Gedanken von dem ab, was sie sich vorgenommen hatte. Aber nun hatte sie das Gefühl, nach Hause gekommen zu sein … Sie fühlte, dass sie sich gut unterhalten würde und dass es ihre letzte Silvesterfeier sein würde. Diese Gewissheit erfüllte sie mit ein wenig Traurigkeit. Sie würde die Gelegenheit nützen, um Rosie zu sagen, dass sie ins Kloster eintreten würde. Rosie war ihre Freundin, sie sollte es wissen. Es war lächerlich, dass Kate von ihr erwartete, es geheim zu halten, als wäre es etwas, für das sie sich schämen musste.

»Annie! Ein fröhliches neues Jahr!«, rief Rosie, als sie die Tür öffnete. »Hast du lange klopfen müssen?«, fragte sie, während sie ihre Freundin in den Raum zog.

»Nein. Ich bin auf der Stufe gestanden und habe gelacht … Ist das nicht das Lieblingslied deines Vaters? Erinnerst du dich noch? Er hat es uns einmal abends vorgesungen, als wir noch Kinder waren. Er hat es mit wilden Gesten untermalt und dabei die volle Bratpfanne umgestoßen … weißt du noch? Und deine Mutter hat ihn mit der Bratpfanne verfolgt und geschrien: ›Jetzt werde *ich* dir dein Leben ruinieren!‹«

Sie umarmten einander und lachten gemeinsam über ihre Erinnerungen. Durch die Küchentür konnte Annie drei von Rosies Brüdern mit ihren Frauen sehen, die dicht gedrängt an der Wand saßen. Sie winkte ihnen zu und wurde mit freundlichen Rufen begrüßt: »Es ist Annie! Hallo, Annie. Ein fröhliches neues Jahr!«

Während Annie die Grüße erwiderte, lief Rosie zur Küchentür und schloss sie. »Gib mir deine Sachen«, forderte sie ihre Freundin auf.

»Was habt ihr mit dem Bett gemacht?«, rief Annie erstaunt aus, während sie sich in dem Zimmer, das auf die Straße ging, umsah.

»Es ist oben«, antwortete Rosie lachend. »Das Hinterzimmer trägt jetzt zu Recht den Namen ›Schlafzimmer‹.« Rosie wandte sich ab und schürte das Feuer. »Annie, versprich mir, dass du nicht böse auf mich sein wirst.«

»Böse auf dich? Warum um alles in der Welt soll ich böse auf dich sein? Was meinst du? Ich kann mich nicht erinnern, dass ich je auf dich böse war.«

»Ich habe etwas getan, und jetzt habe ich ein wenig Angst.« Als sie sich vom Kamin umwandte, lag ein ernster, bittender Ausdruck auf ihrem Gesicht. »Annie, ich will, dass du glücklich bist. Du, vor allen anderen. Und ich finde, zumindest eine von uns sollte glücklich sein.«

Annie erstarrte; sie hatte sich eben mit der Hand über das Haar gestrichen, doch nun hielt sie mitten in der Bewegung inne. Ohne sich zu bewegen, schien sie sich von Rosie zurückzuziehen. Was meinte sie? Terence? Sie konnte Terence nicht meinen, sie kannte ihn kaum. … Was dann?

»Ich habe geglaubt, wenn du …«, sagte Rosie, als die Tür plötzlich aufgerissen wurde und Mr. Mullen erschien.

»Was habt ihr hier zu verbergen?«, rief er fröhlich. »Kommt heraus … Hallo, Annie, ich habe schon die ganze Nacht auf dich gewartet.« Er legte ihr den Arm um die Taille und zog sie in die Küche. »Das hübscheste Mädchen am ganzen Tyne! Was sagt ihr dazu, Jungs?«, rief er.

In der Küche drängten sich die vier verheirateten Söhne mit ihren Frauen und Kindern sowie Nancy, Jimmy und Florrie. Und neben dem Kamin, in der Ecke des mit Rosshaar gepolsterten Sofas, saß Terence.

Während die Mullens durcheinander riefen, erhob er sich langsam. Und als Mrs. Mullen meinte: »Ist nicht nötig, euch vorzustellen, ihr seid ja Nachbarn«, sah er Annie nicht scheu oder ängstlich an, sondern mit einem festem Blick aus seinen grauen Augen.

Nach dem ersten Schock über dieses unerwartete Zusammentreffen, der sie erbeben ließ, stieg in Annie eine unbändige Wut gegen Rosie auf. Wie hatte sie sie nur in so eine Lage bringen können? Und Kate hatte davon gewusst! Sie steckten alle mit drin. Wofür hielten sie sie? Für eine Närrin, die nicht wusste, was sie wollte? Für jemanden, den man mit vereinten Kräften nach Belieben drehen und wenden konnte?

Sie hatte keine andere Wahl, als hier zu bleiben. Wenn sie nun ging, würde sie sich nicht nur zum Narren machen, sondern er würde ihr vermutlich folgen … Sie würde ihnen schon zeigen, dass ihre Pläne vergebens waren. Sie würde ruhig bleiben und lachen und plaudern, als wäre nichts geschehen. Sie würde sie mit ihren eigenen Waffen schlagen; gegen Gelassenheit war nicht anzukommen … Was ging sie das überhaupt an? Warum konnten sie sie nicht in Ruhe lassen? Warum? Nein. Sie würde nicht weiterforschen, sagte sie sich. Keinerlei Auseinandersetzung; einfach ruhig bleiben.

»Setz dich, Junge«, sagte John Mullen zu Terence. »Warum stehst du hier herum?«

Terence setzte sich wieder neben John.

»Ich bin wirklich interessiert an dem, was du vorhin gesagt hast«, fuhr John fort. Terence sah ihn fragend an. »Über Wunder, du weißt schon. Wir sind gerade warm geworden, als sich mein Vater entschlossen hat zu singen.«

»Fangt nicht wieder mit Religion an«, schaltete sich Mrs. Mullen ein, »sonst werfe ich euch hinaus.«

»Ach, sei still, Mutter! Es geht nicht um Religion.«

»Lasst uns was trinken«, rief Mr. Mullen. »Terry, mein Junge, was darf es für dich sein?«

»Nichts, danke. Ich habe schon einen getrunken.«

»Dann trinkst du eben noch einen, damit der andere Gesellschaft hat. Wir werden wohl lange nicht mehr so beisammen sein.«

»Da hast du Recht«, bekräftigte George, der Unglücksvogel der Familie. »Nächstes Jahr um diese Zeit werde ich wahrscheinlich auch mit den anderen Kerlen auf der Straße stehen … Es gibt jetzt nur noch zwei Schichten. Wie sollen wir davon leben?«

»Allmächtiger, jetzt fängt er schon wieder an!«, rief John. »Gib ihm 'nen kräftigen Schluck, Vater.«

»Aber er hat Recht«, sagte nun auch Georges Frau. »Wie können sie glauben, dass wir davon leben können? Mit den Kindern, von Stempelgeld …?«

»Gib ihr auch 'nen Doppelten«, mischte sich Harry ein.

»Da«, sagte Mr. Mullen, während er George das Whiskyglas entgegenstreckte. »Kipp ihn hinunter! Das wird dir helfen, auf den Beinen zu bleiben, wenn du auf der Straße stehst. Warum machst du dir überhaupt Sorgen? Unsere Rosie wird sich ein Schloss kaufen und uns alle bei sich wohnen lassen … nicht wahr, Mädchen?«

Rosie, die ihrer Mutter mit dem Essen half, drehte sich grinsend zu ihrem Vater um. Dann schweifte ihr Blick zu Annie hinüber. Sie stieß einen erleichterten Seufzer aus, als sie sah, dass Annie mit Johns Frau Hilda sprach.

»Wie wäre es mit 'nem neuen Lied?«, rief Mr. Mullen. »Was hältst du davon, Mädchen?«, fragte er seine Tochter, während er ihr liebevoll den Arm um die Taille legte.

»Seid doch einen Augenblick lang still«, rief John. »Ich kann kein Wort von dem verstehen, was Terence sagt.«

Aus Respekt vor dem Besucher senkte sich ein Schweigen

über die Küche. »Nicht so wichtig«, wehrte Terence lachend ab. »Wir sprechen ein anderes Mal darüber, John.«

John hatte eine Protestantin geheiratet, die sich nicht hatte ›umdrehen‹ lassen – er war bereits der Zweite in der Familie, der diesen ›Fehler‹ begangen hatte –, daher wusste Annie, dass es um Religion ging. Terence war offenbar eben dabei, seine Ansichten darzulegen, und zweifellos hoffte John, dass sie mit seinen übereinstimmten. Während sie Hilda weiterhin zuhörte, bemühte sie sich, ihrem Gespräch zu lauschen. Sie saß kaum mehr als einen Meter von Terence entfernt und hatte ihm halb den Rücken zugewendet. Durch das allgemeine Stimmengewirr und die Rufe der Kinder konnte sie jedoch nur einige seltsame Sätze auffangen.

»Was hast du über den Glauben gesagt?«, fragte John.

Während Annie Hilda unverwandt ansah, verschloss sie ihren Geist gegen die Stimme der jungen Frau, um ihre Ohren für Terence' Antwort zu schärfen.

»Der Glaube selbst ist ein Wunder, John. Sobald du an irgendetwas glaubst, erzielst du Ergebnisse. Das ist die Basis für die Wunder deiner Religion. Der Glaube einer bestimmten Person kann so stark sein, dass er den Geist in die gewünschte Richtung lenkt; und in der Wirkung des Geistes auf den Körper liegt das Wunder.«

»Dann glaubst du nicht an Gott, Terry?«

»Nun, nicht an den mit dem Bart«, erwiderte Terence lachend. »Und auch nicht an den, der sich in drei Personen aufteilt. Ich sehe Gott als Geist, der in allem wirkt.«

Annie konnte das Staunen in Johns Stimme hören. »Dann glaubst du also nicht an Jesus, Terry?«

»Doch, John. Ich glaube, dass er der größte Mensch war, der je geboren worden ist, und dass er in engerem Kontakt zu dem gestanden hat, den du ›Gott‹ nennst und ich ›Geist‹, als jeder andere Mensch. Im Grunde sind die beiden aber ein und dasselbe, John.«

Der letzte Rest von Wut auf Rosie und Kate fiel von Annie ab. Dies hatte geschehen müssen: Es war ihr bestimmt gewesen, heute Abend hier zu sitzen. Sie hatten sich zusammengeschlossen, damit sie heute hierher kam, und sie hatten damit ein bestimmtes Ziel verfolgt … Allerdings hatten sie ein anderes erreicht, als sie erwartet hatten. Denn es war eindeutig ihre Bestimmung gewesen, heute Terence' Ansichten zu hören. Nun wurde ihr alles klar. Sie betrachtete es als weiteres Beispiel für das Wirken Gottes, um ihrem gequälten Geist Frieden zu schenken. Wie hatte sie auch nur einen Moment lang glauben können, dass etwas zwischen ihm und ihr sein könnte! Sie hatte im Zusammenhang mit ihm nie an die Religion gedacht. Und wenn, dann hatte sie es als sicher angenommen, dass er konvertieren würde. Aber was hatte er gesagt? … Gott ist Geist. In anderen Worten, in jedem von uns steckt ein kleiner Gott, und jeder schafft sich seine Wunder selbst. Seine Dreistigkeit verschlug ihr die Sprache, und seine gotteslästerlichen Worte ließen sie erschauern.

Plötzlich erschien es ihr seltsam, dass sie je von ihm erwartet hatte, dass er sich ihren Ideen und ihrer Lebensweise anschließen könnte … Jetzt war alles viel leichter. Es blieb immer weniger, um das es sich zu trauern lohnte. Sie verlor gar nichts. Kein Wunder, dass er keine Moral kannte und handelte, wie er es getan hatte.

Andere hatten sich mittlerweile der Diskussion angeschlossen, und mithilfe des Whiskys überwog nun das katholische Element. Die Auseinandersetzung wäre hitzig geworden, wenn Mr. Mullen die gesamte Angelegenheit nicht mit der derben, aber fundamentalen Wahrheit beendet hätte, dass diese Art der religiösen Selbstbetrachtung im Grunde einer Verstopfung gleiche und dass es mit einer guten Verdauung wesentlich leichter sei, Gott zu begreifen. Er hatte es mit seinen Worten ausgedrückt: »Wenn du genug Kohl isst und jeden Tag dreimal auf den Abort gehst, kümmert dich weder Gott noch sonst wer.«

Diese Bemerkung wurde wie jede andere unbewiesene Wahrheit begrüßt – sie wurde von der gesamten Familie mit lautem Gebrüll überschrien.

»Vater, wie kannst du nur so reden, wo wir doch Gäste haben!«

»Sei ruhig! Wird ja immer schlimmer mit dir, Vater!«

»Bring ihn zum Schweigen, Mutter.«

»Kümmer dich nicht um ihn, Terry«, sagte Mrs. Mullen. »Unsere Annie ist an ihn gewöhnt. Nicht wahr, Mädchen?«

Annie errötete bloß ein wenig, sagte aber nichts. »Er hat Recht«, erklärte Terence lachend. »Vielleicht hätte es nie eine lutheranische Kirche gegeben, wenn Martin Luther nicht mit seiner Verdauung Probleme gehabt hätte; das war eine echte Prüfung für ihn. Über diesen Punkt ließe sich debattieren.«

Der Name ›Luther‹ machte keinen Eindruck auf die Mullens. In Annies derzeitiger geistiger Verfassung gehörte Martin Luther jedoch derselben Kategorie an wie Schwarze Messen und Hexerei. Luther und all seine Anhänger waren die erklärten Feinde der katholischen Kirche, und Terence Macbane hatte darüber gelacht. Oh, sie war froh, dass sie gekommen war! Wirklich froh!

Der Abend verging rasch. Mehr als nur einmal trafen sich ihre Augen, und sie erwiderte seinen Blick immer ruhig und fest. Nach zwei Gläsern Whisky und zwei Gläsern Bier fanden alle Terence unterhaltsam, mit Ausnahme von Annie. Seine Beschreibung bestimmter Schüler ließ die Mullens immer wieder in schallendes Gelächter ausbrechen.

Die letzte Viertelstunde vor Mitternacht war schon beinahe angebrochen, als man beschloss, dass er anstelle von Mr. Mullen der erste Neujahrsgast sein sollte. Er war dunkelhaarig und ›beina übsch‹, wie die kleine Nancy Mullen durch ihre verstopfte Nase sagte.

Terence stand in der Mitte der Küche mit einem Stück Kohle und einer Flasche Whisky in den Händen und war eben im Begriff, das Haus durch die Hintertür zu verlassen, als ein lautes Klopfen an der Vordertür alle in der Küche aufschreckte.

»Wer um alles in der Welt kann das sein?«, rief Mrs. Mullen. »Es ist schon fast Mitternacht! Geh und sieh nach, Vater.«

»Wird wohl 'n Betrunkener sein, der sich in der Tür geirrt hat«, meinte Mr. Mullen, während er durch das Zimmer schlurfte.

»Dann seid ihr ja schon zu zweit, wenn ihr euch trefft«, rief ihm Harry lachend nach.

»Schhht! Seid alle still und hört zu!«, mahnte Mrs. Mullen.

Während Annie lauschte, stieg ihr langsam das Blut ins Gesicht. »Ja. Ja, sie ist hier«, hörte sie Mr. Mullen sagen. »Kommen Sie nur rein, wer immer Sie sind. Sie sind uns willkommen.«

Als Brian im Türrahmen auftauchte, den er zur Gänze ausfüllte, blickten ihn alle an, was ihn in keiner Weise störte. »Hallo, da bist du ja«, sagte er mit dicker Zunge, während er Annie ungeniert anstarrte. »War wie im Zirkus. Bin überall herumgerannt. Warum hast du niemandem gesagt, wo du bist?«

Annie war nicht im Stande, ihm zu antworten. Sie konnte ihn nur hilflos anstarren. Eine unsägliche Angst überfiel sie. Sie erkannte, dass sie Brian nie loswerden würde. Andere konnte sie von sich fern halten, aber ihn nie.

»Schon seltsam, dass Kate nich' wusste, wo du steckst«, sagte Brian.

Einen Augenblick lang herrschte ein verunsichertes Schweigen, das Mrs. Mullen beherzt brach. »Wenn Sie nun schon hier sind, dann kommen Sie doch herein, und setzen Sie sich, damit wir mit unserem Spiel weitermachen können. Das ist mein Sohn Harry, und das ist seine Frau. Und das ist …« Sie stellte Brian alle Anwesenden vor und bot ihm schließlich einen Platz gegenüber von Annie an. Als sie etwas aus der Spülküche holen wollte, traf sie dort auf Rosie, die vor Wut kaum sprechen konnte.

»*Er!* Er musste natürlich kommen! Und er ist furchtbar betrunken, Mama. Das bedeutet Schwierigkeiten.«

»Keine Sorge, ich werde mich schon um ihn kümmern … Gehst du schon, Junge?«, fragte sie Terence, als sie die Spülküche verließ.

Rosie fasste Terence am Arm. »Es tut mir so Leid, Terence. Er hat alles zunichte gemacht.«

Terence tätschelte ihr nur wortlos die Hand und lächelte ihr im Hinausgehen bedauernd zu. Während er sich durch den dunklen Hof und die unbeleuchtete Nebenstraße vorwärts tastete, waren seine Gedanken so schwarz wie die Nacht. Verfluchter Brian! Er tat, als gehörte sie ihm! Wenn er es wagen sollte, sie zu berühren … oder auch nur seine Hand auf ihren Arm zu legen, dann … Was dann? Was würde er tun?, fragte er sich. Was konnte er tun? Es war zum Verrücktwerden! Er hatte gehofft, dass alles ruhig verlief, reibungslos. Wenn er sie nach Hause hätte bringen können, hätte er ganz normal mit ihr sprechen und ihr zeigen können, dass es keinen Grund gab, ihm aus dem Weg zu gehen. Sie hätten ein freundschaftliches Verhältnis aufbauen können! Was würde nun geschehen? … Sie hatte Angst vor Brian Stannard, das hatte er gesehen. Nun, sie brauchte keine Angst vor ihm zu haben.

Er schüttelte heftig den Kopf, um das dumpfe Gefühl loszuwerden. Warum hatte er nur den Whisky getrunken? Es war töricht zu trinken, wenn man nicht daran gewöhnt war … Hatte er etwa versucht, sich falschen Mut anzutrinken?

Er stand nun in einer Gruppe von Männern an der Straßenecke. An allen Straßenecken im Viertel der fünfzehn Straßen hatten sich ähnliche Gruppen versammelt. Viele von ihnen waren schon betrunken. Dennoch verhielten sie sich leise und sprachen nur mit lautem Flüstern und verhaltenem Lachen, wie Männer es tun, wenn im Haus Kinder schlafen.

»Noch eine Minute«, sagte einer von ihnen.

Eine Stille senkte sich über die Männer, die nur vom Schluckauf eines Betrunkenen durchbrochen wurde. »Sei still, Mensch«, mahnte ihn ein anderer.

Dann brachen die Nebelhörner auf den Schiffen, die Sirenen am Dock und die Kirchenglocken gleichzeitig los. Rundum erschollen Rufe: »Los geht's!«, »Da kommen sie!«, »Glückliches neues Jahr, Kumpel.« »Dir dasselbe. Und viele noch dazu.« »Volle Börsen und volle Bäuche!« »Gutes neues Jahr.« Noch während sie einander Glückwünsche zuriefen, strebten sie auseinander. Türklopfer wurden betätigt, Fäuste hämmerten kräftig gegen das Holz, und sobald sich die Türen öffneten, wurden die Männer mit Lachen und gedämpften Glückwünschen empfangen.

Terence schlug den Klopfer hart gegen das Holz. »Ein glückliches neues Jahr!«, rief er fröhlich, in dem Bemühen, seiner Rolle als erster Neujahrsgast gerecht zu werden, als sich die Tür öffnete.

Nun drängten sich alle im straßenseitigen Zimmer; die Männer schüttelten ihm die Hand, und die Frauen küssten ihn, als wäre er ein lange verschollen gewesener Verwandter.

Ungeachtet des Durcheinanders von Glückwünschen und Begrüßungen waren seine Gedanken stets bei Annie. Er sah sie nirgendwo und Brian ebenfalls nicht. Scheinbar um das Stück Kohle loszuwerden, das er noch immer trug – die Flasche Whisky hatte ihm Mr. Mullen bereits abgenommen –, drängte er sich durch die Menge zur Küche durch.

Annie und Brian waren tatsächlich in der Küche, aber Mrs. Mullen auch. »Ein glückliches neues Jahr, Junge«, sagte sie. »Komm, gib mir die Kohle.«

Brian ignorierte Terence. Er hatte den Ellbogen auf den hohen Kaminsims gestützt und sah auf Annie hinunter, die mit gesenktem Kopf in einem Stuhl saß und ins Feuer blickte. »Ich frage mich, wo du und ich nächstes Jahr um diese Zeit sein werden, Annihan.« Als Annie nicht antwortete, drehte sich Brian zu Terence um, als hätte er seine Anwesenheit eben erst bemerkt. »Gutes neues Jahr, Macbane.« Sein Tonfall war überheblich und unverkennbar drohend.

»Ich wünsche dir dasselbe«, gab Terence ruhig zurück.

Obwohl Annie das Gesicht von ihm abgewendet hatte, erkannte Terence an ihren bleichen Wangen, dass sie unter großer Anspannung stand. Um zu ihr zu gelangen, musste er sich fast direkt vor Brian stellen. »Ein glückliches neues Jahr, Annie«, sagte er.

Sie sah erschreckt zu ihm hoch. Seine Augen waren so weich und freundlich wie an jenem Tag, als er ihre Hand genommen und sie durch die Bögen geführt hatte, und wie damals sagten sie ihr, dass sie keine Angst haben musste.

Die Worte wollten sich nicht von ihrer Zunge lösen, und sie musste sich zwingen, sie auszusprechen: »Ein … glückliches neues Jahr.« Sie gingen in Mr. Mullens Rufen und dem Stimmengewirr der übrigen Familienmitglieder unter, die in die Küche zurückkehrten.

»Kommt und holt euch eure Gläser!«, rief Mr. Mullen. »Wir wollen auf das neue Jahr trinken! Und auf George, seine Frau und die Kinder, die auf der Straße stehen werden!«

Schallendes Gelächter begrüßte seinen Scherz. »In so 'nem Scherz steckt oft 'ne Menge Wahrheit«, meinte George trübselig, während die anderen herzhaft lachten.

Rosie kümmerte sich darum, dass jeder wieder einen Sitzplatz fand, und reichte das Essen herum. Trotz all ihrer Bemühungen wollte es ihr nicht gelingen, Brian von Annie zu trennen, die eingeklemmt in der Ecke des Rosshaarsofas saß.

In der Küche war es stickig, und es roch nach Bier, Alkohol, Zigarettenrauch und verbrauchter Luft … Für Annie hatte sich der Abend in einen Albtraum verwandelt. Wenn es doch nur schon eins und der Wagen hier wäre, dann könnte sie aufbrechen … Brians Fleischmassen schienen sich über sie zu ergießen. Sein Oberschenkel war gegen ihren gequetscht. Es war unmöglich, von ihm abzurücken. Die Mullens würden es seltsam finden, wenn sie jetzt aufstand und in das Zimmer auf der Straßenseite hinüberging. Und außerdem würde sie wieder zurückkehren müssen. Brian würde gewiss dafür sorgen, dass sie ihren Platz an seiner Seite behielt. Die verschiedenen Gerüche, die von ihm ausgingen – eine Mischung aus Alkohol und seinem unverkennbaren Körpergeruch – verursachten ihr beinahe Übelkeit.

Die ganze Zeit über war sie sich bewusst, dass Terence' Blick unverwandt nicht auf sie, sondern auf Brian gerichtet war. Er saß ihr gegenüber, und wenn ihm irgendjemand die

Sicht verstellte, was häufig geschah, beugte er sich zur Seite, sodass er hin und her zu schwanken schien.

Annie hielt zumeist den Kopf gesenkt und sprach gelegentlich mit dem kleinen Jimmy, der ihr zu Füßen saß. Brian redete wenig; er schien stattdessen mit seinem Körper zu sprechen, den er langsam hin und her schob, bis Annie in ihrem Inneren verzweifelt aufschrie: Jetzt ist mir alles gleich. Ich ertrage es nicht mehr. Jetzt gehe ich.

Es wurde unerträglich heiß im Raum. Als sie den Kopf hob, begann das Bild an der gegenüberliegenden Wand zu schaukeln. »Nein, nein. Für mich nichts mehr, Mr. Mullen, ich habe wirklich genug gehabt«, hörte sie Terence sagen. Sie fühlte, wie sich Brian dichter an sie drängte und, verborgen hinter ihren Körpern, mit der Hand ihr Gesäß zu streicheln begann. Sein Atem strich über ihren Nacken; sein Mund berührte ihr Ohr, als er ihr mit schwerer Zunge zuflüsterte: »Komm, wir gehen … ich hab genug von diesen Leuten.«

Er konnte der Verlockung ihrer Nähe nicht widerstehen und fing ihr Ohrläppchen zwischen seinen Lippen ein. Der Raum wirbelte um Annie, und sie stieß unwillkürlich einen Schrei aus. Plötzlich schien es in der Mitte des Raums ein reges Treiben zu geben; die Mullens wurden zur Seite geschleudert, und im nächsten Augenblick stand Terence vor ihr und Brian.

Ehe es ihr gelang, auf die Beine zu kommen, wurde Brian von dem Sofa hochgehoben, und während ihr die Besinnung zu schwinden drohte und sie von Scham übermannt wurde, dachte sie noch: Das konnte nicht Terence sein, er war nicht stark genug!

»Ruhig, Terry! Ruhig Blut, Junge!«, rief John Mullen.

»Aufhören! Aufhören!«, brüllte Mr. Mullen. »So etwas wollen wir hier nicht haben.«

Die Männer traten zwischen die beiden, lösten Terence' Hände von Brians Kragen und hielten Brians Fäuste zurück.

»Allmächtiger! Und das auch noch am Neujahrsmorgen!«, rief Mrs. Mullen.

Als Annie die Vordertür erreichte, fing Rosie sie ab: »Oh, Annie, was habe ich getan? Dabei wollte ich nur das Beste.«

Annie stieß sie zur Seite. »Lass mich in Ruhe! Ich gehe.«

»Aber der Wagen, der Wagen ist noch nicht hier. Du kannst doch nicht den ganzen Weg zu Fuß gehen.«

Annie griff nach ihrem Mantel und zog die Tür auf. »Schon in Ordnung. Ich werde den Wagen irgendwo treffen«, stieß sie keuchend hervor.

Sobald sie im Freien war, lief sie blindlings die verlassene Straße hinunter und bog in die Hauptstraße ein. Die eisige Nachtluft und der Nieselregen vertrieben die Schwäche in ihren Gliedern und klärten ihren Geist, sodass er frei wurde für die Woge von Scham, die nun über sie hereinstürzte.

Mehr konnte sie nicht ertragen! Wenn sie sie nur endlich gehen ließen … wenn sie nur in diesem Augenblick zu Schwester Ann fliegen könnte … wenn sie nur die Stille hinter den grauen Steinmauern erreichen könnte … Terence hatte gekämpft wie ein betrunkener Hafenarbeiter – wie ihr Großvater, der nicht ihr Großvater war. Er hatte den Mullens das Fest verdorben. Aber es war ihre Schuld. Sie hätte früher gehen müssen. Sie hätte sich gegen Brian zur Wehr setzen müssen. Aber wie? Selbst wenn er nüchtern war, gelang es ihr nicht, sich gegen ihn durchzusetzen … Sie durfte nicht weitere vier Monate warten! Sie musste augenblicklich fort von Brian. Wenn sie das nicht tat …

Sie lief schneller, sodass ihre Brust vom Atmen schmerzte. Es war keine Einbildung. Sie hörte tatsächlich hastige Schritte hinter sich. Wenn nur der Wagen schon hier wäre!

Als sie Lichter auftauchen sah, hielt sie keuchend unter einer Straßenlaterne an und klammerte sich Halt suchend an ihr fest. Während sich die Lichter näherten, erkannte sie die Konturen eines Lastwagens. Sie hörte das laute Pfeifen ihres Atems, aber genauso klar hörte sie Schritte, die eilig näher kamen. Wieder begann sie zu laufen, diesmal noch schneller als zuvor. Wenn sie doch nur irgendjemanden treffen würde! Sie konnte kaum noch weiter, ein stechender Schmerz durchbohrte ihre Seite ... Wenn es Brian war! Sie nahm all ihre Kräfte zusammen, während die Schmerzen an ihr zerrten. Wenn es ihr nur gelänge, den Kanal zu erreichen, dann würde sie sich hineinstürzen, wenn er sie berührte ... Gütiger Gott! Wo blieb der Wagen? Es musste doch kurz vor ein Uhr sein.

Die Schritte hatten beinahe zu ihr aufgeschlossen; sie konnte sogar schon das Keuchen des Läufers hören ... Heilige Mutter Gottes! Sie hielt abrupt an und warf sich mit ausgebreiteten Armen gegen die Mauer.

Da tauchte der Verfolger aus der Dunkelheit auf und hielt keuchend an. »Keine Angst, Annie ... ich bin es, Terence ...«

Sie sah sich wieder im Swimmingpool mit ihm kämpfen, und wieder sagte er beruhigend: »Keine Angst, Annie ... ich bin's, Terence ...« Doch diesmal boten ihr die Worte keinen Trost.

Er war stehen geblieben und stützte sich mit dem ausgestreckten Arm an der Wand ab, wobei seine Hand neben ihrem Gesicht lag. »O Annie, es tut mir so Leid ...«, sagte er stockend. »Um alles in der Welt ... hab ich nicht gewollt ... dass so etwas geschieht. Hab keine Angst ... sieh mich nicht so an ... Annie, können wir nicht Freunde sein? Kannst du nicht einfach mit mir reden?« Er wartete und holte dann tief Atem. »Wenn Stannard dich noch einmal berührt, bringe ich ihn um!«

Sie sagte noch immer kein Wort.

Er holte mehrere Male tief Luft, und als sich seine Atmung beruhigte, fuhr er fort: »Annie, bist du noch immer entschlossen ... das zu tun? Willst du mir nicht doch eine zweite Chance geben? ... Um Himmels willen! Antworte mir!«

Sie schüttelte heftig den Kopf.

»Ich habe nicht vorgehabt, dich das zu fragen. Ich wollte, dass es ganz anders läuft ... Ich werde dich nicht mehr darum bitten, nicht nach heute Nacht. Oh, Annie ...« Seine Stimme schwankte, und er versuchte, sie von der Wand zu sich umzudrehen. Aber sie schreckte vor ihm zurück und hob die Hände schützend gegen ihn. »In Ordnung. Keine Sorge, ich werde dich nicht berühren … Aber willst du es uns nicht noch mal versuchen lassen? Annie, bitte! Nur als Freunde. Das ist alles, worum ich dich bitte.«

Im dämmrigen Schein der Straßenlampe, die einige Meter entfernt stand, sah er, dass ihr Gesicht vor Anspannung verzerrt war. Sie hielt sich so steif, als wäre sie ein Teil der Mauer geworden. Hoffnungslosigkeit überfiel ihn, und er wandte sich von ihr ab und ging zum Randstein.

Sie starrte gebannt auf seinen dunklen Rücken … Wenn der Wagen nicht bald kam, würde sie ohnmächtig werden. Ihr Kopf schien anzuschwellen und sich vom Körper zu lösen.

In der Ferne tauchten zwei Lichter auf. Sie schienen hektisch zu tanzen, während sie sich rasch näherten. Annie taumelte an Terence vorüber auf die Straße, und als sie den Wagen in einiger Entfernung erkannte, schwenkte sie wild die Arme.

Der Wagen hielt fast direkt vor Terence, und ehe der Fahrer noch Zeit hatte auszusteigen, riss Annie bereits die Tür auf und sprang hinein.

Der Mann stand unsicher auf der Straße. Schließlich streckte er den Kopf in den Wagen und fragte: »Gehört der Gentleman zu Ihnen, Miss?«

»Nein! Nein!«, rief sie. Ihre Stimme klang sonderbar, als hätte sie sie lange nicht benützt.

Der Fahrer stieg ein und begann, den Wagen zu wenden. Als er zurückstieß, fiel das Licht der Rücklichter auf Terence und schien ihn aufzuwecken.

Ehe er sich umwandte und mit ungelenkem Schritt davonging, tauchte sein Gesicht klar vor Annie auf. Es war, als starrte sie auf ein Bild, und das Bild zeigte ihn weinend. Das war kein Regen – obwohl sein Gesicht auch davon nass war –, denn seine Augen waren verschwommen und voller Tränen. Das ist der Whisky, sagte sie zu sich. Nur der Whisky. Männer weinen sonst nicht. Wie abstoßend! Sie fühlte sich jedoch nicht abgestoßen. Stattdessen empfand sie Reue – was lächerlich war, denn was hätte sie bereuen sollen?

17

Der Garten zeigte sich in neuer Frische. Gelbe Narzissen säumten den Rasen; Tulpenbeete, deren Farben eben erst sichtbar wurden, zogen sich entlang der Wege; die Staudenrabatte schmückten sich in einer Vielzahl von Grüntönen, und zwischen ihnen tauchten bereits vereinzelt große, sternförmige gelbe Frühlingsmargeriten auf. Das Haus war neu angestrichen worden, in Krem und Schwarz, und an allen Fenstern hingen frische, leichte Gardinen, die sich im hellen Sonnenschein sanft hin und her wiegten. Alles wirkte blühend und wohl geordnet.

Während Kate im Gewächshaus Narzissen mit Bast zu Sträußen band, blickte sie über den Garten zum Haus hinüber. Jedes Mal, wenn sie den Blick hob, murmelte sie dieselben Worte: »Gütiger Gott, mach, dass etwas geschieht.« Sie murmelte sie so oft, dass sie schon Teil ihrer regelmäßigen Atmung geworden zu sein schienen. Sie hatte aufgehört, den Garten oder das Haus als das zu sehen, was sie waren. Das Haus war lediglich der Ort, von dem Annie aufbrechen würde, sobald sie von der Kirche zurückkehrte, wo sie den Großteil des Karfreitags verbracht hatte, und der Garten war bloß ein Stück Land, über das sie gehen würde.

Dies waren die letzten Ferien, die Annie hier verbringen würde. In zwei Wochen würde das Anwesen nicht mehr ihr Zuhause sein, und sie würde nie wieder zu ihr gehören. Allmächtiger!

Kate zog den Bast zu fest an, so dass er riss und sich die

Blumen über den Boden verstreuten. Als sie niederkniete, um sie aufzuheben, versperrten die Regale die Sicht auf sie, und einen Augenblick lang presste sie verzweifelt den Kopf gegen die Holzstützen. Die Tränen, die sie beständig zurückhielt, stiegen ihr in die Augen und liefen über ihre Wangen hinab. Es durfte nicht geschehen! Ist es eine Strafe für mich, weil ich mich der Kirche widersetzt habe? O Gott, bestrafe mich nicht auf diese Weise. Alles andere, nur nicht dies!

Rodney rief im Garten nach ihr. Irgendetwas muss geschehen!, dachte sie mit plötzlicher Heftigkeit, während sie sich rasch die Augen trocknete und die Blumen einsammelte. Ich werde dafür sorgen, dass etwas geschieht! Irgendetwas! Die Worte schienen in ihrem Inneren aufzuschreien.

Rodney hatte im Garten nach ihr gesucht, und als er sie nun im Gewächshaus erblickte, eilte er auf sie zu, wodurch sein Hinken deutlicher sichtbar wurde. »Ich habe dich gar nicht gesehen«, sagte er, als er die Tür öffnete.

Kate erkannte auf den ersten Blick, dass er aufgeregt war, und ihr Herz machte einen Sprung. Er hat Neuigkeiten, dachte sie, er hat etwas erfahren.

»Mit wem, glaubst du, habe ich gesprochen?«, fragte er. Sie schüttelte mit weit aufgerissenen Augen den Kopf. »Mit Steve!«

Kate fühlte, wie ihr Körper wie ein Luftballon zusammensank, in den man eine Nadel gestochen hatte.

»Ich habe ihn in der Grainger Street in Newcastle gesehen und bin sofort ausgestiegen. Er hat eine schwere Zeit durchgemacht, Kate.«

Sie verbarg ihre Enttäuschung, so gut sie konnte, und lächelte, weil sie wusste, dass Rodney auf dieses Treffen gehofft hatte, seit er den wahren Grund für Steves Abschied erfahren hatte.

»Es freut mich, dass du ihn getroffen hast. Wie geht es ihm?«, fragte sie.

»Er sitzt ziemlich auf dem Trockenen; seit er von hier fort ist, hat er nur für wenige Monate Arbeit gefunden ... Er hat gar keinen Bruder, zu dem er gehen hätte können.«

»Aber Steve hat doch sicher irgendwo eine Stelle gefunden?«

»Es gab keine. Wie er zu Recht gesagt hat, werden heute ehemalige Majore und Obersten als Chauffeure eingestellt. ... Weißt du, Kate, ich glaube, er hat uns ebenso vermisst wie wir ihn. Nachdem er hier gekündigt hat, hat er eine Stelle bei einer Familie in Jesmond bekommen. Dort hat er bald wieder aufgehört, was er nach einiger Zeit sehr bedauert hat, denn seitdem ist er arbeitslos.«

»Wo wohnt er?«, fragte Kate.

»Das hat er mir nicht gesagt, aber ich glaube, in einer Pension.«

»O nein! Armer Steve.«

»Kate ...«

»Ja, Liebling?«

»Hättest du etwas dagegen, wenn ich ihn zurückhole?«

»Nein, natürlich nicht!«, sagte Kate spontan. »Wie du weißt, habe ich ihm nie die Schuld gegeben. *Sie* war schuld daran ... diese« – ihre Stimme drohte zu versagen – »diese Teufelin! Sie hat das alles verursacht.« Sie wandte sich von ihm ab, denn sie konnte die Tränen nun nicht länger zurückhalten.

»Mein Liebling, nicht ...« Er drehte sie zu sich. »Einen Augenblick lang habe ich vergessen ... Ruhig, meine Liebste. Ganz ruhig.« Er strich ihr über das Haar.

»Es tut mir Leid«, sagte sie. »Was können wir nur tun, Rodney?« Sie lehnte sich an ihn, blickte zu seinem Gesicht auf, und ihre Augen flehten ihn an, ihr Hoffnung zu geben.

Er schüttelte den Kopf. »Ich weiß keinen Ausweg, außer vor Gericht zu gehen, weil sie noch nicht einundzwanzig ist. Aber ich habe noch nie davon gehört, dass jemand vor Gericht gegangen ist, um seine Tochter davon abzuhalten, ins Kloster einzutreten. Pater Bailey hat alles versucht. Ich hätte nie geglaubt, dass er sich so bemühen würde, sie von ihrem Entschluss abzubringen ... Ich bin mittlerweile davon überzeugt, meine Liebe – und diese Einsicht kommt etwas spät –, dass es zu viele Überredungsversuche in der einen oder anderen Richtung gegeben hat. Es wäre vielleicht besser gewesen, wenn wir es ignoriert hätten, denn nun wirkt sie entschlossener als je zuvor. Sie hat so eine verdammte Gelassenheit angenommen. Niemand kann zu ihr durchdringen. Wenn uns das gelingen würde, würde all der Kummer losbrechen, der sie quält, und es bestünde Hoffnung, dass sie doch noch ihre Meinung ändert. Aber so, wie die Dinge liegen, kann ich keinen Ausweg erkennen.« Er legte die Hände auf ihre Schultern. »Meine Liebe, so sehr ich den Gedanken auch hasse, dass sie ins Kloster geht, ich fürchte, dass wir uns darauf einstellen müssen. Wie Pater Bailey damals bissig betont hat, war es immer dein Wille, dass sie ihren Weg frei wählt. Betrachte es so: Sie hat ihre Entscheidung getroffen.«

»Nein, das hat sie nicht!«, brach es aus Kate heraus. »Ich weiß, wie sie in ihrem Herzen fühlt. Sie liebt Terence immer noch, und diese … diese Hexe hat ihr damals irgendetwas über Terence erzählt. Ich weiß es! Das Schreckliche daran ist, dass es möglicherweise gar nichts Wichtiges gewesen ist. Aber sie ist so jung, dass sie es für unverzeihlich hält! Wenn sie ihre jetzige Haltung für alle Zeiten wahren könnte, hätte ich keine Angst um sie, aber sie wird eines Tages aufwachen … und dann … Oh! Ich weiß nicht, was dann geschehen wird. Manchmal glaube ich, dass es auf dieser Welt keine Gerechtigkeit gibt. Annies Leben ist zerstört, noch ehe es begonnen hat, und wir sind alle unglücklich, während sich dieses Ungeheuer, das alles ausgelöst hat, in London amüsiert.«

»Komm«, sagte Rodney sanft, während er sie am Arm nahm, »ich möchte dir etwas zeigen.«

Sie gingen gemeinsam durch den Garten. »Um noch mal auf Steve zurückzukommen. Er wird nur zurückkehren, wenn du zustimmst, denn er fühlt sich für das verantwortlich, was dir zugestoßen ist.«

»Das ist doch Unsinn!«, rief Kate. »Es war doch nicht seine Schuld. Wann wird er vorbeikommen?«

»Er wird gar nicht kommen, solange er nicht sicher weiß,

wie du denkst. Er wird mich etwa um halb vier Uhr anrufen.« Er sah auf seine Uhr. »Das ist es jetzt beinahe.«

»Sag ihm, dass er kommen soll. Sag ihm, dass er kommen und mit uns Tee trinken soll. Vielleicht lenkt uns das ein wenig ab. Musst du Paynter nicht so bald wie möglich die Kündigung mitteilen?«, fragte sie.

»Er wird uns ohnehin verlassen. Immerhin war er nur einen Monat auf Probe hier. Langsam bekomme ich einen schlechten Ruf als Arbeitgeber«, erklärte er lachend. »Paynter ist schon der Dritte in sechs Monaten. Steve hat mich für all diese wandelnden Stechuhren verdorben. Und ich kenne noch jemanden, der sich freuen wird, ihn zu sehen ... die gute alte Summy; sie spricht fortwährend von ihm.«

Sie gingen gemeinsam in das Arbeitszimmer, wo Rodney eine Zeitung vom Tisch nahm. »Sieh dir das an«, sagte er, während er auf die Anzeige deutete, »Gottes Mühlen beginnen nun gegen sie zu mahlen.«

Kate las:

Ihre Verlobung geben bekannt
Lord John Dane Dee, einziger Sohn von Eustace, dem achten Earl von Halstead, Essex, und Maud, Countess von Halstead, und
Patricia, jüngste Tochter von Lieutenant-Colonel R.A.C. Fanshawe, Träger des militärischen Verdienstkreuzes, und Mrs. Fanshawe von Fenton Manor, Surrey.

Kate wandte sich zu Rodney um. »Aber hat er sich nicht für Cathleen interessiert? Hat sie nicht geglaubt, dass ...?«

»Ja. Das hat er getan, aber offensichtlich nicht mit der Absicht, sie zu heiraten.«

»Ich habe kein Mitleid mit ihr.« Kate sah Rodney offen an. »Ich glaube, dass sie nur bekommen hat, was sie verdient. Jetzt weiß sie, wie es ist, wenn man verletzt wird. Allerdings wird sie vermutlich jemand anders dafür bezahlen lassen; sie wird gewiss nicht allein leiden.«

Rodney wandte sich seinem Schreibtisch zu und begann, seine Papiere zu ordnen. Wie Recht Kate hatte. Cathleen würde immer jemanden für ihre Enttäuschungen zahlen lassen … Im Augenblick jedoch war sie allein, und noch dazu in London. Einen Moment lang flackerte das alte Mitgefühl mit ihr wieder auf. Immerhin war sie noch sehr jung und vollkommen auf sich allein gestellt, denn nun hatte sie kein Zuhause mehr, wohin sie zurückkehren könnte. Er schüttelte sich. Welchen Einfluss dieses Mädchen auf die Gefühle anderer hatte! Sein gesunder Menschenverstand sagte ihm, dass sie nicht lange allein bleiben würde, und auch Peters Worte fielen ihm wieder ein: Schon nach vierundzwanzig Stunden werde sie auf der Straße landen. So furchtbar es klang, aber genau das schien ihr Schicksal zu sein.

Würde er sie je wiedersehen? Er hoffte nicht. Es war nicht sehr wahrscheinlich, dass sie in den Norden zurückkehren würde, nachdem ihre Niederlage in der Zeitung publik gemacht worden war. Er war erleichtert, dass seine Familie ihren Vergeltungsschlägen nicht ausgesetzt sein würde. Aber hatte sie hier nicht schon das Schlimmste angerichtet? Er sah zu Kate hinüber, die erschöpft durch das Fenster hinausblickte und deren sanfte Augen von Schmerz getrübt waren. Plötzlich plagte ihn sein Gewissen … Cathleen hatte die Macht gehabt, dass er für einen Augenblick an dieser Frau gezweifelt hatte … Seine Liebe hätte stark genug sein müssen, um tausend Cathleens zu widerstehen. Aber seine Liebe *war* stark – stark wie ein Fels. Dann musste Cathleens Macht des Bösen noch stärker sein. In diesem Augenblick schwand auch sein letzter Rest von Mitgefühl für sie.

»Ich sehe noch einmal nach den Kindern in der Klinik«, sagte Annie, während sie Kate den Rücken zuwandte. »Ich trinke mit ihnen Tee, und wenn David auch drüben ist, bringe ich ihn zurück.«

»Aber Annie, ich habe dir doch gesagt, dass Steve zum Tee kommt … Willst du ihn denn nicht wiedersehen?«

»Nein.«

»Du darfst ihm nicht die Schuld geben. Du weißt ebenso gut wie ich, dass ...« Kate brach abrupt ab und fuhr dann in scharfem Ton fort: »Du musst zum Tee hier bleiben, Annie!«

»Ich werde *nicht* bleiben ... Es ist nicht notwendig, dass ich ihn heute sehe. Wenn er zurückkommt, werde ich ihn ohnehin ... Es gibt keinen Grund, ihn zu sehen, wenn ich nicht will.«

»Wann wirst du endlich erwachsen?«, fragte Kate verärgert. »Dein Problem ist, dass du den Dingen den falschen Wert beimisst.«

Annie wandte sich um und betrachtete sie kühl. Warum hielten alle sie immer für zu jung? Mit »den Dingen« meinte Kate natürlich Sex. Seltsam – fast dasselbe hatte Terence gesagt. »Immerhin hast du mich diese Werte gelehrt«, sagte sie ruhig.

Sie würde sich nicht von dem Schmerz in Kates Augen beeinflussen lassen. Sie würde sich von nichts beeinflussen lassen.

Rasch ging sie an Kate vorbei, dann durch die Halle und durch die Seitentür hinaus in den Garten. Es würde nicht mehr lange dauern. Jetzt war es nur noch eine Frage von Tagen, bis sie Frieden finden würde. Keine Spannungen mehr ... bald war es vorüber. Sie würde nicht mehr Kates und Rodneys Blicken begegnen müssen, die sie unablässig verfolgten. Kate hatte von ihr erwartet, dass sie mit Steve sprechen würde, als wäre nichts geschehen. Und das nach allem, was sie ihr erzählt hatte. Begriff sie nicht, dass zwei dazugehörten, um ... um Sünden zu begehen? Das Wort passte nicht ganz, aber sie fand keines, mit dem sie es hätte ersetzen können. Wenn sie über Steves Verhalten hinwegsehen würde, dann könnte sie auch ... Nein, sie würde nicht weiter über die Angelegenheit nachdenken. Sie würde sie einfach aus ihren Gedanken verbannen.

Statt zur Klinik zu gehen, entschloss sie sich, im Tennispavillon zu lesen. Die Sonne schien warm, und sie würde dort ungestört sein.

Kurz nachdem Annie das Haus verlassen hatte, läutete es an der Vordertür. Bei Brians Anblick überkam Kate ein seltsames, ungutes Gefühl, auf das eine Woge der Hoffnung folgte ... eine wilde Hoffnung, die in ihrem Geist sogleich auf Widerstand stieß. Wäre es nicht viel besser, wenn Annie Brian heiratete, als dass »das andere« geschah?, fragte sie sich. Aber ihr blieben nur noch zwei Wochen, kaum genug Zeit für irgendetwas. Doch wenn sie ihm von Annies Absichten erzählte, konnte vielleicht doch noch etwas geschehen. Er war herrisch und starrsinnig und so eingebildet, dass er seine Niederlage nie anerkennen würde, das wusste sie. Und er wollte Annie.

»Komm herein, Brian«, sagte sie, während sie sich zwang, ihn anzulächeln. »Komm in den Salon.« Brian warf ihr einen scharfen, forschenden Blick zu; sie war zu ihm freundlicher als üblich. »Setz dich.« Sie bemerkte den störrischen, aufsässigen Ausdruck, der auf seinem Gesicht lag.

»Wo ist Annie?«, fragte er. »Und sagen Sie mir jetzt nicht, dass sie ausgegangen ist«, setzte er mit einem grimmigen Lächeln hinzu, während er warnend die Hand hob.

»Nun, sie ist ... sie ist in der Klinik«, sagte Kate.

»Das ist was anderes. Wie Sie wissen, ist sie mir aus dem Weg gegangen ... Oder wissen Sie das nicht? Hören Sie, Mrs. Prince« – er lehnte sich vor, stützte den Ellbogen auf das Knie und unterstrich seine Worte mit der Hand – »ich komme gleich zur Sache. Ich mag Annie – das wissen Sie – und ich will sie heiraten.«

Kate starrte ihn an. Der Aufruhr von Gefühlen, der sie eben noch erfüllt hatte, machte einer großen Woge von Übelkeit Platz ... ihre Annie und dieser Mensch! Er war bereits jetzt sehr massig, hatte aber noch eine erkennbare Figur. In wenigen Jahren würde er ein unförmiger Fleischberg sein ... O nein, nein! Das konnte sie unmöglich wollen.

»Vielleicht solltest du wissen, dass Annie es sich in den Kopf gesetzt hat, Nonne zu werden«, hörte sie sich sagen.

Sein Lachen erschreckte sie. »Was? Noch immer die alte Geschichte?«

»Du weißt davon?«, fragte sie überrascht.
»Seit fast einem Jahr«, antwortete er.
Kate sank gegen die Rückenlehne des Stuhls.
»Sie nehmen das doch nicht ernst, oder? Immerhin sind Sie Ihre Mutter; können Sie sich Annie als Nonne vorstellen?« Er blickte Kate wissend an. Dann schwang er sich mit für seinen Umfang erstaunlicher Behändigkeit aus dem Stuhl und richtete sich vor ihr auf. »Annie ist das einzige Mädchen, das ich je gewollt habe – und können Sie sich vorstellen, dass ich nicht bekomme, was ich will?« Das Lachen grollte tief in seiner Brust. »Das Problem mit Annie ist, dass sie zu sehr behütet und verwöhnt worden ist; sie weiß nicht, was sie wirklich will. Aber wenn ich jetzt zu ihr gehe, werde ich es ihr schon zeigen. Das heißt, wenn zwischen uns alles geregelt ist.« Er schob sein Gesicht nah an ihres heran und lächelte ihr schmeichlerisch zu.
Kate nickte wie eine Blinde.
»Sie wollen doch nicht, dass sie als Nonne endet, oder?« Er legte seine Hand auf ihren Arm, und sie starrte auf die rötlichen Haare auf seinem Handrücken. Sie bemerkte, dass die Hände zu den Gelenken hin immer dicker wurden und dass die Handgelenkknochen nicht zu sehen waren. Wieder nickte sie. »Wenn ich sie zurückbringe, sind wir verlobt ... Sie werden schon sehen.« Er drückte ihren Arm. Während sie in sein breites Gesicht hinaufblickte, senkte er eines seiner dicken Lider zu einem verschwörerischen Zwinkern. Kate erschauerte. »Machen Sie sich keine Sorgen«, fuhr er fort. »Überlassen Sie alles nur dem guten, alten Brian, und machen Sie das Haus für eine Hochzeit bereit.«
Er gab ihr einen vertraulichen Klaps unter das Kinn. »Dann gehe ich jetzt, Schwiegermutter. Zum Tee bin ich zurück ... ich nehme doch an, dass ich eingeladen bin?« Er lachte schallend und ging durch das französische Fenster in den Garten hinaus, als gehörte er bereits zur Familie.
Während Kate ihm nachsah, löste sich ein verzweifelter Aufschrei in ihrem Inneren: »Halt ihn zurück! Lass ihn nicht

in ihre Nähe!« Sie hatte jedoch nicht die Kraft, sich zu bewegen …

Brian stieß zufällig auf Annie. Nachdem er sie in der Klinik nicht gefunden hatte, ging er durch den Wald zurück. Da kam ihm der Gedanke, dass sie am Swimmingpool sein könnte. Gewiss schwamm sie nicht, aber sie könnte irgendwo in der Nähe sein. Auf seinem Weg dorthin kam er am Tennisplatz vorüber, und obwohl die Chancen gering waren, entschloss er sich, in den Pavillon auf der anderen Seite zu sehen.

Da er sich dem Pavillon von der Seite näherte, dämpfte das Gras seine Schritte, und so überraschte er sie in einem Liegestuhl im Eingang zum Pavillon. Sie war viel zu verblüfft, um sprechen zu können, und starrte nur mit verwirrtem Blick zu ihm empor, während er sich mit den Händen an den Türpfosten abstützte und lächelnd zu ihr hinabsah.

Mit plötzlicher Hast versuchte sie aufzustehen. Er drückte sie jedoch mit einer Hand langsam wieder in den Stuhl zurück. »Bleib, wo du bist«, sagte er leise. Dann setzte er sich auf die Stufe, lehnte den Rücken gegen den Türposten, zog ein Bein an und streckte das andere auf dem Gras aus. Er legte eine Hand auf das Knie, sodass sich sein Unterarm gegen ihre Beine presste.

»Was liest du?«, fragte er beiläufig, und griff, ohne auf die Antwort zu warten, nach dem Buch in ihrem Schoß. »Der heilige Franz von Assisi? Hm! Hast du *Das Leben Jesu* von Renan gelesen?«

Als sie nicht antwortete, fuhr er fort: »Du wirst es nicht glauben, aber ich habe es gelesen. Ja, habe ich. Dieses Buch beschreibt das Leben von Jesus, wie ein Historiker das Leben eines Königs oder ein Zeitalter beschreiben würde … keineswegs sentimental … Du bist erstaunt, Annihan; du kennst deinen guten, alten Brian nicht. Wir müssen einmal unsere Gedanken austauschen«, meinte er lachend. »Was liest du am liebsten, abgesehen von diesem Zeug?« Er klopfte auf das Buch und wartete.

»Hast du deine Zunge verschluckt?«, fragte er, als sie wieder nicht antwortete.

Sie holte hörbar Atem. »Ich muss jetzt gehen. Ich muss zum Tee zurück sein«, erklärte sie hastig.

»Es gibt keinen Grund zur Eile«, meinte er beschwichtigend. »Kate weiß, dass ich bei dir bin.«

Sie schob den Liegestuhl zurück, indem sie die Fersen gegen den Fußboden stemmte.

»Du brauchst nichts zu überhasten, wir haben jede Menge Zeit. Sonst bringst du mich noch dazu, dass ich die Dinge überstürze, und dann ...« Er stieß ein kehliges Lachen aus. »Schau, hier habe ich etwas, das ich dir zeigen möchte.« Er zog eine kleine Schatulle aus der Tasche und ließ sie aufschnappen. »Er gehört dir. Steck ihn an.«

Sie starrte auf den Ring, der auf weißen Satin gebettet war. Die Sonnenstrahlen fingen sich in den über die Hälfte des Rings verteilten Brillanten und ließen sie erglitzern.

»Du hast gesagt, dass sieben deine Glückszahl ist. Nun, es sind sieben.«

Mit größter Anstrengung gelang es ihr, auf die Beine zu kommen. »Lass mich hinaus!«

Er warf das Buch ins Gras und erhob sich langsam. Mit einer Hand drängte er sie in den Pavillon zurück, während er mit der anderen den Liegestuhl auf den Rasen hinausschleuderte. »Hier ist sonst nicht genug Platz.« Dann schloss er mit dem Fuß die Tür.

Sie warf sich gegen ihn und zerrte an seinem Mantel. Ihre Bemühungen waren aber ebenso nutzlos, als hätte sie versucht, den Pavillon selbst zu bewegen.

Lachend hielt er sie eine Armlänge von sich entfernt. Dann änderte er schlagartig seine Meinung. »Hör mir zu, Annie«, sagte er rau. »Ich frage dich noch mal, ob du mich heiraten willst.«

Sie blickte zu dem Fenster hinüber, das einen Spalt breit geöffnet war; es war sinnlos, es dort auch nur zu versuchen. Es gab keinen anderen Weg hinaus als an ihm vorüber. Sie verlegte sich aufs Bitten. »Brian, ich kann nicht. Bitte lass mich hinaus … Brian, Mama hätte dir sagen sollen, dass ich in zwei Wochen ins Kloster eintrete. Ich habe es dir schon vor einem Jahr gesagt, erinnerst du dich?« Sie schenkte ihm ein schwaches, besänftigendes Lächeln. »Lass uns jetzt ins Haus gehen und Tee trinken. Bitte, Brian!«

Als sie seine Hände von ihren Schultern abschütteln wollte, zog er sie in seine Arme. »Wirst du dich mit mir verloben?«

»Nein, nein, das kann ich nicht … Ich habe es dir doch erklärt …«

»Hör auf, dich zu wehren, und hör mir zu! Du wirst mich auf jeden Fall heiraten, darum kommst du nicht herum. Ich habe immer schon gesagt, dass du mein Mädchen bist, oder etwa nicht?«, sagte er nun wieder mit sanfter Stimme, während er eine Hand über ihre Hüfte gleiten ließ.

Mit von Entsetzen geweiteten Augen stemmte sie sich gegen ihn. »Ich werde schreien«, stieß sie keuchend hervor. »Wenn du mich nicht sofort loslässt, werde ich schreien!«

»Sei nicht albern. Niemand kann dich hier hören. Aber ich werde schon dafür sorgen, dass du nicht schreist. Komm, sei vernünftig. Du weißt, dass ich dich liebe … ich bin verrückt nach dir. Das war ich schon immer. Und du magst mich, das weiß ich. Du hast nur Angst, deinen Gefühlen nachzugeben. Wovor fürchtest du dich?« Seine Stimme war auf ein Flüstern gesunken.

»Brian«, flehte sie wieder, »Brian, lass mich gehen … Bitte, bitte!«

»Diesmal nicht. Aber mach dir keine Sorgen, wir werden beide rechtzeitig zum Tee kommen.« Er blickte auf ihren Mund und senkte den Kopf.

Sie starrte ihn regungslos an, als wäre sie in Trance. Dann stürzte sein Mund auf ihren herab, als hätte man plötzlich eine Stütze unter seinem Kopf weggezogen. Ihr Kopf zuckte unter dem Gewicht zurück, doch er legte eine Hand in ihren Nacken, drückte ihn aufwärts und presste ihren Mund gegen seinen. Seine Lippen bewegten sich wie die eines Tieres, das sein Mahl verschlang; aber sie gaben sie nicht frei. Ihr Körper sank schlaff gegen seinen.

Ohne seinen Mund von ihrem zu nehmen, hob er sie hoch. Als sie begriff, dass er sie auf den Boden legen wollte, nahm sie all ihre Kräfte zusammen, um ihr Gesicht von seinem loszureißen. Luft strömte in ihre Lungen, und sie stieß einen schrillen, durchdringenden Schrei aus.

Er ließ sie augenblicklich fallen, schlug seine Hand über ihren Mund und legte ein Knie über ihre wild um sich schlagenden Beine. Dann verharrte er einen Moment lang in gespannter Stille.

Kein Geräusch war zu hören, keine Stimmen, keine Schritte. Er seufzte tief auf und sah auf sie hinunter. »Du bist eine Närrin. Glaubst du, dass man nicht auch dir die Schuld geben würde, wenn man uns so findet? Erinner dich an das alte Sprichwort: ›Die Frauen zahlen immer!‹ Das gilt auch heute noch. Annie, ich habe es auf faire Weise versucht, aber du wolltest nicht. Das ist jetzt der einzige Weg, der noch bleibt. Aber keine Sorge, ich werde zu dir stehen.«

Gütiger Gott! Heilige Jungfrau Maria! Genau davor hatte sie sich ihr Leben lang gefürchtet. Es war Kate passiert, und es war ihrer Großmutter passiert. Ihr war, als hätte sie von Anbeginn der Zeit auf diesen Augenblick gewartet. Ihre Großmutter hatte den Mann geliebt; und Kate … Kate hatte nie darüber gesprochen. Aber es konnte nicht so gewesen sein, denn wie hätte sie sonst weiterleben können? Für sie bedeutete es in jedem Fall den Tod.

»Es wird nicht wehtun.« Seine Hände berührten ihr Fleisch.

Jesus, Jesus, rette mich, rette mich …

Täusche ihn, entspann dich … Es war, als spräche eine Stimme aus einem verborgenen Winkel ihres Kopfes zu ihr.

Als ihr Körper erschlaffte, seufzte er zufrieden. »So gefällt es mir! Braves Mädchen! Alles in Ordnung?«

Als er auf sie hinabblickte, schloss sie die Augen, denn ihr graute vor ihm. Er nahm die Hand von ihrem Mund und hob für einen Moment sein Gewicht von ihrem Körper. In diesem Augenblick rief sie den Namen. Sie schrie ihn zweimal mit kreischender Stimme, ehe er ihr einen Schlag auf den Mund versetzte und ihr mit seinem Körper die Luft aus den Lungen presste …

Mrs. Macbane schnitt am Tisch in der Spülküche Brot, während Terence, der direkt hinter ihr stand, so dass sich ihre Rücken beinahe berührten, am Holzdeckel des Waschkessels eine Krawatte reinigte.

»Dein Vater hat wieder die Tür offen gelassen. Es zieht durch das ganze Haus!«, bemerkte Mrs. Macbane.

»Ich werde sie trotzdem nicht schließen, denn er kommt gleich mit dem Holz herein«, antwortete Terence.

»Terry, Junge!«, rief Mr. Macbane von draußen.

»Was gibt es?«, fragte Terence, während er zur Tür ging.

Sein Vater stand neben dem Holzstapel an der Hecke, die den Garten vom Anwesen der Familie Prince trennte. Auf seine Arme hatte er Holzscheite geschlichtet. »Hast du das gehört?«, fragte er.

»Was meinst du?«

»Ich hab gedacht, ich hätte jemanden schreien gehört.«

»Das waren wahrscheinlich die Elstern.«

»Nein, das war sicher keine Elster.«

»Bring das Holz herein oder schließ die Tür!«, rief Mrs. Macbane aus dem Haus.

»Still, Frau! Das gefällt mir nicht, Junge. Ich bin sicher, dass da drüben jemand geschrien hat.« Er deutete auf die Hecke.

»Wahrscheinlich der Junge«, meinte Terence.

Mr. Macbane ging widerstrebend zur Tür und hielt dort noch einmal an, um zu lauschen.

»Herein oder hinaus«, sagte Mrs. Macbane in dem Augenblick, in dem der Angstschrei wie ein Flüstern auf einer Brise herangeweht wurde: »Terence! Terence!«

»Es is' das Mädchen!« Mr. Macbane ließ die Holzscheite

fallen und rannte hinter seinem voranstürmenden Sohn durch den Garten.

Als Terence oberhalb des klaren, stillen Wassers des Swimmingpools anhielt, hörte er den keuchenden Atem seines Vaters, der die Böschung vom Fluss heraufhastete. »Nichts zu sehen hier oben!«, rief er zu ihm hinunter.

Er blickte sich hastig um. Dann entdeckte er durch den schmalen Baumgürtel, der den Pool vom Tennisplatz trennte, den umgestürzten Liegestuhl. In wenigen Sekunden war er beim Pavillon. Er hatte bereits die Klinke niedergedrückt und die Tür einen Spalt breit aufgestoßen, als sich ein Gewicht gegen die Tür warf. Augenblicklich stellte er den Fuß in die Öffnung und klemmte seine Schulter zwischen Tür und Türstock.

Sobald Mr. Macbane, der von der Hüfte abwärts triefnass war, den Pavillon erreichte, erfasste er die Situation.

Er trat eilig einige Schritte zurück, stürmte dann los und warf sich mit seinem gesamten Gewicht gegen die Tür.

Im nächsten Moment fanden sie sich im Inneren des Pavillons zwischen den aufgestapelten Liegestühlen wieder.

»Was zum Teufel soll das bedeuten?«, brüllte Brian.

Während sich Terence rasch aufrichtete und seinen Vater hochzog, sah er von Brian zu der regungslosen Gestalt auf dem Boden. Sein Blick verharrte wie gebannt auf einem braunen Stück Filz mit einem roten Herz in der Mitte, das an einer Kette hing und direkt auf Annies nackter Brust lag. Ein seltsamer Laut entrang sich seiner Kehle.

»Nicht hier, Junge«, warnte sein Vater. »Hinaus mit ihm! Und bring das Schwein um!«

An Brians Hals schwollen die Adern wie rote Taue. Er warf die Jacke beiseite und rollte die Hemdsärmeln hoch. »Du hast es nicht anders haben wollen! Jetzt kriegst du, was du wolltest. Ich werde dich schon lehren, dich um deine Angelegenheiten zu kümmern.«

Terence schlüpfte ebenfalls aus der Jacke und schleuderte sie seinem Vater zu. Dann warf er einen hastigen Blick auf

Annies scheinbar leblosen Körper und trat hinaus, wo ihn Brians Faust traf, noch ehe sein Fuß den Rasen berührt hatte.

Während Mr. Macbane seinem Sohn Anweisungen zubrüllte, rannte er auf die Gartenhecke zu. Mrs. Macbane stand wartend auf der anderen Seite. »Was ist los, Junge?«, rief sie.

»Lauf zum Haus hinauf und hol sie sofort hierher«, schrie Mr. Macbane. »Das Mädchen … es ist was passiert.«

Als er zur Lichtung zurückkehrte, wich Terence eben einem Hieb aus, der für seinen Kopf bestimmt gewesen war. Brians Arme schlugen wie gewaltige Kolben in die Luft, doch kaum ein Hieb erreichte Terence. Unablässig sprang er zur Seite und duckte sich, sodass er immer genau in dem Augenblick außer Reichweite war, wenn die Schläge fielen. Sie kämpften in kurzen Angriffen und umkreisten einander Runde um Runde wie Tiere, mit gefletschten Zähnen und vor Hass funkelnden Augen. Manchmal vollendeten sie eine Runde, ohne auch nur einen Hieb zu versuchen. Dann setzte Brian zu einem so heftigen Sturmangriff an, dass es unmöglich schien, dass Terence auf den Beinen blieb.

»Gut so, Junge. Bleib ruhig! Deckung hoch, dann hast du ihn«, rief Mr. Macbane seinem Sohn warnend zu. »Er ist nur 'n aufgeblasener Windsack.«

Als Brian in einem überraschenden Vorstoß unter Terence' Gürtellinie zielte, schleuderte ihm Mr. Macbane eine Flut von Beschimpfungen entgegen: »Du dreckiges Schwein! Du feiger Hundesohn! Hol ihn dir, Junge. Schlag ihm die Zähne aus!«

Als würde er den Anweisungen Folge leisten, stieß Terence zwischen den umherschlagenden Armen vor. Zwei rasche Hiebe, und schon war er wieder fort. Brians Kopf zuckte zurück, und einen Moment lang schlossen sich seine schweren Lider. Blut tropfte von seinem Mund, und er spuckte ins Gras.

»Das war der Erste«, rief Mr. Macbane.

Wutentbrand drang Brian auf Terence ein. Sein haariger Arm schoss aus dem herabhängenden Hemdsärmel hervor und traf Terence auf die Wange, sodass er um die eigene Achse wirbelte. Benommen zog sich Terence zu langsam zurück, sodass ein Hagel von Schlägen auf seinen Körper niederprasselte, ehe es ihm gelang, sich wieder zu befreien.

Im Verlauf der Angriffe und Rückzüge näherten sie sich immer mehr dem Baumgürtel. »Ruhig, Junge, ruhig! Vorsicht!«, warnte Mr. Macbane erneut. In diesem Augenblick hörte er Kates Stimme:

»Wo seid ihr? Wo seid ihr?«, rief sie, während sie den Pfad zum Pool hinunterlief. Als er sie durch Rufe auf sich aufmerksam machte, änderte sie die Richtung und stürmte auf ihn zu.

»Mr. Macbane! Was ist passiert? Wo ist sie?«, stieß sie keuchend hervor, während sie sich die Seite hielt und mit dem Kopf auf die kämpfenden Gestalten deutete, die eben unter den Bäumen verschwanden. »Was … was ist passiert? Warum kämpfen sie?« Sie fasste ihn am Arm. »Sie müssen sie aufhalten. Brian wird … er wird Terence töten. Er ist stark wie ein Tier …«

»Der nicht, Miss. Keine Sorge wegen dem Jungen. Sehen Sie lieber da hinein«, sagte er, während er mit dem Kopf auf den Pavillon hinter sich deutete, »und kümmern Sie sich um das Mädchen.«

Während Kate weiterrannte, wandte sich Mr. Macbane Rodney zu, der in Begleitung von Steve eilig auf ihn zuhinkte. Fassungslos sah Rodney erst zu den beiden Kämpfenden hinüber und dann fragend zu Mr. Macbane. Als ihm dieser erklärte, was geschehen war, verdüsterte sich sein Gesicht. So schnell er konnte, stapfte er auf den Pavillon zu, während er Brian mit zusammengebissenen Zähnen verfluchte.

»Wenn er ihn nicht fertigmacht, werde ich es tun«, sagte Steve ruhig.

»Ja, aber erst nach mir«, antwortete Mr. Macbane, ohne den Blick von seinem Sohn zu wenden. »Wo kommst du denn plötzlich her?«

Ehe Steve antworten konnte, rief Rodney ihn von der Tür des Pavillons. »Bitte kommen Sie hierher, Steve.«

Kaum war Steve in den Pavillon getreten, kam er schon wieder mit Annie auf den Armen heraus. Kate ging neben ihm. Sie schien innerhalb weniger Minuten um Jahre gealtert zu sein. Auch wenn ihr Haar nicht plötzlich weiß und ihr Gesicht nicht plötzlich faltig geworden war, schritt sie wie eine alte Frau, und in ihren Augen lag der Kummer unzähliger Zeitalter.

Mr. Macbane sah einen Augenblick zu der kleinen Prozession hinüber, ehe er den Blick wieder seinem Sohn zuwandte. Aus einer Wunde an Terence' Wange sickerte Blut und tropfte auf das Hemd hinunter. Einen Moment lang war er in Brians Armen gefangen wie in einer leidenschaftlichen Umarmung. Die beiden Männer schwankten wie Betrunkene, die einander stützten. Als hätte der Abscheu plötzlich wieder die Überhand gewonnen, stießen sie einander unvermutet von sich. Keuchend und mit schwerfälligen Bewegungen begannen sie erneut, sich zu umkreisen. Sie waren nun in der Nähe des Pools, und als Brian einen raschen Ausfall machte, zog sich Terence scheinbar mühelos zurück. Um durch diese Strategie nicht zu viel Kraft zu verlieren, gab Brian die Überraschungsangriffe auf. Nun umkreisten die beiden Männer einander wieder mit hasserfülltem Blick, aus dem der Wunsch nach Zerstörung sprach.

Erfüllt von brennender Bitterkeit, sah Rodney wütend auf den steifen Schuh an seinem Fuß und den schlaffen Arm an seiner Seite. Nie zuvor hatte er sich so leidenschaftlich gewünscht, seine Glieder gebrauchen zu können, wie in diesem Moment ... oder eine Waffe zu besitzen. Wenn ich eine Waffe hätte, würde ich sie ohne Gewissensbisse verwenden, sagte er sich.

»Richtig so, Terry, mein Junge, mach ihn müde«, rief Mr. Macbane. »Ruhig bleiben, dann hast du ihn.«

Einen Augenblick lang wunderte sich Rodney über das Vertrauen dieses Mannes in seinen Sohn, denn Terence sah neben Stannard wie eine dünne Latte aus. Aber offensichtlich war die Latte aus Stahl. Terence boxte so gut wie jemand, der erschöpft war, nur boxen konnte; er benützte seinen Kopf ebenso wie seine Hände, während Brians Arme bloß wild durch die Luft fuhren. Sie hatten nun den Rasen neben dem Pool erreicht. Terence kam allmählich näher heran. Mit gefletschten Zähnen hämmerte er zwischen Brians Armen hindurch auf sein Gesicht ein. Seine Fäuste waren blutverschmiert, und er holte mit neu gewonnener Energie aus. Er hatte jegliche taktische Überlegungen fallen lassen und griff seinen Gegner mit allen verbleibenden Kräften an. Dann zog er sich einen Augenblick zurück, um wieder zu Atem zu kommen. Dabei stolperte er, sodass er unvermutet auf der steinernen Umrandung des Pools zu sitzen kam. Es war beinahe lächerlich. Brian ergriff sogleich seine Chance. Er hob den Fuß und stieß Terence rücklings ins Wasser.

Noch ehe Terence auf der Wasseroberfläche auftraf, stürzten sich Mr. Macbane und Rodney gleichzeitig auf Brian. Der Angriff erfolgte so schnell und heftig, dass sie mit ihm zu Boden fielen. Mr. Macbane schlug mit seinen Fäusten unentwegt auf Brian ein, und Rodney hämmerte mit seinem gesunden Arm auf den großen Körper unter ihm, bis er bemerkte, dass sich Brian nicht mehr bewegte. Als sich die blinde Wut in seinem Kopf auflöste, sah er, dass Brians Kopf auf der Umfassung des Pools in einer ständig wachsenden Blutlache lag. Er zog Mr. Macbane fort und wies auf die Lache.

»Kann nur hoffen, dass es ihm den Rest gegeben hat«, stieß Mr. Macbane keuchend hervor, während er schwankend über der ausgestreckten Gestalt stand und sich mit der Hand über den Mund fuhr. Dann wirbelte er herum. »Der Junge!«, rief er, als wäre er eben wieder zu Besinnung gekommen. Augenblicklich lief er zu Terence, der mühsam aus dem Pool kletterte, und half ihm auf den Rasen.

Terence sank ins Gras. Die Rippen, die Brians Fuß getroffen hatten, schienen gebrochen zu sein, sein ganzer Körper schmerzte, und sein Herz lag bleischwer in seiner Brust. Er hatte von rasendem Hass angetrieben gekämpft, der auch nicht schwand, als er Brians reglose Gestalt sah. Er hatte nichts anderes gewollt, als Stannard zu töten, ihn mit seinen eigenen Händen zu töten ... Es bereitete ihm keine Befriedigung, dass er nun tot war, da er ihn nicht selbst umgebracht hatte. Nicht einmal die Worte seines Vaters brachten ihm Trost, der sagte: »Keine Sorge, Junge, er ist hinüber; du hättest ihn auf jeden Fall fertig gemacht«, denn er fühlte in sich das primitive Verlangen, seinen Feind zu töten, allein und ohne Hilfe …

Kate ging wie eine Blinde in den Salon, tastete nach einem Sessel und setzte sich. Rodney hatte sie mit Gewalt aus dem Schlafzimmer gedrängt. Nun war sie gezwungen, untätig abzuwarten, ob das, was sie sich gewünscht hatte, eingetroffen war. Denn sie hatte es sich tatsächlich gewünscht. Seit Monaten hatte sie sich an dem Gedanken festgeklammert: Besser, sie geht meinen Weg, als dass sie sich dem Leben verschließt. Sie krümmte sich in Seelenqualen. Würden der Schmerz und die Reue je nachlassen? Sie würde immer wissen, dass sie imstande gewesen wäre, Brian aufzuhalten. Sie hatte das Verlangen in seinem Gesicht gesehen und ihn wissentlich auf die Suche nach Annie geschickt. Sie hätte ihn töten sollen, statt ihm zu erlauben, den Raum zu verlassen. Er lag mit einer Platzwunde in der Klinik, ohne dass Gefahr für sein Leben bestand. Sie fühlte den entsetzlichen Wunsch, ihm ein Messer in die Brust zu stoßen. Sie hatte ihn immer abgelehnt, und doch war sie für kurze Zeit bereit gewesen, ihm Annie zu überlassen …

Plötzlich verschränkte sie die Hände vor der Brust: Oh, Gott, vergib mir, betete sie. Ich war verrückt. Mach, dass mit ihr alles in Ordnung ist, dann stimme ich zu, dass sie ins Kloster geht. Erfülle mir nur diesen einen Wunsch, dann werde ich alles tun. Alles.

Ihr Gebet war nichts anderes, als der alte Handel mit Gott, den sie so sehr verabscheut hatte. Sie war jedoch bereits weit jenseits der Grenze, wo sie irgendeine Art von Fürsprache ausgeschlagen hätte. Sie fiel auf die Knie und flehte zu Gott, sie anzuhören. Nun war es ihr einziger Wunsch, dass Annie unversehrt sein möge, damit sie ins Kloster eintreten konnte.

18

Die dicke, verschwommene Decke wurde gehoben. Annie klammerte sich an ihr fest und zog sie eng um sich, denn wenn sie sie losließ, würde sie einer endlosen Weite ausgeliefert sein, die mit Angst und Entsetzen erfüllt war – und mit der ungeschminkten Wahrheit. Die Weite enthielt ein neues Ich, ein Ich, das sie anlegen musste, wenn sie weiterleben wollte. Aber sie war nicht im Stande, sich ihm zu stellen. Wie Treibholz strömten Gedanken durch ihren Geist, eine seltsame Abfolge von Ereignissen, die in einem anderen Leben stattgefunden zu haben schienen.

Wieder trug Steve sie durch den Garten. Sie hatte das eigenartige Gefühl, noch immer das kleine Mädchen zu sein, das er vor Jahren über denselben Pfad getragen hatte. Kates weiche Stimme bestärkte sie in dieser Vorstellung, die jedoch abrupt zerrissen wurde, als Summy sie festhielt und sich die Nadel in ihren Arm bohrte. Entsetzt wurde ihr bewusst, warum Rodney ihr eine Injektion gab. Sie wollte aufschreien, stattdessen begann sie, zur Decke emporzuschweben. Auf dem Bett lag jemand, der ihr glich, und Tranen fielen auf ihr Gesicht. Sie wusste nicht, wessen Tränen es waren oder wer unentwegt »Gott sei Dank. Gott sei Dank« murmelte. Sie hatte das Ohr an die Zimmerdecke gelegt und bemühte sich, etwas zu hören. Doch obwohl es ihr nicht gelang, die Worte zu verstehen, erinnerte sie sich an ein verschwommenes Gefühl von Erleichterung. Dann öffnete sich plötzlich die Zimmerdecke, und sie glitt in das Nichts hinüber.

Nicht mehr als eine Minute schien vergangen zu sein, als sie wieder auf das Bett zurückkehrte. Sie hörte, wie es ein Uhr schlug, und vernahm Rodneys Stimme: »Trink das, mein Schatz.«

Sie setzte sich auf, trank, was er ihr gab, und ließ sich dann wieder auf das Kissen zurückfallen. »Annie! Hör mir zu!«, sagte er eindringlich. »Du bist vollkommen in Ordnung ... vollkommen in Ordnung. Hörst du?« Nachdem er gegangen war, hörte sie eine Bewegung im Raum, und Summy beugte sich über sie. »Alles in Ordnung mit dir, Kleines ... alles in Ordnung. Schlaf jetzt!«, flüsterte sie.

Sie wartete; noch jemand müsste kommen, um ihr zu sagen, dass alles in Ordnung war. Warum kam Mama nicht, um ihr zu sagen: »Alles ist gut, mein Liebes?« Weil Mama wusste, dass nicht alles in Ordnung war. Weil mit ihr nie wieder alles in Ordnung sein würde.

Die schützende Decke vor ihrem Geist wurde fortgezogen. Sie schlug die Augen auf und sah sich im Raum um. Sie war allein. Nur ein kleines Licht brannte auf dem Tischchen neben ihr. Es war Nacht ... nein, Morgen. Ein neuer Tag. Es war bereits Morgen. Sie stand in der großen Weite, und ihre Gedanken waren nicht mehr von Schlaftrunkenheit gefangen, sondern bloßgelegt in all ihrem Grauen. Sie erinnerte sich, was Brian zu tun versucht hatte, und erschrak über die Tatsache, dass sie keinen Abscheu empfand. Sie stand völlig frei in der endlosen Weite, war jedoch nicht allein. Da war noch ein anderes Wesen, das aussah wie sie. Es trat nah an sie heran und begann zu sprechen. Es sagte furchtbare Dinge, die ihr irgendwie bekannt vorkamen: »Wenn es Terence gewesen wäre, hätte es dir doch nichts ausgemacht, oder?«

Ihr Geist schrie protestierend auf.

Erneut erklang die Stimme dieser anderen Annie: »Warum hast du dann nach ihm gerufen?« Die Gestalt zeigte mit dem Finger auf sie, und ihre Worte bohrten sich wie Pfeile in ihr Gehirn: »Du hast nach ihm gerufen, weil du gedacht hast: wenn es doch nur Terence wäre.«

Nein, nein, gewiss nicht.

»Warum hast du es dann mit der Nacht am Swimmingpool und dem, was in der Höhle geschehen ist, verglichen?«

Ich habe es nicht verglichen. Du bist verrückt!

»O doch, das hast du. Und warum bist du so entsetzt gewesen über das, was Cathleen dir erzählt hat? Stell dir diese Frage einmal.«

Nein, das werde ich nicht tun. Sie starrte das Mädchen mit dem blonden Haar herausfordernd an: »Ich werde ins Kloster gehen«, rief sie ihm zu. »Hörst du? Ich gehe ins Kloster!« Sie umklammerte ihren Kopf mit den Händen und wälzte sich im Bett hin und her. Ihr Kopf drohte zu zerspringen. Sie wurde verrückt …

Das Mädchen begann zu lachen. »Du willst fliehen? Das wird dir auf diese Weise nicht gelingen; du wirst deine Gedanken mit ins Kloster nehmen müssen. Du hast verzweifelt darauf gehofft, dass Terence etwas tut, das dich davon abhält.«

Sei still! Das ist nicht wahr!

»Sieh mich an. Du kannst der Wahrheit nicht ins Auge sehen. Du weißt, dass aus dir nie eine gute Nonne wird … Du hast noch immer Zeit, deine Meinung zu ändern.«

Das kann ich nicht. Ich kann unmöglich sagen, dass ich nicht ins Kloster gehe. Wofür soll ich dann leben?

»Liebst du Terence noch immer?«

Ich werde dir nicht antworten.

»Egal. Aber du kannst nicht ins Kloster gehen … und deine Lüge vor Gott aufrechterhalten.«

Die endlose Weite begann zu schrumpfen. Sie rollte sich an den Rändern ein und wurde rasch kleiner und kleiner. Das andere Mädchen kam immer näher, bis sie mit einer flinken Bewegung in ihren Körper eintrat. Annie warf sich auf den Bauch und barg das Gesicht im Kissen. »Ich weiß, dass ich nicht ins Kloster gehen kann. Ich weiß es! Ich weiß es!«, schluchzte sie. »Aber ich kann es ihnen doch nicht sagen. Das ertrage ich nicht, gerade jetzt nicht … Ich kann so nicht weiterleben … Ich werde nicht weiterleben!«

Terence hatte die Hände über der Brust verschränkt und starrte in die Dunkelheit empor. Er würde gar nicht mehr versuchen zu schlafen, denn es musste schon bald Morgen sein. Er entzündete die Kerze auf dem Tischchen neben seinem Bett und sah auf die Uhr. Erst drei! Die Nacht war endlos.

Während er sich wieder auf das Bett legte, spürte er seine Wange; sie schmerzte ebenso wie seine Hände und seine Rippen. Dieses Schwein! Wenn er fair gekämpft hätte, hätte er ihn fertig gemacht! Das hätte ihn zumindest mit einer gewissen Befriedigung erfüllt … Ob sie wohl schlief? Ja, man hatte ihr bestimmt ein Schlafmittel gegeben. Was wird geschehen, wenn sie erwacht? Was wird sie tun? Er wälzte sich ungeduldig zur Seite. Wieder begann er, sich Runde um Runde im Bett zu drehen.

Er presste die Handflächen gegen seine Lider, sodass es dahinter schwarz wurde und sich das Bild von Annie, so wie er sie zuletzt gesehen hatte, gegen den dunklen Hintergrund abhob. Wenn er Stannard doch bloß getötet hätte!

Auch wenn er mittlerweile wusste, dass Brian seine beabsichtigte Tat nicht vollendet hatte, brannte in ihm der Wunsch, ihn in Stücke zu reißen, mit unverminderter Heftigkeit. Denn er wusste, dass Annie Brian geheiratet hätte, wenn er sein Ziel erreicht hätte. Noch ehe bewiesen gewesen wäre, dass eine Heirat notwendig war, hätte sie sicher gestellt, dass es keine weiteren Annie Hannigans geben würde.

Was geschehen war, trieb sie gewiss nur noch schneller ins Kloster. Er war schuld daran, dass sie überhaupt an diesen Weg gedacht hatte … Was war er doch für ein Narr gewesen! Diese eine Nacht mit Cathleen hatte ihr Leben zerstört. Was würde aus ihm und Annie wegen dieser einen Nacht werden? Ihm blieb die Arbeit. Und ihr? Was würde sie hinter diesen Mauern finden? … O Gott, warum hatte er zugelassen, dass Cathleen diese Nacht mit ihm verbrachte? Warum hatte er sich von ihrem Wahnsinn anstecken lassen? Und wer hätte geglaubt, dass sie so gemein sein würde, darüber zu sprechen! Scham brannte in seinem Inneren, wenn er sich daran erinnerte.

Nun erkannte er, dass er sich verzweifelt an die vage Hoffnung geklammert hatte, dass Annie noch im letzten Augenblick ihre Meinung ändern würde. Stannard hatte nun auch diese Hoffnung zerschlagen. Terence drehte sich auf den Rücken und sah wieder auf die Uhr. Viertel nach drei. Wenn seine steifen Muskeln nicht so schmerzten, würde er aufstehen und einen Spaziergang machen.

Während er die Fingerknöchel bewegte, um die Steifheit zu vertreiben, hörte er mehrere kräftige Schläge an der Vordertür. Ohne sich auch nur zu fragen, wer es sein könnte, sprang er aus dem Bett, stürmte die steile Treppe hinunter und war wenige Sekunden später an der Tür. »Was is' los, Junge?«, rief sein Vater. Statt zu antworten, starrte Terence Kate wortlos an. Ihre verstörte Miene wurde durch die in ihrer Hand schwankende Sturmlampe unterstrichen.

»Terence, du musst uns helfen, sie zu finden!«, rief sie. »Sie ist verschwunden!«

Mr. Macbane tauchte in Unterhemd und langen Unterhosen im Schein der Lampe auf. »Was is' los?«, fragte er erneut, während er blinzelnd auf Kate hinuntersah. »Kommen Sie doch herein, Miss. Was is' geschehen?«

»Sie ist fort; wir können sie nirgends finden.«

Wortlos stürmte Terence in sein Zimmer hinauf, zog Hose und Jacke über den Pyjama und suchte dann verzweifelt nach seinen Schuhen. Als er sie schließlich fand, hielt er sich nicht damit auf, sie zuzuschnüren, sondern hastete sogleich in die Küche hinunter. Seine Mutter hatte bereits die Lampe angezündet, und sein Vater bemühte sich eben, seine Kleider anzuziehen. Kate lehnte erschöpft am Türstock.

»Wir haben das ganze Anwesen und den Pool abgesucht«, beantwortete sie eben Mr. Macbanes Frage.

»Was ist mit dem Fluss?«, erkundigte sich Terence, der nun zum ersten Mal sprach.

»Rodney ist den Fluss hinaufgegangen. Und Paynter sucht noch mal im Wald.«

»Ich gehe flussabwärts.«

»Sei vorsichtig in der Dunkelheit, Junge«, sagte Mrs. Macbane ängstlich. »Bei Butcher's Gulley geht es tief hinunter. Hier, nimm deinen Mantel.« Sie drängte ihm den Mantel auf und wandte sich dann an Kate. »Kommen Sie, setzen Sie sich. Sie sehen vollkommen erschöpft aus. Ich mache Ihnen eine Tasse Tee.«

»Nein, nein«, wehrte Kate ab. »Ich muss sie suchen.«

»Bleiben Sie bei meiner Mutter, Mrs. Prince«, sagte Terence. »Vater, wohin gehst du?«

»Die Straße hinunter Richtung Klippen«, antwortete Mr. Macbane, während er sich den Regenmantel überzog.

»Machen Sie sich keine Sorgen; wir finden sie«, sagte Terence im Hinausgehen zu Kate.

Die Angst in Kates Augen nahm seinen Worten die Sicherheit, und während er am Ufer des Flusses dahinstolperte und immer wieder mit der Fackel auf das Wasser hinausleuchtete, fragte er sich in qualvoller Verzweiflung, in welchem Zustand sie sie finden würden.

Noch ehe er weit gekommen war, stolperte er über eine Wurzel und stürzte mit dem Kopf voran zu Boden. Die Fackel fiel ihm aus der Hand. Er fluchte leise. Während er sich mühsam erhob, nach der noch brennenden Fackel griff und schwerfällig weiterging, verdammte er seine schmerzenden Muskeln.

Das Gelände wurde schwieriger und steiler, je weiter sich der Fluss der Schlucht näherte. Terence hielt an. Wenn Annie keine Fackel bei sich gehabt hatte, war sie nicht so weit gekommen. Und wenn sie mit der Absicht aufgebrochen war ... Sein Verstand weigerte sich, den Gedanken in Worte zu fassen. Hatte sie sich in ihrer Verfassung überhaupt die Mühe gemacht, eine Fackel zu holen und anzuzünden? Jetzt war die Nacht dunkel, zuvor hatte jedoch der Mond schwach geschienen. Wenn sie zu den Klippen gegangen war, hatte sie wohl eher die Straße und die Abkürzung bei der Farm genommen. War sie die Klippen hinuntergestiegen? ... Allmächtiger! ... Wenn sie das getan hatte, war die Suche beendet, denn sie fielen steil wie eine Wand ab, zumindest bis zu … bis zu seiner Höhle, dem Seemannsgrab!

Der Gedanke traf ihn wie ein Schlag. Er löschte die Fackel und verharrte regungslos in der Dunkelheit. Die Höhle! War sie dorthin gegangen? Doch warum hätte sie das tun sollen? Er erinnerte sich, dass er ihr die Höhle als tödliche Falle beschrieben hatte. Bestimmt würde sie nicht … Warum nicht? Wenn sie es sich in den Kopf gesetzt hatte, ein Ende zu machen, wäre das ein ausgezeichneter Ort.

Er warf alle Vorsicht über Bord und begann zu laufen. Er würde ein Seil brauchen, und er musste auf die Gezeiten achten. Er musste seiner Mutter auftragen, seinen Vater hinunterzuschicken, denn wenn er über die Klippe und die Felsplatte absteigen musste, würde er ohne Hilfe nie wieder hinaufkommen.

Die Tür des Cottages war offen, von Kate und seiner Mutter war jedoch keine Spur zu sehen. Er lief zur Hintertür hinaus und rief nach ihnen, ohne Antwort zu erhalten. So eilte er in die Küche zurück und suchte fieberhaft nach der letzten Abendzeitung. »Flut: 5.10 Uhr.« Jetzt war es fünfundzwanzig Minuten vor vier Uhr. Der einzige Weg über den Strand in die Höhle war bereits abgeschnitten.

Als er auf der Straße erneut keine Antwort auf seine Rufe bekam, geriet er einen Augenblick lang in Panik. Wie sollte er sie aus der Höhle bringen, wenn er über die Klippen und die Felsplatte hinunterstieg? Seine übliche Besonnenheit kehrte rasch zurück, und er befahl sich: Überwinde das Hindernis, sobald es sich dir in den Weg stellt. Merkwürdigerweise war er nun davon überzeugt, dass sie in der Höhle war. Ihm blieb keine andere Wahl, als allein zu gehen. Sobald er in den Felsenspalt hinunterrief, würde er Gewissheit haben. Das heißt, wenn sie im Stande war zu antworten. Und wenn sie nicht dazu imstande war, dann …

Er holte ein aufgerolltes Seil aus dem Schuppen, lief durch die Küche wieder auf die Straße und weiter hinunter zum Fluss. Wenn er diesen Weg nahm, würde er Zeit sparen. Allerdings musste er über den Fluss … und das Wasser strömte nur wenige Zentimeter unter der Uferkrone dahin. Er wählte die engste Stelle, sein Sprung wurde jedoch durch Buschwerk behindert, das seinen Anlauf verkürzte. Er verpasste das gegenüberliegende Ufer knapp, und obwohl er sich am Gras festhielt, um nicht in den Fluss zu rutschen, war er bis zur Hüfte nass, ehe er die Böschung erklettern konnte. Das Gewicht der durchtränkten Kleidung erschwerte das Laufen.

Etwa vierhundert Meter, bevor er die Felsplatte über der Höhle erreichte, hielt er an und leuchtete mit der Fackel über die schroffe Kante der Klippen auf der Suche nach dem Felsband, über das er damals abgestiegen war, als er den Riss im Gestein gefunden hatte. Schon tagsüber waren die Felsen gefährlich, und er fragte sich, ob er tollkühn handelte, wenn er jetzt nachts versuchte, ohne Hilfe an ihnen hinunterzuklettern. Das Meer, das unter ihm gegen die Felsen schlug, gab ihm die Antwort.

Er fand die Stelle, und nachdem er sich das Seil über die Schulter gelegt hatte, trat er vorsichtig auf das schmale Felsband und begann den Abstieg. Während er sich mit dem Rücken gegen den Felsen presste, konzentrierte er sich auf die Fackel, die er an einem Fuß angebunden hatte. Ihr Licht zeigte ihm die schwarze Leere unter sich, ein Anblick, der seine angespannten Nerven zusätzlich belastete. Schritt um Schritt tastete er sich den Sims entlang. Mitunter wurde das Felsband so schmal, dass seine Zehen überhingen, dann wieder zwang ihn ein Felsvorsprung, sich vornüber zu beugen, sodass er sich schon in der Tiefe sah. Er verfluchte sich, weil er so langsam vorankam. Die Flut musste bereits den Sand unter der Felsplatte erreicht haben. Gleichzeitig wusste er, dass ein falscher Schritt das Ende bedeuten konnte. So behielt er sein Tempo bei.

Eine Ewigkeit schien zu vergehen, ehe sich der Sims verbreiterte und ihm verkündete, dass er sich der Felsplatte näherte. Er leuchtete mit der Fackel seitwärts und entdeckte erleichtert den langen schwarzen Riss, der auf der abschüssigen

Platte quer durch den Lichtkegel verlief. Der Sims ging nun in die Platte über, und er legte sich darauf, sodass seine Beine die Spalte überbrückten und er sich mit den Fersen an der gegenüberliegenden Wand abstützte.

Einen Augenblick lang verharrte er regungslos und lauschte. Das Meer schien weit entfernt zu sein; er hörte nur den schwachen Aufschlag der Wellen auf dem Sand unter sich. Die Nacht war mild und windstill, wofür er angesichts seiner nassen Kleidung dankbar war. Er glitt näher an den Spalt heran, beugte sich vor, bis sein Kopf zwischen seinen Knien hing, und lauschte wieder. Der Felsspalt wirkte wie ein Verstärker, von unten drang jedoch kein Laut zu ihm empor. Sein Mund war trocken, und er befeuchtete sich die Lippen. »Annie!«, rief er. Dann wartete er.

Die Felsen warfen das Echo zurück: »Annie! Annie!« Doch er erhielt keine Antwort. Erschreckt flog eine Möwe, die in der Nähe ihren Schlafplatz gehabt haben musste, so dicht an seinem Kopf vorbei, dass er den Luftzug ihres Flügelschlags an den Ohren fühlte.

»Annie! … Annie, bist du da unten?« An den Wänden stieg ein Seufzer wie der Atemzug eines Riesen empor, und er rief lauter: »Annie! … Annie!« Während er mit angehaltenem Atem wartete, drangen wieder ein gebrochenes Stöhnen und ein Seufzer aus der Tiefe zu ihm empor.

Er richtete sich auf und atmete tief durch. Einen Augenblick lang war ihm vor Erleichterung schwindlig, und er lächelte in der Dunkelheit. Er hatte Recht gehabt. Schließlich beugte er sich wieder vor. »Keine Angst, ich komme runter!«, rief er in den Spalt.

Er wartete eine Weile, erhielt aber keine Antwort. Dann legte er sich auf den Bauch und ließ den Schein der Fackel über die Felsplatte gleiten. Nach einigen Sekunden fand er einen hervorstehenden Felsen, an dem er das Seil befestigen konnte. Gewiss war der Vorsprung nicht ideal für einen sicheren Abstieg, geschweige denn für eine sichere Rückkehr, aber es war die einzige Möglichkeit, die er hatte. Er legte den Mantel ab, griff nach dem Seil und begann den Abstieg über die Felsplatte. Nach erstaunlich kurzer Zeit erreichte er die Kante der Platte und ließ sich die sieben Meter zum Strand hinunter. Unten hörte er nichts als den rhythmischen Aufprall der Wellen. Mit der Fackel leuchtete er auf das Meer hinaus. Der schaumige Rand des Wassers war kaum einen halben Meter von seinen Füßen entfernt.

Hastig drehte er sich um und lief über den Strand auf die Höhle zu, während er immer wieder ihren Namen rief: »Annie! Annie!« Kaum hatte er sich durch die schmale Öffnung gezwängt, fiel der Schein der Fackel auf sie.

Sie presste sich an die gegenüberliegende Felswand, und die Angst in ihren Augen zerriss ihm das Herz; ihr Gesicht war schmutzverschmiert, und sie starrte ihn mit irrem Blick an. Das Haar klebte ihr in feuchten Strähnen am Gesicht, und ein Ärmel ihrer Jacke hing lose herab. Noch nie zuvor hatte er sie so gesehen. Einen grauenvollen Moment lang fragte er sich, ob die übermenschliche Anspannung sie in den Wahnsinn getrieben hatte.

»Komm, Annie«, sagte er leise, während er die Fackel senkte.

Sie wimmerte wie ein Kind.

»Es ist vorüber; komm mit«, versuchte er, sie zu überreden.

Sie stieß einen unverständlichen Laut aus, und als er ihre Hand ergreifen wollte, glitt Annie an der Wand entlang fort von ihm. Die Befürchtung, die er eben noch gehegt hatte, schien sich zu bestätigen.

»Annie, die Flut kommt; wir haben nicht mehr viel Zeit.« Als er ihr folgte, zog sie sich immer weiter zurück und starrte ihn bloß mit leerem Blick an, ohne zu blinzeln. Sie tastete sich die gesamte Wand der Höhle entlang, bis sie zu der Öffnung kam, die den Ausgang bildete. Dort hielt sie an. »Wenn du hier bleibst, Annie, bleibe ich auch«, sagte er leise, während er an sie herantrat.

Einen Augenblick lang schienen seine Worte den Nebel zu durchdringen, der sie umgab. Sie schüttelte den Kopf, ihre

Augen nahmen einen anderen Ausdruck an, und ihre Lippen öffneten sich und formten unhörbare Worte.

»Was sagst du? Sprich mit mir, Annie!«, drängte Terence.

Statt einer Antwort änderte sich erneut der Ausdruck ihrer Augen, und sie starrte ihn wieder mit leerem Blick an.

Panische Angst erfasste ihn; in diesem Zustand konnte er nichts für sie tun. Er hatte beabsichtigt, ihr das Seil um den Leib zu knoten und sie auf die Felsplatte hinauf zu ziehen. In wenigen Minuten würden sie buchstäblich wie Ratten in der Falle sitzen. Selbst wenn es ihm gelang, bis zum Abflauen der Flut in der Bucht umherzuschwimmen, was sehr unwahrscheinlich war, da das Wasser zu dieser Jahreszeit eiskalt war, bestand für sie kaum eine Überlebenschance. Wenn es ihm nicht gelang, sie aus ihrer Apathie zu reißen, waren sie beide verloren. Freundlichkeit hatte versagt; dann musste er es auf andere Weise versuchen.

»Hör auf damit, Annie! Hörst du mich?«, fuhr er sie schroff an. »Wenn dir das Wasser um den Hals wirbelt, wirst du nicht mehr so apathisch sein.« Als er sah, dass sie erschauerte, fuhr er fort: »Hast du an Kate und Rodney gedacht? Sie sind halb verrückt vor Angst. Eines kann ich dir sagen: Wenn dir irgendetwas zustößt, wird Kate wahnsinnig werden, und ich meine *wirklich* wahnsinnig! Kannst du nicht einen Augenblick lang aufhören, an dich zu denken, und stattdessen an das Chaos, das du zurücklassen wirst? Nur Feiglinge wählen diesen Ausweg. Das ist reinster Egoismus. Und vergiss nicht, dass du, da du doch so sehr an Gott glaubst, genau so, wie du jetzt bist, vor ihn treten wirst. Das glaubst du doch, oder? Wie du siehst, wird es dir nicht gelingen, vor dir selbst davonzulaufen.«

Er brach ab, um wieder zu Atem zu kommen, und als er in der plötzlichen Stille hörte, wie die Wellen an die Klippen schlugen, wurde ihm wieder bewusst, dass keine Zeit zu verlieren war.

Worte waren nutzlos, denn sie starrte ihn nach wie vor mit diesem leeren Blick an. Er steckte die Fackel in einiger Entfernung von ihnen in den Sand, und als er zu ihr zurückging, spielte das Licht um ihre Füße und zeigte, dass sie feucht und schlammverschmiert waren. Augenblicklich verdrängte er das Mitgefühl, das sie in ihm hervorriefen; sein Mitgefühl würde ihr jetzt nicht helfen.

Als er sie mit festem Griff an den Schultern fasste, erschrak sie und versuchte, sich seinen Händen zu entwinden. Doch er presste sie gegen die Felsen. »Hör mir zu … Ich werde dich auf die Felsplatte hochziehen. Hast du mich verstanden?«, sprach er eindringlich auf sie ein.

Mit einer hastigen, unerwarteten Bewegung schüttelte sie seine Hände ab und hatte sich bereits zur Hälfte durch die Öffnung gezwängt, ehe er ihre Absicht erkannte. Mit einem Sprung war er bei ihr und zog sie in die Höhle zurück. Jetzt musste er die Wut nicht mehr vortäuschen; sie durchdrang seine Stimme und seine Hände, während er sie schüttelte und sie anschrie: »Wach auf! Hörst du mich?«

Vorübergehend vergaß er den Kummer, dem sie ihren derzeitigen Zustand verdankte, und durchbrach damit die Barriere, die sie beide dem Untergang geweiht hätte. Während er wild ihren Kopf schüttelte, begann sie, vereinzelte Wörter hervorzustoßen.

Das Wort ›Kloster‹ ließ ihn augenblicklich innehalten. Er verharrte regungslos; nur seine Hände, die ihre Schultern umfassten, hielten sie aufrecht. Sie schien einer Ohnmacht nah. Das wäre noch schlimmer als ihre Erstarrung, dachte er. »Hör mir zu, Annie; wir gehen nach Hause. Verstehst du mich?«, sprach er auf sie ein.

Sie öffnete den Mund weit und atmete in tiefen Zügen ein, als wäre sie am Ersticken gewesen. Dann stieg ein gequältes Schluchzen in ihrer Kehle auf. Er fühlte sich hilflos angesichts ihres Schmerzes. Er konnte nichts anderes tun, als sie festzuhalten, während er von der Wucht ihrer Gefühle erschüttert wurde. Wieder stieß sie die Worte hervor: »Ich … ich … kann nicht … ins Kloster gehen. Ich … ich kann nicht … jetzt nicht mehr.«

»Mit dir ist alles in Ordnung, Annie; wenn du willst, *kannst* du ins Kloster gehen«, sagte er sanft.

Das Schluchzen wurde allmählich schwächer. »Jetzt nicht mehr … jetzt nicht mehr«, murmelte sie unzusammenhängend. Dann sank sie unter seinen Händen hinab und wäre zu Boden gestürzt, wenn er nicht rasch den Arm um sie gelegt hätte. Sie wehrte sich nicht gegen ihn, denn sie schien sich seiner Anwesenheit in diesem Augenblick kaum bewusst zu sein. Er führte sie zu der Fackel, bückte sich mit ihr im Arm, um sie aufzuheben, und brachte sie, ohne dass sie Widerstand leistete, aus der Höhle.

Während er ihr das Seil fest um die Brust band, sprach er auf sie ein: »Hab keine Angst. Halt dich nur an dem Seil fest, dann wird alles gut gehen. Und ruf mir zu, wenn du den Überhang erreicht hast. Wirst du rufen, Annie? Hörst du mich? Sobald du rufst, werde ich zu ziehen aufhören, und du kannst die Platte hinaufsteigen. Verstehst du mich?« Um zu verhindern, dass sie den Knoten löste, zog er das lose Ende des Seils auf ihren Rücken und verknotete es dort noch einmal.

Er leuchtete ihr mit der Fackel ins Gesicht, doch selbst der plötzliche Lichtschein bewirkte nur, dass sie einmal langsam blinzelte. Wenn sie den Verstand verloren hat, wäre es besser, wir würden hier bleiben, dachte er einen kurzen Moment lang. Dann gab er ihr weitere Anweisungen: »Versuch, keine Angst zu haben. Wenn das Seil gespannt ist, wirst du kurz ins Wasser hinausgezogen werden.« Als sie keine Antwort gab und weiterhin regungslos verharrte, wandte er sich widerstrebend ab.

Wie er den Felssims wieder erreicht hatte, blieb ihm immer unklar. Wenn er später an den Aufstieg zurückdachte, erinnerte er sich bloß daran, dass ihm das Seil die Hände verbrannte, während er sich mühsam auf den Überhang hinaufzog, und dass seine Knöchel die ohnehin bereits abgeschürfte, rissige Haut zu durchbohren schienen. Nachdem er einige Sekunden auf der abschüssigen Felsplatte liegen geblieben war, um wieder zu Atem zu kommen, stemmte er die

Füße in den Riss und begann, an dem Seil zu ziehen. Es ließ sich so leicht und widerstandslos einholen, dass er einen Augenblick lang verzweifelt dachte: Sie hat den Knoten gelöst. Dann spannte es sich plötzlich in seinen Händen, und er legte all seine Kraft hinein, während er eine Hand über der anderen an dem Seil zog. Die Last am Seil riss seinen Rücken von dem Felsen hoch und hätte ihn beinahe die abschüssige Platte hinuntergezogen. Als er wieder zog, begann sich das Seil zu bewegen. Ein Schrei klang zu ihm herauf, dem ein weiterer und noch einer folgten. Sie waren so schrill und durchdringend, dass er fast den Halt verloren hätte. Im Geist sah er, wie Annie benommen über das Meer hinaus und dann wieder unter den Überhang schwang. Möwen, die sich für die Nacht in den Klippen niedergelassen hatten, flogen über seinen Kopf hinweg und verwirrten ihn mit ihrem aufgeregten Flügelschlag. Er zog weiter an dem Seil, bis die Schmerzen in seinen Händen alles andere in seinem Geist auslöschten. Das Seil rieb ihm die Haut von den Handflächen. Sie wurden feucht, und er fragte sich eben, wie viel er noch ertragen konnte, als Annies Kopf vor seinem verschwommenen Blick auftauchte. Ihr Gesicht war ihm zugewandt; sie lag schon halb auf der Felsplatte. Die Fackel, die er in eine Spalte in der Nähe gesteckt hatte, leuchtete direkt auf sie, sodass sie wie eine Erscheinung wirkte. Er hatte nicht geglaubt, dass sie schon auf der Platte war; sie musste sich sehr schnell hochgezogen haben.

Das Gewicht am Seil wurde geringer, da Annie mit den Füßen mithalf. Ihre Hände berührten sich, und sie griff nach seinen Armen. Sobald sie neben ihm war, verkeilte er ihre Füße in dem Felsspalt, während er unablässig beruhigend auf sie einsprach: »Du bist in Sicherheit. Alles in Ordnung.« Die Erleichterung schnürte ihm die Kehle zu. Er legte sich auf die Felsplatte zurück, zog seinen Mantel von dem Vorsprung zu sich und breitete ihn über Annie. »Rühr dich nicht; wir werden hier bleiben müssen, bis es hell ist. Aber es wird nicht mehr lange dauern«, sagte er.

Er hoffte vergeblich auf eine Antwort.

Während er auf dem Rücken liegend zum Himmel emporsah und auf den ersten Lichtstreif wartete, dachte er: Wenn sie den Verstand verloren hat, dann schwöre ich, dass ich Stannard fertig mache.

Als hätte sie seine Gedanken gelesen, fühlte er, wie ihre Hand an seiner Seite nach ihm tastete. Regungslos wartete er auf die nächste Bewegung. Und da war sie; ihre Hand fand seine. Als die Finger seine aufgerissenen Handflächen berührten, durchzuckte ihn der Schmerz. Dann wurde seine Hand gehoben und an ihr Gesicht gelegt; seine Wunden brannten, als sie ihre Haut berührten. Als sie seine Handfläche streckte, sodass sie ihr Gesicht umschloss, wurden die Qualen nahezu unerträglich. Er zitterte, teils vor Kälte und teils vor blindem Glück. Er mahnte sie nicht, vorsichtig zu sein, als sie sich zu ihm wandte und die Hälfte des Mantels über ihn legte. Wenn er noch einen weiteren Beweis dafür gebraucht hätte, dass sie zu voller geistiger Gesundheit zurückgefunden hatte, so erhielt er ihn, als sie die Hand hob und den Mantel rund um ihn feststeckte, um ihn zu wärmen. Es war eine schlichte, alltägliche Handlung und doch auch eine besonders liebevolle, mütterliche. Wieder schloss sich ihre Hand sanft und beruhigend um seine.

Er konnte es nicht länger ertragen, drehte sich zu ihr und schloss sie in die Arme. »Annie! Annie!«, rief er wieder und wieder, während er seinen Kopf an ihrer Schulter barg und sie ihm über das Haar strich. Als sie ihre Lippen fest an seine Schläfe presste, wusste er auf seltsame Weise, dass das Mädchen Annie Hannigan für immer verschwunden war und er eine Frau in seinen Armen hielt.